KB096049

애프터

8

AFTER EVER HAPPY
by Anna Todd

애프터 8

초판 1쇄 인쇄 2019년 8월 26일
초판 1쇄 발행 2019년 8월 30일

지은이 | 안나 토드
옮긴이 | 강효준

발행인 | 금교돈
편집인 | 문경선
디자인 | 장선희
마케팅 | 이종웅, 김민정

발행 | 콤마
주소 | 서울시 중구 세종대로 21길 30
등록 | 2013년 11월 7일 제301-2013-205호
내용 문의 | 02-724-7855~7
구입 문의 | 02-724-7851
인스타그램 | @comma_and_style

ISBN 979-11-88253-17-3 04840
       979-11-88253-02-9 04840(세트)

* 잘못된 책은 구입하신 곳에서 바꾸어 드립니다.

AFTER

애프터

8 그후

자신이 믿는 사람이나 신념을 위해 싸운 적이 있는 모든 분께.
이 책은 당신을 위한 것입니다.

1 · 테사

몸이 번쩍 들리는 바람에 잠에서 깼다. 택시 지붕에 있는 등에 환하게 불이 들어와 있었다. 그제야 정신이 들었다. 겁에 질려 주변을 두리번거렸다. 켄 씨의 집 앞이었다. 그 아파트가 아니었다.

"다시는 널 그 집에 데려가지 않을 거야."

하딘이 내 귀에 대고 속삭였다. 내가 뭘 걱정하고 있었는지 나조차 몰랐는데.

하딘이 나를 안고 집으로 향했다. 그의 손길을 뿌리치지 않았다. 카렌은 깨어 있었다. 그녀는 요리책을 무릎 위에 올려놓고 창가에 앉아 있었다. 하딘이 나를 내려놓자 약간 어지러웠다. 카렌이 거실을 가로질러 와 나를 안아주었다.

"뭐 좀 먹을래, 테사? 캐러멜 케이크 만들었는데, 너도 좋아할 거야."

카렌은 미소를 지으며 내 손을 잡았다. 카렌의 손은 따뜻했다. 그녀는 하딘에게 눈길도 주지 않은 채 나를 주방으로 데리고 갔다.

"네 가방은 위층에 가져다놓을게."

하딘의 목소리가 들렸다.

"랜던은 자요?"

카렌에게 물었다.

"그런 거 같네. 근데 깨워도 돼. 아직 이르잖니."

카렌은 웃으며 캐러멜이 씌워진 케이크 조각이 놓인 접시를 내게 내밀었다.

"아니에요. 내일 보면 되죠, 뭐."

그녀의 시선이 나를 향했다. 다정하고 친근한 부드러운 시선. 긴장한 듯 가느다란 손가락에 끼워진 결혼반지를 빙빙 돌리고 있었다.

"시기가 적절치 않은 거 같아서 미안하지만, 너한테 하고 싶은 말이 있어."

그녀의 갈색 눈동자에는 염려가 담겨 있었다. 카렌은 내게 케이크를 먹으라 권하며 우유를 두 잔 따랐다.

나는 고개를 끄덕여 긍정의 신호를 보냈다. 입에 달달한 케이크가 한 가득이었다. 한동안 아무 것도 못 먹었다. 너무 정신이 없었고, 하루가 너무 길었다. 한 조각을 더 먹었다.

"너무 많은 일을 겪었다는 거 잘 안다, 테사. 그러니 혹시라도 혼자 있고 싶으면 말해주렴. 다 이해할 수 있어. 근데 네 의견이 정말로 듣고 싶구나."

케이크를 먹으며 나는 한 번 더 고개를 끄덕였다.

"하딘하고 켄 얘기야."

눈을 동그랗게 떴다. 케이크가 목에 걸려 우유 잔을 집었다.

'카렌이 알고 있나? 하딘이 벌써 얘기했나?'

차가운 우유를 마시는 동안 카렌이 내 등을 쓸어주었다. 그리고 말을 이었다.

"켄은 참 많이 기뻐하고 있어. 하딘이 자기를 견뎌주기 시작해서 말이야. 드디어 부자 관계를 이뤄 나가는 것 같다면서 너무 행복해 하더구나. 항상 그렇게 되길 원했거든. 켄이 살면서 가장 후회하는 부분이 바로 하딘이야. 그걸 수년간 곁에서 지켜보며 나도 많이 상처를 받았어. 켄이 잘못했다는 거 안다. 정말 큰 잘못을, 정말 많이 했지. 그 부분에 대해서는 나도 딱히 할 수 있는 변명이 없더구나."

카렌의 눈에 눈물이 가득 고였다. 카렌은 손으로 눈꼬리를 꾹꾹 찍었다.

"미안하구나."

카렌은 미소를 지으며 말했다.

"내가 좀 감정이 격해져서."

카렌은 몇 차례 심호흡을 하고 다시 말을 이었다.

"이제 그 사람은 예전의 켄이 아니란다. 몇 년 동안 술은 입에도 대지 않았고, 치료도 받았어. 자책도 하고 반성도 하면서 말이야."

'카렌이 알고 있구나.'

카렌은 트리시와 크리스찬의 관계를 알고 있는 거다. 가슴이 아팠다. 내 눈에도 눈물이 고였다.

"무슨 말씀하시려는 건지 알아요."

이 가족을 너무 잘 알 것 같다. 나는 이들을 내 가족처럼 사랑한다. 이 가족은 모두 비밀과 중독과 후회를 지니고 있었다.

"너도 안다고?"

카렌은 안도의 한숨을 쉬며 말을 꺼냈다.

"랜던이 아기 얘기를 너한테도 했구나? 짐작도 못 했는데. 그럼 하딘도 알겠네?"

잠시 어색한 분위기가 흘렀다. 카렌은 내 표정을 가만히 지켜보고 있었다.

"네? 아기요?"

"그럼 아직 몰랐구나."

카렌이 작게 웃음을 터뜨렸다.

"그래, 내가 임신하기엔 나이가 좀 많긴 하지. 그래도 이제 40대 초반이니까. 주치의 선생님도 아직 건강하다고 하셨고…."

"아기라고요?"

크리스찬이 하딘의 아버지라는 사실은 모르는 것 같아 순간 안심이 되었다. 그런데 이것 또한 놀랄 일이다.

"나도 너처럼 깜짝 놀랐어. 켄도 그랬고. 켄이 처음엔 너무 걱정하더라. 랜던은 거의 제정신이 아니었고. 랜던은 내 스케줄을 전부 알고 있던 터라, 병원에 다녀온 후 내가 아무 얘길 안 하니까 아픈 줄 알고 많이 걱정했었대. 마음이 아파서 솔직히 얘기할 수밖에 없었단다. 이건 완전히 계획에 없었던 일이라."

카렌이 내 눈치를 살폈다.

"그래도 모두 기뻐해줬어. 처음엔 이 나이에 늦둥이가 생겼다는 데 너무 놀랐지만 다들 괜찮아졌단다."

나는 두 팔로 카렌은 안았다. 요 며칠 사이에 처음으로 기쁨을 느낀

순간이었다. 애써 꾸며내지 않아도 되는 순수한 기쁨. 나는 카렌은 정말 사랑한다. 덩달아 가슴이 떨렸다. 꽤 괜찮은 기분이다. 다시는 이런 감정이 생기지 않을까 걱정했었다.

"굉장해요! 두 분 다 정말 잘됐어요!"

격정적인 내 말에 카렌도 나를 꼭 안아주었다.

"고맙구나, 테사. 네가 기뻐해줄 줄 알았어. 너무 떨리는 일이잖니. 시간이 지날수록 점점 더 실감이 난단다."

카렌은 안고 있던 팔을 풀고 내 볼에 입을 맞추었다. 그러고는 내 눈을 들여다보았다.

"한 가지 걱정이라면, 하딘이 어떻게 생각할까 하는 건데."

기뻤던 것도 한순간, 그 말을 듣고 나도 하딘이 걱정됐다. 하딘의 일생은 거짓으로 점철됐다. 지금 이 소식을 기꺼이 받아들일 수 있을지 모르겠다. 아버지라고 믿었던 사람이 아버지가 아니고, 그에게 새 아이까지 생긴 거니까. 하딘은 절대 잊어버리지 않을 거다. 진실이야 어떻든 하딘의 멘탈이 얼마나 견뎌줄지 모르겠다. 카렌도 그걸 알고 있다. 그래서 이 소식을 전하는 게 많이 걱정스러웠을 거다.

"제가 하딘한테 얘기하는 건 어떨까요? 안 된다 하셔도 이해해요."

이렇게까지 나설 생각은 아니었다. 내가 그은 선을 내가 지키지 못하는 거니까. 하지만 하딘을 떠날 거니까, 찝찝한 구석은 남겨두지 말아야겠다는 생각이 앞섰다.

'그건 괜한 변명이잖아.'

마음의 소리가 들렸다.

"당연히 괜찮지. 솔직히 말하면, 네가 그래 주기를 바랐단다. 네 입장을 곤란하게 만든다는 거 알아. 애매하게 가운데 껴서 억지로 하는 건 나도 바라지 않지만, 그래도 혹시나 켄에게 그 소식을 들었을 때 하딘이 어떻게 나올지 생각하면 너무 걱정스러워서. 다른 사람은 못 하는, 하딘 다루는 너만의 비법이 있잖니."

"내일 제가 말할게요."

카렌은 나를 한 번 더 안았다.

"오늘 하루가 참 길었겠구나. 게다가 내 얘기까지 보태서 미안하다. 좀 더 기다렸어야 했는데. 하딘이 이 소식을 듣고 너무 놀라지 않았으면 좋겠네. 이제 조금씩 가까워지기 시작했는데. 하딘은 지금껏 너무 힘들게 살았잖니. 하딘하고 잘 지낼 수 있다면 뭐든 하고 싶단다. 하딘도 우리 가족이라는 걸 알아줬으면 좋겠구나. 우리가 모두 하딘을 정말 많이 사랑하고 있다는 것도. 아기가 생긴다고 해서 아무 것도 달라질 건 없다는 사실도."

"하딘도 알아요."

나는 단호하게 말했다. 하딘이 아직 인정하려고 하진 않지만, 분명히 그도 안다.

계단 쪽에서 발소리가 들렸다. 그 소리에 카렌과 나는 반사적으로 떨어졌다. 그리고 동시에 뺨에 흘러내린 눈물을 훔쳤다. 막 케이크를 한 입 넣는데 하딘이 부엌으로 들어왔다. 하딘은 옷을 갈아입고 나타났다. 운동복 바지 길이가 너무 짧았다. 랜던 옷을 입은 게 분명했다.

우리가 다른 상황이었더라면 나는 아마 하딘을 한참 놀려댔을 거다. 하지만 그러지 않았다. 우리는 최악의 상황에 있다. 비록 나한테는 가장 좋은 상황이긴 하지만. 온통 혼동의 도가니다. 우리 관계에서 건강한 균형감이나 질서 같은 건 절대 존재할 수 없다는 게 더 자명해졌다.

우린 왜 이별마저도 이렇게 남다른 걸까?

"난 자러 갈 거야. 뭐 필요한 거 있어?"

하딘의 목소리는 거칠고 낮았다. 고개를 들어 하딘을 보았다. 허나 하딘은 고개를 숙이고 발끝만 쳐다보고 있었다.

"없어, 고마워."

"네 짐은 게스트 룸, 네 방에 가져다 놨어."

나는 고개를 끄덕였다. 마음이란 게 참 간사해서, 한편으로는 카렌이 부엌에 없었으면 하고 바랐다. 그래도 카렌이 있어서 다행이라 생각하는 이성이 정신을 차리고 있기에 망정이다. 하딘이 계단 위로 사라졌다. 나도 카렌에게 잘 자라는 인사를 건네고는 위층으로 올라갔다.

아주 잠깐 동안, 내 인생에서 최고의 밤들을 보냈던 그 방 앞을 기웃거렸다. 문 손잡이를 잡았지만 마치 불에 덴 듯 얼른 손을 뗐다.

악순환을 멈춰야 한다. 매번 하딘에게 가까워지고 싶은 충동에 굴복하고 만다면, 나는 절대로 그 고리를 끊어낼 수 없다. 잇달아 실수하고, 싸우고 또 싸우는 그 고리 말이다.

게스트 룸에 들어와 문을 잠그고 나서야 숨을 쉴 수 있었다. 어리석었던 지난날의 내가 사랑이라는 게 얼마나 위험한 건지 깨닫기를 바라며 잠이 들었다. 사랑이 이렇게 아프다는 걸, 내 마음을 갈기갈기 찢어놓는다는 걸 그때도 알았더라면 좋았을 걸. 찢어놓은 마음을 꿰맸다가 또 다시 찢어발긴다는 걸 알았더라면 좋았을 걸. 그랬더라면 나는 하딘 스캇으로부터 있는 힘을 다해 멀어졌을 텐데.

2 · 테사

"테시! 이리 와봐!"

아래층에서 아빠가 큰 소리로 나를 불렀다. 흥분이 가득 담긴 목소리였다.

얼른 침대에서 일어났다. 허둥지둥 내려가느라 가운도 제대로 여미지 못했다. 허리끈을 묶으며 거실로 들어섰다…. 엄마와 아빠가 예쁘게 장식되어 불을 밝힌 트리 곁에 서 있었다. 나는 늘 크리스마스가 너무 좋았다.

"이것 좀 봐라, 테시. 선물을 준비했단다. 이제 어른이 됐지만, 이걸 본 순간 너한테 주고 싶었어."

아빠는 미소를 지었다. 엄마는 그런 아빠에게 웃으며 몸을 기댔다.

'어른이라고?'

그게 무슨 말이지? 발끝을 내려다보았다. 난 어른이 아닌데.

작은 선물 상자가 내 손에 놓였다. 선물 상자를 묶은 반짝이는 리본을 풀고 싶지 않았다. 나는 선물을 좋아했다. 그렇지만 받을 기회가 별로 없었다. 그래서 선물을 받을 때면, 정말 특별한 기분이 들었다.

선물 상자를 뜯으며 부모님을 쳐다보았다. 엄마는 흥분한 표정이었다. 엄마가 저렇게 웃는 걸 나는 한 번도 본 적이 없었다. 아빠는, 글쎄, 여기 같이 있는 게 이상했다. 근데 왜 같이 있게 된 건지 잘 기억나지 않는다.

"어서 열어봐!"

상자를 만지작거리자 아빠가 재촉했다.

고개를 끄덕이며 두근거리는 마음으로 상자 안에 손을 넣었다….

날카로운 무언가가 손을 찌르는 바람에 얼른 손을 뺐다. 너무 아파 욕이 나올 뻔했다. 상자를 바닥에 떨어뜨렸다. 카펫 위로 주삿바늘 하나가 떨어졌다. 다시 부모님을 쳐다보았다. 아빠의 낯빛은 창백하기 그지없었고, 눈동자는 초점을 잃었다.

엄마는 더할 나위 없이 밝게 웃고 있었다. 지금껏 본 적 없는 환한 미소. 너무 밝아서 햇빛이 빛나는 것 같았다. 모든 게 순식간에 벌어졌다. 아빠가 몸을 숙여 바닥에 떨어진 주삿바늘을 주웠다. 그러고는 나를 향해 다가왔다. 도망가고 싶었지만 발이 떨어지질 않았다. 아무리 애를 써도 발이 붙은 것처럼 움직여지지 않았다. 아빠가 무시무시한 바늘을 내 팔에 찔러댔지만, 나는 맥없이 비명만 지를 뿐이었다.

"테사!"

랜던의 목소리였다. 랜던이 겁에 질려 내 어깨를 흔들며 큰 소리로 이름을 부르고 있었다.

나는 벌떡 일어나 앉았다. 셔츠가 땀으로 흠뻑 젖었다. 랜던의 얼굴이 또렷이 보이자, 나는 바늘 자국을 찾으며 미친 듯이 팔을 살펴보았다.

"괜찮아?"

랜던이 말했다. 나는 숨을 헐떡거렸다. 억지로 말을 해보려 애를 썼지만, 가슴에 통증만 느껴졌다. 나는 고개를 가로저었다. 랜던은 내 어깨를 꽉 움켜쥐었다.

"비명 소리가 들려서…"

하딘이 방으로 뛰어들자 랜던은 입을 다물었다.

하딘의 두 뺨은 붉게 물들고 눈빛은 잔뜩 성이 나 있었다.

"무슨 일이야?"

하딘이 랜던을 밀어내고 내 곁에 와 앉았다.

"비명 소리가 들리던데, 무슨 일 있었어?"

하딘은 두 손으로 내 뺨을 감싸며 엄지로 눈물 자국을 닦아주었다.

"모르겠어. 꿈을 꿨나 봐."

겨우 말을 꺼냈다.

"무슨 꿈?"

하딘이 속삭이듯 물었다. 그는 여느 때보다 더 천천히 내 눈가를 엄지로 문질렀다.

"네가 꾸는 것 같은 꿈."

하딘처럼 나도 기어들어가는 목소리로 대답했다. 하딘의 입에서 한숨이 새어나왔다. 그는 얼굴을 찌푸렸다.

"언제부터? 언제부터 그런 꿈을 꿨어?"

생각을 가다듬으며 잠시 뜸을 들였다.

"아빠를 발견했을 때부터. 딱 두 번. 왜 그런 꿈을 꾸는지 모르겠어."

하딘은 한 손으로 머리카락을 쓸어 넘겼다. 낯익은 모습.

"아빠의 시신을 네가 발견했기 때문…."

하딘은 잘못 말한 듯 말을 멈췄다.

"미안, 젠장, 입에 필터라도 달아야 하나."

하딘이 좌절한 듯 한숨을 쉬었다. 그는 시선을 돌려 침대 옆 테이블을 쳐다보았다.

"뭐 필요한 거 없어? 물 줄까?"

하딘은 억지로 미소를 지으려 했지만, 그게 더 슬퍼 보였다.

"지난 며칠 동안 내내 너한테 물을 마시게 하고 싶었어."

"그냥 다시 잘래."

"옆에 있어줄까?"

반은 부탁, 반은 명령이었다.

"그건 아닌 것 같아…."

나는 랜던을 쳐다보았다. 랜던이 이 방에 같이 있다는 사실을 거의 잊고 있었다.

"그래, 그럼."

하딘의 시선이 내 뒤에 있는 벽으로 옮겨 갔다.

"이해해."

하딘은 할 수 없다는 듯 어깨를 으쓱해 보였다. 하딘의 목에 매달려 곁에 있어 달라고 애원하고 싶었다. 그러나 마지막 자존심 조각을 그러모아 억지로 참아냈다.

하딘의 위안이 필요했다. 내 허리를 끌어안는 그의 두 팔이 필요했고, 마음 편히 기대 잠들 수 있는 그의 품이 필요했다. 내가 늘 그에게 해주었던 것처럼 말이다. 하지만 더 이상 그는 내가 기댈 수 있는 안전망이 아니다. 근데 사실, 언제는 그랬던가? 하딘은 항상 오락가락했고, 뜨거웠다 식었다 했다. 그리고 끊임없이 나와 우리의 사랑으로부터 도망치려 했다. 더는 그를 쫓아갈 수가 없다. 가질 수 없는 비현실적인 무언가를 쫓아갈 힘이, 이제 나한테는 없다.

가까스로 생각에서 깨어났을 때, 방에는 랜던만 남아 있었다.

"하딘은 갔어."

랜던이 나지막한 목소리로 말했다.

하딘에게서 멀어지길 바랐던 걸 후회하며 나는 다시 잠이 들었다.

우리의 관계는 피할 수 없는 비극의 한복판에 있었다. 나는 두 번 다시 돌아가지 않을 거다. 다시는. 하지만 그와 함께 했던 시간들을 후회하지는 않는다.

3 · 하딘

여기 날씨는 시애틀보다 훨씬 좋다. 비도 내리지 않고, 보기 드물게 해가 쨍하다. 벌써 4월, 해가 지고 있다.

테사는 하루 종일 카렌과 소피아라는 여자와 부엌에 있다. 나는 테사에게 숨 쉴 공간을 주고 있다는 걸 보여주려고 애쓰는 중이다. 테사가 나하고 얘기할 준비가 될 때까지 기다려줄 수 있다는 걸 증명해 보이려고. 하지만 상상했던 것보다 더 힘들다. 어젯밤이 특히 그랬다. 제기랄, 너무 힘들었다. 테사가 그렇게 흐트러지고 두려워하는 모습을 보이다니. 내가 꾸던 악몽을 테사가 꾸다니, 참을 수가 없었다. 내 공포가 고스란히 전해진 모양이다. 할 수만 있다면 전부 쫓아주고 싶다.

테사는 내 곁에서 늘 평화롭게 잠들었다. 테사는 나의 닻줄이자 안식처였다. 내 마음 속의 망령들까지 쫓아내주었다. 내가 너무 약해져서 자기 연민에 빠져 정신을 못 차릴 때도, 심지어 테사의 고군분투에 아무런 도움을 주지 못했던 때도 테사는 나를 위해 싸워줬다. 항상 그 자리에서 굳건한 방패를 쥐고 나를 위협하는 온갖 망령들을 물리쳐준 거다. 지금 테사는 자기 어깨에 놓인 짐이 너무 무거워 결국 그 무게에 무너져 내린 거다.

테사는 여전히 내 여자다. 아직 그걸 그녀 스스로 인정할 준비가 되지 않았을 뿐. 테사는 그래야만 한다. 다른 방법은 없다.

아버지 집 앞에 차를 세웠다. 이사를 가겠다고 전화를 했더니 아파트 중개인이 펄펄 뛰었다. 계약 위반으로 두 달치 렌트 비용을 내라고 난리를 쳤다. 나는 듣다가 전화를 끊어버렸다. 비용을 더 내든 말든 더이상 거기서 살고 싶지 않았다. 충동적인 결정이었다. 당장은 살 곳도 없다. 하지만 며칠 동안만이라도 켄의 집에서 테사와 함께 지내고 싶었다. 함께 시애틀로 가자고 테사를 설득할 수 있을 때까지 말이다.

마음의 준비는 끝났다. 시애틀에서 살기로 마음먹었다. 그게 테사가 원하는 거라면 그럴 거다. 물론 청혼도 유효하다. 테사와 결혼해 시애틀에서 살 거다. 죽을 때까지. 그게 테사가 원하는 거라면, 그게 테사를 행복하게 해준다면.

"저 여자는 얼마나 여기 있을 거래?"

랜던 차 옆에 주차돼 있는 소피아의 차를 가리키며 물었다. 아파트 앞에 주차되어 있던 내 차를 가지러 가는데 랜던이 같이 가주었다. 랜던은 꽤 괜찮은 녀석이다. 특히 테사와 한방에서 잔 것 때문에 내가 그렇게 씹어대고 난 다음인데도. 문을 열 수가 없었다. 기운만 있었다면 빌어먹을 그 문짝을 부숴버렸을 거다. 둘이 밤을 보낸다고 생각하니 미칠 것 같았다. 문밖에서 두 사람이 속닥거리는 소리를 듣는데 돌아버리는 줄 알았다. 복도 바닥에서 반쯤 졸고 있는 내 모습을 보고 지었던 녀석의 아리송한 표정은 억지로 무시해야 했다.

내 방의 텅 빈 침대에서 어떻게든 잠을 청해보려 했지만, 잠이 오지 않았다. 테사 곁에 있어야 했다. 혹시 무슨 일이 생길지도 모르니까. 혹시 테사가 또 비명을 지를지도 모르니까. 이건 밤새 문밖에서 잠들지 않으려고 허벅지를 꼬집어대던 내 모습에 대한 변명 같은 거다.

"나도 잘 몰라. 이번 주말 쯤에 뉴욕으로 돌아갈 거 같아."

랜던의 목소리 톤이 이상하게 격앙돼 있었다.

'이건 또 뭐야?'

"저 여자, 뭔데?"

집 안으로 걸어 들어가며 랜던에게 실토하라 압력을 가했다.

"아, 아무 것도 아니야."

그러면서도 랜던의 뺨은 붉게 물들었다. 랜던을 따라 거실로 들어섰다. 카렌과 카렌 닮은꼴이 깔깔거리는 동안 테사는 창가에 서서 밖을 내다보고 있었다.

'왜 테사만 웃지 않는 거지? 아니, 왜 테사만 대화에 끼지 않고 있는 거지?'

여자가 랜던을 향해 활짝 웃었다.

"왔구나!"

여자는 꽤 예쁘장했다. 테사의 미모에는 못 미치지만 그래도 꽤 시선을 끌 정도긴 하다. 여자가 다가오자 결국 눈치를 챘다. 랜던의 볼이 또 달아오르고 있다…. 여자가 더 환하게 웃자 파이 반죽을 들고 있던 랜던의 손이 바들바들 떨렸다.

'왜 눈치채지 못했을까? 녀석, 이 여자를 좋아하는군!'

랜던을 놀려먹을 말이 백만 개쯤 떠올랐다. 그걸 참느라 혀를 꽉 깨물고 있어야 했다.

두 사람의 대화는 들은 척 만 척하며 테사에게 곧장 다가갔다. 내가 코앞에 나타날 때까지 테사는 내가 왔다는 사실조차 모르고 있었다.

"뭐 해?"

가만히 물었다. 분명히 거리를 뒀다…, 그러니까…, 평소 하는 행동과 달리 말이다. 습관적인 행동을 안 하는 건 정말 어렵다. 그래도 어쨌든 균형감을 찾으려 애쓰는 중이다.

테사에게 너무 거리를 뒀다간 테사가 나를 놓아버리고 말 거다. 그렇다고 그녀를 옥죄면 나에게서 더 도망갈 거다. 이건 정말 낯선 행동이다. 완전히 미지의 영역이랄까. 인정하긴 싫었지만, 나는 이미 너무 익숙해져 있었다. 테사를 내 감정의 펀칭볼로 여기는 데 말이다. 테사를 그렇게 대했던 내 자신이 정말 싫다. 테사는 그런 취급을 받아선 안될 사람이다. 지금이 테사를 위해 더 나은 사람이 될 마지막 기회다.

아니, 나는 진짜 내가 되어야 한다. 테사의 사랑에 걸맞는 수준의 그런 사람.

"아무 것도 안 해. 그냥 베이킹하는 거야. 음, 지금은 잠깐 쉬는 중이고."

테사의 입가에 희미한 미소가 번졌다. 나는 테사를 향해 환하게 웃었다. 이런 작은 애정 표현, 나를 향한 손톱만 한 관심이 나에겐 큰 힘이 된다. 내가 머물던 세상에서 벗어날 수 있다는 새로운 희망. 앞으로도 기꺼이 그 희망을 찾아나설 거다.

카렌과 랜던이 홀딱 반한 여자가 테사에게 눈짓을 했다. 잠시 후, 세 사람은 부엌으로 돌아갔다. 나와 랜던은 거실에 덩그러니 남겨졌다.

내 말이 들리지 않을 만큼 멀어지자 나는 심술궂게 랜던을 놀려댔다.

"저 여자한테 반했구나."

"도대체 몇 번이나 얘기해야 하냐? 테사하고 나는 그냥 친구라고."

랜던은 인상을 잔뜩 찌푸리며 오버하듯 한숨을 내쉬었다.

"오늘 아침 한 시간도 넘게 온갖 욕을 다 해서, 이젠 이해한 줄 알았는데."

나는 두 눈썹을 찡긋거렸다.

"아, 테사가 아니라 사라 얘기야."

"소피아야."

나는 빙글빙글 웃으며 어깨를 으쓱했다.

"그거나 그거나."

"다르거든."

랜던이 발끈했다.

"넌 테스 말고 다른 여자 이름은 못 외우는 것처럼 굴더라."

"테사야."

나는 인상을 쓰며 랜던의 말을 정정했다.

"다른 여자들 이름 같은 건 외울 필요가 없으니까."

"무례한 짓이야. 넌 S로 시작하는 이름은 죄다 소피아라고 불렀잖아. 근데 저 사람 이름만 또 잘못 부르고 있어. 네가 다코타를 대니얼스라고 불렀을 땐 정말 돌아버리는 줄 알았어."

"너 진짜 짜증나."

나는 소파에 앉았다. 여전히 짓궂은 미소를 띤 채, 내 의붓동생, 아니지, 랜던은 더 이상 내 의붓동생도 아니다. 사실 단 한 번도 그랬던 적 없다. 그 사실을 깨닫자 어떤 기분이 들어야 하는 건지 아리송했다. 랜던은 웃음을 억지로 참고 있었다.

"너도 마찬가지야."

'녀석이 알게 된대도 신경이나 쓸까?'

아마 아닐 거다. 랜던은 아마 우리가 아무 관계가 아니라는 데 안도할지도 모른다. 아무리 두 사람이 결혼을 했어도.

"네가 저 여자 좋아하는 거 다 알아. 털어놓으시지."

랜던을 비웃으며 말했다.

"아냐, 저 사람을 잘 알지도 못하는걸."

랜던은 시선을 피했다.

'멍청한 녀석.'

"저 여자하고 함께 뉴욕에 있을 거잖아. 둘이 뉴욕 구석구석을 쏘다니겠지. 그러다 갑자기 소나기라도 쏟아지면 둘이 함께 어느 지붕 밑에서 비를 피할 거고. 어찌나 로맨틱하신지!"

랜던의 사나운 표정에 웃음이 터져 나오려는 걸 간신히 참았다.

"그만해줄래? 저 사람은 나보다 나이가 훨씬 많거든. 내 스타일도 아니고."

"그래, 너하고 어울리기에는 좀 많이 세련됐지. 하지만 남자 외모에 별로 신경 쓰지 않는 여자들도 있어."

짓궂게 말했다.

"혹시 알아? 저 여자가 어린 남자를 찾고 있을지. 근데 저 여자는 몇 살인데?"

"스물네 살. 그만 좀 해."

랜던의 애원에 그쯤 해두기로 했다. 나도 다른 데 신경을 써야 했으니까.

"나 시애틀로 이사갈 거야."

불쑥 말을 꺼내고는 너무 충동적이었던 게 아닐까 싶었다.

"뭐라고?"

랜던은 화들짝 놀라며 내 쪽으로 몸을 숙였다.

"시애틀에서 학기를 마칠 수 있게 켄이 도와줄 수 있는지 물어봐야 겠어. 그리고 시애틀에 아파트를 구할 거야. 테사랑 같이 살 아파트. 학점은 대부분 이수해 놨어. 그러니까 그닥 어렵지 않을 거야."

"뭐?"

랜던은 나를 똑바로 쳐다보았다.

'진짜 내가 한 얘기를 못 들은 거야, 뭐야?'

"똑같은 소리를 몇 번이나 하진 않을 거야. 다 들었잖아."

"이제 와서 왜? 테사랑 사귀는 거 아니잖아. 그리고 테사도…."

"아니, 우린 함께할 거야. 테사한테 생각할 시간이 좀 필요한 것뿐이야. 어쨌든 테사는 나를 용서하게 될 거고. 항상 그랬잖아. 너도 알게 될 거야."

마지막 말을 마치고, 나는 테사가 복도에 서 있는 걸 보고 말았다. 테사는 아름다운 얼굴을 잔뜩 찌푸리고 있었다.

그녀는 아무 말 없이 부엌으로 돌아가버렸다.

"빌어먹을."

눈을 감고 소파에 머리를 대고 누웠다. 거지 같이 절묘한 타이밍이다.

4 · 테사

"뉴욕은 세상에서 제일 좋은 도시예요, 테사. 믿을 수 없을 만큼 놀라워요. 벌써 5년째 거기 살고 있는데도 아직 못 가본 곳이 있어요. 평생을 살아도 다 못 볼 거예요."

소피아는 베이킹 팬을 문지르며 말했다. 내가 반죽을 홀랑 태워버렸다. 도통 집중을 할 수 없었다. 하딘의 오만하고 부주의한 말들을 듣고 난 후부터 제정신이 아니었다. 오븐에서 연기가 새어나올 때도 반죽이 타고 있다는 걸 몰랐다. 소피아와 카렌이 다용도실에서 달려왔을 때 비로소 정신이 들었다. 아무도 나를 나무라지 않았다. 소피아는 베이킹 팬을 꺼내 찬물에 담가 식혔다. 그런 다음 문지르기 시작했다.

"내가 가본 가장 큰 도시는 시애틀이에요. 그래도 뉴욕에 갈 준비는 된 거 같아요. 여기서 최대한 멀리 가야 하거든요."

나는 두 사람에게 말했다. 그 순간에도 머릿속에서 하딘의 얼굴이 떠나가지 않았다.

카렌은 미소를 지어 보이며, 소피아와 내게 우유를 따라주었다.

"나는 NYU 근처에 살아요. 괜찮으면 근처를 구경시켜 줄게요. 아는 사람 하나쯤 있으면, 든든하잖아요. 특히나 그렇게 큰 도시에서는요."

"고마워요."

소피아에게 인사를 건넸다. 진심이었다. 랜던도 뉴욕에 있겠지만 짐작컨대, 랜던은 나만큼 헤맬 거다. 그러니 우리 둘 다 친구 찬스를 이용해야 한다. 뉴욕에서 살 생각만으로도 겁이 난다. 누구든 살던 곳을 떠나 대륙을 횡단해 멀리 이사를 간다면 그런 기분이 들 거다. 만약 하딘이 같이 간다면….

쓸데없는 생각을 떨쳐버리려 고개를 흔들었다. 시애틀로 같이 가는 것조차 설득 못 했던 나다. 뉴욕 얘기를 꺼냈다간 면전에서 비웃음거리가 될 거다. 내 계획이나 내가 원하는 것 따위는 헌신짝처럼 버려질 거다. 그리고 당연하게도 내가 자기를 용서할 거라 생각할 거다. 늘 그래 왔으니까.

"그럼."

카렌은 우유가 담긴 잔을 내 쪽으로 들어 올리며 미소를 지었다.

"뉴욕에서의 새로운 모험을 위하여!"

카렌이 환하게 웃었다. 소피아도 잔을 들어올렸다. 그들과 건배를 하면서도 하딘의 말이 뇌리에서 떠나지 않았다.

'테사는 나를 용서하게 될 거고. 항상 그랬잖아. 너도 알게 될 거야.' 라고.

그의 말을 생각하니 멀리 이사 간다는 공포가 옅어졌다. 한 마디 한 마디가 머릿속에서 빙빙 돌았다. 그나마 남아 있는 내 자존심에 상처를 내는 그 말들이 나를 비웃는 것 같았다.

5 · 테사

하딘이 무슨 말이라도 할까 봐 계속 피하는 중이다. 겨우 이틀 지났을 뿐이지만 한 달은 훌쩍 지난 것 같았다. 나는 어떻게든 기를 쓰고 하딘을 피하고 있다. 하딘이 몇 차례 내 방문을 두드렸지만 나는 궁색한 변명만 늘어놓았다. 아직 대화할 준비가 안 됐다.

할 말이 있지만 내가 계속 뜸을 들이는 거다. 카렌도 안절부절못하는 게 한계에 다다른 것 같았다. 카렌은 넘칠 만큼 행복하다. 하지만 비밀을 감추는 건 더 이상 견디지 못하는 것 같았다. 그러면 안 된다. 카렌은 행복하고, 자랑스러우며, 가슴 벅찬 나날을 보내야 한다. 그런 카렌의 행복을 내가 망쳐서는 안 된다. 이렇게 비겁하게 뒤로 물러서 있을 때가 아니다.

문밖에서 쿵쾅거리는 발소리가 들렸다. 나는 숨을 죽이고 가만히 기다렸다. 내가 무얼 바랐는지 잘 모르겠다. 하딘이 내 방문을 두드려 주길 원했다가도 그냥 가버렸으면 싶기도 했다. 나는 여전히 기다리는 중이었다. 마음이 가라앉기를, 내 생각이 이성적이던 예전으로 돌아가기를. 시간이 흐를수록 더 궁금해졌다. 과연 내가 제대로 생각하던 적이 있던가? 늘 혼란스럽지 않았던가? 늘 내 결정에 확신이 없지 않았던가?

나는 침대에 앉아 기다렸다. 두 눈은 꼭 감고 입술은 앙다문 채. 제발 하딘이 방문을 노크하지 않기를. 복도 건너편 하딘 방문이 꽝 닫히는 소리가 들렸다. 실망스럽기도 했지만 한편으로 안심도 됐다.

한 손에 휴대전화를 쥐고, 용기를 끌어 모았다. 거울에 내 모습을 비쳐보고는 복도를 걸어갔다. 노크를 하려 막 손을 들었는데, 문이 열렸다. 윗옷을 입지 않은 하딘이 나를 내려다보며 서 있었다.

"무슨 일 있어?"

하딘이 허겁지겁 물었다.

"아니…, 난…."

걱정스러운 듯 하딘이 미간을 찌푸렸다. 가슴이 철렁하는 걸 억지로 모른 척했다. 하딘은 두 손으로 내 뺨을 감쌌다. 그러고는 엄지로 두 볼을 가볍게 눌렀다. 나는 어정쩡하게 문 앞에 서서 눈만 끔뻑거리며 하딘을 쳐다보았다. 하딘의 손길이 닿자 순간 사고가 정지됐다.

"너한테 할 말이 있어서."

마침내 입을 뗐다. 말이 웅얼거리며 모호하게 들렸다. 하딘은 혼란스러운 초록색 눈동자로 나를 쳐다보았다.

"이렇게 시작하는 말, 별로 안 좋아하는데."

하딘은 음울하게 중얼거리며 내 얼굴에 대고 있던 손을 내렸다.

침대 모서리에 가 앉으며 하딘이 내게 손짓했다. 그와 가까이 있다는 게 조금 꺼림칙했다. 게다가 후텁지근하고 답답한 방의 분위기까지 충분히 나를 주눅 들게 만들었다.

"무슨 얘긴데?"

하딘은 두 팔을 뒤로 뻗으며 침대 쪽으로 몸을 기댔다. 운동복 반바지가 너무 타이트했다. 허리 밴드를 잔뜩 아래로 내려 입어서 속에 아무 것도 입지 않았다는 걸 한눈에 알 수 있었다.

"하딘, 우선 사과할게. 너한테 계속 거리를 두고 있었던 거 말이야. 알다시피 난 시간이 좀 필요했어. 모든 걸 정리하고 싶었거든."

장황하게 서론을 늘어놓았다. 이런 말을 하려던 게 아니었다. 그런데도 입에서는 생각지도 않았던 말이 줄줄 나왔다.

"괜찮아. 네가 나한테 와준 것만으로도 고마워. 알잖아, 내가 너한테 틈을 주는 데는 젬병이라는 거. 정말 미쳐버릴 거 같았거든."

몇 마디가 오가자 하딘은 안심이 되는 것처럼 보였다. 하딘의 눈동자는 나에게 고정되어 있었다. 그 눈에서 뿜어 나오는 강렬함 때문에 나는 시선을 돌릴 수가 없었다.

"알아."

지난 주 내내 하딘이 행동을 절제하고 있었다는 사실은 부인할 여지가 없다. 어디로 튈지 모르던 하딘이 좀 잠잠한 것 같아 나는 좋았다. 그러면서도 여전히 내가 만든 장벽은 존재했다. 뒤에서 잠자코 숨어 있는 중이다. 언제나 그랬듯이 하딘이 다시 내게 매혹되기를 기다리면서.

"크리스찬하고는 얘기해봤어?"

얼른 주제로 돌리며 물었다. 안 그랬다간 둘 다 계속 횡설수설하게 될지도 모른다.

말이 끝나자마자 하딘은 날이 바짝 선 채로 코웃음을 쳤다.

"아니."

하딘은 눈을 가늘게 뜨고 나를 쳐다보았다. 이 얘긴 잘 풀리지 않을 모양이다.

"미안, 내가 좀 무신경했나. 그냥 네가 요즘 무슨 생각을 하는지 궁금해."

하딘은 잠시 아무 말도 하지 않았다. 그 침묵은 끝나지 않는 길처럼 우리 사이를 길게 갈라놓았다.

6 · 하딘

테사의 눈동자가 온통 나를 향해 있다. 그 안에 담긴 염려만큼 나도 스멀스멀 걱정이 일었다. 테사는 나 때문에 벌어진 많은 일을 헤쳐왔다. 그러니 지금은 적어도 내 걱정만큼은 안 하게 해야 한다. 테사가 자신과 진짜 자신이 되는 일에만 집중했으면 좋겠다. 더 이상 나 때문에 초조해 하느라 기운을 빼지 않았으면 좋겠다. 테사는 자기 문제들은 뒷전이면서 다른 사람들, 특히나 내 걱정을 많이 했다. 나는 그게 정말 좋았다.

"무신경한 거 아니야. 네가 나한테 말을 해준 것만으로도 기뻐."

이건 진심이다. 그렇지만 그 다음에 어떤 대화가 오갈지는 짐작 가지 않았다.

테사는 천천히 고개를 끄덕이며 잠시 뜸을 들였다. 드디어 테사를 이 방에까지 오게 만든 진짜 이야기를 할 모양이다.

"켄 씨한테 런던에서 있었던 일들을 얘기할 거야?"

나는 침대에 누워 눈을 감고 생각했다. 뭐라고 대답해야 할까. 지난 며칠 동안 이 문제에 대해 생각하고 또 생각했다. 하루에 열두 번도 더 생각이 바뀌었다. 그냥 확 말해버릴까 싶다가도 나 혼자만 알고 있어야 하나 싶기도 했다. 군이 켄이 알 필요가 있을까? 만에 하나 말한다 해도, 그래서 달라지는 모든 상황을 나는 기꺼이 받아들일 수 있을까? 무슨 변화 같은 게 있긴 할까? 아니면 그냥 내가 개자식인 걸까? 겨우 참을 만해졌고, 아버지란 사람을 용서할 수 있을 것 같았는데. 그런데 그를 용서하고 말고 할 것도 없이 내 아버지가 아니란다.

나는 눈을 뜨고 일어나 앉았다.

"아직 결정 못 했어. 실은 네 생각은 어떤지 알고 싶어."

테사의 회색 눈동자는 전처럼 반짝이지 않았다. 하지만 생기가 많이 돌아와 있었다. 한 지붕 아래 있으면서 테사에게 가까이 갈 수 없는 건 고문이다.

뒤틀린 운명의 장난으로 모든 것이 뒤집힌 거다. 관심을 구걸하는 것도, 아주 단순한 것조차 애걸해야 하는 것도 모두 내 몫이 되었다. 이제는 고작 테사의 사려 깊은 표정만으로도 헤어나올 수 없을 것 같던 고통에서 빠져나온 기분이 든다. 테사는 죽을 힘을 다해 나를 밀어내려 하고, 나는 죽을 힘을 다해 그럴 수 없다고 몸부림치던 그 고통 말이다.

"넌 내가 계속 크리스찬이랑 같이 일했으면 좋겠어?"

테사가 부드러운 말투로 물었다. 테사는 침대 위 쿠션의 솔기를 문지르고 있었다.

"아니."

나는 즉시 답을 했다.

"맙소사, 나도 모르겠어."

이내 말을 바꿨다.

"내가 어떻게 해야 할지 좀 알려줘."

테사는 내 눈을 쳐다보며 고개를 끄덕였다.

"음, 일단 켄 씨하고 이야기를 해봐야 한다고 생각해. 그게 네 어린 시절의 악몽을 떨쳐버리는 데 조금이라도 도움이 된다면 말이야. 분노나 원한을 쏟아내는 거 말고. 크리스찬하고는 다음 행보를 취할 때까지 시간을 가지고 결정을 유보하는 것도 괜찮을 것 같고. 어떻게 흘러가는지 좀 관망해보는 거야, 무슨 말인지 알지?"

테사의 말투에는 이해심이 가득 담겨 있었다.

"넌 어떻게 그래?"

테사가 의아스러운 듯 고개를 한쪽으로 기울였다.

"뭘?"

"언제나 옳은 말만 하잖아."

"내가 뭘."

우리는 함께 피식 웃었다.

"옳은 소리만 하는 거 아니야."

"아니야, 맞아."

테사를 향해 한 손을 뻗었지만 테사는 물러섰다.

"진짜 맞는 말만 해. 늘 그랬지. 전엔 내가 그 말을 안 들었을 뿐이지."

테사는 내게서 시선을 피했다. 그래도 상관없다. 나한테 이런 소리를 듣는 데 익숙해지려면 테사에게도 시간이 필요할 테니까. 그래도 결국 익숙해질 거다. 나는 맹세했었다. 내 기분이 어떤지 숨기지 않고 말하겠다고. 이기적인 나를 버리겠다고. 또 내 언행이나 의도를 테사가 다 알아서 이해해 줄 거라 기대하지 않겠다고.

정적을 깨듯, 테사의 휴대전화가 진동했다. 테사는 입고 있던 학교 로고가 있는 큼지막한 티셔츠 주머니에서 전화기를 꺼냈다. 테사가 입고 있는 옷이 랜던 게 아닐 거라 스스로 최면을 걸듯 되뇌었다. 우리 학교에서 나온 어떤 허접한 옷을 입고 있대도 상관없다. 그저 랜던의 옷이 테사의 맨살에 닿지만 않으면 된다. 말도 안 되는 개소리라는 거 안다. 하지만 한 번 머리에 뿌리박힌 생각은 떠나질 않았다.

테사는 엄지로 스크린을 밀었다. 내가 뭘 본 거지? 순간 당황했다.

테사의 손에서 전화기를 낚아챘다.

"스마트폰? 너 날 완전히 엿 먹였구나!"

나는 손에 들린 새 전화기를 신기한 듯 내려다보았다. 그러다 테사 손이 닿지 못하게 전화기를 머리 위로 들어올렸다.

"아하, 이제 스마트폰을 쓰시겠다 이거지. 내가 그렇게 사라고 할 때는 일언지하에 거절하더니!"

짓궂게 테사를 놀려댔다. 테사는 눈이 동그래지더니 긴장한 듯 숨을 꿀꺽 들이마셨다.

"어째서 마음을 바꾼 거지?"

테사가 안심하도록 나는 미소를 지어보였다.

"몰라. 그냥 그땐 그랬어."

테사는 어깨를 으쓱해 보였지만, 여전히 긴장한 듯했다.

테사의 불안한 모습을 보는 건 싫다. 잠시나마 장난스러운 공방전이 이어지길 바랐는데.

"비밀번호 뭐야?"

설정했을 법한 번호들을 마구 누르며 테사에게 물었다.

이것 참, 첫 번째 시도로 잠금이 해제됐다. 테사의 홈 화면이 나를 반긴다.

"하딘!"

테사는 전화기를 빼앗으려 비명을 질렀다.

"내 휴대폰 뒤져보지 마!"

테사는 한 손으로 내 팔을 붙잡고, 다른 손으로 전화기를 빼앗으려 했다.

"아니, 볼 건데."

나는 깔깔거리며 웃었다. 작은 터치일 뿐인데도 온몸이 찌르르 떨렸다. 살갗 아래 있는 세포 하나하나가 테사의 터치에 살아나는 것 같았다.

테사는 미소를 지으며 조그만 손을 마구 움직였다. 이 환한 표정, 너무나 그리웠다.

"좋아, 그럼 네 폰 내놔."

"안 되겠는데, 미안."

계속 테사를 놀려댔다. 한 손으로는 그녀의 메시지 함을 쭉 훑어보았다.

"네 폰 내놓으라고!"

테사는 우는 소리를 하며 내게 더 가까이 다가왔다. 그러다 한순간 그녀의 얼굴에서 미소가 사라졌다.

"내가 보면 안 되는 게 많이 있구나."

테사의 날이 다시 살아나는 걸 느낄 수 있었다.

"아니, 없어. 네 사진이랑 네가 듣는 그 음악 목록이 다야. 그리고 진짜 내가 얼마나 한심한 놈인지 알고 싶으면, 내 통화 목록을 한 번 뒤져 봐. 내가 너한테 전화해서 결번이라는 자동응답을 몇 번이나 들었는지 확인해 보라고."

테사가 나를 노려보았다. 분명히 못 믿는 눈치였다. 테사의 눈빛이 아주 잠깐 순해지더니 내게 말했다.

"재닌한테는 안 했고?"

테사의 목소리가 너무 작아서 원망이 담겨 있는지도 잘 구분이 안 갔다.

"뭐? 아냐! 보라고. 저기 서랍장 위에 있어."

"안 그러는 게 좋겠어."

나는 무릎을 꿇고 앉아 어깨를 테사에게 기댔다.

"테사, 갠 정말 아무 것도 아니야. 앞으로도 그럴 거고."

테사는 신경 쓰지 않으려 노력 중인 듯했다. 나한테서 놓여났다는 걸 보여주고 싶은 눈치였다. 하지만 나는 안다. 내가 다른 여자랑 함께 있었다는 생각 때문에 테사가 얼마나 조바심을 내고 있는지 말이다.

"나, 가야겠어."

테사가 자리에서 일어섰다. 나는 테사를 잡았다. 그녀의 팔을 잡고 다시 내게 돌아와 달라고 간절한 말투로 애원했다. 테사는 살짝 머뭇 거렸다. 허나 나는 재촉하지 않았다. 그저 기다릴 뿐. 잡고 있던 그녀의 손목을 부드럽게 원을 그리며 문지르면서 말이다.

"무슨 일이 있었다고 생각하겠지만, 절대 아니야."

어떻게든 테사를 설득해 보려고 애썼다.

"내 두 눈으로 봤거든. 그 여자가 네 셔츠 입고 있는 거."

테사가 매몰차게 말했다. 테사는 내 손을 뿌리쳤지만, 가까이 다가 와 섰다.

"내가 그때 정신이 나가긴 했지만, 테사, 걔랑 자진 않았어."

그러고 싶은 생각은 눈곱만큼도 없었다. 그 여자가 나를 건드리는 것만으로도 충분히 역겨웠으니까. 아주 잠깐, 내 입술에 닿은 재닌의 입술에서 담배 맛이 났었다는 말을 해야 하나 고심했다. 그랬다가는 테사를 더 자극할 게 틀림없었다.

"물론 그러시겠죠."

테사가 호전적으로 눈을 흘겼다.

"너랑 이러는 게 정말 그리웠어."

분위기를 가라앉히려 했지만, 테사는 한 번 더 눈을 흘겼다.

"사랑해."

그 말에 테사가 정신이 들었나 보다. 테사는 내 가슴을 밀쳤고, 우리 사이에 공간이 생겼다.

"이러지 마! 이제 와서 나를 원한다고, 내가 다시 돌아갈 거라 기대하지 말라고."

테사에게 분명 다시 돌아오게 될 거라 말해주고 싶었다. 테사는 나의 일부니까. 그 사실을 확인시켜 줄 때까지 나는 멈추지 않을 거다. 그러나 지금 당장은 미소를 지으며 고개를 가로저을 뿐.

"화제를 바꾸자. 그냥 네가 너무 보고 싶었다는 걸 알아줬으면 했어, 오케이?"

"오케이."

테사는 한숨을 내쉬며 두 손가락으로 입술을 꽉 쥐었다. 그 모습에 무슨 화제로 바꾸려고 했었는지 잊어버렸다.

"아, 스마트폰."

내 손에 들려 있던 테사의 전화기로 다시 시선이 집중됐다.

"스마트폰을 사고도 나한테 말하지 않았다니, 믿을 수가 없다."

테사를 슬쩍 쳐다보았다. 잔뜩 찡그렸던 얼굴에 반쯤 미소가 번졌다.

"별로 큰일도 아닌걸. 스케줄 관리하는 데 꽤 도움이 되더라. 랜던이 음악이랑 영화 다운로드 하는 방법도 알려준대."

"내가 도와줄게."

"괜찮아, 정말."

어쨌든 나를 밀어내려 노력하는 듯했다.

"지금 당장이라도 알려줄 수 있어."

테사의 휴대전화에서 앱스토어를 열었다.

그러고 한 시간쯤 보낸 것 같다. 테사가 좋아하는 음악들을 골라 다운

로드하고, 톰 행크스의 로맨틱 영화를 어떻게 다운 받는지 알려주면서.

테사는 내내 조용히 있었고, 가끔씩 '고마워', '아니, 그 노래는 아니야' 같은 말만 했을 뿐이다. 나도 억지로 대화를 하려고 밀어붙이지 않았다.

다 내 탓이다. 내가 그녀를 과묵하고 불안정한 여자로 만들었다. 테사를 자기가 무슨 행동을 하는지도 모르는 사람으로 만들어버렸다. 내 잘못이다. 내가 슬쩍 기댈 때마다 테사가 몸을 뒤로 빼는 것도 내 잘못이다. 그럴 때마다 나는 살점이 떨어져 나가는 것 같았다.

내게 테사한테 줄 수 있는 게 남아 있는지 모르겠다. 테사는 이미 내모든 걸 가졌지만, 가지려고 하지 않는다. 그런데도 테사가 미소라도지으면 내 몸이 다시 꿈틀거린다. 조금이라도 테사가 나를 가지도록만들고픈 욕망이 꿈틀댄다. 전부 테사를 위한 거다. 지금도, 앞으로도 영원히.

"혹시 그것도 가르쳐줄까? 역대급 포르노는 어떻게 내려 받는지 말이야."

실없이 농담을 던졌다. 테사의 두 뺨이 붉게 물들었다. 그것만으로도 성공이다.

"아, 그런 쪽으로는 네가 최고였지."

테사가 맞받아쳤다. 이러는 게 너무 좋다. 늘 그랬던 것처럼 짓궂은 장난이 오갈 수 있다는 게. 테사가 맞장구 쳐주는 것도.

"아니지. 이미 여기에 다 들어 있거든."

나는 깁스한 손으로 이마를 툭툭 쳤다. 테사는 우거지상이 됐다.

"그러시겠지."

테사가 인상 좀 썼다고 동요하진 않았지만, 오해를 하게 그냥 둘 순 없었다. 생각만 해도 싫다. 내가 테사 말고 다른 여자한테 조금이라도 한눈을 팔 거라 생각하는 거 말이다. 테사도 나만큼 싫을 거다. 그래야 테사가 내 옆에 붙어 있었던 게 설명된다.

"농담이 아니라 난 너만 생각해. 항상."

내 말투는 진지했다. 빌어먹을, 너무 진지했다. 그래도 이 태도를 견지할 테다. 좀 더 친근한 분위기를 조성하려고 농담을 한 건데, 괜히 기분만 상하게 했다.

예상을 깨고 테사가 뜻밖의 질문을 던지는 바람에 깜짝 놀랐다.

"나에 대해 뭘 생각하는데?"

아랫입술을 물었다. 머릿속으로 수많은 모습의 테사가 스쳐 지나갔다.

"내 대답을 듣고 싶지 않을걸."

그녀가 침대에 누워 있다. 허벅지는 벌어져 있고, 테사는 두 손으로 침대 시트를 움켜쥐고 있다. 내 혀놀림에 절정에 오르는 중이다.

테사의 엉덩이가 천천히 원을 그리며 움직인다. 테사는 내 위에 있었고, 방은 온통 그녀의 신음으로 가득 찼다.

테사가 내 앞에 무릎을 꿇고 앉아 있다. 입술이 벌어지고 내 페니스를 따뜻한 입 안으로 맞아들인다.

테사가 앞으로 몸을 기울인다. 그녀의 벗은 몸이 은은한 불빛을 받아 반짝였다.

테사는 등을 돌리고 내 페니스를 향해 몸을 낮추었다. 나는 테사를 가득 채웠고, 테사는 내 이름을 부르짖는다….

"네 말이 맞는 것 같네."

테사가 웃더니 이내 한숨을 쉬었다.

"우리는 만날 이러잖아. 이랬다 저랬다."

정확하다. 나는 최악의 한 주를 보내는 참이다. 그런데도 테사는 나를 스마트폰 하나로 웃고 울게 만든다.

"그게 우리야, 베이비. 그게 우리만의 방법이지. 거부할 수 없어."

"떨쳐버릴 수 있어. 우린, 난 그래야 해."

테사의 말은 마치 스스로에게 하는 다짐으로 들렸다.

"너무 오버해서 생각하지 마. 너도 알잖아. 이게 자연스러운 거라고. 포르노 얘기로 서로를 놀러대고, 지금껏 저지른 온갖 추잡한 짓들을 생각하는 거. 난 아직도 더 하고 싶은데."

"이건 정신 나간 짓이야. 우린 이러면 안 돼."

테사가 내게 몸을 기울였다.

"뭘?"

"섹스에 대한 게 전부는 아냐."

테사의 시선이 내 두 다리 사이에 꽂혀 있었다. 불룩하게 솟아오른 앞섶에서 눈길을 떼려고 노력 중인 듯했다.

"그렇다고 말한 적 없어. 우리 둘한테 다 좋은 걸 할 수도 있잖아. 그리고 내가 생각하는 거랑 똑같은 걸 생각하면서, 안 그런 척 좀 하지 마."

"우린 안 돼."

하지만 그 순간, 나는 우리의 숨소리가 똑같다는 걸 알아차렸다. 그리고 절묘하게 테사는 혀를 내밀어 아랫입술을 애무하듯 핥았다.

"내가 먼저 그런 거 아니다."

테사에게 분명히 말했다. 내가 먼저는 아니지만 굳이 거절하지도 않을 거다. 근데 나는 그렇게 운 좋은 놈은 아니다. 테사는 손끝 하나 못 대게 할 거다. 당분간은… 어렵겠지?

"네가 먼저 그랬잖아."

테사가 미소를 지었다.

"내가 언제?"

"진짜거든."

테사는 웃음을 참으며 키득거렸다.

"너무 헷갈린다. 우린 이러면 안 되는 거야. 네 옆에 있는 나를 나도 믿을 수가 없거든."

빌어먹을, 테사도 스스로를 못 믿겠다니 어쩐지 반가웠다. 나도 절반쯤은 나를 믿을 수 없었으니까.

"벌어질 수 있는 최악의 상황이 뭘까?"

나는 한 손을 테사의 어깨에 얹었다. 내 손길에 테사는 움찔했다. 그래도 지난 주 내내 겪었던 혐오스러운 움츠림은 아니었다.

"난 계속 바보 멍청이로 살지도 몰라."

테사가 나지막이 속삭였다. 나는 테사의 팔을 천천히 아래위로 문질렀다.

"생각 많이 하지 마. 머리는 닫고, 몸이 요구하는 대로 해봐. 네 몸은 나를 원하고 있어, 테사. 내가 필요하다고."

테사는 고개를 가로저었다. 이 단순한 진실을 자꾸만 외면한다.

"맞아, 그렇다고."

나는 손을 멈추지 않으며 테사의 가슴께로 더 가까이 갔다. 그리고 테사가 나를 저지하기를 기다렸다. 만에 하나 테사가 그런다면 나는 모든 동작을 멈출 거다. 절대 억지로 테사를 밀어붙이지 않을 거다. 쭉 그랬을지 모르지만, 이제는 그러지 않을 거다.

"봐, 네 몸 어디를 만져야 하는지 낱낱이 알고 있잖아."

승낙을 청하듯 테사의 눈을 쳐다보았다. 그녀의 눈동자는 네온사인처럼 반짝이고 있었다. 테사는 나를 막지 않을 거다. 그녀의 몸은 언제나 그랬듯이 나를 갈망하고 있었다.

"네가 딴 생각을 못 하게, 완전히 다른 세상으로 보내버리는 노하우를 가지고 있지."

내가 만약 테사의 몸을 즐겁게 해준다면, 마음도 자연스레 따라올 거다. 그리고 우리 둘의 마음과 몸의 빗장이 한 번 풀리면, 테사의 생각도 바뀔 거다.

테사는 아무 말이 없었다. 그렇지만 나에게서 시선을 뗄 수 없는 것처럼 보였다. 그걸 침묵의 용인이라 여기기로 했다. 천천히 손을 테사가 입고 있는 셔츠 솔기로 가져갔다. 빌어먹을 셔츠 같으니라고. 무겁고 두껍기가 한이 없다. 테사는 깁스한 내 팔을 툭 치더니 머리 위로 셔츠를 벗었다.

"내가 지금 억지로 밀어붙이는 거 아니지?"

이것만큼은 확인을 받아야 했다.

"응."

테사가 심호흡을 했다.

"이건 진짜 끔찍한 생각이야. 근데 멈추고 싶진 않아."

나는 그 말에 맞장구를 치듯 고개를 끄덕였다.

"난 돌파구가 필요해. 그러니 제발 나를 좀 어떻게 해줘."

"복잡하게 생각하지 마. 아무 생각 말고 그냥 이 순간에 집중해."

테사의 목덜미를 따라 손을 쓸어내렸다. 내 손길에 테사는 몸서리를 쳤다.

너무나 갑작스럽게 테사가 내 입술을 덮쳤다. 잠시 후, 서툴고 머뭇거리던 키스는 열정적으로 바뀌었다. 어색하던 몸짓은 사라지고, 오로지 우리 둘만의 세상에 빠져들었다. 주변의 개소리들은 모두 사라지고 테사와 나, 그리고 격정적인 입맞춤만 있을 뿐이었다. 테사의 혀가 내 혀에 뱀처럼 감겨들었다. 테사가 두 손으로 내 머리카락을 움켜쥐었다. 나는 점점 더 거칠어졌다.

테사를 끌어안고 밀어붙이며 침대에 눕혔다. 그녀가 한쪽 무릎을 굽혀 불룩한 내 사타구니를 애무했다. 나는 부끄러운 줄도 모르고 그녀에게 페니스를 문질러댔다. 그녀는 헐떡거리며 한 손으로 자기 가슴을 움켜쥐었다. 다시 한 번 그녀를 가지고 싶다는 마음이 불타올랐다. 간절함, 그것만으론 모자랐다. 그녀 말고는 다른 어떤 생각도 들지 않았다.

그녀는 풍만한 가슴을 움켜쥐고 자신의 몸을 만지고 있었다. 그 모습을 물끄러미 보고 있었다. 그녀의 완벽한 몸매와 그녀가 나를 어떻게 무장해제 시키는지 가만히 바라보고 있을 뿐이었다. 그녀는 이게 필요했던 거다. 현실로부터 도피할 장치가 필요했던 거다. 그렇다면 나는 기꺼이 그 역할을 수행하겠다.

미리 정해진 움직임이 아니었다. 순수한 열정이 우리를 뒤엉키게 만들었다. 내가 타오르는 불꽃이라면, 그녀는 가솔린이었다. 폭발할 때까지 그 열정은 멈추거나 사그라들 기미가 보이지 않았다. 그때까지 기다릴 거다. 다시는 나 때문에 그녀 혼자 타버리게 놔두지 않을 거다. 그녀는 자신의 온몸을 손으로 훑다가 내 페니스를 잡았다. 그녀의 손길에 나 혼자 절정에 다다르지 않도록 무지하게 애를 썼다. 엉덩이를 들어 그녀의 벌린 가랑이 사이에 놓았다. 그녀는 내 반바지 허리 밴드를 붙잡고 끌어내렸다. 나는 한 손으로 그녀의 옷을 벗겨내려 고군분투해야 했다. 우리는 알몸이 될 때까지 미친 듯이 서로의 옷을 벗겼다.

페니스로 그녀의 성기를 문질렀다. 그녀의 입에서 신음이 터져나왔다. 나는 아주 조금씩, 천천히 그녀 안으로 진입했다. 한 번 더 그녀의 신음이 들렸다. 이번에는 그녀가 내 벗은 어깨에 입을 대고 틀어막았다. 페니스를 더 깊이 밀어 넣자, 그녀는 내 살갗을 핥다가 빨았다. 시야가 흐릿해졌다. 찰나의 순간, 찰나의 움직임까지도 전부 음미하려 애를 썼다. 그녀가 나와 함께 숨 쉬고 움직이는 이 모든 것들을 말이다.

"사랑해."

다짐하듯 말했다. 그녀의 입술이 움직임을 멈췄다. 나를 잡고 있던 테사의 팔에 힘이 풀렸다.

"하딘…."

"결혼해줘, 테사. 부탁이야."

테사의 몸을 가득 채우며 페니스를 밀어 넣었다. 이성이 가장 힘을 잃은 이 순간, 테사에게서 승락을 얻고 싶었다. 비겁하지만 어쩔 수 없다.

"그런 소리 계속 할 거면 더 이상은 못 해."

테사가 조용히 말했다. 그녀는 살짝 기분이 상한 듯 했다. 나하고만 얽히면 자제력을 잃는 자신이 싫었을 수도 있다. 섹스가 한창 무르익었을 때 그런 말을 꺼내다니.

'잘했다, 멋진 타이밍이네. 이기적인 바보 녀석 같으니라고.'

"미안."

테사에게 입을 맞추며 안심시켰다. 생각할 시간을 줄 거다. 지금은 이런 골치 아픈 생각을 할 때가 아니었으니까. 한참 피스톤 운동을 하고 있었다.

"오, 갓."

테사가 깊은 신음을 토해냈다.

불멸의 사랑을 주절대는 대신 테사가 듣고 싶어 하는 말을 했다.

"넌 정말 죽이게 타이트해. 너무 오랜만이야."

테사의 목덜미에 대고 속삭였다. 테사는 한 손으로 내 등을 세게 당겼다. 나는 그녀 안으로 더 깊게 들어갔다.

그녀는 두 눈을 꽉 감고 두 다리에 힘을 주기 시작했다. 절정에 다다른 거다. 당장은 나를 증오하고 있을지라도 그녀는 내 야한 말들을 좋아한다. 오래 견디기는 힘들 것 같다. 그녀도 마찬가지인 듯싶다. 너무 그리웠다. 내가 그녀 안에 있다는 순수한 완전함만을 말하는 건 아니다. 내게 필요했던, 그리고 그녀에게 필요했던 그 어떤 친밀감으로 우리가 하나가 된 거 말이다.

"베이비, 나와 함께하자. 널 느끼게 해줄게."

나는 이를 악물며 말했다.

그녀는 머리를 뒤로 젖히며 내 팔을 꽉 잡고 흐느끼듯 내 이름을 불렀다. 테사는 무너질 듯 말듯 절정에 도달했다. 나는 그런 그녀를 보고 있었다. 그녀의 아름다운 입술이 벌어지면서 내 이름이 불려지던 그 순간을 똑똑히 보고 있었다. 희열에 가득 차기 직전 나를 쳐다보던 그녀의 눈을 보고 있었다. 내게 와준 그녀의 아름다움을 보고 있었다. 비로소 나는 테사를 가지도록 허락받은 거다. 한 번 더 그녀에게 나를 밀어넣었다. 테사의 엉덩이를 붙잡고 나는 모든 걸 그녀에게 쏟아 부었다.

"제기랄."

테사 옆으로 내 몸이 털썩 떨어졌다. 그녀가 내 무게에 눌리지 않도록 최대한 신경 썼다. 테사의 눈은 감겨 있었다. 억지로 뜨려고 애를 쓰는지 눈꺼풀이 파르르 떨렸다.

"으음…."

테사도 나에게 동조했다. 팔꿈치를 세워 몸을 일으켰다. 테사가 눈을 뜰 때까지 가만히 그녀를 보고 있었다. 살짝 두려웠다. 테사가 정신을 차리면 무슨 일이 일어날까. 테사가 이 일을 후회하고 나를 향한 분노가 더 커지면 어떡하지.

"괜찮아?"

벗은 몸의 곡선을 따라 손가락을 움직이며 물었다.

"응."

테사의 목소리는 갈라졌지만 노곤한 만족감이 가득했다.

테사가 제 발로 내 방에 와줬다니 너무 반가웠다. 그녀의 얼굴은커녕 목소리조차 듣지 못한 게 벌써 며칠째인지.

"정말?"

이 일이 테사에게 어떤 의미인지 알아야 한다.

"응."

테사가 눈을 떴다. 바보 같은 미소가 내 얼굴에 번졌다.

"알았어."

나는 고개를 끄덕였다. 테사를 다시 가지게 되었다니 기분이 꽤 괜찮았다. 아주 잠깐이지만 말이다. 테사는 또 눈을 감았다. 그때 퍼뜩 기억이 났다.

"근데, 무슨 말 하려고 온 거였어?"

말이 떨어지자 테사의 아름다운 얼굴에 가득했던 노곤함과 만족스러움이 순식간에 사라졌다. 그리고 번쩍 눈을 떴다. 그녀의 눈이 동그래졌다가 잠시 후 평정심을 되찾았다.

"뭔데?"

실성한 사람처럼 머릿속으로 제드의 얼굴이 스쳐 지나갔다.

"말해봐, 제발."

"카렌 얘기야."

테사는 몸을 모로 세워 누웠다. 나는 테사의 완벽한 가슴에서 억지로 눈을 떼야 했다.

우리가 왜 알몸으로 카렌 이야기를 해야 하는 거지?

"카렌이 뭘 어쨌는데?"

"카렌이…, 그러니까…."

테사는 잠시 머뭇거렸다. 알 수 없는 공포감이 일었다. 카렌에게 무슨 일이 있나, 혹시 켄에게도?

"카렌이 뭐?"

"카렌이 임신했어."

'뭐라고? 무슨 개소리야?'

"누구 애인데?"

어처구니가 없었는지, 테사가 웃음을 터뜨렸다.

"네 아버지지."

테사는 당연한 듯 대답을 했다가 얼른 정정했다.

"아니, 켄이지. 누구겠어?"

무슨 말을 기대했던 건지 잘 모르겠다. 허나 분명한 건 카렌의 임신 소식 같은 건 절대 아니라는 거다.

"뭐라고?"

"좀 놀랍지? 그래도 두 분 다 아주 기뻐하셔."

'좀 놀랍다고?'

이건 좀 놀랄 정도의 사안이 아니란 말씀이다.

"켄하고 카렌이 아이를 가졌단 말이야?"

내가 말하고도 참 어처구니가 없다.

"응, 맞아."

테사는 나를 조심스럽게 쳐다보았다.

"이 소식 들으니까 기분이 어때?"

기분이 어떠냐고? 빌어먹을, 나도 모르겠다. 나는 그 사람을 잘 모른다. 이제야 뭔가 유대감이 생길락 말락 하던 참이었다. 근데 그 사람에게 또 아이가 생겼다고? 아마 양육한답시고 그 아이한테 딱 붙어 지내겠지?

"내 기분 따위는 별로 중요하지 않은 거 같은데?"

더 이상 아무도 입 열지 않았으면 좋겠다. 나는 침대에 누워 눈을 감았다.

"중요하지. 그분들한텐 중요해. 아기가 태어나도 달라지는 건 아무것도 없다는 걸 네가 알길 바라서, 하던. 너도 가족의 일원이 되기를 바라신다고. 넌 큰형이 되는 거야."

'큰형이라고?'

스미스 생각이 났다. 이상한 애어른 같은 그 애의 성격도 떠올랐다. 속이 메스꺼워졌다. 이건 누구라도 감당하기 힘들 거다. 게다가 나처럼 망나니 같은 인간에게는 더욱.

"하딘, 받아들이기 힘들다는 거 알아. 그래도…."

"괜찮아. 샤워 좀 해야겠어."

나는 침대에서 내려와 바닥에 떨어진 반바지를 주웠다.

테사가 몸을 일으켜 앉았다. 혼란스럽고 살짝 마음이 상한 모습이었다. 나는 반바지를 꿰어 입었다.

"더 얘기하고 싶다면 여기서 기다릴게. 이 소식을 내가 전해주고 싶었어."

너무하다.

테사는 나를 원한 게 아니었다. 청혼도 거절했다.

'테사는 왜 우리가 어떤지는 보려 하지 않을까? 우린 무엇 때문에 함께 있는 걸까?'

우리는 떨어질 수 없다. 우리가 바로 소설 속의 그 사랑이다. 테사가 기억하고 있는 오스틴이나 브론테의 소설보다도 더한 사랑이다.

심장이 요동쳤다. 숨이 쉬어지지 않았다.

테사는 자기가 살아 있는 게 아니라고 느끼는 걸까? 그게 이해가 안 된다. 나는 테사 때문에 살아 있을 수 있다. 테사만이 내 생명에 숨을 불어넣을 수 있는 존재다. 테사가 없다면 나는 정말 아무 것도 아니다. 나는 살아남을 수도, 살아갈 수도 없다.

살 수 있더라도 살고 싶지 않다.

'빌어먹을.'

음울한 생각들이 스멀스멀 머릿속에서 되살아나려는 듯했다. 테사가 준 그 작은 희망의 불빛을 붙잡아 보려고 나는 만신창이가 되어 있었다.

도대체 이건 언제 끝나는 걸까? 언제쯤이면 매번 불쑥불쑥 떠오르는 이 나쁜 생각들을 접고, 내가 정신을 차릴 마음이 들겠냐 말이다.

7 · 테사

나는 여기에 있다. 우리는 여기에 있다. 끝도 없는 행복과 욕정, 열정과 숨 막히는 사랑, 그리고 고통의 굴레 속에. 이번에도 고통이 이긴 것 같다. 고통은 늘 이긴다. 이런 싸움이 질린다.

하딘이 방을 나섰다. 억지로 아무렇지도 않은 척하며 그 모습을 쳐다만 보고 있었다. 방문이 닫히자, 나는 손으로 머리를 때리며 관자놀이를 문질렀다. 도대체 나는 왜 이러지? 왜 하딘 말고 다른 건 안 보이는 사람처럼 구는 거지? 아침에 눈을 뜨면 나는 분명 하딘 없는 삶을 마주할 준비가 되어 있다. 그런데 왜 불과 몇 시간 후에는 그의 침대에 홀로 남겨져 있는 걸까?

하딘이 내 삶을 제압하고 있는 게 정말 싫었다. 그러면서도 평생 그걸 멈출 수 없을 것 같다. 스스로 무너져 내린 걸 하딘 탓으로 돌릴 순 없다. 하지만 적어도 하딘에게 따져 물었어야 했다. 네가 무엇이 옳고 그른지 그 경계를 구분하기 어렵게 만든다는 사실을 말이다. 그가 내게 미소라도 지으면, 그 경계선은 순식간에 모호해진다. 게다가 그 느낌이 온몸으로 밀려들면 떨쳐낸다는 건 불가능해진다.

하딘은 나를 자주 울리는 만큼 또 나를 웃게 만든다. 내 안에는 아무것도 없고, 그것이 내 운명이라는 걸 또 다시 받아들이게 만든다. 다시는 아무 것도 느낄 수 없으리라 확신했었다. 그런데 하딘은 그런 나를 끌어내 주었다. 아무도 그러려고 하지 않았던 순간, 하딘은 내 손을 잡았다. 그러고는 나를 물 밖으로 끄집어내 주었다.

그렇다고 해도 우리는 함께할 수 없다. 단순히 생각해도 우리는 안 맞는다. 희망 고문을 당하는 건 그만하겠다. 나만 바보 되는 거다. 하딘이 변덕을 부려 자기가 떠벌인 말을 죄다 철회하기라도 하면 말이다. 나를 도와주던 손에 의해 찢기고 또 다시 찢기고, 그러며 사는 건 이제 거절하겠다.

나는 여기 있다. 이미 저지른 실수를 집요하게 곱씹으며. 내가 저지른, 그가 저지른, 그리고 우리 부모님들이 저지른 실수들. 그 실수들이 어떻게 나를 잠식해 나가는지, 그래서 결국 나는 마음의 평화를 누리지 못한다는 것을 그대로 보여주며 말이다.

그의 손이, 그 뜨거운 입술이 내게 닿는 순간, 그의 손이 내 예민한 곳으로 파고들던 순간, 나는 머릿속이 조용해지는 걸 느꼈다. 그러다 잠시 후, 활활 타던 불길이 꺼지고 나니 나는 이렇게 혼자다. 상처 받고, 어쩔 줄 몰라 허둥대며, 혼자 있다. 역시 뻔하고 똑같은 스토리다. 그저 지난번보다 훨씬 더 비참할 뿐이다.

자리에서 일어나 브라를 입고, 랜던의 셔츠를 뒤집어썼다. 하딘이 돌아올 때까지 이 방에 있을 수 없다. 하딘과 맞닥뜨리는 걸 기다리며 매무새를 고치면서 시간을 허비하고 싶지 않다. 이런 게 어디 한두 번인가. 그리고 나는 마침내 하딘의 손길이 미치지 않는 나만의 영역을 구축하겠노라 마음먹은 참이었다. 그에게 잠식당하지 않을 곳, 내 숨결이 그에게 아무 책임도 지우지 않는 곳, 그래서 그를 극복하고 내 삶을 직시할 수 있는 그런 곳 말이다.

이건 일탈이다. 그뿐이다. 몹쓸 과실이다. 침묵만이 남겨진 이 방에서 나는 그 사실을 여실히 깨달았다.

서둘러 옷을 챙겨 입고 내 방으로 돌아왔다. 욕실 문 열리는 소리가 들렸다. 그의 발소리가 점점 커지더니 내 방 앞을 지나갔다. 조금 있으면 내가 방에 없다는 걸 깨닫게 되겠지.

그럴 줄 알았지만, 노크도 없이 하딘이 내 방으로 들어왔다.

나는 침대에 앉아 있었다. 다리를 한껏 웅크려 앞으로 모아 잡고. 스스로를 방어하려면 이러는 수밖에. 분명 그의 눈에 내가 처량하게 보였을 거다. 후회의 눈물이 흘러내린 눈두덩은 뜨끈했고, 온몸에서 그의 냄새를 풍기고 있을 테니.

"왜 여기 있어?"

하딘의 머리카락이 젖어 이마에 물이 뚝뚝 흘러내렸다. 두 손은 거의 벗다시피 한 허리춤을 받치고 있었다. 반바지가 아슬아슬하게 걸쳐 있다.

"내가 아니라 네가 나갔지."

하딘은 공허한 눈빛으로 나를 쳐다보았다. 잠시 침묵의 시간이 흘렀다.

"네 말이 맞는 것 같네. 다시 올래?"

물어보는 것 같은 명령이다. 침대에서 일어나지 않으려 이를 악물고 버텼다.

"좋은 생각이 아닌 거 같아."

그의 시선에서 눈을 돌렸다. 하딘은 방 안으로 성큼성큼 들어오더니, 침대 위 내 맞은편에 앉았다.

"왜 그렇게 생각해? 변덕부린 건 미안해. 어떻게 해야 할지 몰라서 그랬어. 진짜 다 까놓고 얘기하자면, 너한테 막말하지 않을 자신이 없었어. 그래서 일단 방을 나간 거야. 머릿속을 정리하고 싶어서."

'왜 하딘이 전에는 이렇게 행동할 수 없었을까? 왜 내가 그렇게 바랄 때는 이처럼 솔직하고 분별 있게 굴지 못했을까? 왜 그가 달라지고 싶어 한다는 걸 내가 믿지 못하게 된 걸까?'

"최소한 그런 눈치라도 주고 갔으면 좋았잖아. 그냥 혼자 덜렁 남겨 놓는 거 말고."

고개를 끄덕이며 말했다. 마음속에 있는 용기를 끌어내 말을 이었다.

"우리가 둘이 같이 있는 건 아닌 거 같아."

하딘의 눈빛이 사나워졌다.

"무슨 소리야?"

투덜대는 말투였다. 상당히 분별 있군.

나는 팔짱을 끼었다.

"너를 위해서라도 이 방에 있을게. 앞으로도. 혹시 얘기하거나 털어 놓고 싶은 게 있으면, 그게 아니라도 그냥 누가 옆에 있어주길 원하면 그래 줄게. 근데 그럴 거면 공용 공간에 있어야 할 것 같아. 거실이나 주방 같은 곳."

"진심으로 하는 말이야?"

하딘이 비웃는 어조로 말했다.

"진심이야."

"공용 공간이라고? 랜던한테 엘레노어 틸니(제인 오스틴의 소설 『노생거 수도원』에 나오는 인물 이름 - 옮긴이)처럼 서빙 받으면서? 말도 안 되는 소리. 우린 같은 방에 있어야 해. 참관인 같은 건 필요 없다고."

"참관인 같은 걸 말한 게 아니야. 돌아가고 있는 판을 생각해본 것뿐이야."

그는 한숨을 내쉬었다.

"며칠 후에 시애틀로 돌아갈 거야."

바로 직전까지도 확실한 일정은 없었다. 하지만 이제 입 밖으로 나온 말인 만큼, 그렇게 될 거다. 뉴욕으로 이사하려면 신변을 정리해야 한다. 킴벌리도 보고 싶었다. 상기하고 싶지 않은 병원 예약 문제도 있고. 스캇 가족들 틈에서 빈둥거려봐야 좋을 게 없다.

"나도 너랑 같이 갈 거야."

세상 제일 간단한 해결책인 것처럼 하딘이 아무렇지도 않게 말했다.

"하딘…."

하딘은 헐벗은 채 침대에 자리를 차지하고 앉았다.

"언제 이 얘기를 꺼낼까 기다리고 있었어. 아무튼 지금 사는 아파트를 정리하고 나도 시애틀로 옮길 거야. 네가 원하던 바잖아. 나도 이젠 준비가 되었고. 뭐가 그렇게 오래 걸렸는지 모르겠어."

하딘은 머리카락을 쓸어 올렸다. 거의 마른 머리카락이 이리저리 뻗쳤다.

나는 하딘은 향해 고개를 가로저었다.

"무슨 소리야?"

'이제 와서 시애틀로 옮기고 싶다고?'

"우리가 살 만한 괜찮은 집을 얻을 거야. 네가 지내던 밴스의 집 같은 으리으리한 집은 아니겠지만, 그래도 너 혼자 힘으로 얻을 수 있는 것 보다는 나을 거야."

나를 얕잡아 보려고 한 말이 아니라는 건 안다. 그래도 무시당하는 기분이 들었다. 금세 나는 날이 바짝 섰다.

"이해 못 하는구나?"

두 팔을 내팽개치며 힐난조로 말했다.

"넌 완전히 요점에서 벗어났어!"

"요점? 여기서 무슨 요점 타령이야?"

하딘이 내 쪽으로 훅 다가왔다.

"안 된다는 거야? 내가 너를 위한 사람이 됐다는 걸 보여주겠다는데 왜? 요점 같은 건 필요 없어. 네가 옳으니, 내가 옳으니 시비를 가릴 필 요도 없고. 나를 사랑하면서도 내 곁에 있는 걸 받아들이지 않으려는 너 자신을 비참하게 생각하지 않아도 된다고."

하딘이 내 손을 잡았다. 그러나 나는 손을 뺐다.

"하딘, 네 말에 나도 동의하고 싶어. 네가 말하는 환상적인 세상에 살 고 싶기도 하고. 근데 난 이미 너무 오래 그래 왔어. 그리고 이제 더 이 상 못 하겠어. 네가 전에도 경고했었지. 나한테 끊임없이 기회도 줬고. 피할 수 없는 현실을 똑바로 보라고 말이야. 그땐 내가 거부했었지. 근 데 지금은 알겠어. 우리는 처음부터 잘못 채워진 단추였다는 걸. 도대 체 이런 얘기를 몇 번이나 더 해야 해."

하딘의 초록색 눈동자는 나를 뚫어질 듯 쳐다보았다.

"수백 번이든 수천 번이든 네 마음이 바뀔 때까지."

"난 단 한 번도 네 마음을 바꿀 수 없었어. 근데 넌 어째서 내 마음을 바꿀 수 있다고 생각하지?"

"우리 사이에 있었던 일이 너한테 아무 것도 아니라는 거야?"

"난 네가 내 삶의 한 부분이 되길 바라. 지금 같은 관계는 아니지만. 남자친구 같은 거 말고."

"그럼, 남편?"

하딘의 눈빛에는 유머가 가득했다. 아니 희망인가?

이 와중에도 저런 말을 할 수 있다니…. 나는 하딘을 똑바로 쳐다보았다.

"우린 같이할 수 없어, 하딘! 그리고 결혼 얘기 막 던지지 마. 그런다고 마음 바꾸지 않아. 예전엔 너랑 결혼하고 싶었어. 그렇다고 그걸 최후의 수단인 것처럼 꺼내지 마!"

하딘의 숨소리가 점점 거칠어졌다. 그럼에도 말투는 여전히 부드러웠다.

"그런 거 아냐. 너하고 게임하는 것도 아니고. 나도 깨달은 바가 있어. 내가 너랑 결혼하고 싶은 건 그게 아닌 삶을 산다는 게 상상이 되지 않아서 그래. 넌 계속 내 잘못을 질책해도 돼. 그래도 우리가 당장 결혼하는 게 낫다는 거 너도 알 거야. 우린 헤어질 수 없어."

확신에 찬 목소리였다. 자기 자신과 우리 모두에게. 나는 다시 혼란스러워졌다. 하딘의 말에 화를 내야 할지, 기뻐해야 할지조차 결정할 수 없었다.

결혼의 개념이 불과 몇 달 전과는 많이 달라져 있었다. 우리 부모님은 결혼하셨던 게 아니다. 두 분이 할아버지와 할머니를 속이려고 결혼한 척 했었다는 사실을 알았을 때, 믿기 힘들었다. 트리시와 켄은 결혼했었다. 그들은 법으로 구속된 사이였지만, 침몰하는 자신들의 배를 구하진 못했다.

'그럼 결혼이라는 것의 진짜 의미는 뭐지?'

결혼은 뭐 하나도 지켜내지 못했다. 결혼이 웃기는 수작이라는 생각이 들기 시작했다. 머릿속이 뒤죽박죽이었다. 결혼은 그저 행복을 얻고자 하는 사람들이 의존하는 대상이자 그 사람들을 얽어매는 계약에 불과했다.

다행스러운 건, 마침내 내가 그걸 깨달았다는 사실이다. 내 행복을 그 누구에게도 의존할 수 없다는 사실을.

"난 절대 결혼하고 싶지 않아."

하딘은 거친 숨을 삼키고는 한 손으로 내 턱을 잡았다.

"뭐라고? 진심이야?"

하딘이 내 눈치를 살폈다.

"진심이야. 결혼은 아무 것도 책임져 줄 수 없어. 이혼이 쉬운 것도 아니고."

나는 어깨를 으쓱하며, 하딘의 무서운 표정을 애써 무시했다.

"무슨 소리야? 언제부터 이렇게 시니컬해진 건데?"

시니컬? 난 시니컬하지 않다. 그저 현실을 파악했을 뿐이다. 그리고 절대 내가 가질 수 없는 소설의 결말 같은 허상을 붙잡지 않기로 했을 뿐이다. 또 평생 이랬다저랬다 할 하딘을 더 이상 감당하지 않기로 했을 뿐이다.

"잘 모르겠어. 아마 내가 바보였다는 걸 깨달았을 때부터겠지. 이렇게 끝난 것에 대해 널 원망하진 않아. 내가 절대 가질 수 없는 삶에 병적으로 집착했었어. 그래서 널 힘들게 만들었고."

하딘은 절망적으로 머리카락을 쥐어뜯었다.

"테사, 말도 안 돼. 넌 아무 것도 집착하지 않았어. 내가 나쁜 놈이었지."

하딘은 고통스러운 신음을 토해내며 내 앞에 무릎을 꿇었다.

"빌어먹을, 이제 내가 어떻게 생각하는지 좀 봐! 네 말과 정반대야."

나는 자리에서 일어섰다. 괜한 짓을 했다는 생각이 들었다. 내 느낌을 솔직하게 말하지 말걸. 정신적으로 너무나 큰 갈등이 일었다. 이 작은 방에 하딘과 함께 있는 건 아무 도움도 안 된다. 하딘과 붙어 있으면 집중이 안 된다. 내 말 한마디 한마디가 자신에 대한 공격이라고 여기는 듯한 눈빛으로 하딘이 나를 쳐다본다. 그럴 때면 나는 도저히 논리를 펼수가 없다. 진실이야 어떻든 그런 하딘을 보면 마음이 아려오니까.

감정에 휘말리는 여자들을 비난했었다. 영화나 드라마에서 지나치게 끌려 다니는 여자를 볼 때면 나약하다고 쉽게 낙인을 찍었다. 하지만 이제는 안다. 그건 간단한 문제가 아니었다. 잘라내버리면 금세 아무는 그런 상처 같은 게 아니었다.

누군가를 규정하려면 다각적으로 고려해야 한다. 그걸 하딘을 만나고 나서야 인정하게 되었다. 예전엔 너무나 쉽게 단정 짓곤 했으니까. 그들의 감정에만 치중해서 그들을 판단했었다. 이런 어리석은 감정들이 얼마나 강한지, 나는 미처 알지 못했다. 자석에 끌리듯 이끌리는 감정은 이해의 영역이 아니었다. 상식을 압도하는 사랑도, 논리를 지배하는 열정도 이해하지 못했다. 기분을 이해받지 못하는 게 사람을 얼마나 무기력하게 만드는지 몰랐다. 누구도 나를 나약하거나 어리석다고 비난할 수 없다. 누구도 감정 문제로 나를 깎아내릴 순 없다.

나는 앞으로 완벽해지려고 하지 않을 거다. 나는 지금 나를 물 위로 끌어올리기 위해 매순간 사투 중이다. 그건 짐작만큼 쉽지 않다. 누군가에게서 떠나는 건 정말 쉽지 않다. 그 사람이 자신을 내 몸의 세포 하나하나에 아로새겨 놓았다면. 그 사람이 내 모든 사고방식을 지배하고 있었다면. 그 사람이 내가 지금껏 느껴보지 못했던 온갖 쓰고 단 감정들에 대한 책임이 있다면 말이다. 누구도, 심지어 나 자신조차도 나를 비난할 수 없다. 책에서 읽었던 위대한 사랑을 할 수 있다고 믿었던 나를. 그래서 열정적으로 사랑하고, 필사적으로 희망했던 나를.

내가 해온 일들을 정당화하고 나서야, 나의 무의식은 '나'를 눈감을 수 있게 해주었다. 그리고 내 감정이 '나'를 가지고 놀았다는 자책감에서 벗어나게 해주었다.

"테사, 나도 시애틀에 갈 거야. 나랑 같이 살자고 강요하지는 않을게. 그냥 네가 있는 곳에 있고 싶어. 네가 날 받아들일 마음의 준비가 될 때까지는 거리를 유지할게. 다른 사람들하고도 다 잘 지낼게. 반스하고도."

"그런 얘기가 아니잖아."

나는 한숨을 내쉬었다. 하딘의 결정이 기특하기는 하지만, 언제까지 지속될까. 결국 하딘은 싫증내며 자기 삶으로 돌아갈 거다. 우리는 너무 먼 길을 왔다.

"잘 지킬게. 아무튼 나도 시애틀에 갈 거야. 아파트 얻는 거 안 도와줘도 알아서 구해볼게. 내가 고른 집을 너도 좋아하게 될 거야."

하딘한테 내 계획을 알릴 필요는 없다. 하딘의 말을 귀담아 듣지 않으려고 다른 생각에 잠겼다. 그 얘기를 들었다간, 진심으로 그 말들을 들었다간, 그동안 쌓아왔던 내 방어벽은 또 쉽게 무너질 테니까. 불과 한 시간 전 그 표면이 조금 갈라지긴 했지만. 감정이 몸을 지배하게 돼 됐기 때문이다. 하지만 다시 그런 일은 없을 거다.

하딘은 10분쯤 더 있다 내 방을 나갔다. 나는 그의 허망한 약속들을 애써 외면했다. 시애틀로 갈 짐을 싸야 한다. 그동안 너무 오락가락했다. 특히 요즘 너무 많은 곳을 돌아다녔다. 언제쯤 내 집이라 부를 만한 곳을 찾을 수 있을까. 안전과 안정감이 필요하다.

아무런 안전망도 없이 나를 흔들어대는 세상으로부터 벗어나려 했다. 내내 안정되길 바라며 계획을 세우고 또 세웠다. 그런데 지금, 아무 것도 남지 않았다. 이게 뭐지….

마지막 계단을 내려서자 랜던이 벽에 기대 있는 게 눈에 들어왔다. 랜던은 나를 멈춰 세웠다.

"너한테 하고 싶은 말이 있었어."

랜던이 말을 꺼내길 기다렸다. 나를 뉴욕에 달고 가겠다는 그의 생각이 변하지 말았기를.

"혹시 같이 NYU로 가겠다는 생각, 바뀐 건 아니지? 바뀌었다고 해도 괜찮아. 어떻게 정리했는지 알고 싶어서. 그래야 켄 씨한테 비행기 표를 구해달라고 부탁할 수 있으니까."

"갈 거야. 일단 시애틀에 가서 킴벌리한테 작별 인사는 해야 하니까."

병원 예약한 걸 얘기하고 싶었지만, 나조차 아직 그 일을 받아들일 마음의 준비가 되지 않았다. 어느 것도 확실한 건 없다. 그러니 지금은 생각하지 않는 게 낫다.

"확실하지? 억지로 갈 필요는 없어. 네가 여기 하딘이랑 같이 있겠다고 해도 이해해."

랜던의 말투는 친절하고 이해심이 가득했다. 나는 그의 어깨에 두 팔을 올리고 미소를 지었다.

"마음 안 바뀌었어. 진짜 가고 싶어. 나를 위해서."

"하딘한테는 언제 얘기하려고? 걘 뭐라 그럴까?"

이 나라를 가로질러 멀리 떠난다고 하면 하딘이 뭐라고 할까? 심각하게 생각해보지 않았다. 내 계획에 하딘까지 반영할 시간은 없었다. 더 이상 그럴 필요도 없고.

"솔직히 예상이 안 돼. 아빠 장례식 때까지만 해도 하딘이 나한테 신경 쓸 거라 생각하지 않았거든."

랜던이 애매하게 고개를 끄덕였다. 그때 부엌에서 소리가 들렸다. 그제야 랜던에게 축하 인사조차 하지 않았다는 걸 퍼뜩 깨달았다.

"카렌이 임신했다는 걸 나한테도 말 안 해주다니, 말도 안 돼!"

나는 꽥 소리를 질렀다. 다행이다. 화제를 자연스럽게 바꿨다.

"미안. 엄마한테 들었을 때는, 네가 방에 셀프 감금 중이었잖아."

랜던이 싱긋 웃으며 놀렸다.

"아가 동생이 생기는데 집을 떠나야 해서, 슬픈 건 아니지?"

랜던이 외동인 걸 좋아했는지 궁금했다. 그 얘기는 몇 번했지만, 그때마다 랜던은 친부에 대해 얘기하는 걸 피했었다. 그래서 매번 그 화제는 나에게로 돌아오곤 했다.

"약간. 엄마가 임산부로 혼자 어떻게 지내실지 걱정이야. 엄마랑 켄 씨도 많이 보고 싶을 거고. 그래도 마음의 준비는 됐어."

랜던은 미소를 지었다.

"적어도 그렇다고 생각할래."

나는 확신에 차 고개를 끄덕였다.

"우린 잘 지낼 거야. 특히 너는. 넌 입학 허가도 다 받았잖아. 나는 아무 준비도, 입학 허가도 없이 무작정 뉴욕으로 날아가는데, 뭐. 일자리도 없고…."

랜던은 내 입을 틀어막고 웃음을 터뜨렸다.

"나도 변화를 생각하면 걱정돼. 근데 억지로라도 낙관적으로 생각하는 중이야."

"뭘 말이야?"

나는 입이 틀어막힌 채 웅얼거렸다.

"글쎄, 뉴욕이잖아. 그것만으로도 충분히 그럴 만하지."

랜던이 속엣말을 털어놓고 활짝 웃었다. 나도 따라 미소 지었다. 복도 저쪽에서 카렌이 우리에가 다가오는 소리가 들렸다.

"너희 두 사람이 떠난다는 소리만 들어도 벌써 그립구나."

카렌의 눈동자가 불빛을 받아 반짝였다.

켄 씨가 카렌 뒤로 다가와 카렌의 뒤통수에 입을 맞추었다.

"우리 모두 그럴 거다."

노크 소리에 방문을 열었다. 어색한 미소를 지으며 서 있는 켄을 보자 실망스러운 기색을 감출 수가 없었다. 내가 바라던 사람이 아니었다.

켄은 들어오라는 승낙을 기다리며 어정쩡하게 서 있었다.

"아기 얘기를 좀 하고 싶어서…."

켄이 우물쭈물하며 입을 뗐다.

드디어 올 것이 왔다. 피할 수 있는 일은 아니었다.

"들어오세요."

나는 길을 비켜주며, 책상 옆에 있는 의자에 가 앉았다. 아무 생각도 들지 않는다. 켄이 무슨 말을 할지, 뭐라고 대꾸해야 할지, 또 이 대화가 어떤 식으로 끝날지. 분명한 건 끝이 좋지는 않으리라는 사실이다.

켄은 앉지 않았다. 그는 두 손을 회색 바지 주머니에 찔러 넣고는 서랍장 옆에 섰다. 회색 스트라이프 타이에 검정색 니트 조끼를 받쳐 입은 모습이 '난 4년제 대학교의 총장이야!'를 온몸으로 외치는 듯 보였다. 하지만 그의 갈색 눈동자와 잔뜩 찌푸린 미간에서 걱정이 가득한 걸 읽을 수 있었다. 갈 곳 잃은 두 손이 가련하게 허둥거렸다. 그 모습을 보니 그를 곤란함에서 꺼내주고 싶다는 생각마저 일었다.

"난 괜찮아요. 아마 내가 빡돌아서 펄펄 뛸 줄 알았겠지만, 솔직히 당신이 아기를 갖든 말든 상관 안 해요."

결국 내가 먼저 입을 열었다.

켄은 한숨을 내쉬었다. 안심하라고 한 말이 별 효과가 없는 듯 보였다.

"네가 마음 상했다고 해도 괜찮다. 나도 예상 못 했던 일이었어. 네가 나한테 어떤 기분일지 안다. 그저 바라는 건, 나에 대한 나쁜 감정이 커지지 않았으면 하는 거다."

켄은 바닥을 보며 말했다. 테사가 카렌이 아닌 내 곁에 있었으면 좋겠다. 테사가 떠나기 전에 만나야 한다. 테사에게 숨 쉴 공간을 주겠노라 약속했지만, 이런 부자간의 대화는 미처 예상치 못했다.

"내가 당신한테 아무 감정 없다는 거 아시잖아요."

젠장, 사실 저 사람에게 무슨 감정인지 모르겠다.

그럼에도 켄은 참을성 있는 목소리로 말했다.

"이 일이 지금껏 우리가 쌓아왔던 관계나 유대감에 아무 영향도 끼치지 않길 바란다. 내가 갚아나가야 할 게 많겠지. 그래서 부탁인데, 앞으로도 계속 그럴 수 있게 해줬으면 한다."

그 말을 듣는데, 이전엔 몰랐던 우리 사이의 유사점을 느낄 수 있었다. 우린 둘 다 형편없는 인간들이다. 우리는 둘 다 바보 같은 결정과 중독에 휘둘렸다. 내가 이렇게 된 건 순전히 저 인간 밑에서 자라서였다. 그게 열받는다. 반스가 나를 키웠다면, 나는 이렇게 되지 않았을 거다. 내면에서부터 이런 식으로 망가지지 않았을 거다. 술 취한 아빠가 집에 들이닥치는 걸 두려워하지 않았을 거다. 바닥에 쓰러진 엄마 곁에서 몇 시간이나 앉아 있지 않았을 거다. 저 인간의 잘못 때문에 상처 입고 피 흘리는 엄마가 정신줄을 놓지 않으려 사투하던 그 몇 시간 동안 말이다.

안에서부터 화가 부글부글 끓어, 혈관을 타고 흐르는 것 같았다. 일이 터지기 전에 테사를 불러야 한다. 나는 테사가 필요하다. 이런 순간, 아니, 사실 항상 그렇지만, 특히나 지금은 더욱 필요하다. 나를 격려해주는 테사의 부드러운 목소리가 필요하다. 마음 속에 드리워진 어두운 그림자를 밝혀줄 빛이 필요하다.

"난 네가 아기 인생의 한 부분이 되길 바란다, 하딘. 이건 우리 모두한테 정말 좋은 일이 될 거다."

"우리라고요?"

나는 콧방귀를 뀌었다.

"그래, 우리 모두. 너도 우리 가족의 일원이잖니. 카렌과 결혼하고 랜던의 아버지 역할을 하면서, 내가 너를 잊고 있을 거라고 생각했겠구나 싶었다. 네가 아기 때문에 또 그런 생각을 하지 않았으면 한다."

"나를 잊었다고요? 당신은 카렌과 결혼하기 한참 전에 나를 잊어버렸잖아요."

켄의 면전에 퍼부어대면서도 이전과는 다른 기분이 들었다. 엄마와 크리스찬이 얽힌 켄의 과거를 알아버렸기 때문이다. 두 사람이 저지른 짓을 생각하면 켄이 안됐기도 하다. 하지만 동시에 작년까지는 무책임하기 이를 데 없는 아버지였던 걸 떠올리면 화가 치밀어 오른다. 나의 생부가 아니었더라도 켄은 우리를 돌볼 책임이 있었다. 자기가 그 역할을 자처했음에도, 그깟 술에 무릎을 꿇고 말았다.

그래서 견딜 수가 없다. 참아야 하는데도 화가 일었다. 나는 알고 싶었다. 알아야 한다. 켄은 왜 내 아버지인지 확신도 없으면서 어줍잖게 뭔가를 바로잡으려 했는지.

"엄마가 당신 몰래 반스랑 놀아난 걸 언제 아셨어요?"

폭탄을 던지듯 속에 있던 말을 툭 던졌다.

방 안에 있는 공기가 순식간에 사라진 듯했다. 켄은 잠깐 정신이 나간 듯 보였다.

"어떻게….."

켄은 말을 멈추더니 손으로 턱 밑을 마구 문질렀다.

"누가 그런 소리를 하더냐?"

"난 다 알아요. 런던에서 일이 있었어요. 두 사람이 같이 있는 걸 나한테 들켰어요. 부엌 카운터 테이블에서 그짓거리를 하고 있더군요."

"오, 갓."

목이 졸린 듯한 소리였다. 켄은 가슴을 크게 부풀리며 숨을 토해냈다.

"결혼식 전이냐, 후냐?"

"전이요. 하지만 엄마는 이미 결혼한 거나 마찬가지였잖아요. 어쨌든 엄마가 반스를 원했던 걸 알면서도 왜 당신은 엄마 곁에 있었던 거죠?"

켄은 심호흡을 몇 차례 하고는 방을 둘러보았다. 그러더니 몸을 낮게 움츠렸다.

"네 엄마를 사랑했다."

켄이 내 눈을 똑바로 쳐다보았다. 벌거벗겨진 진심이 드러나 우리 사이의 거리를 없애주는 듯했다.

"다른 이유는 없다. 나는 네 엄마를 사랑했고, 너를 사랑했다. 기다리다 보면 언젠가 네 엄마가 크리스찬에 대한 사랑을 멈출 거라 생각했다. 그런 날은 결국 오지 않았지만…. 나는 마치 산 채로 잡아먹히는 것 같았다. 네 엄마와 내 오랜 친구였던 그가, 무슨 짓을 했는지 알았다. 그런데도 나는 우리 사이에 너무 큰 희망을 가지고 있었다. 네 엄마가 결국 나를 선택할 거라고."

"엄만 그러지 않았죠."

엄마는 켄과 결혼하고 그와 함께 살았지만, 궁극적으로는 켄을 선택한 게 아니었다.

"확실히 그랬지. 술독에 빠지기 전에 내가 먼저 놓았어야 했다."

그의 눈빛은 부끄러움으로 흔들렸다.

"당연히 그랬어야죠."

그랬더라면 모든 게 완전히 달라졌을 거다.

"네가 이해 못 할 거라는 거 안다. 내 어리석은 선택과 일그러진 희망이 네 어린 시절을 망쳤다는 것도 알고. 그러니 네게 용서나 이해 같은 건 기대하지 않는다."

켄은 기도를 하듯, 입을 막듯 두 손을 모았다.

나는 잠자코 있었다. 무슨 말을 해야 할지 몰라서다. 마음이 요동쳤다. 진저리나는 기억, 그리고 세 명의 내 부모라는 인간들이 망쳐놓은 현실. 이들을 뭐라고 불러야 할지도 모르겠다.

"추측하자면, 네 엄마는 크리스찬은 줄 수 없지만, 나는 줄 수 있었던 안정감을 알았던 것 같다. 그때 나는 좋은 직장이 있었지. 크리스찬처럼 다른 데로 훌쩍 가버릴 위험도 없었고."

켄은 잠시 말을 끊었다. 심호흡을 하자 조끼에 가린 가슴이 빵빵해졌다. 켄이 나를 쳐다보았다.

"테사가 만약 다른 사람이랑 결혼한다면, 아마 그 남자도 이런 기분이지 싶다. 그 사람은 평생 너와 경쟁해야 할 거야. 네가 완전히 테사를 떠난다 해도, 그 사람은 너에 대한 추억과 경쟁하게 될 거다."

켄은 확신에 찬 목소리로 말했다. 말투와 눈빛에서 그걸 읽을 수 있었다.

"난 다신 테사를 떠나지 않을 거예요."

이를 악물고 말했다. 손으로 책상 모서리를 부숴버릴 듯 꽉 쥐었다.

"크리스찬도 그렇게 얘기했었다."

켄은 한숨을 내쉬며 서랍장에 몸을 기댔다.

"나는 그 사람이랑 달라요."

"알지. 네가 크리스찬 같다거나 테사가 네 엄마 같다는 말이 아니다. 너에게 다행인 건 테사는 오로지 너만 보고 있다는 사실이야. 네 엄마가 크리스찬에 대한 감정을 부정하지 않았더라면, 두 사람은 함께 행복했을 거다. 두 사람의 극악 같은 관계에 얽혀 주변 사람들까지 인생을 망치진 않았을 거란 말이다."

켄은 한 손으로 턱수염을 또 다시 문질렀다. 참으로 짜증나는 습관이다.

불현듯 캐서린과 히스클리프가 떠올랐다. 너무도 비근한 비유에 속이 뒤집혔다. 테사와 나는 두 인물처럼 만나는 것 자체가 재앙인 모양이다. 하지만 나는 우리가 그들과 똑같은 운명으로 고통 받게 두진 않을 거다.

켄의 얘기는 말이 안 된다. 애초에 내가 자기와 상관없다는 걸 어렴풋이라도 알아차렸다면, 왜 내가 저지른 그 수모를 모두 견뎠냔 말이다.

"그게 사실이라는 거냐? 크리스찬이 네 생부란 게?"

켄은 자신에게 생기를 불어넣어 주는 생명의 열매를 잃어버린 듯한 표정이었다. 어린 시절의 그토록 강하고 두려웠던 남자는 사라지고, 금세 눈물이 흐를 듯한 마음 약한 남자만이 남았다.

켄에게 내 패악을 다 견뎌낸 건 정말 어리석었다고 말해주고 싶었다. 또 엄마와 나는 그가 어린 시절을 지옥으로 만들었다는 걸 절대 못

잊을 거란 얘기도 해주고 싶었다. 전부 그의 잘못이다. 내가 악마의 편이 되어 맞서 싸웠던 것도, 지옥에 살며 천국에서는 환영 받지 못하게 된 것도, 그의 잘못이다. 테사가 나와 함께하지 않는 것도, 내가 테사에게 셀 수 없을 만큼 상처를 준 것도, 전부 그의 잘못이다. 내가 저지른 잘못을 이제야 고치려고 애쓰는 것도….

이 모든 걸 쏟아내는 대신 잠자코 참고 있는데, 켄이 한숨을 토해냈다.

"처음부터 알았다. 네가 크리스찬의 자식인 걸."

켄의 고백이 분노가 일던 가슴에 서늘한 바람을 일으켰다.

"알고 있었다."

켄은 울지 않으려고 애썼지만 소용없었다. 나는 흠칫 놀라 뺨을 타고 흐르는 그의 눈물에서 시선을 돌렸다.

"어떻게 몰랐겠니? 네가 크리스찬을 쏙 빼닮았는데. 몇 년쯤 지나고 나니, 네 엄마가 좀 더 대담해지더구나. 더 자주 몰래 크리스찬을 만나러 가더구나. 그런데도 나는 인정할 수 없었다. 넌 내 전부였어. 네 엄마는 가질 수 없었다, 한 번도. 내가 네 엄마를 만났을 때부터, 네 엄마는 크리스찬 거였다. 넌 내가 가진 전부였다. 나는 분노로 모든 걸 망치고 말았다."

켄은 숨을 고르려고 말을 멈추었다. 나는 혼란에 빠져 잠자코 앉아 있었다.

"네가 크리스찬과 지냈으면 더 나았겠지. 나도 그럴 거라 생각했다. 하지만 나는 너를 사랑했다. 지금도 나는 너를 내 살점인 것처럼 사랑한다. 그저 바라는 게 있다면 나를 네 삶에 들여놓아 주는 것뿐이다."

켄은 여전히 울고 있었다. 눈물이 주룩주룩 흘러내렸다. 켄에게 마음이 가는 내 자신을 발견했다. 가슴에 얹혀 있던 무거운 짐이 조금 덜어진 듯했다. 내 안에 있던 해묵은 분노가 사라지는 걸 느꼈다. 대체 이게 무슨 감정이지? 너무도 강렬하고, 너무도 자유로웠다. 켄이 나를 쳐다보았을 때, 나는 나 자신을 느낄 수조차 없었다. 나는 내가 아니었다. 그렇게밖에 설명할 수가 없다. 나는 켄을 끌어안고 위로했다.

켄을 안자, 그의 떨림이 느껴졌다. 그러더니 그는 온몸이 흔들릴 정도로 오열하기 시작했다.

9 · 테사

운전하고 가는 길은 예상만큼 끔찍했다. 길은 끝없이 이어졌다. 노란색 차선이 온통 하딘의 미소가 됐다가 눈물이 됐다. 끝없는 차선은 내 잘못을 비웃고 있는 것만 같았다. 스치는 차들은 모두 이방인이었다. 저마다 자신들의 문제에 빠져 있는 이방인들. 외로웠다. 나는 작은 차에 의지해 내가 원하는 곳으로부터 점점 더 멀어지고 있었다.

'이런 생각으로 골머리를 썩다니, 정말 바보인가. 이번에는 이 흐름을 이겨낼 만큼 강해질 수 있을까? 근데 내가 원하는 게 정말 그건가?'

이번만은 다를 가능성은 얼마나 될까. 벌써 백 번쯤 실패한 것 같은데. 하딘은 진심일까? 내가 그토록 절박하게 듣고 싶던 말을 그저 미끼로 삼은 걸까? 내 마음이 얼마나 멀어졌는지 알고 있었을 텐데.

머릿속에 2천 페이지짜리 소설이 들어 있는 것 같다. 관념과 쓸데없는 잡담, 그리고 답을 알 수 없는 질문들로 가득한 소설 말이다.

킴벌리와 크리스찬의 집 앞에 도착했다. 어깨에 얹힌 긴장감이 견딜 수 없을 정도였다. 살갗 아래 근육들이 팽팽해져 금세 끊어질 것만 같았다. 이제 나는 킴벌리가 내려오길 기다리며 커다란 거실에 서 있다. 긴장감이 더 커지기만 한다.

스미스가 계단으로 내려오더니 싫증 난 표정으로 콧잔등을 찌푸렸다.

"아빠 다리 문지르는 거 다 끝나면 내려온대요."

보조개가 폭 패인 꼬맹이를 보니 웃음이 절로 나왔다.

"알았어, 고마워."

아까 현관문을 열어주면서도 스미스는 아무 말도 안 했다. 그저 나를 아래위로 훑어보다가 희미하게 미소를 지으며 들어오라 손짓했을 뿐이다. 스미스의 미소에 감동 받았다.

스미스는 아무 말 없이 소파 모서리에 걸터앉았다. 그는 들고 온 물건에 정신을 팔고 있었고, 나는 그 모습을 보고 있었다. 하딘의 남동생. 몇 가지 이유로 나를 썩 좋아하진 않지만, 이 조그만 아이가 하딘의 친동생이라 생각하니 기분이 이상해졌다. 그러고 보니 말이 되긴 했다. 스미스는 늘 하딘에 대해 호기심이 많았다. 남들은 다 싫어하는 하딘과 친구가 되어 잘 어울리는 것처럼 보였다.

스미스가 내가 쳐다보는 걸 눈치챘는지 고개를 번쩍 들었다.

"누나의 하딘 형은 어딨어요?"

'누나의 하딘이라고.'

매번 이 질문을 하는 것 같다. 나의 하딘은 멀리 가버렸다. 이번엔 그 어느 때보다 멀리.

"하딘 형은…."

바로 그때 킴벌리가 나타났다. 나를 향해 두 팔을 활짝 벌린 채. 역시

나 풀 메이크업에 하이힐을 신고서. 내 세상은 멈춰 있었지만 바깥 세상은 잘 돌아가고 있었던 모양이다.

"테사!"

킴벌리는 꺅꺅거리며 다가와서 두 팔로 내 어깨를 꽉 쥐었다. 너무 꽉 안는 바람에 기침이 나왔다.

"세상에! 이게 얼마 만이에요!"

킴벌리는 한 번 더 힘을 꽉 주었다. 그러더니 나를 부엌으로 데리고 갔다.

"어떻게 지냈어요, 테사?"

나는 늘 앉던 스툴에 올라앉았다. 킴벌리는 아일랜드 식탁 앞에 서서 길게 늘어뜨린 머리카락을 손으로 빗질했다. 그러더니 하나로 묶어 아무렇게나 틀어 올렸다.

"글쎄요, 어쨌든 그 저주스러운 런던 여행에서 다들 살아남았잖아요."

킴벌리는 인상을 찌푸렸고, 나도 덩달아 인상을 썼다.

"겨우, 살아남았죠."

"반스 씨 다리는 좀 어때요?"

"반스 씨요?"

킴벌리가 웃음을 터뜨렸다.

"그러지 마요. 아무리 어색한 일을 겪었더라도 호칭을 되돌리진 말아요. 앞으로도 계속 크리스찬이라고 불러요. 다리는 나아지고 있어요. 다행히도 불이 옷에만 붙었고, 살갗엔 안 붙었어요."

킴벌리는 잔뜩 인상을 쓰며 몸서리쳤다.

"곤란한 상황인가요? 법적으로 말이에요."

나는 조심스럽게 물었다.

"그렇진 않아요. 그럴 듯한 스토리를 지어냈거든요. 비행 청소년 무리가 침입해서 집을 엉망으로 망가뜨리고 불을 질렀다고 했거든요. 그래서 지금은 주동자 없는 방화 사건으로 처리됐어요."

킴벌리는 절레절레 고개를 저었다. 그녀는 옷매무새를 가다듬더니 다시 나를 쳐다보았다.

"어떻게 지냈어요, 테사? 아버지 소식은 정말 유감이에요. 더 자주 연락했어야 했는데. 나도 너무 바빴고, 뒤치다꺼리 할 일들이 많았거든요."

킴벌리는 팔을 뻗어 내 손을 잡았다.

"합당한 변명은 아니지만…."

"아니에요, 사과하지 마세요. 진짜 일이 많았잖아요. 나도 마찬가지였는걸요. 연락했어도 아마 못 받았을 거예요. 정신이 완전 나가 있었거든요."

억지로 웃어보려 했지만, 어색하기 짝이 없는 소리만 냈을 뿐이다.

"그런 것 같네요. 이건 다 뭐예요?"

킴벌리는 나를 아래위로 가리켰다. 나는 지저분한 티셔츠와 더러운 청바지를 내려다보았다.

"몰라요. 한 2주쯤 됐나 봐요."

나는 어깨를 으쓱하며 헝클어진 머리카락을 귀 뒤로 넘겼다.

"무슨 큰일이 있었나 보네요. 하딘이 또 무슨 짓을 한 거예요? 아님 아직 런던에 있나?"

킴벌리는 한쪽 눈썹을 찡긋 들어 올렸다. 아, 다듬지 않은 내 눈썹은 숲이 되었겠구나. 눈썹 다듬기나 왁싱 같은 건 생각도 못 했다. 킴벌리는 나를 예쁘게 가꾸고 싶게 만드는 사람이다.

"아니요. 런던에서 하딘은 늘 하던 대로 굴었어요. 그래서 우리 사이는 끝났다고 확실히 얘기했어요."

킴벌리의 푸른 눈동자에 회의적인 기색이 가득했다. 나는 말을 이어 나갔다.

"진심이에요. 그리고 뉴욕으로 이사할 생각이에요."

"뉴욕? 그게 무슨 소리예요? 하딘이랑?"

킴벌리의 입이 떡 벌어졌다.

"아니요. 방금 헤어졌다고 그랬잖아요."

킴벌리는 과장스런 몸짓으로 이마를 탁 쳤다.

"랜던이랑 같이 가요. 랜던이 NYU로 가거든요. 같이 가는 게 어떻겠냐고 해서 생각해봤어요. 거기서 썸머 스쿨 듣고, 가을 학기에 NYU에 편입하려고 해요."

킴벌리가 크게 웃었다.

"와우, 잠시만요."

"큰 변화인 거 알아요. 난 그냥…, 그러니까, 여기서 멀리 갔으면 해요. 랜던이 가 있으니까, 거기로 가는 것도 괜찮을 것 같더라고요."

사실 말도 안 된다, 완전히 정신 나간 짓이다. 대륙 횡단 이사라니. 킴벌리의 리액션이 그 사실을 증명해주었다.

"굳이 나한테까지 변명하지 않아도 돼요. 꽤 괜찮은 생각 같아요. 그냥 좀 놀랐어요."

킴은 비어져 나오는 웃음을 감추려 하지 않았다.

"그렇게 멀리 가면서 아무런 스케줄도, 단 일년치 계획도 없다니."

"진짜 바보 같은 짓이에요, 그쵸?"

무슨 대답을 듣고 싶은 건지 나도 잘 모르겠다.

"아니에요! 언제부터 그렇게 자신이 없어졌어요? 테사, 난 다 알아요. 그동안 당신은 많은 일들을 겪어왔어요. 그러니 이것만 기억해요. 당신은 젊고, 명석하고, 아름다워요. 인생이 그렇게 나쁜 것만은 아니에요! 맙소사, 나도 누구의 약혼자라는 낙인은 지워버릴까 봐요. 깜짝 놀랄 만큼 다 큰 아들은 숨기고 있었던 남자의 약혼자라니. 그것도 몰래….."

킴벌리는 양손으로 따옴표 모양을 만들면서 기가 막히다는 표정을 지었다.

"'영원한 사랑'이랑 바람이나 피우던 그런 남자를. 진짜 목 졸라버리고 싶은데 그 남자를 간호해야 하다니."

웃기려고 하는 말인지, 진심인지 잘 모르겠다. 그럼에도 나는 웃음을 참으려 혀를 꽉 물어야 했다. 그러다 킴벌리가 키득거리기 시작했고, 나도 따라 웃었다.

"농담 아니에요. 좀 슬프면 어때요. 하지만 그 슬픔이 삶을 지배하게 놔두면, 절대 자기 삶을 살 수 없어요."

킴벌리의 이야기가 마음에 와닿았다. 나는 징징대고 싶은 이기심과 계획도 없이 뉴욕으로 간다는 불안감 사이 그 어디쯤에 있었다.

킴벌리가 옳다. 아무 느낌도 들지 않는 편안함을 좋아했던 만큼, 나는 나 자신을 있는 그대로 느끼지 못했다. 온통 부정적인 생각들로 나스스로를 밀어 넣는 것 같았다. 그래서 다시는 내 자신을 찾을 수 없다는 공포감을 느끼기 시작했고, 아직도 그렇다. 언젠가는 이 상황을 극복할 수 있을까?

"당신 말이 옳아요, 킴. 근데 어떻게 멈춰야 할지 모르겠어요. 늘 너무 화가 나요."

나는 주먹을 꽉 쥐었고, 킴벌리는 고개를 끄덕였다.

"그리고 슬퍼요, 고통스럽기도 하고. 그걸 어떻게 분리해야 할지 모르겠어요. 그게 이제는 나를 좀먹는 거 같아요. 내 마음을 잠식하는 거죠."

"쉽지 않겠죠. 그래도 우선, 당신은 신나야 해요. 뉴욕으로 가잖아요! 신나는 척이라도 해봐요. 그렇게 결연한 모습으로 뉴욕 거리를 활보했다가는, 친구가 하나도 안 생길 거예요."

킴벌리가 미소를 지었다.

"근데 앞으로도 항상 이런 기분이 들면 어떡해요?"

"그러면 그냥 그렇게 놔둬요. 하지만 지금은 그러지 말아요. 내가 몇 년간 깨달은 게 있는데…."

킴벌리가 환하게 웃었다.

"뭐 몇 년이랄 것까지도 없지만, 암튼 기억해둬요. 거지 같은 일들이 생겨도, 우린 또 그걸 극복하고 나아갈 거라는 걸. 빌어먹을 노릇이죠. 그래도 내 말을 믿어요. 이게 전부 하딘 때문이라는 거 알아요. 항상 그랬잖아요. 근데 이 사실은 인정해야 해요. 하딘은 절대 당신이 원하고 필요한 걸 주지 못해요. 그러니 온힘을 다해서 극복하는 척이라도 해야 해요. 당신이 하딘을 바보 취급할 수 있으면, 결국 그렇게 될 거예요. 그게 현실이 되는 거죠."

"내가 정말 그럴 수 있을까요? 내가, 하딘을 극복할 수 있을까요?"

나는 두 손을 포개 다리 위에 놓았다.

"당신이 어떤 말을 듣고 싶은지 알기 때문에, 난 지금은 거짓말을 할래요."

킴벌리는 그릇장으로 가서 와인 잔 두 개를 꺼냈다.

"지금 당신한테는 실없는 소리랑 칭찬이 필요해요. 나중에 언제가 됐든 진실을 마주할 순간이 올 거예요. 그러니 지금은…."

킴벌리는 싱크대 서랍을 뒤적거려 와인 따개를 꺼냈다.

"자, 일단 마십시다. 내가 온갖 실연 스토리를 들려줄게요. 당신은 아이처럼 듣고 있으면 돼요."

"공포 영화 같은 거예요?"

으시시한 빨강 머리 인형이 나오는 이야기는 아니라는 걸 뻔히 알면서 물었다.

"아니거든요, 이 똑쟁이."

킴벌리는 내 허벅지를 찰싹 때렸다.

"몇 년째 결혼생활을 하는 내가 아는 유부녀들 얘기예요. 그 여자 남편이 처제랑 바람이 났다는 미친 소리를 들으면, 당신의 삶이 그닥 나쁘지 않다는 걸 깨닫게 될 거예요."

내 앞에 화이트 와인을 가득 따른 잔이 놓였다. 거절하려고 했지만, 킴벌리는 잔을 들어 내 입에 억지로 들이밀었다.

한 병 반을 비우자, 나는 카운터 테이블에 기대 깔깔거리고 있었다. 킴벌리는 참으로 놀라운 미친 관계들을 많이 알고 있었다. 나는 10초마다 휴대전화 확인하는 걸 결국 그만두었다. 하던은 아직 내 전화번호를 모른다. 그걸 스스로에게 몇 번이나 각인시켰다. 물론, 우리가 아는 그 하던이다. 그러니 번호를 알고 싶었다면, 어떻게든 알아냈을 거다.

킴벌리가 나중에 한 얘기들 중 몇 개는 너무 말도 안 되는 이야기라

믿기 어려웠다. 아마 술기운에 더 최악으로 들리도록 살을 붙였을 거다.

이를 테면, 집에 돌아왔는데 남편이 이웃과 침대에서 벌거벗고 뒹굴고 있더라는 얘기 같은 거 말이다.

한 여자 얘기는 너무 디테일했다. 남편을 죽이려고 사람을 고용했는데, 사진을 잘못 주는 바람에 자기 오빠를 죽일 뻔 했다는 얘기. 그 남편은 결국 아내보다 훨씬 잘 살고 있단다.

또 어떤 남자는 자기 나이 절반밖에 안 되는 여자 때문에 20년 동안 함께 산 아내를 버리고 떠났다. 그런데 알고 보니 그 여자가 조카 손녀였다는 것. 우웩. 그런데 그들은 지금도 같이 살고 있단다.

전공 교수하고 잔 다음, 그걸 단골 네일 아티스트한테 떠벌린 여대생 얘기도 있었다. 그 네일 아티스트가 교수의 아내였다나 뭐라나. 결국 그 학생은 그 학기에 낙제를 했다.

식료품점에서 만난 섹시한 프랑스 여자랑 결혼한 남자 이야기도 있다. 그 남자는 결혼한 뒤에야 자기 아내가 프랑스 사람이 아니란 걸 알았단다. 그 여자는 디트로이트 출신에 꽤 실력 있는 사기꾼이었다.

1년 넘게 온라인에서 만난 남자랑 바람을 피우던 여자도 있었다. 여자가 드디어 그 남자를 만났는데, 알고 봤더니 그게 자기 남편이었다고 한다. 기절초풍.

자기 동생이랑도 자고, 그 다음엔 엄마랑도 자고, 나중엔 자기 이혼 변호사랑도 잤다는 남자 얘기는 진짜 말도 안 된다. 그 남자의 부인이 남편의 뒤를 밟아 변호사 사무실까지 쫓아갔다가 바지도 못 입고 도망가는 남편을 향해 하이힐을 던졌다는 게 있을 수 있는 일인가?

나는 깔깔거리며 웃었다. 진짜로 신나게. 킴벌리도 배를 움켜잡고 있었다. 며칠 후에 남자를 봤는데, 남자의 이마에는 곧 전처가 될 여자의 하이힐이 박혀 있었다는 얘기도 덧붙였다.

"지어낸 얘기죠? 정말 개판이네요! 근데 제일 히트는 뭔지 알아요? 그 둘이 지금은 다시 재혼해서 산다는 거!"

킴벌리는 카운터 테이블을 내리쳤다. 목소리가 너무 높아 머리가 징징 울렸다. 킴벌리도 취한 모양이다. 다행인 건 스미스가 위층으로 올라가서, 와인에 취해 우리가 떠드는 소리를 듣지 못한다는 점이다. 다른 이들의 불행을 얘기하면서 깔깔거리는 소리를 아이가 들으면 안 되지.

"남자들은 죄다 나쁜 놈이에요. 한 놈도 빠짐없이 전부."

킴벌리는 새로 와인을 채워 내 빈 잔에 부딪쳤다.

"근데 진실은, 여자들도 모두 나쁜 년들이에요. 그러니 방법은 딱 하나! 당신이 다룰 수 있는 나쁜 놈을 찾아내는 거. 당신한테는 조금 덜 나쁜 놈 말이에요."

그 순간 크리스찬이 부엌으로 들어왔다.

"세상의 온갖 나쁜 놈들 얘기가 복도에 쩌렁쩌렁 울리더군."

크리스찬이 집에 있다는 걸 완전히 잊어버렸다. 그가 휠체어에 앉아 있는 걸 알아차린 건 잠시 후였다. 헉, 내 숨소리가 내 귀에 들렸다. 킴벌리는 나를 쳐다보았다. 입가에 살짝 미소를 머금은 채.

"저 사람, 괜찮을 거예요."

킴벌리가 귀띔했다. 크리스찬은 약혼녀를 향해 미소 지었다. 킴벌리는 크리스찬의 그런 눈빛에 당황한 것 같았다. 그 모습을 보니 놀라웠다. 킴벌리가 크리스찬을 용서한 줄 알았다. 킴이 행복해 보여서 그 일이 감당하기 쉽지 않았다는 사실을 잊고 있었다.

"미안해요."

킴벌리는 크리스찬을 내려다보며 미소 지었다. 크리스찬은 킴의 허리를 붙잡아 자기 무릎에 앉혔다. 킴의 허벅지가 다친 다리에 닿자 크리스찬은 신음 소리를 냈다. 킴벌리는 얼른 반대쪽 다리로 자리를 옮겼다.

"테사, 생각보다 더 나빠 보이는군요."

크리스찬이 나에게 말했다. 나는 휠체어와 그의 화상 입은 맨 다리를 번갈아 보고 있었다.

"하딘이 골수까지 쪽 빨아먹고 있으니까요."

킴벌리가 크리스찬의 왼쪽 뺨의 보조개를 쿡 찌르며 짓궂게 말했다. 나는 시선을 돌렸다.

"여기 혼자 온 거예요?"

크리스찬이 킴벌리의 손가락을 물었다. 손가락을 물린 킴벌리가 째려보는 건 가볍게 무시하는 눈치였다. 그들에게서 눈을 뗄 수가 없었다. 나는 이제 두 사람 같은 사이는 될 수 없다.

"하딘은 돌아왔어요, 걔네 아버지…."

중간에서 말을 정정했다.

"켄 씨 댁에 있어요."

크리스찬은 실망스러운 눈치였다. 킴벌리는 째려보던 눈길을 거두었다. 나는 마음 한 구석에 구멍이 뚫린 것 같았다. 한 시간 넘게 메워지고 있다고 생각했지만, 하딘의 이름 한 번에 금세 무너져 내렸다.

"하딘은 어때요? 내 전화를 좀 받았으면 좋겠는데, 나쁜 녀석."

크리스찬이 중얼거렸다.

와인 탓인지, 나는 크리스찬을 향해 팩 쏘아붙였다.

"하딘은 지금 온통 복잡한 일들을 갈무리하는 중이에요."

언짢음이 그대로 드러났다. 이내 내가 버르장머리 없는 사람이 된 것 같았다.

"죄송해요. 이런 식으로 말씀드리려던 건 아닌데. 하딘이 혼자 고군분투 중인 것 같아서요. 예의 없게 굴어서 죄송해요."

본의 아니게 하딘을 감싸고 있었다. 내 말을 듣자 킴벌리의 얼굴에 묘한 미소가 번졌다. 못 본 척하기로 했다.

크리스찬은 고개를 저으며 웃었다.

"괜찮아요. 다 내 탓이지. 그러고 있을 줄 알았어요. 그냥 녀석하고 얘기를 좀 하고 싶었을 뿐이에요. 마음의 준비가 되면 녀석이 먼저 다가오겠지. 두 숙녀 분을 위해서 자리를 피해드리지요. 뭐가 그렇게 재밌어서 깔깔거리는 건지 궁금했거든. 내 술독을 전부 비우는 건 아닌가 싶기도 했고."

크리스찬은 킴벌리에게 재빠르고도 부드럽게 입을 맞추었다. 그러더니 직접 휠체어를 굴려 부엌을 나갔다. 나는 와인 잔을 내밀어 더 채워 달라 손짓했다.

"잠깐, 그럼 당신은 이제 나랑은 더 이상 일 안 한다는 거예요?"

킴벌리가 물었다.

"그 극성스러운 여자들 틈바구니에 나만 두고 갈 순 없어요! 트레버도 새 여자친구가 생겨서 의지할 사람은 당신뿐이라고요."

"트레버가 여자친구가 생겼어요?"

나는 차가운 와인을 꿀꺽 넘겼다. 킴벌리 말이 맞았다. 와인과 웃음은 확실히 도움이 된다. 껍질 밖으로 나오는 내 모습이 보이는 듯했다. 내 삶으로 돌아오려고 애를 쓰는 내 모습 말이다. 우스꽝스럽고 말도 안 되는 이야기들을 듣자니, 조금씩 마음이 가벼워지는 것 같았다.

"그렇다니까요! 그 빨강 머리, 알죠? 소셜미디어 파트에서 일하는 여자 말이에요."

얼굴을 떠올려 보았다. 머릿속에서 온통 와인이 출렁거려 잘 떠오르지 않았다.

"난 잘 모르겠어요. 사귄 지 얼마나 됐대요?"

"몇 주쯤 됐나 봐요. 근데요, 글쎄⋯."

킴벌리의 눈빛이 반짝였다. 그녀가 제일 좋아하는 화제다. 회사 내 가십 거리.

"둘이 그러는 소리를 크리스찬이 들었대요."

와인을 한 모금 더 마셨다. 무슨 말인지 설명이 필요했다.

"그러니까, 둘이 사무실에서 섹스를 했대요! 그거보다 더 기가 막힌 얘기가 있어요⋯."

킴벌리가 갑자기 웃음을 멈췄다.

"둘이 변태 짓을 하고 있었나 봐요. 내가 그랬잖아요, 트레버는 침대에서 완전 또라이 같을 거라고. 찰싹거리면서 때리고, 변태 같은 이름을 부르고, 온갖 추잡한 짓은 다 했나 봐요."

나는 철없는 여고생처럼 깔깔거렸다. 와인을 너무 많이 마신 여고생.

"말도 안 돼요!"

다정하기만 한 트레버가 누구를 때린다니, 상상이 안 되었다. 하지만 그 장면이 자꾸 떠올라 점점 더 크게 웃었다. 상상 속으로 더 빠져들지 않으려 머리를 흔들었다. 트레버는 잘생겼다. 게다가 참 예의 바르고 다정했다.

"확실하다니까요! 크리스찬이 그랬어요. 트레버가 여자를 책상이나 뭐 그런 데 묶어놓은 것 같다고. 바로 다음에 크리스찬이 트레버를 봤는데, 구석에서 뭔가를 꺼내고 있었대요!"

킴벌리는 크게 손동작을 했다. 그 바람에 차가운 와인이 내 콧잔등으로 쏟아졌다.

이 잔만 비우고, 그만 마셔야겠다. 하딘은 어디 있는 걸까? 알코올이 들어가서 그가 간절해진 걸까?

'하딘.'

가슴이 요동치기 시작했다. 덩달아 웃음이 잦아들었다. 킴벌리는 또 다른 추잡스러운 이야기를 꺼냈다.

"트레버 사무실에 채찍이 있대요."

"채찍이요?"

목소리를 낮추며 킴에게 되물었다.

"승마용 채찍이요. 검색해 봐요."

킴벌리가 킬킬거렸다.

"믿어지지가 않아요. 트레버는 진짜 다정하고 예의 바르잖아요. 그런 사람이 여자를 책상에 묶고, 맘대로 유린한다니!"

도무지 상상이 되지 않는다. 와인에 취해 멋대로인 머릿속에 뭔가가 떠오르기 시작했다. 하딘, 책상, 그리고 찰싹 때리기까지.

"근데, 도대체 누가 사무실에서 섹스를 하죠? 맙소사, 사무실 벽은 진짜 얇다고요."

입이 벌어지는 느낌이 들어다. 그때, 하딘이 나를 책상에 엎드리게 했던 기억이 전광석화처럼 스쳐 지나갔다. 이미 달궈진 살갗이 붉어지며 화끈거렸다.

킴벌리는 다 안다는 표정으로 미소를 짓더니 머리를 뒤로 기울였다.

"아마 그 사람들은 누구네 집 트레이닝룸에서도 섹스를 했다죠."

킴벌리가 키득거렸다.

나는 밀려오는 부끄러움을 억지로 외면했다.

"트레버 얘기로 돌아가죠."

와인 잔에 얼굴을 숨길 수도 없고.

"그 사람이 변태라는 건 알고 있었어요. 매일 슈트를 빼입고 다니는 남자는 틀림없이 변태예요."

"음란 소설에서나 그렇죠."

문득 읽으려고 계획했던, 그러나 요즘엔 도통 읽지 못했던 책이 떠올랐다.

"그런 얘기들은 다 현실에서 비롯된 거예요, 안 그래요?"

킴벌리는 나를 향해 한쪽 눈을 찡긋했다.

"무슨 소리라도 들릴까 싶어서 가끔 트레버 사무실 앞을 지나다녔는데, 나는 그런 운은 없더라고요…, 아직은."

우스꽝스러운 이야기로 점철된 이 밤이 어쩐지 기분을 가볍게 만들었다. 한동안 느껴보지 못했던 기분이다. 이 기분을 고스란히 가슴에 담고 최대한 간직하려고 애썼다. 한 순간도 흘려버리고 싶지 않다.

"트레버가 그런 변태인지 누가 알았겠어요?"

킴벌리는 두 눈썹을 찡긋거렸고, 나는 고개를 저었다.

"빌어먹을 트레버."

툭, 말이 나왔다. 잠시 침묵이 이어지다 킴벌리가 큰 소리로 웃음을 터뜨렸다.

"빌어먹을 트레버!"

킴벌리가 새된 소리를 질렀고, 나도 따라했다. 새로운 별명의 탄생을 알리듯 우리는 번갈아가며 그 말을 무수히 반복했다.

10 · 하딘

하루가 길었다. 이제야 잠자리에 들 준비를 마쳤다. 켄과 속을 터놓고 얘기하고 나니 완전히 녹초가 되었다. 그런 다음에도 사라…, 소냐? 아니, 이름이 뭐더라, 어쨌든 랜던이 눈을 떼지 못하는 그 여자와 다 함께 저녁식사를 했다. 지루해 죽는 줄 알았다.

테사가 인사 한마디 없이 가버리지 않기를 바랐지만, 감히 투덜대지 못했다. 테사가 나한테 미주알 고주알 보고해야 할 의무는 없으니까.

나는 약속한 대로 나이스하게 굴었다. 조용히 저녁식사도 마쳤다. 카렌과 아버지, 아니, 아버지인지 켄인지, 암튼 두 사람이 내 눈치를 계속 봤다. 아마 내가 언젠가 폭발해서 저녁식사를 망쳐버릴까 조마조마했던 것 같다.

하지만 난 그러지 않았다. 조용히 앉아 음식만 먹었다. 식탁 위에 팔꿈치를 올려 기대지도 않았다. 카렌이 봄 느낌을 준답시고 깔았지만 절대 그렇지 않은 파스텔 톤의 식탁보 위에서 말이다. 보기만 해도 흉측했다. 카렌이 한눈파는 사이에 확 갖다 불태워버리고 싶었다.

아버지와 이야기를 나눈 다음 기분이 좀 나아졌다. 아니 더 어색해진 건가. 어쨌든 뭔가 나아진 건 분명하다. 이제 자연스럽게 켄을 아버지라 부르는 나 자신을 발견하고 나도 놀랐다. 십대 시절엔 켄의 이름조차 쉽게 말하지 못했다. 이름을 입에 올릴 때마다 저절로 인상이 찌푸려졌고, 그가 떠나버리길 바랐다. 그런데 이제는 이해한다, 전부는 아니지만. 그의 기분이 어땠을지, 왜 그가 그랬는지 말이다. 오랫동안 내재되었던 분노가 조금 사그라들었다.

내 몸에서 분노가 빠져나가는 느낌이 조금 낯설었다. 소설에서는 그걸 '용서'라고 부른다. 나는 오늘 밤 그 사건 전까지는 그런 감정을 느껴본 적이 없다. 기분이 썩 괜찮았다. 테사를 잃은 끔찍한 고통이 조금 덜어진 것도 같다. 아주 약간.

기분이 조금 좋아지고…, 조금 행복해진 것 같지만, 잘 모르겠다. 이제 미래에 대해 생각해야 한다. 테사와 내가 함께할 미래. 카펫과 책장을 쇼핑하든 뭘 하든, 결혼한 사람들이 으레 해야 하는 그런 미래 말이다. 결혼한 커플들 중에 서로를 잘 견뎌내는 사람들은 내가 아는 한 켄과 카렌뿐이다. 근데 그 두 사람이 같이 뭘 하는지는 모르겠다. 마흔이 훌쩍 넘어 아기를 만드는 일 말고는. 그 생각이 들자 유치하게도 몸서리가 났다. 그들의 섹스 라이프 같은 건 한 번도 상상해본 적 없다.

솔직히, 미래를 상상해보는 건 짐작했던 것보다 훨씬 더 즐거웠다. 전에는 단 한 번도 미래나 현재의 내 모습을 생각해본 적이 없었다. 나는 늘 외톨이였기 때문에 무너질 게 뻔한 멍청한 계획이나 소망 같은 걸 만들지 않았다. 불과 8개월 전까지만 해도 나한테 테사 같은 사람이 생길 거라 생각지 못했다. 금발의 계획 중독자가 내 삶으로 걸어 들어와 나를 송두리째 뒤집어버릴 줄은 꿈에도 몰랐다. 내 혼을 쏙 빼놓고, 숨 쉬는 것보다 자신을 사랑하게 만들어버릴 줄은 정말 몰랐다.

젠장, 테사가 나타날 줄 알았다면, 쓸데없는 여자들이랑 놀아나며 시간을 허비하진 않았을 거다. 내 모든 것들을 망치고 다니진 않았을 거다. 그때는 나를 쓰레기 같은 삶에서 건져 올려줄 회색 눈동자가 없었다. 그래서 너무 많은 잘못을 저질렀다. 그러니 지금, 그 모든 잘못을 바로잡기 위해 죽을힘을 다해 노력해야 한다.

시간을 되돌릴 수만 있다면, 다른 여자들에겐 손끝 하나 대지 않을 텐데. 단 한 명도. 테사를 만지는 게 얼마나 좋은지 알았더라면, 나 자신을 그에 걸맞게 만들며 준비했을 거다. 기숙사 내 방문을 멋대로 열고 뛰어들어, 허락도 없이 내 책들을 뒤적이던 그날의 테사를 만날 날을 손꼽아 기다리면서 말이다.

나를 다잡고 있는 단 하나의 이유는 결국 테사가 내게 돌아올 거라는 희망이다. 이번만큼은 내가 뱉은 말을 지킨다는 걸 그녀도 알게 될 거다. 나는 테사를 끌고 가서라도 꼭 결혼할 거다.

아, 이게 또 문제다. 너무 밀어붙이는 거. 하지만 슬며시 미소가 떠오르는 걸 막을 수가 없다. 하얀 드레스를 입고, 잔뜩 찡그린 채 소리를 질러대는 테사의 모습을 떠올리니 말이다. 카펫이 깔린 바닥에 드레스를 끌며 입장하는 동안 시답잖은 음악이 흐르겠지. 하프나 뭐 그런, 결혼식이나 장례식 말고는 볼 수 없는 악기들이 연주하는 음악.

테사의 전화번호만 있어도 문자를 보내 잘 갔는지 확인했을 텐데. 테사는 내게 번호 주는 걸 원치 않았다. 저녁식사 후에 틈을 봐서 랜던의 휴대전화를 훔쳐봐야겠다.

시애틀로 달려가도 시원찮은데, 침대에 누워 있다니. 그래야 하는데, 그럴 수 있는데, 그러고 싶은데, 그럴 수가 없다. 테사에게 숨쉴 틈을 줘야 한다. 안 그랬다간 더 멀리 도망가버릴 거다. 어둑한 방에서 전화기를 들고 사진첩을 열어 테사의 사진들을 훑어보았다. 추억을 담은 사진이 이것뿐일 줄 알았다면, 더 많이 찍어놨어야 했다. 722장의 사진으로는 부족하다.

스토커처럼 사진을 한 장 한 장 세다가 침대에서 몸을 일켰다. 랜던이 빡빡하게 굴겠지만 번호를 알아내는 것쯤은 식은 죽 먹기다. 새로 반한 여자를 화제 삼아 당황스러운 농담 몇 마디만 건네면 게임 끝. 랜던은 유치원생처럼 얼굴이 새빨개져 금세 테사의 번호를 실토할 테니까.

방문을 두 번 노크했다. 랜던은 똑바로 누워 가슴에 책을 올린 채 잠이 들어 있었다. 『해리 포터』라니, 이럴 줄 알았다….

무슨 소리가 들리더니 불이 반짝거렸다. 마치 사인이라도 보내듯 랜던의 전화기 화면이 밝아졌다. 사이드 테이블에 놓인 전화기를 얼른 낚아챘다. 메시지 창에 테사의 이름이 보였다.

랜던, 혹시 안 자? 나 있잖아….

미리 보기는 여기서 끝났다. 나머지를 봐야겠다.

불쑥 치밀어 오르는 질투심을 잠재우려 목을 이리저리 돌렸다.

'왜 이 늦은 밤에 메시지를 보낸 거야?'

휴대전화 비밀번호를 풀어봐야겠다. 테사 것보다 알아내기 어려웠다. 테사 건 우스꽝스럽게도 너무 명확했다. 그럴 줄 알았다. 비밀번호를 잊어버릴까 봐 겁이 났나 보다. 비밀번호는 1234였다. 사실 그건 우리가 가진 모든 것들의 비밀번호였다. 공인인증서도, 케이블 채널 유료 보기도, 그밖에 비밀번호가 필요한 거라면 뭐든. 우리는 늘 그 번호를 사용했다.

이것 봐, 우린 실질적으로 결혼한 커플이나 다름없다니까. 우리는 결혼과 동시에 해커한테 신상을 탈탈 털릴 수도 있다. 하하하.

베개로 랜던을 후려쳤다. 랜던이 신음 소리를 내며 뒤척였다.

"일어나봐, 인마."

"꺼져."

"테사 전화번호 좀 알아야겠어."

한 대 더 때렸다.

"안 돼."

또 한 대 때렸다. 한 대 더, 더 세게.

"으이그!"

랜던이 찡찡거리며 일어나 앉았다.

"알았어. 알려주면 되잖아."

랜던이 내가 손에 쥐어준 전화기를 들었다. 나는 혹시 몰라 랜던의 비밀번호를 눈여겨봐 두었다. 잠금이 해제되자 랜던은 내게 전화기를 건넸다. 고맙다는 인사를 건네며 테사의 번호를 저장했다. 그제야 안심하는 내 꼴이라니, 참으로 처량하다. 근데 뭐, 상관없다.

베개로 랜던을 한 번 더 툭 건드리고 방을 나섰다.

문을 닫으면서 랜던이 구시렁대며 웃는 소리를 들었다. 이런 기분에 익숙해질 수 있겠지. 이런…, 희망적인 기분에. 테사한테 짤막하게 굿 나이트 인사를 보내고서, 안달하면 답장을 기다리는 중이다. 드디어 모든 게 점점 나아지고 있는 것처럼 보인다. 마지막 단계는 테사의 용서다. 나에게는 테사가 늘 내게 돌아온다는 희망이 필요하다.

하아아딘?

메시지가 왔다. 젠장, 테사가 내 메시지를 씹는 줄 알았다.

하아아딘 아니고. 하딘.

좀 짓궂게 굴어보리라 마음먹었다. 시애틀에서 돌아오라고 애원하고 싶었다. 아니, 지금 내가 거기에 불쑥 나타나도 테사가 놀라지 않았으면 좋겠다.

미안, 자판을 제대로 칠 수가 없네. 너무 민감해.

침대에 누워 눈을 가늘게 뜨고 검지로 한 자 한 자 찍고 있는 테사의 모습을 상상할 수 있었다.

스마트 폰이 좀 그렇지?

테사가 스마일 이모티콘을 보내왔다. 이모티콘까지 찾아 쓰다니 놀랍기도, 감동스럽기도 했다. 나는? 당연히 안 쓴다. 그런데 지금 미친 듯이 새 이모티콘을 다운받고 있다. 그래야 나도 어울리는 답을 보낼 수 있으니까.

아직 거기 있어?

막 이모티콘을 보내는데 테사에게서 메시지가 왔다.

응, 늦었는데 왜 아직도 안 자?
네가 랜던한테 메시지 보낸 거 봤어.

마지막 말은 하지 말았어야 했다.
잠시 후, 테사는 작은 와인잔 이모티콘을 보냈다. 아, 킴벌리하고 술판을 벌였구나.

와인 마셨어?

깜짝 놀란 얼굴을 메시지에 함께 보냈다.
'왜 이 짓거리를 하고 있는 거야? 호랑이 이모티콘 같은 건 대체 언제 보내라고 있는 거야? 뭘 위해서?'
호기심이 일기도 했고, 테사의 관심도 끌고 싶어서 호랑이 이모티콘을 보내봤다. 테사가 답으로 낙타 이모티콘을 보내서 웃음이 터졌다. 테사가 아무도 쓰지 않을 것 같은 이상한 이모티콘을 연달아 보낼 때마다 웃음이 터졌다.

내 의도를 눈치채다니. 테사는 터무니없다는 의미로 내가 호랑이 이모티콘을 보낸 걸 알고 있었다. 그 사실이 너무 좋았다. 우리는 '더 이상한 이모티콘 보내기' 게임을 하고 있었다. 캄캄한 방에 혼자 누워서, 얼마나 웃어댔는지 뱃가죽이 당겼다.

나 완전히 맛이 갔어.

5분쯤 메시지가 오간 후, 테사가 보낸 메시지였다.

나도 그래. 피곤해?

응, 와인을 너무 많이 마셨어.

재미있었어?

재밌었다고 대답해주길 바랐다. 그러면서도 한편 놀랍기도 했다. 테사가 나 없이도 즐겁기를 바라고 있다니.

응, 재밌었어. 너는 어때?
아버지와의 문제가 잘 풀리길.

이미 잘 풀렸어.
시애틀에 가면 얘기해줄게.

나는 하트 모양과 고층 빌딩 이모티콘을 함께 보냈다.

글쎄.

형편없는 남자 친구였던 거 진심으로 미안해.
너한테는 나보다 더 나은 사람이 맞겠지만, 그래도 널 사랑해.

나는 질주하듯 메시지를 보냈다. 그게 진실이니까. 그래서 그냥 털
어놓고 싶었다. 테사에 대한 내 감정을 숨기기만 한 건 내 잘못이었다.
그래서 테사는 내 다짐을 믿지 않게 돼버렸다.

와인이 머릿속에 가득 찬 것 같아.
트레버가 사무실에서 섹스하는 소리를 크리스찬이 들었대.

녀석의 이름이 내 전화기 화면에 등장하다니 어이가 없다.

빌어먹을 트레버.

내 말이! 킴한네 나두 그르케 말해써.

오타 때문에 잘 안 읽히네. 자고 내일 다시 연락하자.

메시지를 보내자마자 얼른 새 메시지를 덧붙였다.

부탁이야, 제발 내일 메시지 보내줘.

테사에게서 전화기와 졸린 표정, 그리고 그놈의 호랑이 이모티콘이 답장으로 왔다. 슬며시 미소가 번졌다.

11 · 하딘

좁은 복도에 귀에 익은 목소리가 울려퍼졌다. 네이트였다.

"스캇!"

젠장. 아는 사람을 안 만날 순 없을 거라 생각했다. 교수님을 만나러 캠퍼스에 온 이상. 아버지가 교수님들한테 잘 얘기해서 마지막 과제를 면제 받았으면 했다. 고위층 부모나 친구가 있다는 건 꽤 도움이 된다. 이번 학기에도 남은 수업을 빠져도 된다는 허가를 받은 참이다. 이미 수업을 많이 빠졌던 터라, 달라질 건 별로 없다.

네이트의 금발은 더 길어졌고, 앞머리는 지저분하게 뻗쳐 있었다.

"헤이, 네가 날 피한다는 느낌이 드는데."

네이트는 내 얼굴을 빤히 쳐다보았다.

"예리한데? 넌 아니야?"

나는 어깨를 으쓱해 보였다. 굳이 거짓말을 할 이유가 없다.

"네 녀석의 그 주둥이가 항상 꼴 보기 싫긴 했지."

녀석이 웃는다. 오늘, 아니 앞으로도 계속 녀석을 안 보고 지낼 수 있었다. 네이트에게 악감정은 없다. 다른 친구들보다는 그래도 이 녀석을 좋아했으니까. 그런데 이제는 모든 걸 떨쳐버렸다.

네이트는 잠자코 있다가 다시 입을 열었다.

"캠퍼스에서 오랜만에 보네? 좀 있으면 졸업인가?"

"응. 다음 달 중순."

네이트는 천천히 보폭을 맞추며 나를 따라왔다.

"로건도 졸업해. 졸업식엔 갈 거지?"

"맙소사, 안 가."

내가 피식 웃었다.

"하고 싶은 말이 겨우 그거냐?"

우거지상을 한 테사의 얼굴이 머릿속에 스쳐 지나갔다. 웃음기를 없애려고 아랫입술을 꽉 물었다. 테사는 내 졸업식에 오고 싶어 한다. 근데 어쩌랴, 내가 안 갈 건데.

'다시 생각해봐야 하나?'

"그래…. 근데 웬 깁스야?"

네이트는 내 손을 가리켰다. 나는 손을 살짝 들어 올렸다.

"얘기하자면 길어."

'너한텐 얘기할 생각 없거든. 이것 봐, 테사. 나 잘 자제하고 있지? 머릿속에 있는 너에게라도 얘기하고 싶지만, 넌 거기에도 없잖아. 아, 내가 미친 건가. 사람들한테 친절하게 굴고 있잖아…. 너도 뿌듯할 거야. 젠장, 정말 정신이 나갔군.'

네이트는 고갯짓을 하며 나를 위해 문을 열어주었다. 우리는 대학 본부 건물에서 나왔다.

"그동안 어떻게 지냈어?"

녀석이 또 묻는다. 하긴 무리 중에서 이 녀석이 제일 말이 많다.

"잘 지내."

"테사는 어때?"

걸음을 우뚝 멈췄다. 녀석은 한 걸음 뒤에서 방어하는 자세로 손을 올리고 있었다.

"그냥 친구로서 묻는 거야. 너희 둘 다 한참 못 봤잖아. 넌 우리 전화도 죄다 씹고. 유일하게 제드만 테사하고 연락을 했었지."

'이 자식이 나 열받게 하려고 이러는 건가?'

"테사는 제드하고 연락 안 해."

짜증이 일어 팩 쏘아붙였다. 내 앞에서 제드 자식 이름을 입에 올리다니, 금세 화가 치밀었다.

네이트는 긴장하는 몸짓으로 한 손을 들어 이마를 막았다.

"그런 뜻으로 말한 거 아니야. 걔가 테사 아버지 얘기를 하더라고. 장례식에 갔었다고. 그래서…."

"그래서 뭐? 그 자식은 아무 것도 아니야. 이름도 꺼내지 마."

대화가 갈 곳을 잃었다. 내가 왜 이 녀석들이랑 어울리지 않으려 했는지, 다시 생각났다.

"알았어."

녀석은 분명 어이없는 표정을 짓고 있겠지. 하지만 그때 녀석의 애처로운 목소리가 들려 깜짝 놀랐다.

"난 너한테 아무 짓도 안 했어, 너도 알잖아."

네이트를 향해 몸을 돌렸다. 녀석의 표정이 목소리와 딱 맞아떨어진다.

"못된 놈처럼 굴려던 거 아니었어."

살짝 미안한 기분이 들었다. 네이트는 착한 녀석이다. 나나 그 무리들보다 착하다. 이제 그들은 내 친구가 아니다.

네이트는 나를 힐끗 쳐다보았다.

"그런 거 같은데?"

"아니야. 나쁜 놈으로 사는 건 그만뒀어."

나는 네이트를 똑바로 쳐다보았다.

"헛짓거리도 안 할 거고. 난장판 파티나 술 마시는 거, 여자 꼬시는 거. 이제 그거 다 안 해. 난 그런 거 다 끊었어."

네이트는 주머니에서 담배를 꺼냈다. 라이터 켜는 소리 말고는 누구도 입을 열지 않았다. 네이트와 다른 떨거지들과 캠퍼스를 어슬렁거리던 기억이 아득하게 느껴졌다. 너무 오래 전인 것 같다. 사람들과 시답잖은 잡담을 지껄이고, 아침마다 술주정뱅이 뒤치다꺼리를 하던 그때가. 테사가 아닌 다른 데 꽂혀 내 인생이 겉돌기만 했던 그때가 아득하게 느껴진다.

"무슨 말인지 이해해."

네이트가 잠시 뜸을 들이더니 입을 열었다.

"네 입에서 그런 소리가 나오다니 믿을 수가 없다. 근데 진짜 이해는 해. 그거 하나만 알아줬으면 해. 스테프랑 댄이 벌인 그 사건에 내가 조금이나마 조력자 노릇을 했던 건 미안하게 생각하고 있어. 걔네들이 뭔가 꿍꿍이가 있다는 건 알았어. 하지만 그게 무슨 일인지는 전혀 몰랐어."

다시는 떠올리고 싶지 않았던 스테프와 댄 사건이 또 나오는군.

"알았어. 아무튼 그때 일은 우리도 다 덮어 두기로 했어. 그래 봤자 결론은 바뀌지 않겠지만. 걔들은 이제 테사 곁엔 얼씬도 못할 거야. 감히 같은 하늘 아래서 숨을 쉬고 있다는 것만으로 고맙게 생각해야지."

"근데 스테프는 떠났어."

"떠나다니, 어디로?"

"루이지애나로."

잘됐군. 될 수 있으면 테사랑 멀어지길 바랐다.

테사가 얼른 나한테 메시지를 보냈으면 좋겠다. 테사도 오늘 일을 잘했다고 할 거다. 그럼 테사를 꼭 붙잡아야지. 만약 테사가 빨리 메시지를 보내지 않으면 내가 먼저 보낼 거 같다. 테사에게 숨 쉴 공간을 주려고 애쓰는 중이지만, 어젯밤 이모티콘으로 나눈 대화는 최고로 즐거웠다…. 그러니까, 내가 테사의 마음에 들어간 그 몇 시간 전부터 지금까지 중에 말이다. 아직도 믿기지 않는다. 나 같은 후레자식을 테사가 그동안 곁에 뒀다는 게. 나는 쭉 못된 놈이었지만, 그건 여기서 중요한 포인트가 아니다.

"트리스탄이 같이 갔어."

네이트가 불쑥 말했다. 바람이 거세게 불었다. 스테프가 이곳을 떠났다는 소리를 들으니 캠퍼스가 휑해진 것처럼 보였다.

"그 자식도 머저리군."

"아냐."

네이트가 친구랍시고 편을 든다.

"트리스탄은 진심으로 스테프를 좋아했어. 아니, 사랑했던 것 같아."

나는 콧방귀를 뀌었다.

"트리스탄은 스테프한테서 우리는 보지 못한 면을 봤던 것 같아."

그 말에 피식 웃음이 났다. 나직하면서도 짜증스러운 웃음이었다.

"또 알아야 될 게 뭔지 알아? 스테프는 미쳤다는 거야."

네이트가 스테프 편을 들어주는 게 못마땅했다. 아니, 트리스탄이 스테프랑 다시 사귄다는 것도 그랬다. 스테프는 테사에게 몹쓸 짓을 하려 했던 사이코인데 말이다.

"그건 모르겠고. 어쨌든 트리스탄은 내 친구잖아. 그러니까 걔를 비난할 순 없어."

네이트가 심드렁한 표정으로 나를 보았다.

"아마 다른 사람들도 대부분 너랑 테사에 대해 그렇게 얘기할 거야."

"나하고 스테프를 비교하는 건 괜찮지만, 테사한테 누굴 갖다붙이지는 마."

"그러시겠지."

네이트는 어이없는 표정을 지으며 담뱃재를 털었다.

"나랑 같이 클럽하우스에 가볼래? 옛날 기억 좀 떠올려 보자고. 사람도 별로 없을 거야. 그냥 몇 명쯤."

"댄은?"

주머니 속에서 휴대전화가 진동했다. 화면에 테사의 이름이 떠 있었다.

"잘 모르겠어. 장담하건대, 네가 거기 있는 동안엔 안 올 거야."

주차장에 다달았다. 내 차는 지척에 있었다. 네이트의 오토바이는 맨 앞줄에 있다. 저걸 타고 다니면서 아직도 녀석이 멀쩡하다는 게 믿을 수가 없다. 하루에 적어도 다섯 번은 넘어뜨리는데, 그래도 아직 괜찮은가 보다. 시내를 질주하면서 헬멧조차 쓰지 않으면서.

"됐어. 할 일이 있어."

테사에게 답을 보내며 네이트에게 거짓말을 했다. 부디 바라건대 내

할 일 안에 테사와 이야기하는 것도 포함되어 있길. 하마터면 클럽하우스에 또 발을 들일 뻔했다. 하지만 내 '예전 친구들'이 아직도 댄 같은 자식이랑 어울린다는 소리를 들으니 정신이 번쩍 났다. 그리고 애초에 내가 왜 이 패거리랑 어울리지 않기로 했는지 그 이유가 떠올랐다.

"진심이야? 졸업하기 전에, 네 여자한테 발목 잡히기 전에 마지막으로 한 번은 어울릴 수 있잖아. 이제 조만간 그날이 올 텐데, 안 그래?"

네이트가 놀려댔다. 네이트의 혀에서 무언가가 반짝 빛났다.

"너, 혀에 피어싱했냐?"

나는 무심코 눈썹 옆에 있는 작은 흉터를 문지르며 물었다.

"한 달 전에. 난 네가 그 피어싱들을 다 뺐다는 게 아직도 믿어지지가 않아. 내가 말했던 두 번째 건 잘 피한 모양이지?"

네이트가 피식거리며 웃는다. 무슨 얘기지? 기억해 내려고 애썼다.

테사에 대한 얘기였는데…, 임신 말인가?

"맙소사, 아니야! 누가 임신한다는 거야, 이 개자식."

나는 네이트의 어깨를 밀쳤고, 녀석은 더 크게 웃었다. 결혼은 결혼이고, 아기는 완전히 다른 문제다. 힐끗 휴대전화를 쳐다보았다. 네이트랑 시시덕거리기보다 테사한테 더 집중하고 싶었다. 특히나 테사가 병원에 간다는 메시지를 보내고 난 다음부터는 더욱. 나는 얼른 테사에게 답장을 보냈다.

"저기 로건이네."

네이트는 전화기를 들여다보는 나를 잡아당겼다. 나는 녀석의 시선을 따라 로건을 쳐다보았다. 로건은 우리를 향해 걸어오고 있었다.

"젠장."

네이트가 한마디 덧붙였다. 로건 옆에서 걸어오는 여자애가 눈에 들어왔다. 어딘지 낯이 익었다. 근데…. 몰리다. 머리카락이 핑크가 아닌 검정색이었다. 오늘 운세 참 기가 막히군.

"음, 난 따로 계획이 있다고."

나를 향해 걸어오는 또 하나의 잠재적 재난을 어떻게든 피해야 했다. 막 걸음을 돌리려는 순간, 몰리가 로건에게 기댔다. 그리고 로건은 몰리의 허리를 감싸 안았다. 저건 또 뭐야? 입이 떡 벌어졌다.

"쟤들, 사귀냐?"

네이트를 쳐다보았다. 녀석은 웃겨 죽겠다는 표정이었다.

"좀 됐어. 3주 전까지 둘 다 아무한테도 얘기하지 않았어. 그래도 나는 일찌감치 눈치채고 있었지. 몰리가 달라지는 거 보고 뭔 일이 있구나 했었거든."

몰리는 검정색 머리카락을 손으로 튕기며 로건에게 미소를 지었다. 쟤가 웃는 건 본 기억조차 없는데. 몰리는 예전처럼 싫지는 않았다. 몰리가 테사를 구해줬다….

"왜 우리를 피해 다녔는지 대답하기 전까지 도망칠 생각하지 마!"

로건이 쩌렁쩌렁한 목소리로 외쳤다.

"나 약속 있다고!"

나도 따라 소리를 질렀다. 그러면서 휴대전화를 한 번 더 확인했다. 테사가 왜 병원엘 또 가는 건지 궁금하다. 테사의 마지막 메시지는 내 질문을 피하는 눈치였다. 무슨 일인지, 괜찮은 건지 확인해야 한다. 나는 짜증나는 참견쟁이가 되어가는 중이다.

몰리의 입꼬리가 올라가며 비웃음이 고였다.

"약속? 시애틀에 있는 테사 뒤꽁무니 쫓는 거?"

예전에 그랬던 것처럼 나는 몰리에게 중지를 들어 보였다.

"닥쳐."

"하던, 못되게 굴지 좀 마. 너희 둘이 처음 만났을 때부터 자고 다녔다는 거 우린 다 아는데."

몰리가 비아냥댔다.

나는 '쟤 입 좀 다물게 해라'라고 사인을 보내며, 로건을 쳐다보았다. 하지만 로건은 어깨를 한 번 으쓱할 뿐이었다.

"너희 둘, 진짜 대박 커플이다."

나의 옛 친구에게 한쪽 눈썹을 들어 보였다. 이제 내 친구가 나에게 손가락을 들어 보일 차례다.

"적어도 얘가 이젠 널 가만히 놔두잖아, 안 그래?"

로건의 말에 나는 웃고 말았다. 정곡을 찌른 말이었다.

"근데 테사는 어딨어?"

몰리가 물었다.

"별로 상관은 없지만. 나, 걔 안 좋아하거든."

"우리도 다 알아."

네이트가 말하자, 몰리가 눈을 흘겼다.

"걔도 너 안 좋아해. 사실, 아무도 널 안 좋아하지."

내가 조롱하듯 말했다.

"졌다."

몰리가 활짝 웃으며 로건의 어깨에 기댔다.

네이트 말이 옳았다. 몰리는 이제 덜 미친 것처럼 보인다. 아주 약간.

"만나서 반가웠어, 친구들. 진심이야."

비꼬는 투로 한마디 날려주고, 그들에게서 등을 돌렸다.

"아무튼 뭘 하든 즐겁게 보내라. 그리고 로건, 너희는 계속 사귀어야 해. 안 그러면 사기 치는 거라고 생각할 거야."

그들에게 고개를 까닥하고 차에 올랐다.

문을 닫는데 말 소리가 들렸다. '훨씬 나아 보이네', '애송이 녀석', '잘됐네' 따위의 말이었다. 그중 가장 의외였던 건, 마지막 말이 못된 몰리의 입에서 나왔다는 거다.

12 · 테사

불편하고, 불안하고, 조금 춥기까지 하다. 얇은 환자복 하나만 입고 좁은 검사실에 앉아 있었다. 검사실 거울로 집기들이 비쳐 보였다. 다른 방이었으면 좀 더 다채로운 색깔을 더해주었을 집기들이다. 내가 들어갔던 다른 방들은 그랬다. 페인트 색깔도 있었고, 벽에 걸린 사진들에도 분명 컬러감이 느껴졌다. 그런데 이 방은 예외다. 색깔이라고는 오직 하얀 색뿐이다. 하얀 벽, 하얀 책상, 하얀 바닥.

동행해준다던 킴벌리의 호의를 받아들였어야 했다. 혼자도 괜찮긴 하지만 킴벌리의 썰렁한 농담이라도 있었으면 떨리는 마음을 진정시키는 데 조금이나마 도움이 됐을 것이다. 오늘 아침에는 평소보다 훨씬 컨디션이 좋았다. 숙취도 전혀 없었다. 기분도 꽤 괜찮았다. 와인과하던 효과로 나는 미소를 머금고 잠들 수 있었다. 그 덕에 요 몇 주 중 가장 평화롭게 숙면을 했다.

하딘 생각을 하니 언제나처럼 생각이 거기에 머물렀다. 어젯밤 나눈 우리의 장난스런 대화들을 읽고 또 읽었다. 그럼에도 미소조차 지을 수 없었다. 메시지를 수도 없이 다시 봤는데도 말이다.

이렇게 상냥하고, 참을성 있으며, 장난스러운 하딘이 좋다. 하딘이 더 나아지고 있는 걸 보고 싶지만, 한편으로는 이게 오래 못 갈 거라는 두려움도 있다. 나 역시 곧 랜던과 뉴욕으로 떠난다. 그날이 다가올수록, 마음이 점점 더 불안해지고 있다. 좋은 떨림인지 나쁜 떨림인지조차 모르겠다. 오늘은 주체를 못할 정도다. 지금은 그 긴장감이 몇 배로 증폭된 듯했다.

불편한 검사실 침대에 걸터앉아 있는데 다리를 꼬아야 할지 말지도 결정할 수가 없다. 사소한 결정으로도 정신이 자꾸만 산만해진다. 썰렁한 기운과 어색한 꿈틀거림이 자꾸 뱃속을 뒤틀리게 한다.

핸드백에서 휴대전화를 꺼내 하딘에게 메시지를 보냈다. 검사를 기다리는 동안만 해야지.

'뭐해'라는 짧은 메시지를 보내놓고, 다리를 꼬았다 풀었다 하고 있었다.

메시지 보내줘서 기뻐.
내가 먼저 보내볼까 하다가 한 시간만 더 기다릴 참이었거든.

하딘의 답장이었다.

화면을 보며 미소를 지었다. 하딘의 메시지에 묻어 있는 살짝 강압적인 말투가 거슬릴 법도 한데 말이다. 하딘은 요즘 정말 솔직해졌고,

나는 그게 정말 좋았다.

병원에 와서 기다리는 중이야. 오늘은 어떻게 지냈어?

답장이 바로 왔다.

아무렇지 않은 것처럼 말하지 마. 병원엔 왜 갔어? 괜찮은 거야?
병원 간다는 얘기는 안 했었잖아. 난 잘 있으니 걱정하지 마.
네이트랑 같이 있었는데, 얘가 자꾸 같이 놀자고 나를 꼬시네.
어림없는 소리.

하딘이 예전 친구들과 어울린다고 생각하니 가슴이 아팠다. 하딘이
뭘 하든, 누구와 어울리며 시간을 보내든 내가 상관할 바는 아니다. 그
래도 싫은 느낌을 떨칠 수가 없었다. 그 사람들과 얽혔던 옛일을 떠올
리면 말이다.
이어서 다음 메시지가 왔다.

꼭 말할 필요는 없지만, 그래도 말해 줄 수도 있었잖아.
내가 같이 가줬어야 하는 건가?

괜찮아, 혼자라도.

그러면서도 하딘이 같이 와줬으면 하고 바라는 내 모습을 발견했다.

우리가 사귄 이후로 넌 너무 오래 혼자 있었어.

정말 괜찮아.

다른 무슨 말을 해야 할지 모르겠다. 머릿속이 뒤죽박죽이었다. 그러면서도 내심 행복했다. 하딘이 나를 진심으로 걱정해주고, 나에게 속내를 드러내 보인다는 것만으로도.

'거짓말쟁이'라는 말과 함께 청바지와 불덩어리 이모티콘이 왔다. 그때 의사가 검사실로 들어왔다. 나는 손으로 입을 막으며 터져 나오는 웃음을 참았다.

의사 선생님 오셨다. 나중에 다시 메시지 보낼게.

의사가 헛짓 하거든 얼른 말해.

휴대전화를 집어넣으며 헤벌쭉한 미소를 애써 감췄다. 닥터 웨스트는 양손에 라텍스 장갑을 꼈다.

"어떻게 지내셨어요?"

진짜 내가 어떻게 지냈는지 듣고 싶진 않을 거다. 그럴 시간도 없고. 이 사람은 산부인과 의사지, 정신과 상담의는 아니니까.

"잘 지냈어요."

짤막하게 대답했다. 의사가 검사하려고 자세를 잡았다.

"지난번 검진 때 뽑았던 피 검사에서는, 걱정할 만한 특이점은 없었어요."

나는 안도의 한숨을 내쉬었다.

"그런데…."

의사가 불길한 말을 덧붙이더니 잠시 뜸을 들였다.

"자궁 경부 검사를 자세히 봤어요. 자궁 경부가 너무 좁더군요. 지금 보니 너무 짧기도 하네요. 그게 무슨 의미인지 알려드리고 싶은데, 괜찮으시죠?"

닥터 웨스트는 안경을 고쳐 썼고, 나는 긍정의 의미로 고개를 끄덕였다. 짧고 좁은 자궁 경부. 그게 무슨 뜻인지는 이미 인터넷에서 충분히 찾아봤다.

10분이 지났다. 의사는 내가 알고 있는 시시콜콜한 것까지 알려주었다. 나는 이 얘기의 결론이 어떻게 날지 이미 알고 있었다. 2주 반 전, 진료실을 나서던 순간부터 알고 있었다. 옷을 갈아입는데, 머릿속에서 의사의 말이 끝도 없이 리플레이 되고 있었다.

"불가능하지는 않아요. 좀 어려울 뿐이지요."

"다른 선택지들도 있습니다. 입양도 많은 사람들이 선택하는 방법이에요."

"환자분은 아직 젊으니까, 나이가 더 들면 배우자분과 상의해서 가장 잘 맞는 방법을 선택해 보세요."

"유감입니다, 미스 영."

아무 생각도 하지 않고, 주차된 차를 향해 가면서 하딘에게 전화했다. 세 번이나 나를 반겨주는 건 음성사서함의 안내음이었다. 나는 휴대전화를 멀찍이 처박아 두었다.

하딘은 필요 없다. 아니, 그 누구도 지금은 필요 없다. 혼자 이 모든 걸 감당할 수 있다. 이미 다 알고 있었는걸. 머릿속으로는 벌써 다 받아들였고, 차곡차곡 정리해 치워놓았다.

하딘이 전화를 받든 말든 중요하지 않다. 나는 괜찮으니까. 내가 불임이든 말든 누가 상관하겠어? 난 겨우 스무 살이다. 내가 지금껏 세웠던 계획들은 어쨌든 전부 실패다. 그중 가장 궁극적이었던 마지막 이 계획마저 실패로 돌아갔다. 잘 맞는 거지, 뭐.

킴벌리의 집으로 돌아가는 길은 꽉 막혔고, 너무 오래 걸렸다. 운전하는 게 너무 싫다. 도로를 질주하는 사람들이 너무 싫다. 만날 비를 뿌리는 이 동네가 싫다. 차창을 다 내리고 시끄러운 음악을 쿵쾅거리며 다니는 사람들이 너무 싫다. 비까지 오는데 웬일이니. 창문이나 올리라고!

기를 쓰고 낙천적인 척하며, 지난주처럼 처량한 테사로 돌아가지 않으려고 안간힘을 쓰고 있는 내가 너무 싫다. 결정적으로 내 몸뚱이가 나를 배신했다는 걸 받아들이기가 너무 힘들다. 그걸 힘들어 하는 나도 너무 싫다.

선천적으로 그렇게 태어난 거라고, 닥터 웨스트가 말했다. 물론 그렇겠지. 딱 우리 엄마처럼, 아무리 완벽해지려고 노력해도 그럴 수 없는 것처럼. 그래도 희망적인 사실 하나는, 웃기지만, 적어도 이걸 내 자식에게 물려줄 일은 없다는 거다. 내 자궁 결함을 엄마 탓으로 돌릴 수 있다면 그러고 싶었다. 누구든 탓하고 싶었다.

세상 돌아가는 이치가 그렇다. 불가능한 걸 자꾸 바라면, 그건 아예 내 손에서 벗어나 닿을 수 없는 곳으로 가버린다. 꼭 하딘이 그랬던 것처럼. 하딘도 아이도, 이젠 없다. 그 둘은 공존할 수 있는 존재가 아니었다. 그래도 그 둘을 다 가진 호사를 누리는 척이라도 해봤으니 그나마 다행인 건가.

크리스찬의 집으로 걸어들어 가면서, 집에 아무도 없다는 데 안심했다. 휴대전화는 확인하지도 않고, 옷을 벗고 바로 샤워하러 들어갔다. 샤워기에서 물이 떨어지는 걸 한참 보고 있었다. 시간이 얼마나 흐른 건지 모르겠다. 물이 차가워지고 나서야 샤워실에서 나와 옷을 입었다. 런던에서 나를 떠나보낼 때, 내 여행 가방에 들어 있던 하딘의 티셔츠다.

나는 지금 텅 빈 침대에 홀로 누워 있다. 킴벌리가 집에 있었으면 좋았을 텐데. 그때 킴벌리에게서 메시지가 왔다. 시내에 나간 킴벌리와 크리스찬이 오늘 밤 돌아오지 않는다는 내용이었다. 스미스는 베이비시터 집에 있을 거라 했다. 이 커다란 집에, 아무 할 일도, 누구 얘기할 사람도 없이 혼자 있게 된 거다. 지금도 혼자지만, 나중에도 사랑을 주며 키울 아이 하나 없을 거란다, 나란 인생.

한참을 자기 연민에 빠져 있었다. 웃기는 짓이다. 그런데도 멈출 수가 없다.

와인도 마시고 영화도 좀 봐요, 우리가 쏠게요!

즐거운 시간 보내길 바란다는 내 메시지에 킴벌리가 답장을 보냈다.

감사 메시지를 보내자마자 전화가 울렸다. 하딘이다. 받을까 말까 망설였다.

부엌에 있는 와인 셀러로 가는 동안, 하딘의 전화는 음성메시지로 넘어갔다. 드디어 종착지가 '처량 맞은 와인 파티 중앙역'인 티켓을 손에 쥐었다.

와인 한 병을 금세 비웠다. 거실 중간쯤에 앉아 있었다. 끔찍한 액션 영화가 한창 상영 중이다. 해군이 유모가 됐다가 힘센 에이리언 사냥꾼이 되는 그런 영화였다. 사랑 타령이나 아이들 얘기, 행복한 스토리가 아닌 영화는 이게 유일했기 때문이다.

언제 내가 이렇게까지 우울해졌지? 나는 병째로 와인을 한 모금 더 마셨다. 다섯 번째 우주선이 폭발했을 때부터 와인 잔에 마시는 걸 관뒀다.

휴대전화가 다시 울렸다. 전화기 화면을 보다가 술김에 전화를 받고 말았다.

13 · 하딘

"테사?"

겁에 질린 목소리를 숨기며 말했다. 테사는 밤새 내 전화를 안 받는 중이었다. 혹시 내가 뭐 잘못한 게 있나? 돌아버리기 직전이었다. 이번엔 또 뭘 잘못한 거지?

"응."

테사의 목소리는 꺼져가는 듯 흐리멍덩하고 느릿느릿했다. 단 한마디 들었을 뿐인데 술에 취했다는 걸 알 수 있었다.

"또 와인이야?"

나는 키득거렸다.

"또 잔소리를 해야 하는 건가?"

장난스럽게 말했지만, 수화기 너머로 들려오는 건 침묵뿐이었다.

"테스?"

"왜?"

"무슨 일 있어?"

"아무 일도 없어. 영화 보는 중이야."

"킴벌리랑?"

혹시나 다른 사람과 있을지도 모른다는 생각에 속이 뒤틀렸다.

"아니, 나랑. 대에따 큰 집에 나 혼자 있어."

잔뜩 과장하면서도 테사의 어투는 담담했다.

"킴벌리랑 반스는 어디 갔어?"

그런 건 알 바 아니었지만, 어쩐지 테사의 말투가 나를 긴장시켰다.

"오늘 안 들어온대. 스미스도. 난 그냥 혼자 영화 봐. 내 인생이 이렇지 뭐."

테사의 웃음은 공허했다. 아무 감정도 담겨 있지 않은 그런 웃음.

"무슨 일이야? 술은 얼마나 마신 건데?"

수화기 너머로 한숨 소리가 들렸다. 그러고 나서 와인을 마시는 소리가 문자 그대로 꿀꺽, 하고 들렸다.

"대답해봐."

"괜찮아. 술 먹는 건 허락 받았잖아요. 맞죠, 아빠?"

애써 한 농담이었지만 마지막 말에 기분이 이상해졌다.

"굳이 시시비비를 가리자면, 엄밀히 말해서 너는 술 마시면 안 되지. 불법이잖아."

나는 잔소리하는 사람이 되고 말았다. 테사가 술을 마시기 시작한 건 다 내 탓이다. 그 생각을 하니 가슴을 후벼 파는 것 같았다. 테사는 지금 혼자 술을 마시고 있다. 목소리에 슬픔이 가득하다. 나는 벌떡 일어섰다.

"맞아."

"술을 얼마나 마신 거야?"

나는 답이 오길 바라며 반스에게 메시지를 보냈다.

"많이 마시진 않았어. 진짜 희한한 게 뭔 줄 알아?"

테사의 혀가 꼬인다. 나는 자동차 키를 찾아 들었다. 빌어먹을 시애틀은 너무 멀다.

"뭔데?"

스니커즈를 찾아 신었다. 부츠는 신는 데 시간이 너무 오래 걸린다. 일분일초가 급하다.

"정말 착한 사람이 있었어. 근데 그 사람한테는 늘 나쁜 일만 생겨. 진짜 이상하지?"

'제기랄.'

반스에게 한 번 더 메시지를 보냈다. 그놈의 집에 좀 가보라고, 당장!

"그럼, 잘 알지. 정말 불공평한 일이야."

테사가 그런 기분이 들었다니…. 테사는 좋은 사람이다. 내가 만난 사람 중에 가장 좋은 사람이다. 그런데도 주변에는 거지 같은 일들만 가득하다. 지금 장난하냐? 그중에 제일 나쁜 게 너잖아.

"이제 더 이상 좋은 사람 하지 말까 봐."

'뭐라고? 안 돼, 안 돼, 안 돼!'

테사는 이런 말을, 이런 생각을 하면 안 된다.

"아니야, 그렇게 생각하지 마."

나는 내려가며 카렌에게 손짓했다. 카렌은 부엌에 있다가 놀란 표정이었다. 이 늦은 밤에 어딜 가냐는 눈빛이었다.

"노력 중인데, 그게 안 돼. 어떻게 멈춰야 할지 모르겠어."

"오늘 무슨 일이 있었는데?"

믿어지지가 않는다. 누구에게나 사랑받고 자신 또한 인정할 만큼 반듯한 테사가 이런 말을 한다는 게. 테사는 언제나 긍정적이고 행복했다. 그런데 지금 그 테사는 사라져버렸다. 희망이라고는 찾아볼 수 없는, 패배감과 술에 절은 테사만 남았다.

테사는 꼭 나 같았다.

온몸의 피가 얼어붙는 것 같았다. 이런 일이 벌어질 줄 알았다. 내가 그토록 할퀴었으니, 온전히 예전의 테사가 될 수 없을 줄 알았다. 나를 겪고 난 다음 그녀가 완전히 달라질 줄, 알고 있었다. 그게 현실이 되지 않기를 바랐건만, 오늘 밤 그 불길한 예상이 맞아떨어지고 있었다.

"별일 없었어."

거짓말이다.

반스는 여전히 답이 없었다. 집을 향해 가는 중이어야 할 텐데.

"무슨 일 있었는지 얘기해줘, 제발."

"아무 일도 없었어. 그냥 내 업보에 내가 발목 잡힌 것 같아."

테사가 중얼거렸다. 수화기 너머 코르크 마개 따는 소리가 들렸다.

"무슨 업보? 제정신이야? 네가 뭘 잘못했다고 그래!"

테사는 아무 말도 하지 않았다.

"테사, 오늘 밤엔 술을 그만 마시는 게 좋겠어. 내가 지금 시애틀로 갈게. 너한테 숨 쉴 공간이 필요한 건 알겠는데, 너무 걱정돼서 안 되겠어. 나는…, 있잖아, 너하고 떨어져 있는 거 못 하겠어. 절대."

"그래…."

내 얘기를 안 듣고 있다.

"술 그만 마셨으면 좋겠어."

듣고 있지 않다는 걸 알면서도 말해야 했다.

"그래…."

"나, 지금 가는 중이야. 꼭 물 마셔. 알았지?"

"그래…, 작은 병…."

시애틀로 가는 길이 이렇게 멀 줄 몰랐다. 우리 사이의 물리적 거리 때문에 비로소 알게 됐다. 이게 테사가 늘 불평하던 그 악순환이라는 걸. 여기서 끝내야 할 악순환. 빌어먹을, 이게 마지막이다. 테사에게 가려고 먼 길을 돌아가는 건 이제 끝이다. 더 이상 헛소리는 하지 않겠다. 더 이상 내 문제들로부터 도망치지도, 변명하지도 않겠다. 도시를 가로지르는 이런 장거리 운전도 더 이상은 하지 않겠다.

14 · 하딘

전화를 마흔아홉 번이나 했다. 빌어먹을, 마흔아홉 번이라니.

전화벨이 몇 번이나 울린 줄 알아? 그건 셀 수도 없다.

3분 안에 답이 없으면, 이 현관문을 뜯고 들어갈 거다. 들어가서 테사의 휴대전화를 벽에 집어던져 박살내버릴 거다. 테사는 짐작도 못하고 있겠지.

테사 전화기를 벽에 던지는 짓 같은 건 하지 말아야 할 텐데. 그렇다면 우연인 척 하며 전화기를 밟아버릴 테다. 액정이 완전히 깨질 때까지.

그리고 잔소리를 퍼부어대야지, 그것만은 확실하다. 몇 시간 동안 테사에게서는 아무 연락이 없다. 여기까지 오는 동안 그게 얼마나 고문이었는지 테사는 꿈에도 모르겠지. 스무 개도 넘는 과속 단속 카메라를 지나치며 최고 속도로 왔다.

도착하니, 젠장 새벽 3시.

테사, 반스, 킴벌리까지 싹 다 블랙리스트에 올랐다. 어쩌면 세 사람의 휴대전화를 전부 박살내야 할지도 모르겠다. 셋이 동시에 전화 받는 법을 까먹은 거야, 뭐야.

현관문 앞에 도착하자 겁이 덜컥 났다. 이미 겁이 났지만 훨씬 더 머리가 복잡해졌다.

'혹시 보안 장치가 걸려 있으면 어떡하지? 현관 비밀번호를 바꿨으면?'

근데 내가 비밀번호를 알고 있었나? 당연히 그럴 리가 없다. 전화도 안 받는 인간들한테 물어볼 수도 없고.

혹시나 테사한테 무슨 일이 생겨서 연락을 안 받는 거라면? 테사가 병원에 실려 갔거나 안 좋은 상태인데 아무도 도와줄 사람이 없는 거라면….

대문은 열려 있었다. 그걸 보니 슬쩍 화가 났다.

'왜 혼자 있으면서 문도 안 잠근 거야?'

안쪽으로 들어서니, 으리으리한 집 앞에 테사 차 한 대만 주차돼 있었다. 어쨌든 테사가 반스의 집에 있는 건 다행이었다. 내가 그를 필요로 했을 때…, 이제 그는 친구가 아니라 아버지인가. 제기랄, 이제 그는 아버지도 친구도 아니다.

차에서 내려 현관문을 향해 갔다. 분노와 불안이 점점 커졌다. 말하는 것도, 목소리도…, 테사는 자기 행동을 제어하지 못하는 것 같았다.

문은 열려 있었다. 나는 성큼성큼 거실을 지나 복도로 갔다. 테사의 침실 문을 여는데 손이 떨렸다. 침실이 비어 있는 걸 확인하니 가슴이 죄어왔다. 비어 있는 정도가 아니다. 아예 발도 들이지 않았다. 침대 시트가 모서리까지 딱 맞게 주름 하나 없이 깨끗했다. 나도 시도해본 적 있지만 테사처럼 침대를 정리하는 건 불가능했다.

"테사!"

복도 저쪽에 있는 욕실로 향하며 이름을 불렀다. 욕실 불을 켜면서 눈을 감았다. 아무 소리도 들리지 않았다. 그제야 눈을 떴다. 아무도 없다.

헐떡거리는 내 숨소리만 들린다. 옆방으로 발길을 옮겼다.

'도대체 어디 있는 거야?'

"테스!"

한 번 더 소리 질렀다. 아까보다 더 크게.

집 안을 거의 다 뒤지고 나니, 숨이 잘 쉬어지지 않았다. 대체 어디 있지? 안 가본 방은 반스의 침실과 위층에 잠겨 있는 방뿐이다. 그 방들까지 열어봐야 할지 확신이 서지 않았다.

안뜰과 정원을 체크해 봐야겠다. 거기에도 없다면, 진짜 그땐 어떡해야 할지 모르겠다.

"테레사! 대체 어디 있는 거야? 이러는 거 재미 없어, 진짜⋯."

그러다 멈칫, 고함을 멈췄다. 언뜻 라운지체어에 웅크리고 있는 무언가가 눈에 들어왔다.

가까이 가보니, 테사가 무릎을 끌어안고 앉아 있었다. 쓰러지지 않으려 기를 쓰는 것 같기도 하고 어쩐지 잠든 것 같기도 했다.

옆에 무릎을 꿇고 앉는데, 끓어오르던 화가 봄눈 녹듯 사라졌다. 얼굴을 가린 머리카락을 쓸어 넘겨보았다. 괜찮아 보였다. 미친 듯이 날뛰던 감정을 추슬러야 한다. 젠장, 너무 걱정을 많이 했다.

심장이 쿵쾅거렸나. 테사에게 몸을 기울여 엄지로 아랫입술을 쓰다듬었다. 왜 그랬는지 모르겠다. 그냥 저절로 그렇게 했다. 테사가 번쩍 눈을 떴다. 그러더니 뭐라고 웅얼거렸다. 그래도 괜히 건드렸다는 생각은 들지 않았다.

"왜 밖에 있어?"

내 목소리는 크고 사나웠다. 테사는 놀랐는지 움찔했다.

'왜 나와 있어? 아픈 줄 알고 걱정했잖아. 몇 시간 동안 온갖 시나리오를 쓰며 달려왔다고.'

"다행이다, 잠든 거였구나."

생각과는 다른 말이 나왔다.

"계속 전화했었어. 걱정했잖아."

테사는 일어나 앉으며 목덜미를 잡았다.

"하딘?"

"그래, 나야."

어둠 속에서 테사가 눈을 가늘게 뜨고 쳐다보다가 목덜미를 문질렀다. 테사는 의자에서 일어섰다. 품 안에서 빈 와인 병이 굴러나와 콘크리트 바닥에 떨어지면서 두 동강이 났다.

"미안."

깨진 병을 주우려 허리를 굽히면서 테사가 말했다. 나는 가만히 테사의 손을 잡았다.

"건드리지 마. 내가 나중에 치울게. 안으로 들어가자."

일어서는 테사를 부축했다.

"너…, 어떻게…, 여기까지…, 왔어?"

테사의 말투는 어눌했다. 통화가 끊긴 후 대체 와인을 얼마나 마신 건지 짐작이 되지 않았다. 부엌에서 본 빈 병만 네 개였다.

"운전해서 왔지."

"여기까지? 지금 몇 시인데?"

자연스레 테사의 몸으로 눈길이 옮겨졌다. 걸치고 있는 건 달랑 티셔츠 한 장이었다. 아, 내 티셔츠다. 내 시선을 느꼈는지 테사는 셔츠 자락을 끌어내려 훤히 드러난 허벅지를 가리려 했다.

"이거…."

테사가 더듬거리며 말꼬리를 흐렸다.

"이거 처음 입은 거야. 지금 딱 한 번."

밑도 끝도 없는 말이다.

"괜찮아, 네가 입어주길 바랐어. 안으로 들어가자."

"나, 여기 밖이 좋아."

테사가 어둠 속을 응시하며 나지막이 말했다.

"너무 추워. 우리 안으로 들어가자."

손을 잡아끌었지만, 테사는 이내 뿌리쳤다.

"그래, 그래. 밖에 있고 싶으면, 그렇게 해. 근데 나도 옆에 있을 거야."

할 수 없이 내가 고집을 꺾었다.

테사가 끄덕이며 난간에 기댔다. 다리는 덜덜 떨고 있었고, 낯빛은 창백했다.

"무슨 일이 있었던 거야?"

테사는 잠자코 어둠 속을 응시했다.

잠시 후, 그녀가 내게 고개를 돌렸다.

"네 삶이 한순간에 나락으로 떨어지는 것 같은 기분 느껴본 적 있어?"

"매일 그래."

나는 어깨를 으쓱해 보였다. 대체 이 대화가 어디로 흘러갈지 감이 안 잡힌다. 테사의 눈빛에 슬픔이 어렸다. 가슴이 아프다. 깜깜한 어둠 속에서도 푸르고 깊은 슬픔이 일렁이는 게 보였다. 내가 그토록 사랑하던 빛나는 테사의 눈동자 속에서.

"음, 나도 그래."

"아냐, 넌 긍정적인 사람이야. 행복한 사람이고. 시니컬한 몹쓸 놈은 나지, 네가 아니라."

"행복해 하는 것도 지쳐, 무슨 말인지 알겠어?"

"잘 모르겠어."

나는 한 발짝 테사에게 다가갔다.

"나는 광고에 나오는 것처럼 밝고 행복한 캐릭터가 아니야. 네가 그걸 모르고 있는 것 같아서."

어떻게든 분위기를 밝게 만들려고 애쓰는 중이다. 나도 반쯤 취한 것 같다. 이 와중에 헤벌쭉 웃고 있다니.

대체 무슨 일이 있었는지 얘기해주면 좋겠다. 내가 얼마나 도움이 될지는 모르지만. 이건 내 잘못이다. 전부 다. 테사 마음속에 깃든 불행은 전부 내 몫이다.

테사가 앞에 있는 나무 지지대에 팔을 올리려다 미끄러지며 넘어질 듯 비틀거렸다. 하마터면 커다란 파라솔에 얼굴을 정통으로 박을 뻔했다.

나는 테사의 팔꿈치를 잡아 넘어지지 않게 해주었다. 테사가 나에게 몸을 기댔다.

"이제 안으로 들어가자. 너 좀 자야 해. 와인을 너무 많이 마셨어."

"나 안 잤어."

"잔 게 아니라 필름이 끊긴 거야."

나는 앞에 있는 박살난 와인 병을 가리켰다.

"자꾸 재촉하지 좀 마."

테사가 쏘아붙이며 뒤로 물러섰다.

"알았어, 알았어."

결백을 증명하듯 나는 두 손을 들어 보였다. 원래 대로라면 소리를 질러야 맞다. 이게 무슨 아이러니란 말인가. 술 취해 해롱대는 건 테사요, 멀쩡히 제정신으로 말하는 건 나다.

"미안."

테사가 한숨을 내쉰다.

"아무 생각이 안 나."

테사가 스르르 바닥에 주저앉더니, 또 무릎을 끌어안는다. 테사는 고개를 들어 나를 올려다 보았다.

"무슨 얘기 좀 해도 될까?"

"그럼."

"너도 솔직하게 얘기해줄 거지?"

"그럴게."

조금 괜찮아진 것 같았다. 나는 테사와 가장 가까이 있던 의자에 걸터앉았다. 무슨 얘기를 하고 싶은 건지 살짝 걱정이 됐다. 그래도 알아야겠다. 나는 가만히 테사가 입을 열기를 기다렸다.

"가끔 그런 느낌이 들어. 내가 원하는 건 다 다른 사람들이 가지는구나, 하는."

테사가 부끄러운지 중얼거렸다. 자기 감정을 털어놓는 게 부담스러운가 보다….

이어서 하는 말을 겨우 알아들을 수 있었다.

"그 사람들이 그렇게 되는 게 싫은 건 아닌데…."

테사의 눈에 눈물이 가득 고였다.

무슨 말인지 잘 이해할 수 없었다. 그때 문득, 킴벌리와 반스가 약혼한 사실이 떠올랐다.

"킴벌리하고 반스 얘기야? 너무 그렇게 생각하지 마. 반스는 거짓말쟁이에다가 바람둥이고…."

말을 하다가 중간에 멈추었다. 내가 들어도 너무 심한 말 같았다.

"그래도 반스는 킴벌리를 사랑해. 그것도 아주 많이."

테사는 손가락으로 바닥에 뭔가를 끄적이며 중얼거렸다.

"내가 너를 더 사랑해."

생각할 겨를도 없이 말이 나왔다. 내가 바랐던 것과 정반대의 결과다. 테사가 훌쩍거리기 시작했다. 훌쩍거리며 두 팔로 세운 다리를 감싸 안았다.

"진짜야. 정말 내가 더 사랑해."

"넌 가끔씩만 나를 사랑하잖아."

세상에서 확실한 건 이것뿐이라는 말투다.

"아니라는 거 알잖아."

"그렇게 느껴져."

테사는 바다 쪽을 보면서 속삭였다. 날이 밝아서 바다가 보이면 좋을 텐데. 그러면 테사를 진정시키는 데 조금이나마 도움이 될 텐데. 나는 확실히 이런 거엔 젬병이다.

"그렇게 느낄 수도 있겠네."

테사가 지금 그런 기분일 수도 있겠구나 싶었다.

"나중에 누군가는 항상 사랑할 수 있을 거야."

"무슨 소리를 하는 거야?"

"다음 번에 말이야. 네가 그 누군가를 항상 사랑하게 될 거라고."

순간 지금으로부터 50년 후의 모습을 그려보았다. 테사의 얘기가 오버랩 되면서 날카로운 통증이 되살아났다. 그 느낌에 꼼짝을 할 수가 없었다. 너무나 분명하다. 이보다 더 분명할 수 없을 만큼.

테사는 나를 포기하는 거구나. 우리 관계를.

"다음 번 같은 건 없어!"

언성이 높아지고, 피가 끓어오르는 건 어쩔 수가 없었다. 이 저주받을 안뜰에서 내 몸이 반으로 쪼개진대도 말이다.

"있을 거야. 나는 너의 트리시야."

'이게 무슨 소리야? 테사가 취했다는 건 안다. 근데 우리 엄마가 여기서 왜 나오냐고?'

"너의 트리시. 그게 나야. 너는 카렌을 만나게 될 거야. 그럼 그 사람이 너한테 아기를 낳아줄 수 있을 거야."

테사는 눈물을 훔쳤다. 나는 슬그머니 의자에서 내려와 테사 옆에 앉았다.

"무슨 소린지 잘 모르겠어. 하지만 네 말은 틀렸어."

어깨를 감싸 안자, 테사는 흐느끼기 시작했다. 테사의 말을 알아들을 수가 없다. 몇 개 들리긴 했다.

"…아기… 카렌… 트리시… 켄."

빌어먹을, 킴벌리는 집에 와인을 왜 이렇게 많이 놔둔 거야.

"카렌이든 트리시든 또 다른 사람이든, 그 사람들이 우리하고 무슨 상관인지 모르겠어."

테사가 내 어깨를 밀어냈지만, 나는 더 꽉 안았다. 나를 원치 않을지도 모른다. 그럼에도 지금 당장은 내가 필요할 거다.

"너는 테사고, 나는 하딘이야. 얘기 끝."

"카렌이 임신했어."

테사는 내 가슴에 기대 흐느꼈다.

"카렌이 아기를 가졌다고."

"그래서?"

깁스를 한 손으로 테사의 등을 문질렀다. 테사에게 무슨 말을 해야 할지, 어떻게 해줘야 할지 감이 안 잡힌다.

"나 병원에 갔었어."

테사가 엉엉 운다. 순간 나는 온몸이 얼어붙었다.

'이런 빌어먹을.'

나는 패닉에 빠지지 않으려고 애를 썼다.

테사는 제대로 말하지 못했다. 술주정 같은 울음을 토해낼 뿐이었다. 잠시 머릿속을 정리해 보았다. 분명한 건 테사는 임신하지 않았다는 사실이다. 만약 그랬다면, 술을 마시지 않았을 거다. 나는 테사를 안다. 절대 그런 짓을 할 사람이 아니다. 언젠가 엄마가 되겠다는 생각에 집착하는 테사가, 태어나지도 않은 아기를 위험에 빠뜨리는 짓을 할 리 없으니까.

감정을 추스를 동안 테사는 내 품에 안겨 있었다.

"넌 혹시 원해?"

잠시 후, 테사가 내게 물었다. 여전히 내 품에 안긴 채였고, 눈물은 멈췄다.

"뭐를?"

"아기 갖는 거."

테사는 눈을 문질렀고, 나는 흠칫 뒤로 물러섰다.

"음, 아니."

나는 고개를 가로저었다.

"너하고 아기 갖고 싶진 않아."

테사는 눈을 감았고, 또 다시 훌쩍거리기 시작했다. 내뱉은 말을 곱씹어 보았다. 그제야 그 말이 어떻게 들렸을지 알 것 같았다.

"그런 의미가 아니라, 우리 사이에 아이는 필요 없다는 거지. 너도 알잖아.”

테사는 아무 말 없이 훌쩍거리며 고개만 끄덕였다.

“너의 카렌은 너에게 아기를 안겨줄 거야.”

테사는 눈을 감은 채, 머리를 내 가슴에 기댔다.

여전히 머리가 복잡했다. 카렌과 내 아버지의 연관성은 무슨 뜻인지 알 것 같다. 하지만 테사가 자기는 내 첫사랑이지만 끝사랑은 아니라고 생각하는 건 받아들이고 싶지 않았다.

나는 테사의 허리를 감싸 안고 바닥에서 안아 올렸다.

“알았어, 이제 자러 가자.”

이번에는 테사도 순순히 따랐다.

“내 말이 맞아. 너도 전에 말했잖아.”

테사가 중얼거리며 다리를 내 허리에 감쌌다. 덕분에 좀 더 쉽게 테사를 안고 갈 수 있었다. 문을 열고 복도로 들어섰다.

“뭐라고 말했는데?”

“해피 엔딩 같은 건 없다고.”

테사는 내가 전에 했던 말을 그대로 인용했다.

빌어먹을 헤밍웨이, 그딴 거지 같은 견해를 피력해가지고.

“내가 한 말은 바보 같은 생각이었어. 진심은 아니었어.”

테사에게 확신을 줘야 한다.

“널 사랑할 수 있는 만큼 사랑했어. 넌 뭘 하고 싶은 건데? 내 인생을 망쳐버리는 거?”

악당 같은 헤밍웨이를 또 인용하고 있다. 술에 취해 제대로 서 있지도 못하면서, 그건 어떻게 완전히 기억하는 건지.

"쉬이, 헤밍웨이는 술 깨고 다시 초대하자."

"'모든 사악한 것들은 무지에서 시작된다.'"

테사는 내 목에 대고 말했다. 두 팔로는 내 등을 꼭 안은 채. 나는 테사의 침실 문을 열었다.

그 문장을 무척 좋아했다. 무슨 의미인지도 잘 모르면서. 이제는 아니다. 그 의미를 너무도 생생하게 안다. 완전히 이해한다.

자책감으로 마음이 무거워졌다. 테사를 가만히 침대에 눕히고, 베개를 가져와 머리맡에 두었다.

"머리 들어봐."

테사는 눈을 뜨지 않았다. 결국 잠이 든 모양이다. 불을 껐다. 곧 날이 밝겠지만, 그동안이라도 테사가 눈을 붙이길 바랐다.

"여기 있나아아아?"

테사가 말꼬리를 길게 끌며 말했다.

"같이 있어줘? 나 다른 방에서 자도 돼."

그러고 싶진 않았지만, 일단 말은 던졌다. 테사는 너무 혼란스러워했고, 인사불성이었다. 그래서 혼자 두고 나가는 게 꺼림칙했다.

"으으으음."

테사가 중얼거리며 이불을 더듬거렸다. 이불이 제대로 덮이지 않자, 신경질이 나는 듯 씩씩거렸다.

이불 덮는 걸 도와주고, 신발을 벗고 테사 곁에 누웠다. 몸이 닿지 않게 조심하면서. 테사가 맨다리로 내 허리를 감싸더니 나를 가까이 잡아당겼다.

그러자 숨이 쉬어졌다. 비로소 숨을 쉴 수 있었다.

"네가 잘못된 줄 알고 너무 겁이 났어."

캄캄한 방의 침묵 속에서 나는 속내를 털어놓고야 말았다.

"나도."

갈라지는 목소리로 테사가 맞장구를 쳤다.

테사에게 팔베개를 해주었다. 테사는 내 쪽으로 몸을 돌려 세우고, 다리로 내 몸을 더 단단히 감았다.

여기서 어떻게 나아가야 할지 모르겠다. 내가 무슨 짓을 했길래 테사가 이 지경이 됐을까.

그래, 나 때문이다. 내가 테사를 함부로 대하고, 테사의 선함을 이용했다. 화수분인양 기회를 얻고 또 얻었다. 테사의 신뢰를 아무 의미도 없다는 듯 갈기갈기 찢어버렸다. 내가 테사한테 모자란 사람이란 기분이 들 때마다 그걸 테사의 면전에서 헌신짝처럼 내동댕이쳤다.

애초부터 테사의 사랑과 믿음을 받아들였다면, 그녀가 숨결을 불어넣어 준 내 삶을 소중하게 여겼더라면, 지금 테사가 이렇게까지 되진 않았을 거다. 내 옆에 이런 모습으로 누워 있지는 않았을 거다. 나로 인해 파괴되고 절망하고 술에 취해 제정신이 아닌 채로.

테사는 나를 치유해주었다. 산산조각 난 내 영혼을 하나하나 붙여, 꽤 괜찮은 사람으로 만들어주었다. 거의 정상에 가까운 사람으로. 그녀는 자신의 모든 걸 쥐어짜내 나를 붙여주었지만, 나라는 구제 불능은 아무 것도 줄 게 없었다.

혹시나 일어날까 두려워했던 모든 일들이 일어나고 있다. 아무리 막아보려 애를 써도, 나는 상황을 더 나쁘게 만들고 있었다. 내가 테사를 다른 사람으로 바꿔놓았다. 테사를 망쳤다. 몇 달 전, 그러겠다고 다짐했던 딱 그 방법으로.

말도 안 되는 일이다.

"정말로 미안해. 내가 너를 망쳐놨어."

테사의 머리에 대고 속삭였다. 잠이 든 듯 테사가 쌕쌕거리는 숨소리를 냈다.

"나도."

테사가 긴 숨을 토해내며 내 품에서 벗어났다.

우리 사이 작은 공간에 후회만이 가득 찼다.

15 · 테사

웅웅거린다. 뚜렷이 들리는 건 끊임없이 웅웅대는 소리뿐이다. 머리가 금방이라도 터질 것 같다. 방은 왜 이렇게 더운 거지. 너무 덥다. 하딘의 무게가 무겁다. 깁스한 손이 내 배를 누르고 있다. 화장실도 가고 싶고.

'하딘.'

하딘의 팔을 들어올리고, 온몸을 비비 꼬며 그의 몸 아래서 벗어났다. 제일 먼저 사이드 테이블 위에 놓인 하딘의 전화기에서 울리는 소리를 멈춰야겠다. 크리스찬에게서 온 메시지와 부재중 전화가 화면 가득 떠 있었다. 짤막하게 '우리 괜찮아요'라고 답신을 보내고 전화기를 무음으로 바꾸었다. 그런 다음 화장실로 향했다.

가슴이 답답했다. 어제 마신 와인이 아직도 혈관을 타고 흐르는 듯했다. 와인을 너무 많이 마셨다. 한 병만 마시고 그만 마셨어야 하는데. 아니, 두 병. 아니, 세 병.

잠이 든 것도 기억나지 않는다. 하딘이 여기 어떻게 왔는지도 모르겠다. 전화로 들리던 하딘의 목소리가 언뜻 기억났다. 그게 진짜 일어났던 일인지도 잘 모르겠다. 그런데 지금 하딘이 여기 있다. 내 침대에. 그러니 자세한 내막은 그다지 중요하지 않을 것 같다.

세면대에 기대며 찬물을 틀었다. 영화 속 주인공처럼 찬물을 얼굴에 터프하게 끼얹었다. 그래도 소용없다. 잠이 깨지도, 머리가 맑아지지도 않는다. 어제 바른 마스카라만 더 번지게 만들었을 뿐이다.

"테사?"

하딘이 부르는 소리가 들렸다.

얼른 물을 잠그고 복도로 나갔다.

"안녕."

하딘의 눈을 피하며 말을 건넸다.

"왜 일어났어? 겨우 2시간 전에 잠들었는데."

"나, 안 잔 것 같은데."

나는 어깨를 으쓱했다. 이 어색함이 싫다.

"기분은 좀 어때? 어제 술 너무 많이 마셨어."

하딘을 따라 방으로 돌아가 문을 닫았다. 하딘은 침대에 걸터앉았고, 나는 이불 속으로 들어갔다. 아직 하루를 시작하고 싶지 않다. 어차피 아직 날이 밝지도 않았다.

"머리가 너무 아파."

결국 실토하고 말았다.

"그럴 거야. 어젯밤 절반은 토했어, 베이비."

아차 싶었다. 불현듯 하딘이 내 머리카락을 붙잡고 등을 문질러주던 게 떠올랐다. 나는 변기를 붙잡고 속을 게워내고 있었다.

불길한 생애 최악의 소식을 전하던 닥터 웨스트의 목소리가 지끈거리는 머릿속에 울려 퍼졌다. 혹시 내가 술에 취해 그 얘길 했나? 오, 부디 안 그랬길.

"내가…, 어젯밤에 무슨 얘기했어?"

짐짓 밝은 척하며 물었다. 하딘은 한숨을 내쉬며 머리카락을 쓸어 넘겼다.

"카렌하고 우리 엄마 얘기를 계속 했어. 근데 그게 무슨 소린지 도통 모르겠더라."

하딘이 얼굴을 찡그렸다. 모르긴 해도 내 표정도 딱 그랬을 거다.

"그게 다야?"

그게 다이기를.

"기본적으론 그렇지. 아, 네가 헤밍웨이 문구를 엄청 인용했어."

하딘이 슬쩍 미소를 지었다. 그 모습이 얼마나 매력적인지, 새삼 느껴졌다.

"안 그랬어."

너무 창피해 두 손으로 얼굴을 가렸다.

"그랬어."

하딘의 입가에 상냥한 미소가 번졌다. 가린 손 틈으로 하딘을 힐끔 쳐다보았다.

"또 그 말도 했어. 네가 내 사과를 받아주고, 나한테 한 번 더 기회를 주겠다고."

손가락 틈새로 하딘과 눈이 마주쳤다. 피할 수 없을 것 같다.

'하딘이 좋아. 정말로.'

"거짓말쟁이."

웃어야 할지 울어야 할지 잘 모르겠다. 우린 또 함께다. 이랬다저랬다, 밀고 당기고 하는, 그 똑같은 상황 한복판이다. 이번엔 조금 느낌이 다르다. 하지만 섣불리 판단할 순 없다. 하딘이 지킬 수도 없는 약속을 해댈 때면 매번 이번엔 다를 거란 느낌이 들었었으니까.

"어젯밤에 무슨 일이 있었는지 얘기해줘. 네가 그러는 걸 보는 게 너무 힘들었어. 너답지 않았거든. 너랑 통화하면서 얼마나 무서웠는지 몰라."

"나 괜찮아."

"완전히 취했었거든. 술이 너를 마셨더라. 정원에 나가서 자고 있었어. 온 집안에 빈 술병이 나뒹굴고."

"그 꼴로 있는 사람을 발견하는 게 유쾌하진 않아, 그치?"

내가 말해놓고도 한심했다. 하딘의 어깨가 축 처졌다.

"꼭 그렇진 않아."

무수한 밤들이 떠올랐다. 때로는 낮이기도 했지만. 술이 떡이 된 하딘을 찾아냈던 그날들. 술 취한 하딘은 늘 말썽을 일으켰다. 램프를 부수고, 벽에 구멍을 냈다. 입에 담지도 못할 험한 말을 내뱉기도 했다.

"다시는 그런 일 없을 거야."

내 생각을 읽기라도 한 듯 하딘이 말했다.

"내 말은⋯."

둘러대려 했지만 하딘은 나를 너무 잘 안다.

"무슨 뜻인지 알아. 괜찮아, 난 그래도 싸."

"어쨌거나, 너한테 그런 말을 한 건 내가 심했어."

하딘은 용서하는 걸 배워야 할 텐데. 안 그랬다간 우리 둘 모두 앞으로의 삶에 평화를 얻을 순 없을 거다.

진동 소리는 듣지도 못했는데, 하딘이 사이드 테이블에 있던 전화를 들었다. 그러더니 크리스찬을 향해 온갖 욕을 쏟아냈다. 심장이 두근거리는 걸 달래려고 눈을 감았다. 제발 그만하라고 손사래를 쳤지만, 하딘은 아랑곳하지 않았다.

"전화를 받았어야죠! 테사한테 무슨 일이라도 생겼더라면, 전부 당신 책임이었어요."

하딘은 전화기에 대고 으르렁거렸다. 그 목소리를 듣지 않으려 애썼다.

'나는 괜찮다. 어제는 너무 안 좋은 날이라 술을 좀 많이 마셨을 뿐, 지금은 괜찮다. 그런 것쯤이야, 뭐가 잘못이야?'

하딘이 전화를 끊었다. 옆자리 매트리스가 푹 꺼지는 게 느껴졌다. 하딘은 눈을 가리고 있던 내 손을 치웠다.

"크리스찬이 못 와봐서 미안하대."

하딘이 내 얼굴에서 물러나며 말했다.

하딘의 턱과 빰에 수염 자국이 보였다. 취한 건지 제정신이 아닌 건지, 순간 나는 손을 뻗어 그의 턱선을 따라 쓰다듬었다. 하딘은 내 행동에 깜짝 놀란 듯했다. 나는 그의 살갗을 애무했다. 하딘의 눈빛이 반짝였다.

"우리 지금 뭐 하는 거야?"

하딘이 내게 가까이 몸을 기울였다.

"나도 모르겠어."

정말 그랬다. 진짜 모르겠다. 우리가 뭘 하고 있는 건지, 내가 뭘 하고 있는 건지. 하딘과 얽히면 늘 이러니까. 단 한 번도 안 그랬던 적이 없었다.

슬프고 마음이 아프다. 내 몸한테, 내 업보한테, 내 인생한테 배신당했다는 느낌을 버릴 수가 없다. 그럼에도 하딘이 그런 기분을 다 날려버려 줄 것만 같다. 일시적이겠지만, 그래도 하딘이 내 걱정을 모두 잊게 만들어줄 거다. 머릿속에서 날뛰는 혼란을 깨끗이 지워줄 거다. 내가 하딘에게 그랬던 것처럼.

이제 이해가 된다. 그때마다 내가 필요하다던 하딘의 말이 무슨 의미였는지. 왜 그런 식으로 나를 이용했는지 이해가 됐다.

"널 이용하고 싶진 않아."

"뭐라고?"

하딘이 혼란스러운 듯 물었다.

"네가 복잡한 생각들을 잊을 수 있게 해줬으면 좋겠어. 근데 널 이용하긴 싫어. 당장은 널 내 곁에 두고 싶지만, 그렇다고 내 마음이 변하진 않을 테니까."

두서없이 지껄였다. 어떻게 표현해야 할지 모를 이 말도 안 되는 소리를 하딘이 이해할 수 있을까.

하딘이 팔꿈치를 세워 머리를 괴고, 나를 내려다보았다.

"방법과 이유는 상관 안 해. 그런 식으로 나를 원하는 거, 변명하지 않아도 돼. 어차피 난 이미 네 거니까."

하딘의 입술이 닿을 듯 말 듯 가까이 다가왔다. 머리를 살짝 들어 입술을 맞대었다.

"미안해."

고개를 돌렸다. 이런 식으로 하딘을 이용할 순 없다. 그게 다인 척은 못 하겠다. 내 고민에서 도피하기 위한 단순 쾌락만을 위해. 아니, 그보다는 훨씬 더 큰 의미였다. 나는 여전히 하딘을 사랑한다. 가끔 사랑하지 않기를 바랐지만 그게 안 된다. 더 강해지고 싶다. 이런 것쯤은 가볍게 여길 수 있었으면 좋겠다. 그저 단순한 일탈, 아무 감정도 갈망도 없는, 그저 섹스로.

하지만 내 가슴과 양심이 그걸 허락하지 않았다. 꿈꾸던 미래가 물거품이 돼 상심했다고, 하딘을 이런 식으로 이용할 순 없다. 안 그래도 하딘이 노력하고 있다는 걸 아는 지금은 더욱. 이건 하딘한테 못할 짓이다.

두 명의 내가 한참 싸움을 벌였다. 그 사이 하딘은 내게 다가와 내 두 손목을 모아 쥐었다.

"지금 뭐 하는…."

하딘이 내 손을 머리 위로 올렸다.

"무슨 생각하는지 다 알아."

하딘이 내 목덜미에 입술을 대었다. 내 몸은 순순히 그의 입술을 받아들였다. 나는 이리저리 목을 돌리며, 하딘이 내 민감한 부분을 쉽게 애무하도록 도왔다.

"이건 너한테 옳지 못한 짓이야."

하딘이 귓볼 아래를 깨물자, 나는 헐떡거리며 말했다. 하딘은 내 손목을 잡고 있던 손에 힘을 풀었다. 그러고는 티셔츠를 머리 위로 벗겨 내 바닥에 던졌다.

"옳지 않은 짓, 맞아. 내가 널 만졌던 것도 너한텐 옳지 않은 짓이었어. 나는 온갖 짓을 다 저지른 다음이었지. 근데 내가 원했어. 내가 널 원했어. 항상 널 원했어. 네가 갈등하고 있다는 거 알아. 근데 잠시라도 네 마음이 편해질 수 있다면, 난 그걸로 됐어."

하딘은 내 위에 자기 무게를 싣고, 엉덩이를 돌리며 나를 매트리스로 더 깊게 밀어붙였다. 지배적이면서도 도전적인 몸짓이었다. 머릿속이 어젯밤 와인을 마셨을 때보다 더 빙빙 돌았다.

하딘의 한쪽 무릎이 내 다리 사이로 미끄러지듯 들어오며, 내 다리를 벌렸다.

"내 생각 같은 건 하지 마. 그냥 너 자신과 네가 하고 싶은 것만 생각해."

"응."

나는 고개를 끄덕였다. 하딘이 내 두 다리의 교차점을 무릎으로 문지르자, 내 입에서 신음이 터져나왔다.

"널 사랑해. 나한테 이런 모습 보이는 걸 미안해하지 마."

너무도 부드러운 말투다. 하지만 그의 손길은 거칠기 그지없다. 한 손으로 내 손을 꼼짝 못하도록 잡고, 다른 손을 내 팬티 속으로 밀어 넣었다.

"너무 젖었어."

하딘이 손가락으로 촉촉히 젖은 내 그곳을 문지르며 신음했다. 나는 가만히 있으려 힘껏 버텼다. 하딘은 그 손가락을 내 입 속으로 밀어 넣었다.

"달콤하지?"

그는 내 대답을 기다리지 않았다. 대신 내 손을 풀어주고, 다리 사이로 머리를 옮겼다. 그의 혀가 갈라진 틈으로 들어왔다. 나는 두 손으로 하딘의 머리카락을 움켜잡았다. 클리토리스를 혀로 공략할 때마다 정신이 혼미해졌다. 더 이상 어둠 속을 헤매지도, 화가 치밀어 오르지도 않았다. 후회나 실수 따위를 떠올릴 겨를이 없었다.

나는 오로지 내 몸과 하딘의 몸에 집중했다. 내 몸에 대고 신음을 토하는 하딘에게만 집중했다. 하딘이 두 손가락을 내 안에 밀어 넣었다. 나는 손톱을 세워 그의 등허리에 성난 손톱 자국을 냈다. 내 몸을 터치하는 그의 손길에 집중했다. 내 몸 구석구석을, 안과 밖 모두를, 그 누구도 할 수 없는 방식으로 애무하는 하딘의 손길 말이다.

하딘이 거친 숨소리를 토해냈다. 나는 하딘에게 자세를 바꾸자고 애원하듯 요구했다. 하딘이 나를 만족시키는 동안 나도 그를 만족시키고 싶었다. 그가 바지를 벗어 바닥에 던지고, 셔츠를 찢듯이 벗은 다음 나를 만지러 다시 달려드는 모습을 바라보았다. 하딘은 나를 들어올려 그의 페니스를 마주하게 했다. 그의 페니스를 입에 넣었을 때, 내 이름을 부르며 신음하던 그의 모습이 너무 좋았다. 나는 지금껏 단 한 번도 해보지 않았던 작업에 집중했다. 그의 손이 내 깊은 곳으로 파고들고 그의 혀가 나를 핥는 동안, 나는 그의 페니스에 오롯이 집중했다. 안에서부터 빡빡하게 차오르는 그 느낌에 집중했다. 나를 절정에 오르게 만들며, 그의 입에서 쏟아지는 추잡한 말들에 집중했다.

내가 먼저 오르가슴에 오르고, 뒤따라 하딘이 내 입 안에 모든 걸 쏟아냈다. 온몸이 노곤해지는 안도감에 무너져 내렸다. 죄책감 같은 건 느끼지 않으려 했다. 내 고통을 잊기 위해 하딘을 이용했다는 죄책감 말이다.

"고마워."

하딘은 나를 끌어당겨 옆에 눕게 했고, 나는 그의 가슴에 대고 말했다.

"아냐, 내가 더 고마워."

하딘은 미소 지으며 나를 내려다보았고, 내 어깨에 입을 맞췄다.

"이제 뭣 때문에 그렇게 힘들어했는지 말해줄 거야?"

"아니."

나는 하딘의 가슴에 새겨진 나무를 손끝으로 더듬었다.

"좋아, 그럼 나랑 결혼할래?"

하딘이 웃었고, 내 아래 있던 그의 몸이 들썩거렸다.

"아니."

나는 하딘을 찰싹 때렸다. 부디 농담이었길.

"좋아, 그럼 나랑 같이 살래?"

"아니."

나는 손가락을 다른 타투로 옮겼다. 하트 모양의 무한대 기호를 따라 손끝을 움직였다.

"생각해본다는 걸로 받아들일게."

하딘이 킬킬거리며 내 허리에 팔을 감았다.

"그럼, 오늘 나랑 저녁 먹을래?"

"아니."

너무 빨리 대답했나? 그런데도 하딘은 웃고만 있었다.

"그러겠다고 한 걸로 받아들일게."

그 순간, 하딘의 얼굴에서 웃음기가 사라졌다. 현관문 열리는 소리와 복도에 울려 퍼지는 말소리가 들렸기 때문이다.

"젠장."

우리는 동시에 말했다.

내 말에 놀란 듯 하딘이 나를 올려다보았다. 나는 어깨를 으쓱해 보이고는 서랍장으로 갔다. 옷을 입어야 했다.

16 · 테사

팽팽한 긴장감이 일었다. 킴벌리도 그래서 창문을 열었겠지. 거실을 가로지르며 킴벌리와 나는 서로 이해한다는 눈빛을 교환했다.

"그게 그렇게 어려워요? 전화 한 번 받고, 메시지에 답 한 번 보내는 게? 나는 그 밤에 여기까지 달려왔는데, 당신은 겨우 이제야 기어들어 왔군요."

하딘은 성난 목소리로 크리스찬을 몰아붙였다.

나와 킴벌리는 동시에 한숨을 내쉬었다. 그녀는 분명 하딘이 '나는 그 밤에 여기까지 달려왔는데.'라는 말을 몇 번이나 되풀이하는지 세고 있을 거다.

"미안하다고 했잖니. 시내에 나가 있었는데, 휴대전화가 안 터졌던 모양이야."

크리스찬은 휠체어를 굴려 하딘에게 다가갔다.

"그런 일은 늘 있잖니, 하딘. 아무리 꼼꼼하게 계획을 짜더라도…."

하딘은 기세등등한 눈초리로 크리스찬을 노려보았다. 그러더니 아일랜드 식탁을 돌아 내 옆에 와 섰다.

"크리스찬도 이해했을 거야."

내가 하딘에게 속삭였다.

"그렇겠지, 그래야지."

하딘은 계속 노려보고 있었다. 하딘의 친부라는 사람은 짜증스러운 표정을 지었다.

"오늘은 기분이 괜찮잖아. 좀 전에 우리가 같이 뒹굴었던 걸 떠올려봐."

하딘의 화가 누그러지길 바라며, 나는 짓궂게 말했다. 하딘은 내게 몸을 기울였다. 분노가 아닌 뭔가를 바라는 눈빛이었다.

"저녁 먹으러 몇 시에 나갈까?"

"저녁 먹으러?"

킴벌리가 불쑥 끼어들었다.

킴벌리가 무슨 생각을 하는지 알 것 같아, 나는 킴벌리를 향해 몸을 돌렸다.

"그런 거 아니에요."

"그런 거 맞거든요."

하딘이 냉큼 받아쳤다.

킴벌리는 궁금해 죽겠다는 표정이었고, 하딘은 의기양양한 웃음을 지었다. 둘 다 확 패주고 싶다. 물론 나도 하딘과 저녁 먹으러 나가고 싶다. 그를 만난 날부터 쭉 나는 하딘의 곁에 있고 싶었다.

그래도 하딘에게 지지 않겠다. 또 다시 소모적인 관계의 굴레에 나를 던져 넣지는 않겠다. 하지만 우리는 대화를 해야 한다. 대화다운 대화. 지금까지 일어난 모든 일들에 대해. 그리고 내 미래 계획에 대해. 3주 후에 랜던과 함께 뉴욕으로 떠나는 그 계획 말이다.

우리 사이에는 비밀이 너무 많았다. 그 비밀들이 최악의 방법으로 드러날 때마다 충돌을 피할 수 없었다. 이번 일도 그런 상황으로 몰아가고 싶진 않았다. 어른스러워져야 할 때가 됐다. 용기를 내 하딘에게 내 계획에 대해 말할 때가 됐다.

이건 내 인생이고, 내 선택이다. 하딘의 허락 같은 건 필요 없다. 사실 누구의 허락도 필요 없다. 그렇지만 적어도 하딘이 다른 사람의 입을 통해 듣기 전에 내가 먼저 얘기해줘야 한다. 그게 내 마음의 짐이다.

"너 가고 싶은 데 아무 데나 가자."

킴벌리가 히죽거리는 걸 못 본 척하며, 나지막이 대답했다. 하딘은 내가 입고 있던 쪼글쪼글한 티셔츠와 후줄근한 트레이닝 바지를 내려다보며 실실 웃었다.

"그렇게 입고 가자는 건 아니지?"

옷 따위 신경 쓸 겨를이 없었다. 킴벌리가 방문을 두드릴 거라는 생각에 사로잡혀 아무 거나 주워 입었다.

"맙소사."

나는 살짝 눈을 흘기고 복도로 향했다. 하딘이 뒤따라오는 소리가 들렸다. 나는 욕실로 들어가 하딘 코앞에서 문을 닫고 잠갔다. 하딘이 문 손잡이를 덜컹거리다가 웃는 소리가 들렸다. 잠시 후, 문에 뭔가 쿵하고 부딪히는 소리가 들렸다. 하딘이 욕실 문에 머리를 박고 서 있는 모습을 상상하니 슬쩍 웃음이 나왔다.

곧 아무 소리도 들리지 않았다. 나는 샤워기를 틀고 옷을 벗은 다음, 물줄기 속으로 들어갔다.

17 · 하딘

부엌에는 킴벌리가 한 손을 허리에 대고 서 있었다. 얼마나 매력적이신지.

"저녁식사라니, 참 나."

"뭐래요?"

나는 마치 우리 집인 양 킴벌리를 비웃으며 지나쳤다.

"그렇게 쳐다보지 마요."

킴벌리의 하이힐 소리가 내 뒤에서 딸깍거렸다.

"당신이 여기 얼마나 빨리 오는지 내기를 걸었어야 했는데."

킴벌리는 냉장고 문을 열었다.

"집에 오는 길에 크리스찬한테 말했거든요. 당신 차가 우리 집 앞에
있을 거라고."

"네, 네."

테사가 얼른 샤워를 마치고 나오기를 바라며 복도를 쳐다보았다. 나
도 같이 들어갔어야 했는데. 맙소사, 그럼 너무 행복했겠다. 테사가 나
를 욕실에 앉아 있게 해준다면, 바닥이라도 괜찮다. 그리고 샤워하는
동안 내게 재잘거린다면 얼마나 좋을까. 테사와 함께 샤워하던 게 너
무 그립다. 머리를 감는 동안 혹시나 샴푸가 눈에 들어갈까 봐 눈을 꼭
감고 있던 테사의 모습이 그립다.

딱 한 번 그걸 놀려댔던 적이 있었다. 그래서 테사가 눈을 떴지만, 커
다란 비누 거품이 눈에 묻는 바람에 몇 시간 동안 눈이 새빨개졌었다.

"뭐가 그렇게 재밌어요?"

킴벌리가 내 앞에 있는 아일랜드 식탁에 달걀 상자를 놓으며 물었다.

내가 웃고 있었다는 걸 나도 몰랐다. 테사가 거품 묻은 빨간 눈으로
잔뜩 찡그리고 나를 노려보던 기억에 사로잡혀 있었다.

"아무 것도 아니에요."

나는 손사래를 쳤다.

카운터 테이블이 온갖 종류의 음식으로 가득 채워지고 있었다. 킴벌리가 나에게 커피 한 잔을 들이밀었다.

"웬일이에요? 나한테 친절하게 굴면 당신 약혼자가 머저리란 걸 내가 잊어버릴까 봐요?"

나는 수상한 커피 잔을 들어올렸다. 킴벌리가 웃었다.

"난 항상 친절했어요. 다른 사람들처럼 당신 화를 받아줄 순 없지만, 그래도 항상 친절하게 대할 거예요."

나는 고개를 끄덕였다. 무슨 말로 이 대화를 끌어가야 할지 모르겠다.

나는 지금 테사의 가장 꼴보기 싫은 친구랑 대화하고 있다. 믿을 수가 없다. 이 여자가 내 빌어먹을 정자 제공자와 결혼하기로 한 그 여자 맞는 거지?

킴벌리는 유리그릇에 계란을 깨 넣었다.

"나 그렇게 나쁜 사람 아니에요. 당신이 가진 세상에 대한 증오심을 걷어내기만 한다면 알게 될 거예요."

나는 킴벌리를 올려다보았다. 킴벌리는 짜증나지만, 꽤 의리 있는 사람이다. 나도 이 여자를 믿게 되겠지. 의리라는 건, 특히 요즘 들어선 더욱 얻기 어려운 가치니까. 이상하게도 랜던에게도 그런 생각이 들었다. 테사 주변 사람 중에 유일하게 나한테 의리를 지킬 사람이라는 생각이. 랜던은 내가 상상하지도 못한 순간들에, 내 곁에 있어줬다. 나는 이런 게, 내가 뭔가에 의지하는 게 가능할 거라는 생각은 하지도 못했다.

내 인생에 온갖 사건들이 일어났지만, 나는 이제 옳은 방향으로 나가려고 안간힘을 쓰고 있다. 무지개가 떠 있고, 꽃이 만발한 길, 테사와 함께하는 삶으로 이끌어주는 그런 길 말이다. 랜던은 내가 필요로 할 때 거기 있을 거라고 생각하니 참 좋았다. 하지만 그는 곧 떠난다. 빌어 먹을, 그래도 나는 안다. 랜던은 뉴욕에 가서도 의리를 지킬 녀석이라는 걸. 늘 테사 편을 들겠지만, 나에게도 솔직할 거다. 다른 인간들처럼 내 뒤통수를 치지는 않을 녀석이다.

"게다가."

킴벌리가 다시 말을 이었다. 그녀는 새어나오는 웃음을 참으려 입술을 꽉 물었다.

"우리는 가족이잖아요!"

'그럼 그렇지, 이 여자는 성질을 돋운다니까.'

"재밌군요."

나는 어이없는 표정을 지었다. 이 여자는 입을 다물 줄을 모른다.

킴벌리가 달걀 푼 걸 들고 스토브에 올린 팬 쪽으로 갔다.

"내가 좀 재밌는 사람이긴 하죠."

'사실 당신이 수다쟁이라는 소문이 자자하거든. 그걸 재밌다고 생각하고 싶음, 그러시든지.'

"농담은 그쯤 하고…."

킴벌리는 고개를 돌려 어깨 너머로 나를 쳐다보았다.

"하딘, 떠나기 전에 크리스찬이랑 얘기해보는 게 어떨까요. 그 사람 진짜 속상해하고 걱정 많이 하고 있어요. 당신하고 자기 관계가 영원히 끝나버렸을까 봐요. 뭐 그렇대도 난 당신을 탓하진 않아요. 그냥 알려주는 거예요."

킴벌리는 고개를 돌리더니 다시 음식을 만들었다. 나한테 생각할 시간을 주는 건가. 그럼 내가 대답해줘야 하는 거지?

"얘기할 준비가 안 됐어요…, 아직."

결국 대답을 하고 말았다. 킴벌리가 내 말을 들은 건가? 그러다 곧 고개를 끄덕이는 걸 보았다. 다른 재료를 가지러 돌아섰을 때 그녀의 입꼬리가 살짝 올라가 있었다.

마침내 테사가 욕실에서 모습을 드러냈다. 마치 3시간은 흐른 것 같았다. 머리카락은 다 말라 있었고, 얇은 머리띠로 깔끔하게 넘겼다. 어느새 화장까지 다 마쳤다. 화장은 안 하는 게 좋은데. 어쨌든 테사가 평상시로 돌아가려 노력한다는 건 좋은 징조였다.

나는 테사를 한참 동안 빤히 쳐다보았다. 테사는 내 시선을 느꼈는지 안절부절못했다. 차려입은 테사의 모습이 너무 좋다. 플랫 슈즈에 핑크색 탱크톱, 꽃무늬 스커트라니. 젠장, 너무 예쁘잖아.

"점심 먹을까?"

오늘은 하루 종일 테사와 한시도 떨어지기 싫다.

"킴벌리가 먹을 걸 만들었잖아?"

테사가 속삭였다.

"보나마나 맛없을 거야."

카운터 테이블에 있는 음식들을 보고 손을 휘휘 저었다. 나빠 보이진 않지만, 킴벌리는 카렌이 아니잖아.

"그렇게 말하지 마."

테사가 싱긋 웃었다. 그 미소가 너무 좋아서 똑같은 말을 또 할 뻔했다.

"좋아. 그럼 한 접시만 받아갔다가, 나갈 때 돌려주지 뭐."

테사는 내 말을 듣지 않는 것처럼 보였다. 하지만 곧 테사가 킴벌리한테 우린 나중에 먹을 테니 남은 음식은 보관해 달라고 부탁하는 걸 들었다.

하던 1점. 킴벌리와 맛없는 음식, 짜증나는 질문 폭탄 0점.

시애를 시내로 가는 길은 평소만큼 막히진 않았다. 테사는 내내 조용했다. 잠깐씩 테사가 나를 보는 시선을 느꼈다. 하지만 내가 돌아보면, 테사는 금세 고개를 돌렸다.

아담한 모던 스타일 레스토랑을 골라 들어갔다. 거의 텅 비어 있는 주차장에 도착하자, 두 가지 생각이 들었다. 오픈한 지 얼마 되지 않아 아직 손님이 몰리지 않았거나, 음식이 별로라서 아무도 오지 않았거나. 첫 번째이길 바라며 유리문을 열고 들어갔다. 테사가 식당 안을 살폈다. 내부 장식은 특이하면서도 괜찮았다. 테사도 마음에 들어 하는 눈치였다.

'하던 2점.'

점수를 매길 일은 아니지만…, 혹시 그랬다면 내가 이겼을 거다.

우리는 주문을 받으러 올 때까지 조용히 기다렸다. 웨이터는 눈 마주치는 게 불편해 보이는 갓 대학생이 된 듯한 어린 남자였다. 남자는 나와 눈을 맞추는 게 싫은 눈치였다, 머저리.

테사는 듣도 보도 못한 음식을 주문했고, 나는 메뉴판 첫줄에 있는 메뉴를 시켰다. 우리 옆 테이블에 임신한 여자가 앉아 있었다. 테사는 한동안 여자에게서 눈을 떼지 못했다.

"헤이."

나는 테사의 시선을 끌려 목청을 가다듬었다.

"어젯밤 내가 한 얘기를 기억하는지 모르겠지만, 혹시 기억난다면 미안해. 우리 사이에 아기를 원치 않는다는 말은, 그냥 내가 원래 아이를 원치 않는다는 뜻이었어. 근데 누가 알아."

말을 꺼내려는데 가슴이 쿵쾅거렸다.

"언젠가 원하게 될지."

내가 이런 말을 하다니, 믿을 수가 없다. 테사 표정을 보니, 테사 역시 믿을 수 없는 것 같았다. 테사는 입을 떡 벌리고, 물 잔을 그대로 든 채로 멈춰 있었다.

"뭐라고?"

테사가 눈을 깜빡거린다.

"뭐라고 한 거야?"

'내가 왜 그런 말을 했지?'

진심이다, 진심으로 한 소리다. 그런 것 같다. 고려는 해볼 수 있으니까. 아기나 아이나 청소년을 싫어하는 건 맞다. 근데 사실 나는 어른도 싫어한다. 내가 좋아하는 건 오로지 테사뿐이다. 그렇다면 테사의 미니 버전이 그닥 나쁘진 않을 것 같기도 하다. 아닌가?

"내 말은, 뭐, 그렇게 나쁘진 않을 것도 같아."

나는 패닉 상태인 속마음을 숨기려 어깨를 으쓱해 보였다.

테사는 여전히 입을 벌린 채였다. 턱을 닫아줘야 하는 게 아닌가 하는 생각이 들었다.

"확실한 건, 조만간은 아니라는 거지. 내가 그렇게 멍청한 놈은 아니니까. 너도 학교는 마쳐야 하잖아."

"그래도 너…."

내 말에 적잖이 충격을 받았는지 테사는 말을 잇지 못했다.

"알아, 내가 전에 뭐라고 했는지. 그때 나는 누구도 사귀지 않았고, 누구도 사랑하지 않았어. 또 누구의 일에도 상관 안 했고. 그래서 그럴 수 있었지. 하지만 시간이 좀 지나면 생각이 바뀔 수도 있을 것 같아. 네가 나한테 기회만 준다면?"

테사에게 생각을 정리할 시간을 줬다. 그런데도 테사는 여전히 눈을 동그랗게 뜨고, 입을 떡 벌리고 앉아 있었다.

"아직도 내가 할 게 많지. 넌 여전히 날 못 믿고. 나도 알아. 우린 학교도 마쳐야 하고, 또 일단 나랑 결혼하도록 설득도 해야 하고."

나는 두서없이 주절거렸다. 그 사이 테사가 무슨 생각을 하는지 눈치를 살폈다.

"우리가 꼭 결혼을 먼저 해야 한다는 건 아니야. 내가 그렇게 신사는 아니잖아."

억지웃음을 지었다. 드디어 테사가 현실로 돌아온 듯했다.

"우린 그럴 수 없어."

테사의 낯빛이 창백해졌다.

"그럴 수 있어."

"못 해."

손을 들어 테사의 말을 막았다.

"우린 그럴 수 있어. 난 널 사랑하고, 내 인생을 너와 함께하고 싶으니까. 우리 나이가 어리고 이딴 건 상관 안 해. 내가 너한텐 너무 몹쓸 놈이고, 네가 나한텐 너무 과분하고, 뭐 그런 것도 상관 안 해. 난 죽을 만큼 널 사랑해. 내가 잘못했었다는 거 알아…."

나는 한 손으로 머리를 쓸어 넘겼다.

식당 안을 슬쩍 둘러보았다. 옆자리 임신한 여자가 나를 빤히 쳐다보고 있었다.

'뭐야, 할 일 없어? 두 사람 몫을 먹느라 그런 거야?'

감이 잡히지 않는다. 여자는 괜히 나를 긴장하게 만들었다. 나를 자기 잣대로 저울질하는 건지, 아님 임산부라 그냥 이상한 건지 잘 모르겠다. 나는 왜 하필 공공장소에서 그런 화제를 꺼냈을까?

"벌써 이런 얘기를…, 서른 번은 한 거 같은데. 난 널 원해, 항상. 싸우고 화해하고, 좋아, 일주일에 한 번씩 이별을 선언하고 집을 나가도 돼. 다시 돌아올 거라고 약속만 해줘. 그럼 절대 불평하지 않을게."

숨을 몇 번 몰아쉬고, 테이블 맞은편의 테사를 쳐다보았다.

"그러니까, 그렇게 많이 투덜거리진 않을게."

"하던, 네가 이런 말을 하다니 믿을 수가 없어."

테사는 테이블 쪽으로 몸을 기울여 속삭이듯 말했다.

"이건…, 이건 전부 내가 원하던 것들이야."

테사의 눈에 눈물이 가득 고였다. 행복에 겨운 눈물이기를 바란다.

"근데 우리는 아기를 가질 수 없어. 게다가 우리는…."

"알아."

테사의 말을 막을 수밖에 없었다.

"네가 아직 날 용서하지 않았다는 거 알아. 근데 인내심을 갖고 기다릴게. 맹세해. 밀어붙이지 않을게. 그것만 알아줬으면 좋겠어. 난 네가 원하는 사람이 될 수 있고, 네가 원하는 걸 줄 수 있는 사람이라는 거. 너뿐만 아니라 나도 그걸 원한다는 거."

테사가 입을 여는 순간, 빌어먹을 웨이터가 음식을 들고 나타났다. 남자는 뭔지 모르겠지만 김이 모락모락 나는 접시를 그녀 앞에 내려놓았다. 그리고 내 앞에 버거 접시를 놓고는 어정쩡하게 서 있었다.

"뭐 필요한 거 있어요?"

남자에게 쏘아붙였다. 사실 그가 잘못한 건 없다. 내 여자에게 내 모든 미래와 희망을 쏟아 붓는 걸 방해한 죄, 내 여자와의 시간을 방해한 죄 정도?

"뭐 더 필요하신 건 없으세요?"

남자의 볼이 붉게 달아올랐다.

"없어요, 감사합니다."

테사가 남자에게 미소를 지었다. 내 무례를 그냥 둘 테사가 아니니까. 남자는 테사에게 미소를 짓고는 마침내 사라졌다.

"어쨌든, 벌써 오래 전에 얘기했어야 했던 걸 말했을 뿐이야. 가끔 네가 내 생각을 들을 수 없다는 사실을 까먹어. 내가 널 어떻게 생각하는지 전부 알 순 없겠지. 그럴 수 있었다면 아마 넌 나를 더 사랑했을 거야."

"지금 널 사랑하는 것보다 더 사랑할 순 없을 것 같은데."

"정말?"

나는 테사의 말에 반색했고, 테사는 고개를 끄덕였다.

"근데 나, 할 말이 있어. 네가 어떻게 받아들일지 모르겠지만."

최후통첩 같은 테사의 말에 나는 바짝 긴장했다. 테사가 우리 관계를 포기했다는 건 안다. 그래도 나는 그 마음을 바꿀 수 있다. 그럴 수 있을 거 같다. 전에는 한 번도 느끼지 못했던 그런 강한 결심이 들었으니까.

"말해봐."

최대한 평정심을 유지하려고 애썼다. 버거를 한 입 베어 물었다. 그래야 입을 다물 수 있을 것 같았다.

"내가 병원 갔었잖아."

병원 얘기를 중얼거리며 오열하던 테사의 모습이 떠올랐다.

"다 괜찮으신 거지요?"

빌어먹을 웨이터가 또 불쑥 끼어들었다.

"음식은 어떠세요? 물 좀 더 드릴까요?"

'지금 장난해?'

"괜찮아요."

남자를 향해 으르렁댔다. 말 그대로 성난 개처럼 으르렁거렸다. 남자는 움찔했고, 테사는 빈 잔을 집으려 했다.

"젠장, 여기 있어."

내 잔을 테사에게 들이밀었다. 테사는 미소를 지으며 한 모금 꿀꺽 마셨다.

"계속해봐."

"이 얘긴 나중에 다시 하자."

테사는 음식이 나온 후 처음으로 한 입 먹었다.

"안 돼. 이 꼼수를 내가 모를까 봐? 내가 하던 짓이잖아. 배 좀 채운 다음에 꼭 말해줘. 부탁이야."

테사는 화제를 돌리려는 듯 음식을 더 먹었다. 하지만 나한테 통할 리 없다. 병원에서 무슨 말을 들었는지, 무슨 말이길래 테사가 그토록 낯설게 굴었는지 알고 싶었다. 공공장소가 아니었다면 더 쉽게 말을 꺼냈을 텐데. 여튼 소란을 피우면 테사가 창피해 할 테니 얌전히 협조적으로 굴며 비위를 맞추면서 알아내야 한다.

5분 동안 아무 말도 하지 않고 내버려 두었다. 곧 테사의 포크질이 신통치 않아졌다.

"다 먹었어?"

"음⋯."

테사는 아직도 음식이 잔뜩 남은 접시를 내려다보았다.

"왜?"

"맛이 없어."

테사는 듣는 사람이 없는지 확인하려는 듯 주위를 둘러보며 속삭였다. 웃음이 픽 나왔다.

"그렇게 조심조심 속삭일 일이야?"

"칫."

뾰로통해졌다.

"배가 너무 고팠는데 이거 정말 맛없어. 도대체 무슨 음식인지도 모르겠어. 아까는 당황해서 뭘 시키는지도 모르고 주문했거든."

"다른 거 시켜줄게."

내가 일어서려 하자, 테사가 내 팔을 잡았다.

"됐어. 그냥 나가자."

"그럼 드라이브스루 음식점에서 먹을 만한 걸 사자. 그러고 나서 네 머릿속에 무슨 생각이 들었는지 얘기 좀 해봐. 나 혼자 온갖 상상을 하려니 돌아버릴 거 같아."

테사는 고개를 끄덕였지만, 조금 제정신이 아닌 것 같아 보였다.

드라이브스루 타코 가게에 들렀다. 테사가 배를 채우는 동안 내 인내심은 점점 바닥나고 있었다.

"내가 아이 얘기를 하는 바람에 심난해진 거지? 한꺼번에 너무 많은 걸 털어놓은 것 같아. 그래도 지난 8개월 동안 속 얘기를 안 했잖아. 이젠 더 이상 그러고 싶지 않아."

머릿속에 떠오르는 온갖 생각들을 테사에게 다 쏟아내고 싶었다. 눈이 멀 때까지 네 머리 위로 쏟아지는 햇빛을 바라보고 싶다고, 귀가 멀 때까지 타코를 베어물며 내는 네 감탄의 신음을 듣고 싶다고 말하고 싶었다. 두꺼운 도화지를 씹는 것 같은 타코를 왜 그토록 좋아하는지 아직도 알 수 없지만.

"그렇지 않아."

테사가 내 말을 막았다.

"그럼 뭔데? 내가 맞춰볼게. 결혼은 이미 싫다고 했잖아. 그럼 이번엔 아이를 원치 않는다는 얘기야?"

"아냐, 그런 거."

"그건 아니길 바랐어. 넌 최고의 엄마가 될 거야."

테사가 두 손을 배 위에 얹더니 우는 소리를 했다.

"나 못 돼."

"우린 그럴 수 있어."

"아냐, 하딘, 난 안 돼."

테사는 배에 얹은 손을 내려다보았다. 그 순간, 차를 미리 주차해 놓았다는 걸 감사하게 여겼다. 핸들을 급하게 꺾을 뻔했으니까.

병원, 오열, 와인, 카렌과 그녀의 아기에 대한 과도한 흥분, 오늘 하루 종일 되뇌던 '안 된다'던 말.

"안 된다고?"

테사가 한 말이 무슨 의미인지 확실히 이해했다.

"나 때문이야, 그렇지? 내가 너한테 무슨 짓을 한 거지?"

내가 무슨 짓을 했는지는 감이 잡히지 않았다. 하지만 이러면 말이 된다. 내가 한 어떤 일 때문에 테사한테 뭔가 안 좋은 일이 생긴 거다.

"아냐, 넌 아무 짓도 안 했어. 내 몸이 문제가 있어서 그래."

테사의 입술이 파르르 떨렸다.

"아…."

뭔가 다른 얘기를 해줄 수 있으면 좋을 텐데, 더 나은 얘기를, 진심으로.

"그래."

테사가 아랫배를 문질렀다. 차 안의 공기가 순식간에 사라진 것처럼 숨이 막혔다.

상황이 나만큼 엉망진창이다. 가슴이 무너지는 느낌이다. 짙은 갈색에 회청색 눈동자를 가진 소녀, 금발에 초록 눈동자의 소년, 리본 달린 모자와 작은 동물들이 그려진 양말 같은 것들이 머릿속에 휘몰아치듯 스쳐 지나갔다. 한때는 생각만 해도 구역질나는 장면들이었는데. 그것들이 갈기갈기 찢겨 공중으로 흩어졌다. 그리고 죽음과 같은 암담한 미래의 어느 곳으로 한없이 날아갔다.

"임신할 수도 있어. 실낱같은 가능성은 있대. 근데 유산 위험이 너무 크대. 호르몬 수치도 엉망이고. 어쨌든 안 되는 걸 해내려고 기를 쓰면서 고통을 견딜 자신이 없어. 그러다 아기를 잃거나 몇 년 동안 성과도 없이 노력만 할 수도 있는데, 그것 또한 견디기 힘들 것 같아. 나한텐 엄마가 된다는 카드 같은 건 없나 봐."

테사는 아무 말이나 막 해댔다. 아마 그래야 내 기분이 더 나아질 거라 생각한 모양이다. 하지만 소용없었다. 테사는 괜찮지 않으면서 괜찮은 척하고 있는 것 같이 보였다.

테사가 나를 쳐다보았다. 무슨 말이든 해주기를 바라는 눈치였다. 그러나 나는 아무 말도 할 수 없었다. 무슨 말을 해야 할지 모르겠다. 그런데다 테사에게 화가 났다. 이 기분은 어리석고 이기적이며 완전히 잘못된 거다. 하지만 화가 난다. 괜히 입을 열었다가, 하지 말아야 할 말을 할까 봐 겁이 났다.

내가 이런 머저리가 아니었다면, 테사를 위로해줬을 거다. 테사를 안아주고 괜찮다고 다 잘될 거라고 얘기해줬을 거다. 아이는 없어도 된다고, 아니면 입양이나 다른 방법을 찾을 수 있을 거라 얘기했을 거다.

하지만 현실은 그게 아니었다. 난 슈퍼히어로가 아니다. 하룻밤 사이에 세상을 바꿀 수 없다. 진짜 세상에서는 아무도 그럴 수 없다. 나는 다아시가 아니고, 테사도 엘리자베스가 아니다.

테사는 금방이라도 울 것 같은 목소리로 말했다.

"할 말 없어?"

"뭐라고 해야 할지 모르겠어."

들릴락 말락 한 목소리였다. 목이 콱 막혔다. 고구마 백 개를 한 번에 삼킨 느낌이다.

"어쨌든 넌 아이는 원치 않았잖아. 그러니 별반 달라질 건 없을 것 같은데…."

고개를 들었더라면, 테사가 울고 있는 모습을 봤을 거다.

"그랬지, 근데 지금은 그럴 기회조차 없잖아…."

"아."

테사가 말을 막아준 게 얼마나 다행인지. 무슨 말을 더 했을지, 나도 모르겠다.

"나, 다시 데려다줄 순 있지?"

고개를 끄덕이고 차를 움직였다. 원치 않았던 게 이런 식으로 상처를 주다니, 정말 거지 같다.

"미안해, 난 그저…."

나는 말을 꺼내다 그만뒀다. 끝까지 말할 수 없을 것 같았다.

"괜찮아, 이해해."

테사는 창문에 머리를 기댔다. 나에게서 할 수 있는 만큼 멀어지려는 것 같았다.

마음은 테사를 위로해주라고 나를 종용했다. 내가 이러는 게 테사한테 어떤 영향을 미칠까? 테사 기분이 어떨지 헤아려줘야 하는데.

하지만 머리가 더 강했다. 나는 너무 화가 났다. 테사한테가 아니다. 애초부터 그렇게 낳아준 테사 엄마와 테사의 몸뚱아리에 화가 났다. 이런 식으로 또 다시 따귀를 갈기는 세상에 화가 났다. 돌아오는 내내 테사에게 아무 말도 못 해주는 나 자신에 화가 났다.

얼마나 지났을까, 침묵이 커질수록 상처는 더 깊어진다는 걸 깨달았다. 테사는 한쪽에서 최대한 조용히 있으려 애쓰는 중이었다. 그럼에도 테사의 숨소리가 들렸다. 감정을 억누르려 애쓰는 소리를 들을 수 있었다.

가슴이 죄어왔다. 테사는 잠자코 앉아 있기만 했다. 머릿속에 내가 한 말들이 맴돌고 있겠지. 난 왜 항상 테사에게 이런 병신 같은 짓을 할까? 안 그러겠다고 몇 번을 약속했음에도 해서는 안 되는 말만 하고 있다. 몇 번이고 달라지겠다고 약속을 해놓고, 또 이러고 있다. 나는 발을 빼고 테사 혼자 이 모든 역경을 헤쳐나가라 방관하고 있다.

또 이래선 안 된다. 테사에게는 그 어느 때보다 내가 필요하다. 지금이 테사에게 필요한 모습으로 내가 곁에 있다는 걸 보여줄 기회다.

간선 도로 갓길에 차를 세웠다. 그런데도 테사는 나를 쳐다보지 않았다. 빌어먹을 경찰이 다가오지 않기를 바라며 비상등을 켰다.

"테스."

테사의 시선을 끌고자 말을 꺼냈다. 그 사이 생각을 정리해보려 애썼다. 테사는 다리 위에 올린 손을 바라보고만 있었다.

"테사, 제발 나를 좀 봐."

나는 한 손을 뻗어 테사의 손을 잡으려 했다. 그러자 테사는 내 손길을 홱 뿌리쳤다. 뿌리친 손이 차 문에 세게 부딪혔다.

안전벨트를 풀고 테사 쪽으로 몸을 돌렸다. 한 손으로 테사의 손목을 붙들었다.

"난 괜찮아."

테사는 자기 말을 증명하려는 듯 고개를 살짝 들었다. 젖어 있는 눈가를 보니 전혀 괜찮지 않아 보였다.

"진짜 미안해. 그런 식으로 말하는 게 아니었는데."

테사는 몇 번을 망설이다 내 얼굴을 쳐다보았다. 하지만 여전히 시선을 피했다.

"테스, 마음의 문을 닫지 마, 부탁이야. 내가 잘못했어, 미안해. 무슨 생각을 했던 건지 나도 모르겠어. 한 번도 아이를 가진다고 생각해본 적도 없으면서 이러고 있네. 네 기분만 더 나쁘게 만들었어."

고백이랍시고 한 게 오히려 더 안 좋게 들린다.

"너도 화날 수 있지."

테사가 조용히 대답했다.

"난 그냥… 네가 말해줬으면 했어, 무슨 말이라도…."

너무 소리가 작아서 잘 들리지 않았다.

"네가 아이를 가질 수 있든 없든 나는 상관없어."

불쑥 말이 튀어나왔다.

'이런 제기랄.'

"내 말은, 우리가 아이를 갖지 못해도 상관없다고."

내가 뱉은 말들을 어떻게든 주워 담으려 애썼다. 하지만 테사 표정을 보니 오히려 역효과만 내고 있는 게 자명해졌다.

"그러니까 내가 하고 싶었던 말은 널 사랑한다는 거야. 근데 오히려 무신경한 괴물처럼 굴고 있네. 내 생각만 하고 있고. 정말 미안해."

내 진심이 이제야 테사에게 전달된 모양이다. 테사가 내 눈을 바라보았다.

"고마워."

테사가 손을 빼내려 하자, 나는 잡은 손에 더 힘을 주었다. 그러나 테사가 눈물을 훔치려 손을 올리는 걸 보고 얼른 놓아주었다.

"너한테서 내가 뭔가 빼앗은 것 같은 기분이 들게 해서 미안해."

테사가 하고 싶은 말이 분명 더 있을 거다.

"속으로 참지 마. 난 널 알아. 그냥 하고 싶은 말 다 해."

"네가 그런 식으로 말해서 정말 싫었어."

테사가 발끈했다.

"알아, 내가…."

테사가 한 손을 들었다.

"내 말 아직 안 끝났어."

테사는 헛기침을 하며 목청을 가다듬었다.

"난 기억나는 순간부터 엄마가 되길 원했어. 엄마가 되는 건 나한테 정말 중요한 일이었다고. 내가 엄마가 될 수 없을지도 모른다고, 단 한 번도 생각해본 적 없었어."

"알아…."

"부탁인데, 마저 말할게."

테사가 이를 악물고 말했다. 나는 입을 다물고 있어야겠다. 대답 대신 고개만 끄덕였다.

"지금 믿을 수 없을 만큼 상실감이 커. 네가 나한테 뭐라고 했는지 생각할 힘도 없고. 네가 상실감을 느꼈대도 괜찮아. 난 항상 네 감정을 알고 싶었거든. 근데 네 꿈은 단 하나도 망가진 거 없어. 넌 10분 전까지만 해도 아이를 원하지 않았잖아. 그런 네가 지금 이러는 게 나한텐 옳다고 생각되지가 않아."

나는 한쪽 눈썹을 찡그리며 테사를 쳐다보았다. 말을 꺼내도 되는지 허락을 기다렸다. 테사가 고개를 까딱했다. 그 순간 밖에서 엄청나게 큰 소리로 경적이 울렸다. 그 소리에 테사는 거의 차 밖으로 뛰어내릴 뻔했다.

"집으로 가자."

내가 말했다.

"나도 같이 들어가서 네 곁에 있고 싶어."

테사는 창밖으로 시선을 돌리고 있었지만, 살짝 고개를 끄덕였다.

"위로 차원에서, 이미 그랬어야 했는데."

테사는 긍정의 의미로 고개를 약간 까닥거렸다. 그 순간 테사가 어이없는 표정을 짓는 걸 놓치지 않았다.

19 · 테사

하딘은 반스와 어색한 눈인사를 나누었다. 그 모든 일이 벌어지고 난 다음에도 하딘이 내 곁에 있다. 이상하고 낯설다. 하딘은 계속 내 마음을 헤아려주려 노력하면서 자제력을 보여주었다. 그것만은 무시하고 넘길 수 없었다.

근래에 너무 많은 문제들이 한꺼번에 터졌다. 그중 어떤 것 하나에만 집중하기는 어려웠다. 런던에서 보여준 하딘의 태도, 반스와 트리시, 아빠의 죽음, 그리고 내 불임 문제까지.

너무 많은 일이 일어났지만, 이대로 끝날 것 같지도 않다.

하딘에게 불임 이야기를 하고 난 다음 느낀 안도감은 어마어마했다.

하지만 우리에겐 늘 그렇듯 곧 터질 또 다른 문제가 있다.

뉴욕이 바로 그 다음 문제다.

지금 당장 얘기해야 하는데, 잘 모르겠다. 벌써 다른 문제 하나가 터진 뒤니까. 하딘의 반응이 너무 싫었다. 그나마 고마운 건 하딘이 내 기분을 헤아리지 않았던 던 걸 금세 후회했다는 점이다. 하딘이 그때 차를 세우고 사과하지 않았더라면, 다시는 그에게 무슨 얘기도 하지 않게 됐을 거다.

하딘을 만난 뒤로 몇 번이나 이런 생각을 말하고 맹세했는지 셀 수도 없다. 이번만은 진심이라고 생각했던 건 전부 내 탓이다.

"무슨 생각하고 있어?"

방문을 닫으며 하딘이 물었다. 나는 망설임 없이 솔직하게 대답했다.

"너한테 다시는 말하지 않겠다는 생각."

"뭐야?"

하딘이 나를 향해 다가왔고, 나는 뒷걸음질 쳤다.

"네가 사과 안 했더라면, 난 이후로 너한테 아무 얘기도 안 했을 거야."

하딘은 머리카락을 쓸어 넘기며 한숨을 내쉬었다.

"알아."

하딘의 말이 머릿속에서 떠나질 않았다.

'그랬지, 근데 지금은 그럴 기회조차 없잖아….'

그 말이 아직도 충격이다. 하딘에게 그런 말을 들을 거란 생각은 조금도 안 하고 있었다. 하딘이 마음을 바꿀 여지는 없어 보였으니까. 우리 관계가 정상이 아닌 것처럼, 하딘의 마음은 비극을 겪어야만 바뀐다.

"이리 와봐."

하딘은 두 팔을 활짝 벌렸고, 나는 그 앞에서 머뭇거렸다.

"부탁이야, 내가 위로해줄게. 네 얘기를 들어줄게. 미안해."

나는 하딘의 품으로 다가갔다. 왠지 느낌이 달랐다. 전보다 더 단단하고, 진짜인 것 같았다. 하딘은 내 머리 위에 뺨을 대며 나를 꽉 안았다. 부쩍 길어진 그의 머리카락이 내 살갗을 간질였다. 하딘이 내 정수리에 입을 맞췄다.

"나한테 전부 얘기해줘. 지금까지 하지 못했던 얘기, 전부."

하딘은 침대 위 자기 옆으로 나를 끌어다 앉혔다. 나는 다리를 꼬았고, 하딘은 헤드보드에 등을 기댔다.

나는 모든 걸 말했다. 피임 때문에 처음 병원에 갔던 것부터, 우리가 런던으로 가기 전에 문제가 있을지도 모른다는 걸 알았다는 것까지. 알리기 싫었다는 얘기를 들었을 때, 하딘은 입을 앙다물었다. 오히려 좋아할까 봐 두려웠다는 얘기를 듣고는 주먹을 꽉 쥐었다. 영영 그에겐 비밀로 하려 했다는 얘기를 들으면서도 잠자코 고개만 끄덕였다.

갑자기 그가 몸을 일으켜 내게 다가왔다.

"왜 그러려고 했어?"

"네가 오히려 다행이라고 할 줄 알았어. 그런 말은 듣고 싶지 않았거든."

나는 어깨를 으쓱했다.

"너한테 안심이라는 말을 듣는 것보다는 얘기 안 하는 편이 낫다고 생각했어."

"런던에 가기 전에 얘기했으면, 상황이 달라졌을 거야."

하딘을 노려보았다.

"그럼 더 나빠졌겠지, 분명."

하딘이 확대 해석하지 않기를 바랐다. 런던에서 엉망으로 군 걸 내 탓으로 돌리지 않는 게 좋을 텐데.

하딘은 말을 꺼내기 전 깊이 생각하는 것처럼 보였다. 장족의 발전이다.

"네 말이 맞아. 혼자만 알고 있길 잘한 거 같아. 특히 확실히 알기 전이었으니까 말이야."

그리고 덧붙였다.

"다른 사람한테 말하기 전에 나한테 얘기해줘서 기뻐."

하딘은 내 눈을 쳐다보고 있었다.

"킴한테는 얘기했어."

약간 죄책감이 들었다. 처음 알게 된 사람이 자기인 줄 알았나 보다. 하지만 그때 하딘은 내 곁에 없었다.

하딘은 양미간을 찌푸렸다.

"킴한테 말했다고? 언제?"

"그럴 가능성이 있다고 전에 얘기했었어."

"그래서, 킴은 네가 불임인 걸 알아?"

"응."

나는 고개를 끄덕였다.

"그럼 랜던은? 랜던도 알아? 카렌은? 반스는?"

"반스가 어떻게 알겠어?"

팩 하고 쏘아붙였다. 말도 안 되는 하딘으로 돌아왔군.

"킴벌리가 얘기했을 거 아냐. 랜던한테도 말했어?"

"아니, 하딘. 킴벌리한테만 했어. 누구에게라도 말해야 했어. 그땐 그런 얘기를 할 만큼 너를 의지할 수도 없었고."

"아이쿠."

기분이 상한 목소리다. 인상까지 잔뜩 쓰고.

나는 조용히 말했다.

"그게 사실이야. 잊고 싶겠지만, 넌 나랑 헤어지고 아무 것도 하려고
하지 않았잖아. 우리 아빠가 돌아가시기 전까지."

20 · 하딘

내가 그랬다고? 뼛속까지 그녀를 사랑하는데? 테사가 그렇게 느꼈
다는 게 정말 싫다. 그녀에 대한 내 사랑이 얼마나 깊은지 잊었다는 게,
그걸 비단 나만의 문제로 축소시켜버렸다는 게, 정말 싫다. 하지만 테
사 탓이 아니다. 그건 전부 내 잘못이다.

"난 항상 널 원했어. 그냥 멈추지 못했을 뿐이야. 내 인생에서 유일하
게 얻은 좋은 걸 망치는 짓을. 그건 정말 미안해. 너무 오래 걸렸지. 너
네 아버지가 돌아가시고서야 정신을 차렸다는 게 나도 정말 혐오스러
워. 근데 지금은 내가 여기 있잖아. 그 어느 때보다 널 사랑하는 내가.
우리가 아기를 가질 수 없다고 해도 난 상관없어."

테사의 눈빛이 탐탁지 않았다. 나는 충동적으로 덧붙였다.

"우리 결혼하자."

테사가 나를 노려보았다.

"하딘, 이런 식으로 자꾸 던지지 마. 그만 좀 하라고!"

테사는 내 말에서 자신을 보호하려는 듯, 두 팔로 가슴을 감싸 안았다.

"그럼 반지를 먼저 사줘야…."

"하던."

테사의 입은 굳게 다물어져 있었다.

"좋아."

테사를 흘겨보았다. 테사는 나를 한 대 패고 싶어 하는 것 같았다.

"정말 널 사랑한단 말이야."

테사에게 다가가며 한 번 더 고백했다.

"그래, 지금은 그러시겠지."

테사가 뒤로 물러서며 도발했다.

"널 사랑한 건 오래 전부터야."

"물론 그러셨겠지."

테사가 중얼거렸다. 어떻게 귀여운 동시에 재수 없을 수가 있지?

"런던에서 내가 똥멍청이처럼 굴었을 때도 널 사랑했어."

"그걸 나한테 보여주지 않았잖아. 말은 중요하지 않아. 그걸 증명하거나 그게 진심이라고 느껴지게 해줘야지."

"그렇지, 내가 제정신이 아니었으니."

나는 깁스한 손으로 짜증스럽게 이불을 툭툭 쳤다.

'몇 주나 더 해야 이 상황이 끝나는 거야?'

"넌 그 여자랑 섹스하고 그 여자가 네 셔츠를 입게 놔뒀잖아."

테사가 내 시선을 피해 뒤쪽 벽을 쳐다보았다.

"지금 무슨 소리를 하는 거야?"

나는 엄지로 테사의 턱을 잡고 내 눈을 보게 했다.

"그 여자는 마크 여동생 재닌이야. 무슨 얘길 들은 거야?"

내 입이 떡 벌어졌다.

"내가 걔랑 섹스했다고 생각하는 거야? 아니라고 했잖아. 런던에서 아무 짓도 안 했어."

"했잖아. 그리고 내 면전에 콘돔을 흔들어댔잖아."

"걔랑 안 잤어, 테사. 나 좀 봐."

테사를 설득하려 애를 썼지만, 테사는 다시 고개를 돌렸다.

"그런 것처럼 보였을 거야….."

"그래, 걔가 네 셔츠를 입고 있는 것처럼 보였지."

재닌이 내 셔츠를 호시탐탐 노리는 게 진짜 싫었다. 근데 내가 셔츠를 주지 않았다면 주둥이를 닫지 않았을 거다.

"근데 걔랑 섹스 안 했어. 넌 진짜 내가 그랬다고 생각하고 있었던 거야?"

몇 주 동안이나 테사가 이런 오해를 하게 놔뒀다. 그 생각을 하니 가슴이 쿵쾅거렸다. 지난 번 대화가 아직 끝나지 않았던 것이다.

"걔가 널 차지했잖아, 하딘. 그것도 내 면전에서!"

"걔는 그냥 나한테 키스했을 뿐이야. 나를 화나게 하려고! 그게 다야."

테사가 콧방귀를 뀌더니 눈을 감았다.

"걔랑 있으면 발기조차 안 된다고. 난 오직 너한테만 반응해."

어떻게든 설득해보려고 내뱉은 말이었다. 테사는 고개를 절레절레 젓다가 손을 들어 내 말을 막았다.

"걔 얘긴 그만해. 질린다."

이건 진심이다.

"나도 그래. 걔가 날 건드리는 바람에 난 온갖 데를 돌아다니면서 게 워냈다고."

"뭘 어쨌다고?"

테사가 나를 쳐다보았다.

"말 그대로야. 걔가 날 건드리는 바람에 역겨워서 화장실로 달려갔어. 견딜 수가 없었거든."

"진짜?"

토했다는 얘기를 듣자 테사의 입가에 보일 듯 말 듯 미소가 번졌다. 이걸 걱정해야 하는 거야, 뭐야.

"그래, 진짜."

나도 테사에게 미소를 지었다. 어떻게든 분위기를 가볍게 만들고 싶었다.

"너무 좋아하진 마."

혹시라도 분위기가 달라진다면, 더한 말도 할 수 있다.

"네가 진짜 역겨웠길 바라."

테사의 얼굴에 미소가 가득 번졌다. 우린 진짜 웃기는 커플이다.

"빌어먹을, 너무 역겨웠어. 네가 내내 그런 생각을 했다니 미안해. 정말 나한테 열받았겠구나."

이제 좀 이해가 된다. 왜 테사가 나한테 계속 화가 나 있었는지 말이다.

"그럼 이제 다른 여자랑 섹스하지 않았다는 거 믿는 거지?"

나는 짓궂은 표정으로 한쪽 눈썹을 찡긋했다.

"나를 다시 받아주고, 솔직한 여자가 되어줄 거야?"

테사는 나를 향해 고개를 쳐들었다.

"그 얘기 꺼내지 않기로 약속했잖아."

"약속한 적 없어. '약속'이라는 말을 한 적 없거든."

테사가 다시 나를 한 대 칠 기세다.

"아기 문제는 다른 사람한테도 얘기할 거야?"

화제를 바꿔보려고 얘기를 꺼냈다.

"아니."

테사가 입술을 꼭 깨물었다.

"안 할 거야. 조만간은."

"아무도 몰라야 해. 몇 년 후에 우리가 입양할 때까지는. 자기를 사가 길 기다리는 안달 난 아기들은 쌔고 쌨어. 우린 잘해낼 거야."

테사가 내 청혼을 받아들이지 않은 거 안다. 아니, 나랑 계속 사귈지 조차 결정하지 않았다. 이 화제 때문에 그 문제를 다시 꺼내지 않기만 을 바랐다.

테사가 부드럽게 웃는다.

"안달 난 아기? 제발 그건 아니라고 해줘. 설마 시내 어느 가게에 가 면 아기를 살 수 있다고 생각하는 건 아니지?"

테사는 웃음을 참으려 입을 막았다.

"그런 가게 없나?"

내가 농담을 던졌다.

"'우리를 위한 아기' 상점 같은 거?"

"맙소사!"

테사는 웃음이 터져 머리를 뒤로 젖혔다.

나는 테사에게 바짝 다가가 그녀의 손을 잡았다.

"그 가게에 아기가 별로 없거나, 줄 서야 하거나, 장사 준비가 안 돼 있으면, 허위 광고로 확 고소해버릴 거야."

나는 최선을 다해 테사를 웃겼다. 테사는 한숨을 내쉬다가 웃음을 뿜었다. 암튼 나는 이런 분위기를 안다. 테사가 무슨 생각을 하는지 정확히 알 것 같다.

"넌 치료가 필요해."

테사는 잡은 손을 빼며 일어섰다. 미소가 점점 흐려졌다.

"맞아, 필요해."

21 · 하딘

"너희 둘처럼 워싱턴 주를 밥 먹듯 질러 다니는 사람은 처음 본다."

아버지 집 소파에 앉아 랜던이 우리를 올려다 보며 말했다.

내가 테사를 설득했다. 랜던이 뉴욕으로 떠나기 전에 집에 가서 같이 시간을 보내자고. 테사가 냉큼 따라 나설 줄 알았다. 테사는 랜던을 진짜 좋아했으니까. 그런데 테사는 한참을 조용히 앉아 있었다. 그 시간이 얼마나 불편하던지. 그러다 결국 내 말대로 하기로 했다. 나는 얌전히 기다렸다. 테사가 자기 짐을 전부 쌀 때까지. 그런 다음 차에서 또 한참을 기다렸다. 테사는 킴벌리와 반스에게 오랜 작별 인사를 하고 왔다.

나는 눈을 가늘게 뜨고 랜던을 쳐다보았다.

"넌 아는 사람이 몇 없잖아. 그래서 별로 설득력이 없다."

내가 짓궂게 받아쳤다.

랜던은 의자에 앉아 있는 자기 엄마를 쳐다보았다. 나한테 반박하는 멘트를 날리고 싶었겠지. 아마 엄마만 거기 없었다면 그랬을 거다. 요즘 랜던은 내 말에 맞장구를 꽤 잘 친다.

랜던이 나에게 눈을 흘기며 말했다.

"하, 하, 하."

그러더니 다시 책을 읽기 시작했다.

"두 사람 다 안전하게 도착해서 다행이구나. 비가 너무 많이 오잖니. 오늘 밤엔 더 많이 온대."

카렌이 다정하게 말하며 내게 미소 지었다. 나는 머쓱해져서 시선을 피했다.

"이제 저녁 먹자."

"저는 옷 좀 갈아입고 올게요."

테사가 내 뒤에서 말했다.

"또 여기 머물게 해주셔서 감사합니다."

테사는 계단 위로 사라졌다.

나는 계단 아래서 우물쭈물하다가 강아지처럼 테사를 따라갔다. 방문을 열고 들어가니, 테사는 브라와 팬티 차림이었다.

"나이스 타이밍! 좋았어!"

혼자 중얼거리는데, 테사가 나를 쳐다보았다.

두 손으로 가슴을 가렸다가 금세 아래를 가렸다. 그 모습에 미소가 절로 나왔다.

"그러기엔 좀 늦은 것 같은데?"

"조용히 해."

테사가 핀잔을 주며, 뽀송한 셔츠를 비에 젖은 머리 위에 뒤집어썼다.

"조용히 하는 건 내 장점이 아니지."

"그럼 뭔데?"

테사는 나를 비웃으며 바지를 올리려 낑낑거렸다. 그 요가 바지다.

"한동안 안 입더니…."

나는 테사가 입고 있는 그 시커멓고 딱 붙는 바지를 쳐다보며, 턱 밑 수염 자국을 문질렀다.

"뭐라 그러지 마."

테사는 검지를 들어 내 앞에 까딱거렸다.

"네가 숨겨서 못 입었던 거지."

테사가 싱긋 웃었다. 내 장단을 맞춰준 자신에게 놀란 눈치다. 테사는 허리를 꼿꼿이 펴고, 엄한 눈으로 나를 쳐다보았다.

"난 안 그랬어."

거짓말이다. 아파트 옷장에서 언제 이걸 또 찾아낸 거야. 드러난 엉덩이 굴곡을 보니, 내가 저걸 왜 숨겼는지 기억났다.

"옷장에서 찾아냈어."

테사가 저걸 찾으려 옷장을 뒤지는 장면이 떠올랐다. 웃음이 나왔다. 하지만 금세 또 다른 기억이 떠올랐다. 테사가 저걸 못 찾길 바랐던 또 하나의 이유가.

테사를 쳐다보았다. 혹시나 해서 눈치를 살폈다. 테사가 옷장에서 그 박스를 찾아낸 건 아닐까?

"뭐라고 했어?"

테사는 핑크색 양말을 신으며 되물었다. 해괴망측한 커다란 물방울 무늬였다.

"아무 것도 아니야."

또 거짓말을 했다. 괜한 망상을 떨쳐내려 어깨를 으쓱했다.

테사가 방을 나서자 나는 또 강아지처럼 뒤를 쫓아갔다. 그리고 거대한 식탁, 테사의 옆자리에 앉았다. 그 여자가 또 거기 있었다. 그녀는 랜던을 무슨 반짝이는 보석을 보듯 쳐다보고 있었다. 이걸로 저 여자도 맛이 간 게 인증됐다.

테사는 여자에게 환한 미소를 지었다.

"안녕하세요, 소피아."

소피아는 잠깐 시선을 돌려 테사에게 미소를 지어 보였고, 나에게 손을 흔들었다.

"소피아가 햄 요리를 도와줬어."

카렌이 자랑스럽게 말했다. 커다란 식탁은 무슨 만찬인 양 차려져 있었다. 촛불에 꽃 장식까지. 우리는 카렌과 소피아가 햄을 자르는 동안 잠깐 담소를 나누었다.

"이거 정말 너무 맛있어요. 소스가 환상적이에요."

테사가 연신 포크질을 하며 신음 소리를 냈다.

"사람들이 포르노 얘기하는 줄 알겠네."

너무 큰 목소리로 말했나.

테이블 아래에서 테사가 내게 발길질을 했다. 카렌은 음식이 가득한 입을 막고 기침을 해댔다. 랜던은 어딘지 불편해 보였다. 그러다 소피아가 깔깔대며 웃자 표정이 나아졌다.

"누가 한 말이에요?"

소피아가 키득거렸다.

랜던은 소피아를 딱하게 쳐다보았다. 이제야 테사도 미소를 짓는다.

"하던. 하던은 그런 말 잘해."

카렌이 장난기 가득한 눈빛으로 미소를 지었다.

"금세 쟤한테 적응될 거예요."

랜던이 나를 힐끔 쳐다보고는, 얼른 새로 열중하는 여자에게로 시선을 옮겼다.

"내 말은, 자주 어울리다 보면 말이에요. 자주 어울릴 거란 소리는 아니고요."

랜던의 볼이 금세 붉게 달아올랐다.

"그니까, 그러고 싶다면 말이에요. 꼭 그러라는 건 아니고요."

"다 알아들었어."

나는 불쌍한 랜던을 수렁에서 건져냈다. 랜던은 자기 발등을 자기가 찧은 표정이었다.

"네, 알았어요."

소피아는 랜던을 향해 미소 지었다. 랜던 얼굴이 붉다 못해 보라색으로 변했다. 가엾은 녀석.

"소피아, 여기엔 얼마나 더 계실 거예요?"

테사가 불쑥 물었다. 다정하게도 친구를 도와주려 화제를 바꾼 거다.

"며칠 더 있다가 다음 주 월요일에 뉴욕으로 돌아가요. 룸메이트들이 목 빠지게 기다리고 있어요."

"룸메이트가 몇 명인데요?"

테사가 또 묻는다.

"세 명이요. 전부 댄서예요."

내가 픽 웃었다. 테사는 억지 미소를 지었다.

"와우."

"세상에! 스트리퍼들이 아니라 발레리나예요."

소피아가 웃음을 터뜨리자, 나도 따라 웃었다. 테사의 당황하면서도 안심한 듯한 표정 때문이었다.

테사는 대화를 주도해 나갔다. 저 여자에게 온갖 걸 묻는다. 나는 그들과는 다른 세상에 있었다. 오로지 말할 때 오물거리는 테사의 입술 움직임에만 집중하는 중이었다. 테사는 음식을 조금 먹고는 규칙적으로 냅킨을 들어 입가를 닦았다. 그 모습이 나는 너무 좋았다.

저녁식사는 오래 계속됐다. 죽을 만큼 지겨워졌다. 랜던의 얼굴은 내내 발그레했다.

"하딘, 졸업식은 어떻게 하기로 했니? 안 가겠다고 한 거 알지만, 그래도 한 번 더 생각해줄래?"

켄이 물었다. 카렌과 테사, 그리고 소피아는 식탁을 치우고 있었다.

"아뇨, 제 마음은 바뀌지 않아요."

계속 이런 식이다. 하필 테사 앞에서 이 화제를 끄집어내다니. 나를 수천 명의 사람들이 꾸역꾸역 들어차서 땀을 주룩주룩 흘리며 사나운 짐승마냥 울부짖는 그 답답한 강당으로 밀어 넣으려고 안달이다.

"생각 안 바뀌었어?"

테사가 물었다. 나는 테사와 아버지를 번갈아 쳐다보았다.

"네가 다시 생각해볼 줄 알았는데."

테사는 뻔히 알면서 이런 소리를 한다.

랜던이 머저리같이 씨익 웃었다. 카렌과 그 여자는 부엌에서 종알거리고 있었다.

"나는…."

'이런 빌어먹을.'

테사는 안달에 가까운 희망에 찬 눈빛을 내게 쏘아댔다. 거절한다면 큰일 날 것만 같은 그런 눈빛이다.

"알았어, 좋아, 그럴게. 빌어먹을 졸업식에 가겠다고."

벌컥 화를 내며 말했다. 이런 거지 같은 경우를 봤나.

"고맙다."

켄이 대답했다. 됐다고 말하려는 찰나, 그게 내가 아니라 테사에게 한 인사라는 걸 알아차렸다.

"두 사람 진짜…."

말을 꺼냈다가 무언의 경고를 보내는 테사의 표정에 입을 다물었다.

"진짜, 최고라고."

얼른 말을 바꾸었다.

'두 사람이 결국 나를 설득하고 말았군.'

머릿속으로 이 말을 반복했다, 몇 번이고.

둘은 서로를 바라보며 자랑스럽게 웃었다.

22 · 테사

저녁식사 동안 소피아가 뉴욕 얘기를 꺼낼 때마다 나는 패닉에 빠졌다. 그 주제로 이야기해야 하는 건 정작 나였으니까. 그럴 때마다 할 수 있는 일이라곤 랜던의 주의를 끌려고 애쓰는 것뿐이었다. 랜던이 계속 거북해하는 바람에, 나는 머릿속에서 떠오르는 걸 닥치는 대로 늘어놓기 바빴다. 하딘 앞에서 꺼내지 말아야 할 단 하나의 말만 빼고.

오늘 밤 하딘에게 말해야겠다. 그 사실을 계속 감추면서 나는 얼빠지고 미성숙한 겁쟁이가 되어 가고 있었다. 하딘은 점점 나아지고 있으니, 이 소식을 감당하는 데 도움이 될 거다. 아니 지금까지 참았던 걸 폭발시켜버릴지도 모른다. 하딘이 어떻게 반응할지 나도 모르겠다. 둘 중 하나겠지. 하지만 이 두 가지만은 확실하다. 하딘이 감정적으로 어떤 리액션을 하든 그건 내 책임이 아니라는 것. 또 이 얘기는 내가 하딘에게 직접 해야 한다는 것 말이다.

식당 한쪽에 기대어 서서 카렌이 행주로 스토브를 닦는 걸 쳐다보고 있었다. 켄은 거실 의자로 가 앉았더니, 이내 잠이 들었다. 랜던과 소피아는 식당 테이블에 앉아 있었다. 랜던은 소피아를 힐끔거리고 있었다. 소피아는 랜던의 시선을 느꼈는지, 아름다운 미소를 보내주었다.

이걸 어떻게 받아들여야 할지 모르겠다. 랜던이 오랜 연애를 끝내고 벌써 새로운 사람에게 눈길을 준다는 사실 말이다.

난 어떤 사람일까? 다른 사람의 연애에 대해 어떤 생각을 갖고 있는 사람일까? 어떤 방향으로 내 입장을 정해야 할까.

거실과 식당, 부엌이 한눈에 보이는 곳에서 바라보니, 이 세상에서 내게 가장 큰 의미가 있는 사람들의 완벽한 그림이 펼쳐져 있었다. 그 안에 가장 중요한, 하딘이 있다. 하딘은 거실 소파에 잠자코 앉아 벽을 멍하니 보고 있었다.

6월 졸업식에 하딘이 참석한다 생각하니 미소가 지어졌다. 학사모를 쓰고 졸업 가운을 입은 하딘의 모습은 상상이 잘 안 갔다. 하지만 내가 그 모습을 보길 기대하고 있다는 건 확실하다. 하딘이 졸업식에 참석하기로 한 건 켄에겐 정말 큰 의미일 거다. 하딘이 대학교를 졸업할 거라고는 기대도 하지 않았다고, 켄은 여러 번 이야기했다. 게다가 과거의 모든 진실이 드러난 지금, 나는 켄이 어떤 기대도 하지 않을 줄 알았다. 하딘이 마음을 바꿔 식상하고 지루하기 그지없는 졸업식에 참석할 리가 없었다. 하딘 스캇은 그런 전형성과는 거리가 멀었으니까.

이마를 지그시 눌렀다. 제발 내 머리가 제대로 돌아가길.

'어떻게 이야기를 꺼내지? 하딘이 뉴욕에 같이 가겠다고 하면 어떡하지? 혹시 그러면, 그걸 받아들여야 할까?'

갑자기 하딘의 시선이 느껴졌다. 하딘이 나를 관찰하고 있었다. 초록색 눈동자에는 호기심이 가득 담겼고, 입술을 꼭 다물었다. 나는 '아무 일 없어, 그냥 생각 중이야.' 하는 뜻이 담긴 미소를 지어 보였다. 하딘이 인상을 쓰며 자리에서 일어섰다. 그러더니 거실을 가로질러 성큼성큼 걸어왔다. 그는 내게 다가와 한 손을 벽에 대고 기대어 섰다.

"뭔데?"

소피아를 바라보던 랜던이 하딘의 목소리에 고개를 빼꼼 내밀었다.

"너한테 얘기할 게 있어."

결국 실토해버렸다. 하딘은 아무렇지 않은 표정이다.

하딘이 가까이 다가왔다, 너무 가깝다. 물러서고 싶지만 벽으로 막혀 있었다. 하딘은 다른 한 손까지 벽에 기대며 나를 팔 안에 가뒀다. 눈이 마주치자 하딘은 능글맞게 웃었다.

"말해봐."

하딘이 재촉한다.

나는 가만히 하딘을 응시했다. 입이 바짝 말랐다. 말을 꺼내려는데

기침이 났다. 늘 이런 식이다. 조용한 극장에서나, 교회, 누군가와 중요한 이야기를 하는 순간에는 항상 기침이 났다. 기침을 하면 안 되는 상황에서는 늘 그랬다. 예를 들면 지금 같은 상황. 내 머릿속에는 기침을 작동시키는 회로가 있는 것 같다. 하딘은 기침하는 나를 꼭 죽어가는 사람 보듯 쳐다보았다.

그는 얼른 부엌으로 가더니 물 한 잔을 들고 돌아왔다. 지난 2주간 이 모습만 30번쯤 본 것 같다. 잔을 받아 물을 마셨다. 간질간질하던 목이 차가운 물로 가라앉았다. 다행이다.

내 몸이 하딘에게 그 소식을 전하는 걸 거부하는 모양이다. 나 자신에게 등을 토닥거려주고 싶다가도 턱을 한 대 갈겨버리고 싶다. 정신 나간 내 행동을 보고 하딘이 조금은 안쓰러워할 수도 있으니까. 어쩌면 화제를 바꿀 수 있을지도 모르니까.

"대체 무슨 일이야? 정신이 안드로메다에 가 있는 거 같아."

하딘이 빈 잔을 받으며 나를 내려다보았다. 내가 고개를 가로젓자 하딘이 맞다고 우겼다.

"우리 밖으로 나갈까?"

나는 안뜰 문을 향해 걸었다. 청중들 앞에서 얘기할 순 없으니까. 젠장, 이 얘기를 하러 시애틀로 돌아가야 하는 건가? 아니면 더 멀리. 더 멀리 가는 것도 나쁘지 않다.

"밖에? 왜?"

"얘기 할 게 있어. 우리 둘만 조용히."

"그러자."

나는 하딘을 앞서 걸었다. 밖으로 나가는 걸 리드하면, 대화를 리드

할 기회를 잡을지도 모른다. 대화를 리드하면, 하딘의 우격다짐을 막을 수 있을지도 모른다. 어쩌면….

하딘의 손끝이 자꾸 내 손에 닿았지만 빼지 않았다. 너무 조용했다. 들리는 건 켄 씨가 보려고 켜놓은 텔레비전 소리와 부엌에서 돌아가는 식기세척기 소리뿐이었다.

안뜰 테라스로 나가자 그 소리마저 사라졌다. 머릿속에서 혼란스러운 생각이 요란스레 뒤섞이는 소리에 하딘이 낮게 내는 허밍 소리가 한데 섞였다. 무슨 노래인지는 모르겠지만 고마웠다. 잠시 후 휘몰아칠 폭풍에 앞서 잠시나마 정신을 팔 수 있었으니까. 운이 좋다면, 하딘이 폭탄으로 변하기 전에 변명할 시간을 벌 수도 있겠지.

"말해봐."

하딘은 나무 데크로 의자를 끌어오며 말했다.

잠깐이라도 하딘을 진정하게 만들 기회는 멀어져 갔다. 하딘은 기다려줄 분위기가 아니었다. 하딘이 의자에 앉아 앞에 놓인 테이블에 팔꿈치를 올려놓았다. 엉거주춤 하딘 맞은편에 앉은 나는 손을 어디에 둘지 몰라 허둥거렸다. 테이블 위에 놓았다가, 다리에 올렸다가, 무릎에 놓았다가, 또 다시 테이블에 올렸다가. 하딘이 손을 뻗어 어수선한 내 손 위에 자신의 손을 얹었다.

"진정해."

하딘의 목소리는 다정했다. 내 손을 감싼 손이 따뜻했다. 짧은 순간이었지만 정신이 들었다.

"너한테 말 안 한 게 있어. 그러자니 미칠 거 같아. 지금 말해야겠어. 그럴 타이밍은 아니지만, 그래도 네가 다른 데서 듣기 전에 내가 먼저 얘기하는 게 나을 것 같아."

하딘은 손을 치우고 의자에 등을 기댔다.

"무슨 짓을 했는데?"

그의 목소리에서는 불안감이, 고르는 숨소리에서는 의심이 짙게 묻어났다.

"아무 짓도 안 했어."

나는 서둘러 대답했다.

"네가 상상하는 그런 거 아니야."

"그런 거…?"

하딘은 몇 차례 눈을 껌뻑거렸다.

"설마, 다른 놈이랑 있었던 거…, 아니지?"

"아니야!"

언성이 높아졌다. 나는 고개를 세차게 저으며 부정했다.

"아냐, 그런 거. 뭘 결정했는데, 너한테 숨기고 있었어. 다른 사람하고 엮인 일은 아니야."

저런 생각을 먼저 한 하딘에게 화를 내야 할지, 안심이 돼야 할지 잘 모르겠다. 한편으로는 내가 다른 사람 만난 것보다 뉴욕으로 가는 게 하딘에게는 덜 고통스러운 듯해서 안심이 되었다. 그러면서도 화가 난다. 이제는 내가 그런 사람이 아니라는 걸 알고도 남을 때 아닌가? 제드와 엮여서 하딘에게 상처를 주는 무책임한 짓을 저지르긴 했다. 그럼에도 맹세코 다른 사람이랑 잔 적은 없다.

"알았어."

하딘은 머리카락을 쓸어 넘기고는 손으로 뒷목을 주물렀다.

"그럼 별로 나쁠 건 없네."

나는 심호흡을 했다. 더 이상 우왕좌왕하지 말고 얼른 털어내자고 마음먹었다.

"그러니까…."

하딘은 손을 들어 내 말을 막았다.

"잠시만. 무슨 일인지 말하기 전에 왜 나한테 말하는지 이유를 먼저 말해주는 건 어때?"

"무슨 이유?"

나는 고개를 갸우뚱했다. 무슨 소리야? 하딘이 나를 향해 한쪽 눈썹을 찡긋했다.

"어째서 속내를 털어내겠다고 선택했는지 말이야."

"오케이."

고개를 끄덕이고는 다시 생각을 정리했다. 그런 나를 하딘은 참을성 있게 바라보고 있었다. 어디서부터 시작해야 할까? 내가 떠나게 된 걸 털어놓는 것보다 이게 훨씬 어렵다. 그래도 이런 식으로 소통하는 게 훨씬 나을 것도 같았다.

생각해보니, 우리는 지금껏 한 번도 이랬던 적이 없었다. 엄청나게 드라마틱한 일이 생길 때마다 우리는 엄청나고 드라마틱한 또 다른 뭔가를 찾아냈다.

하딘을 마지막으로 힐끗 쳐다보았다. 이제 말을 꺼내야 한다. 하딘의 지금 표정을 빠짐없이 담고 싶다. 인내심 가득한 저 초록색 눈동자를 기억하고 싶다. 옅은 핑크빛의 매력적인 입술도. 한편으로는 다른 기억도 떠올랐다. 주먹다짐에서 얻은 상처로 입술이 찢어져 피가 흐르던 순간들. 또 다른 기억도 떠올랐다. 입술에 있던 피어싱, 그게 얼마나 나를 빨리 달아오르게 했던지. 내 입술에 닿던 피어싱의 서늘한 감촉, 그러다 문득 하딘이 깊은 사색에 빠질 때면 입술로 피어싱을 잘근거리던 기억이 되살아났다. 그 모습은 정말 섹시했는데.

그날 밤이 떠올랐다. 하딘이 나를 스케이트장에 데리고 갔던 날. '평범한' 남자 친구처럼 지낼 수 있다는 걸 증명해 보이겠다고 호언장담했던 그날. 하딘은 긴장하면서도 재미있어 했다. 그러곤 피어싱을 다빼버렸다. 하딘은 자기 선택이라고 우겼다. 하지만 그날, 하딘은 피어싱을 빼면서 나한테 뭔가를 증명해 보이고 싶었던 것 같다. 잠깐씩 피어싱이 그리웠던 적이 있다. 지금도 종종 그렇지만. 그럼에도 피어싱이 없는 걸 더 좋아하게 됐다. 피어싱을 한 하딘의 모습은 거부할 수 없을 만큼 섹시하긴 했지만.

"나한테도 생각을 좀 나눠주지?"

하딘이 몸을 일으켜 턱을 괴며 짓궂게 말했다.

"어, 그래."

나는 초조하게 미소를 지었다.

"음, 내가 어떤 결정을 내렸어. 우리한테 떨어져 있을 시간이 필요해서. 확실히 그렇게 하려면 이 방법밖에 없었어."

"떨어져 있을 시간이라니, 아직도?"

하딘은 무언의 압박을 보내듯 눈에 힘을 주고 나를 쳐다보았다.

"응, 떨어져 있을 시간. 모든 게 엉망진창이었잖아. 그래서 난 거리를 두는 게 필요했어. 이번에는 진짜로. 그 얘긴 우리가 늘 했었지. 근데도 계속 우왕좌왕하고, 시애틀과 여기를 왔다 갔다 하잖아. 런던에서도 그렇고. 우리 관계가 엉망인 걸 다른 나라에 가서도 인증했잖아."

하딘이 알듯 모를 듯한 표정을 지었다. 나는 잠시 말을 끊었다. 그러다 하딘에게서 시선을 돌렸다.

"진짜 그렇게 엉망진창이었어?"

하딘의 목소리는 부드러웠다.

"우린 잘 지낸 때보다 싸운 날이 더 많았잖아."

"그렇지 않아."

하딘이 입고 있던 검정 티셔츠의 칼라를 잡아당겼다.

"엄밀히 말하자면 그건 사실이 아니야, 테스. 그렇게 느껴졌을 수 있지. 근데 우리가 지내온 시간들을 돌아보면, 우린 웃고 떠들고 책 읽고 장난 치고 그러면서 보낸 시간이 더 많다는 걸 알 거야. 물론 침대에서. 우린 한 침대에서 많은 시간을 보냈다고."

하딘이 싱긋 웃었다. 내 결심이 자꾸만 약해지는 느낌이 들었다.

"우린 모든 걸 섹스로 풀었어. 그건 건강한 방법이 아니야."

나는 다음 단계로 넘어가려고 했다.

"섹스가 건강하지 않다고?"

하딘이 조롱하듯 말했다.

"우린 충분히 교감하는 섹스를 하고 있어. 사랑과 신뢰가 가득한 그런 섹스 말이야."

하딘은 흥분한 눈빛으로 나를 쳐다보았다.

"우리 섹스가 끝내주고, 정신을 쏙 빼놓긴 하지. 근데 우리가 그런 섹스를 하는 이유는 잊지 말아야지. 난 널 정복하려고 섹스하는 게 아니야. 널 사랑하기 때문이야. 널 만질 수 있게 해주면 내가 네 마음에 자리잡고 있다는 믿음이 생기거든.”

그러면 안 되는데도 하딘의 입에서 나오는 말이 전부 맞다. 아무리 신중하게 생각하려 해도, 하딘에게 동의할 수밖에 없었다.

뉴욕 얘기는 저 멀리 가버리는 것 같은 느낌이 들었다. 나는 더 늦기 전에 폭탄을 떨어뜨리기로 결심했다.

“넌 가학적인 관계의 조짐이 보인다고 생각한 적 없어?”

“가학적이라고?”

숨이 막히는 듯한 목소리다.

“내가 가학적이라는 거야? 난 너한테 단 한 번도 손댄 적 없고, 절대 그러지 않을 거야!”

나는 손끝만 내려다보고 있었다. 그래, 정직하게 얘기하자.

“아니, 그런 뜻이 아니야. 우리 둘 다 그렇단 소리였어. 우리는 일부러 서로에게 상처를 주잖아. 육체적으로 학대했다고 널 폄훼하는 게 아니야.”

하딘은 한숨을 내쉬며 두 손으로 머리카락을 쓸어 넘겼다. 이건 하딘이 패닉에 빠졌다는 신호다.

“이건 분명해졌군. 네가 한 말이 나랑 같이 시애틀에서 살지 않겠다는 멍청한 결정보다 더 심한 얘기라는 거.”

그는 갑자기 말을 끊더니 심각한 표정으로 나를 쳐다보았다.

“테사, 하나만 물어볼게. 정말 솔직한 대답을 듣고 싶어. 머리 굴리지 말고, 오래 생각하지도 마. 내 질문에 제일 먼저 떠오르는 생각을 그냥 얘기해봐, 알겠지?”

고개를 끄덕였다. 하딘은 무슨 말을 하려는 걸까?

"내가 너한테 했던 가장 최악의 짓은 뭐야? 가장 역겹고, 끔찍했던 일. 우리가 만난 다음부터 내가 너한테 했던 짓거리들 중에 말이야."

지난 8개월을 다시 돌아보았다. 그러나 하딘은 막 떠오른 걸 말해보라 재촉했다.

나는 안절부절못하고 있었다. 꼭꼭 잠가둔 마음의 금고는 지금이든 앞으로든 열고 싶지 않았다. 그러다 결국 속내를 뱉었다.

"나를 두고 내기했던 거. 사랑에 빠지게 해놓고 나를 완전히 바보로 만들었던 거."

하딘은 잠시 난감한 표정으로 생각에 잠겼다.

"그 말 철회해줄래? 가능하다면, 다른 걸로 바꿀 마음이 있냐고."

나는 심사숙고하며, 대답하기 전에 한 번 더 깊이 생각해보았다. 전에도 이 질문에 대답했던 적이 있다. 그것도 여러 번. 그리고 여러 번 마음을 바꿨었다. 하지만 그 답이… 결정적인 것 같았다. 결정적이면서도 확실하고, 예전보다 더 중요한 느낌이 들었다.

해가 정원에 늘어선 커다란 나무들 뒤로 숨으며 뉘엿뉘엿 지고 있었다. 조명이 자동으로 켜졌다.

"아니, 안 할래."

거의 나 자신에게 하는 말이었다.

내 대답을 이미 알고 있었다는 듯 하딘이 고개를 끄덕였다.

"그래, 그럼 그 다음으로 내가 저지른 가장 최악의 짓은 뭐야?"

"내가 구한 시애틀 집의 계약을 망쳐놨던 거."

나는 아주 쉽게 대답했다.

"정말이야?"

내 대답에 하딘이 놀란 것 같았다.

"응."

"그게 왜? 그게 어떤 면에서 널 화나게 한 건데?"

"내가 내린 결정을 네 맘대로 바꿔놓고는 나한테 숨겼잖아."

하딘은 고개를 끄덕이다가 어깨를 으쓱했다.

"변명하지 않을게. 그건 내가 생각해도 잘못이었으니까."

"그게 다야?"

하딘이 그 일에 대해 더 말해주길 바랐다.

"네가 왜 그런 생각을 했는지 이해해. 그러지 말았어야 했어. 널 시애
틀에 못 가게 하기보다는 너하고 대화했어야 했어. 그때는 머리에 총
을 맞은 거 같았거든. 지금도 그렇지만. 하지만 지금은 노력 중이야. 그
게 전하고 달라진 거고."

뭐라고 대꾸해야 할지 모르겠다. 그런 짓을 하지 말았어야 했다는
하딘의 말에 동의한다. 현재 하딘이 노력 중이라는 말에도 동의한다.
너무도 진지하고, 너무도 반짝이는 하딘의 초록색 눈동자를 가만히 들
여다보았다. 이 대화에서 내가 무슨 말을 하고 싶었던 건지 잘 기억나
지 않는다.

"네 머릿속에는 이런 생각이 있어, 테사. 그 생각은 누군가 심었을 수
도 있고, 아니면 거지 같은 텔레비전 프로그램에서 봤을 수도 있어. 책
에서 읽었을 수도 있고. 잘은 모르지만 실제 인생은 욕 나오게 힘들어.
어떤 관계도 완벽하지 않아. 책에 나오는 것처럼 도덕적으로 완벽하게
여자를 대하는 남자도 세상엔 없고."

하딘은 내가 끼어들 새라 손을 들어 제지했다.

"그게 옳다는 건 아니야, 알지? 내 말 들어봐. 내가 하고 싶은 말은 이 거야. 너든 이 개떡 같은 세상에 사는 다른 누구든, 벌어지는 현상의 이면을 좀 더 자세히 보라는 거야. 그러면 그 현상들이 다르게 보일 거야. 우리는 완벽하지 않아, 테사. 난 완벽한 인간이 아니야. 그래도 널 사랑해. 근데 너도 완벽하진 않지."

이 대목에서 하딘이 인상을 썼다. 최소한 그가 말하고자 하는 의미를 알 수 있었다.

"내가 너한테 온갖 짓을 다 했지. 제기랄, 이 말도 수천 번은 한 것 같다. 근데 이번엔 정말 내 안에 있는 무언가가 달라졌어. 그게 사실이라는 거 알잖아."

하딘이 말을 마쳤다. 나는 잠시 동안 하딘 등 뒤의 하늘을 응시했다. 해가 나무 아래로 막 지려던 참이었다. 해가 다 지기를 기다렸다가 입을 열었다.

"난 우리가 너무 멀리 가버릴까 봐 두려워. 우리는 둘 다 너무 많은 잘못을 해왔거든."

"그걸 바로잡는 대신 포기해버리는 건 낭비야. 젠장, 너도 그건 알고 있잖아."

"무슨 낭비? 시간 낭비? 우린 이제 낭비할 시간도 없어."

나는 내릴 수 없는 폭주 기관차에 탄 기분이었다.

"우린 이 세상 시간을 전부 가졌어. 아직 젊다고! 나는 곧 졸업할 거고, 우리는 시애틀에서 살 거야. 내 헛짓거리에 질렸다는 거 알아. 그렇지만 나는 이기적이게도 또 네 사랑에 기댈 수밖에 없어. 나한테 마지막 기회를 한 번 더 달라고 널 설득하려면 말이야."

"내가 너한테 한 짓들은 어떡해? 네 험담을 했잖아, 제드랑."

아차, 싫었다. 제드의 이름을 언급하다니. 나는 입술을 꽉 깨물며 시선을 다른 곳으로 돌렸다.

하딘은 손가락으로 테이블을 톡톡 쳤다.

"제드 얘기까지 할 건 없지, 이 대화에서 말이야. 넌 멍청한 짓을 했어. 나 또한 그렇고. 우리는 둘 다 어떻게 애인을 사귀는지 몰랐잖아. 넌 노아랑 오래 사귀는 바람에 그랬다고 생각할 거야. 근데 현실적으로 생각해보자. 너희 두 사람은 사실 키스하는 사촌지간 같았잖아. 그런 건 진짜 사귀는 게 아니야."

나는 하딘을 노려보았다. 제가 판 무덤을 얼마나 더 파나 기다리는 중이다.

"그리고 네가 내 험담을 했다는 건, 그럴 일은 이제 거의 없겠지만…."

하딘이 싱긋 웃었다. 내 앞에 앉아 있는 이 남자의 진짜 정체는 뭘까? 나는 궁금해지기 시작했다.

"사람들은 다들 누군가를 욕해. 미안한 말이지만, 너희 엄마의 목사 사모도 가끔은 자기 남편을 망할 놈이라고 욕할 거야. 면전에 대고는 못 하겠지만."

하딘은 어깨를 으쓱했다.

"그리고 난 차라리 네가 내 면전에 대고 망할 놈이라고 하는 게 나을 거 같아."

"시시콜콜한 거까지 전부 설명하려고 하지 마."

"아니, 전부는 아니야. 네가 내 앞에 앉아서 이 상황을 모면할 방법을 찾고 있다는 거 알아. 그래도 난 최선을 다할 거야. 네가 무슨 말을 하려는지 너도 이미 알고 있다는 걸 확인시켜주려는 것뿐이야."

"언제부터 우리가 이런 식으로 대화하게 된 거지?"

고성도 비명도 없는 대화에 놀라지 않을 수 없었다.

하딘은 팔짱을 끼고 닳아빠진 깁스 모서리를 만졌다. 그러면서 어깨를 한번 으쓱했다.

"지금부터지. 잘은 모르지만, 다른 방법은 우리한테 안 통했잖아. 그러니까 이런 식으로 해보는 것도 나쁘진 않잖아?"

입이 떡 벌어졌다. 담담하게 얘기하는 하딘이 정말로 놀라웠다.

"왜 그렇게 쉽게 말해? 이게 쉬웠으면 전에도 이럴 수 있었던 거잖아."

"아니. 전에는 내가 지금 같은 사람이 아니었지. 너도 마찬가지고."

하딘은 나를 쳐다보았다. 내가 입 열기를 기다리는 모양이다.

"그렇게 간단한 건 아니야. 우리가 여기까지 오는 데 걸린 시간이 문제야, 하딘. 우리가 그 모든 걸 함께 겪어왔다는 게 문제라는 거야. 이제 나한텐 나만의 시간이 필요해. 내가 누구인지, 뭘 하며 내 인생을 살고 싶은지, 그리고 거기까지 어떻게 갈 건지 알아볼 시간이 필요해. 난 그걸 스스로 해내야 해."

호기롭게 던진 말이었지만, 막상 내뱉고 나니 씁쓸하기 그지없었다.

"그럼 넌 이미 마음을 정한 거네? 시애틀에서 나랑 같이 살기 싫구나? 그래서 그렇게 마음을 꼭 닫고, 내 얘기는 들으려고도 하지 않았던 거야?"

"듣고 있었어. 마음은 벌써 정했지만…. 계속 이렇게 갈팡질팡 오락가락 하면서 살 순 없어. 너라서가 아니라, 나의 문제지."

"네 말을 믿을 수가 없어. 네가 네 자신을 믿는 것 같지도 않고."

하딘은 의자 쿠션에 기대서 다리를 테이블 위에 올려놓았다.

"그럼 어디서 살려고? 시애틀에 다른 이웃이라도 있나?"

"시애틀이 아니야."

나는 퉁명스럽게 말했다. 갑자기 혀가 돌처럼 굳어진 것 같았다. 단 한마디도 더 할 수 없었다.

"그럼 어딘데? 근교 어디쯤?"

하딘이 건들거리며 물었다.

"뉴욕이야, 하딘. 난⋯."

하딘은 그제야 감을 잡은 모양이다.

"뉴욕?"

하딘은 테이블에 올린 발을 내리더니 벌떡 일어섰다.

"진짜 뉴욕을 말하는 거야? 시애틀 주변에 내가 안 가본 동네 이름 이야?"

"진짜 뉴욕이야."

한 번 더 확실히 말했다. 하딘이 데크를 이리저리 서성였다.

"일주일 후에."

하딘은 아무 말도 없었다. 그저 데크를 왔다 갔다 하는 발소리만 들 릴 뿐이었다.

"언제 결정한 건데?"

드디어 하딘이 입을 열었다.

"런던 다녀와서 아버지 돌아가신 다음에."

나도 자리에서 일어섰다.

"내가 너한테 못되게 굴어서 짐 싸서 뉴욕으로 가버리겠다고 마음 먹은 거야? 넌 워싱턴 주도 떠나본 적 없잖아. 어떻게 그런 데 가서 살 생각을 한 거야?"

하딘의 반응에 방어 태세를 갖추라는 경고음이 울렸다.

"나도 내가 살고 싶은 데에서 살 수 있어! 날 너무 과소평가하지 마."

"과소평가한다고? 테사, 넌 뭐든 나보다 천 배는 나은 사람이야. 널 과소평가하려는 게 아니라 그냥 물어보는 거야. 어쩌다가 뉴욕에서 살 생각을 한 건데? 대체 거기 어디서 살 건데?"

"랜던이랑."

하딘의 눈이 동그래졌다.

"랜던이라고?"

기다리던 반응이다. 그러지 않기를 바랐는데, 결국 오고 말았다. 슬프게도, 나는 오히려 조금 안심이 되었다. 하딘은 너무 말을 잘했다. 하딘은 이해심 많고, 차분하며, 그 어느 때보다 신중했다. 그래서 나는 방심하고 있었다.

이게 내가 아는 하딘의 모습이다. 그는 성질을 누르려고 애쓰고 있었다.

"랜던? 너랑 랜던이 뉴욕에 가기로 했단 말이지."

"맞아, 랜던은 먼저 가 있고, 내가…."

"누구 아이디어야? 너야, 랜던이야?"

하딘의 목소리는 낮았다. 예상보다 훨씬 덜 화가 난 건가. 그런데 분노보다 더 나쁜 무언가가 있다. 상처였다. 하딘은 상처받은 거다. 가슴이 팽팽히 죄여오는 느낌이 들었다. 놀라움과 배신감, 경계심이 그를 둘러싸고 있었다.

랜던이 먼저 뉴욕으로 가자고 했다는 말은 하고 싶지 않았다. 랜던과 켄 씨가 추천장과 성적증명서, 전학 신청 서류 등을 준비하는 걸 도와줬다고 말하고 싶지 않았다.

"일단 거기 가면 한 학기는 쉬려고."

하딘의 질문을 흐지부지 넘길 수 있길 바라며 말을 건넸다.

하딘이 나를 돌아보았다. 조명 아래 그의 두 뺨은 붉게 상기되었고, 눈빛은 사나웠으며, 두 손을 꽉 쥐고 있었다.

"그 녀석 아이디어지? 이런 걸 계획하고 있으면서, 나한테 우리는 친구라고…, 아니 형제라고 설득했던 거지. 내 등에 칼을 꽂을 거면서."

"하딘, 그런 거 아니야."

나는 랜던 편을 들었다.

"아니긴 개뿔! 너희 둘, 뭔가 꿍꿍이가 있었어."

하딘은 미친 듯이 손을 휘적거리며 소리를 질렀다.

"넌 가만히 앉아서 날 바보 만들었어. 결혼이니 입양이니 온갖 헛소리를 하게 만들어 놓고. 다 알고 있었어. 어쨌든 떠날 거였잖아?"

하딘은 머리를 쥐어뜯더니 갑자기 방향을 바꾸었다. 하딘은 문을 향했고, 나는 하딘을 뜯어 말렸다.

"이런 식으로 안으로 들어가지 말아줘, 부탁이야. 우린 이 얘기를 끝내야 해. 아직 얘기할 게 너무 많잖아."

"그만해! 빌어먹을, 그만해!"

하딘을 붙잡으려 했지만, 하딘은 어깨에 놓인 내 손을 뿌리쳤다.

하딘은 스크린 도어 손잡이를 거칠게 잡아당겼다. 문 경첩이 뽀개지는 소리가 들렸다. 나는 하딘의 뒤를 바짝 쫓아갔다. 제발 내가 생각하는 행동을 하지 않기를 바랐다. 그의 인생에, 아니, 우리 인생에 나쁜 일만 일어났다 하면 나오는 바로 그 행동 말이다.

"랜던!"

하딘은 부엌에 들어서자마자 소리를 질렀다. 켄 씨와 카렌은 위층으로 올라간 듯했다. 그나마 다행이다.

"무슨 일이야?"

랜던도 덩달아 소리를 질렀다.

하딘을 따라 식당으로 들어갔다. 랜던과 소피아는 여전히 식탁에 앉아 있었다. 앞에는 거의 다 비어가는 디저트 접시가 놓여 있었다.

하딘이 입을 앙다물고, 주먹을 꽉 쥐고 들이닥치자, 랜던의 표정이 바뀌었다.

"왜 그래?"

랜던은 이복형제를 보다가 나를 쳐다보았다.

"테사 쳐다보지 마. 나만 봐."

하딘이 매몰차게 말했다.

소피아는 놀라서 벌떡 일어났다가 금세 자리에 앉았다. 그러더니 하딘 뒤에 서 있던 나를 쳐다보았다.

"하딘, 랜던은 잘못한 게 없어. 랜던은 친구로서 날 도와주려고 애썼을 뿐이라고."

다급하게 내가 말했다. 하딘은 분명 덤벼들 거다. 랜던이 그 덤터기를 고스란히 뒤집어쓸 테고. 생각만 해도 속이 메스꺼웠다.

하딘은 나를 돌아보지도 않고 말했다.

"테사, 넌 거기 그냥 있어."

"지금 무슨 소리를 하는 거야?"

랜던이 시치미를 떼며 말했다. 하딘이 왜 저렇게 화가 났는지 랜던도 분명 알고 있을 거다.

"잠깐, 뉴욕 때문에 그래?"

"제기랄! 그래, 뉴욕 때문이다!"

하딘이 랜던을 향해 소리를 질렀다.

랜던은 자리에서 일어섰고, 소피아는 하딘을 죽일 듯이 쏘아보았다. 그때 알았다. 소피아에게 랜던은 친절한 이웃 그 이상의 존재가 되었다는 걸.

"난 그저 테사를 위해서 같이 가자고 청했을 뿐이야. 넌 그때 테사랑 헤어졌었잖아. 너희 둘, 완전히 끝났었잖아. 뉴욕이 테사한테는 최고의 선택이었어."

랜던은 차분히 설명했다.

"네가 지금 얼마나 끔찍한 줄 알아? 내 옆에서 친구인 척 하더니, 나한테 이따위 엿을 먹여?"

하딘이 다시 서성거리기 시작했다. 이번에는 식당의 빈 곳을 빙빙 돌았다.

"친구인 척한 거 아니야! 네가 또 엉망진창으로 만들었잖아. 난 테사를 도와주려 했던 거라고!"

랜던도 지지 않고 하딘에게 소리 질렀다.

"나는 너희 둘 모두의 친구야!"

하딘이 방을 가로질러 가더니 랜던의 셔츠를 움켜쥐었다. 가슴이 쿵쾅거렸다.

"테사를 나한테서 떼놓는 게 테사를 도와준 거라고?!"

하딘은 랜던을 벽으로 밀어붙였다.

"넌 약에 취해서 테사한테 신경 쓰지도 않았잖아!"

랜던이 하딘의 면전에 대고 소리를 질렀다.

소피아와 나는 꼼짝도 못 하고 지켜보고 있었다. 하딘과 랜던이라면 소피아보다는 내가 훨씬 더 잘 안다. 하지만 지금 무슨 짓을 할지 나도 모르겠다. 완전히 아수라장이다. 두 남자가 서로의 얼굴에 대고 소리를 지르고 있었다. 켄 씨와 카렌이 허둥거리며 위층에서 내려오는 소리가 들렸다. 하딘이 랜던을 벽에다 밀어붙이자 잔과 접시들이 흔들리며 떨어져 깨졌다.

"넌 네가 무슨 짓을 하는지 알고 있었어! 난 널 믿었는데, 이 빌어먹을 자식!"

하딘이 주먹을 들어올렸다. 그런데도 랜던은 눈 하나 깜짝하지 않았다. 하딘의 이름을 소리쳐 불렀다. 켄 씨가 부르는 소리가 들렸던 것도 같다. 한 편에서는 카렌이 켄 씨의 셔츠를 잡아끄는 모습이 보였다. 켄 씨가 두 사람 사이에 끼어들지 못하게 하려는 듯했다.

"쳐 봐, 하딘! 넌 거칠고 폭력적이잖아. 어서 날 쳐보라고!"

랜던이 한 번 더 도발했다.

"진짜 친다…."

하딘은 주먹을 내렸다가 다시 올렸다.

랜던의 두 볼은 분노로 달아올랐고, 숨을 씩씩거리고 있었다. 그럼에도 하딘을 두려워하는 빛은 조금도 없었다. 랜던은 흥분했으면서도 아주 차분해 보였다. 나는 그 반대였다. 내가 가장 좋아하는 두 사람이 지금 당장 뒹굴며 싸운다면 어떡해야 하지. 도통 모르겠다.

켄 씨와 카렌을 다시 쳐다보았다. 전혀 랜던의 안위를 걱정하는 것 같지 않았다. 하딘과 랜던이 서로 소리를 질러대며 공방전을 벌이는데도 두 사람은 너무 차분해 보였다.

"넌 못 할걸."

랜던이 말했다.

"웃기지 마! 이 빌어먹을 깁스를 깨부수고…."

어쩐지 하딘이 말꼬리를 흐렸다. 하딘은 랜던을 노려보다 뒤돌아 나를 보았다. 그러고는 다시 랜던을 쳐다보았다.

"엿이나 먹어!"

하딘이 소리쳤다.

하딘은 주먹을 내리더니 식당을 나갔다. 랜던은 여전히 벽에 달라붙어 있었다. 뭔가에 한 대 크게 맞은 듯한 표정이었다. 소피아는 그제야 랜던에게 다가갔다. 카렌과 켄 씨는 둘이서 조용조용 얘기를 하며 랜던을 향해 걸어왔다. 나는…, 음, 나는 식당 한가운데 우두커니 서 있었다. 무슨 일이 일어났던 건지 이해해보려고 애쓰면서 말이다.

랜던이 하딘에게 자기를 때려보라고 종용했다. 하딘의 분노는 이미 도를 넘어섰다. 하딘은 배신감과 열패감에 휩싸여 있었다. 그런데도 하딘은 랜던을 때리지 않았다. 하딘 스캇은 폭력으로부터 스스로 걸어 나왔다. 일촉즉발의 상황이었는데 말이다.

멈추지 않고 밖으로 나와버렸다. 켄과 카렌이 같이 있었다는 걸 그 제야 달았다. 왜 두 사람은 나를 말리지 않았을까? 내가 랜던을 때리지 못할 걸 알고 있었나?

이게 무슨 기분인지 모르겠다.

봄날 밤공기는 시원하지도, 상쾌하지도, 꽃향기가 나지도 않았다. 기분 전환에 전혀 도움이 안 된다. 조금 전 상황을 되돌아보았다. 눈앞 이 온통 새빨갰다. 그러고 싶지 않았다. 지금까지 쌓아왔던 걸 잃고 싶 지 않았다. 새사람이 된 것 같고 훨씬 더 편해진 이 현실을 잃고 싶지 않았다. 랜던을 때려서 녀석의 이라도 부러뜨렸다면, 나는 또 잃었을 거다. 모든 걸 잃었을 거다, 테사까지도.

그러고 보니 테사는 사실 내 것이 아니었구나. 런던에서 테사를 그렇 게 보내고 난 후, 테사는 다시 내 것이 되지 않았다. 그 사이 테사는 내 내 떠날 계획을 하고 있었다. 그것도 랜던이랑 같이. 둘이 내 뒤에서 시 나리오를 짜고 있었다. 둘이 같이 이곳을 떠날 궁리를 하고 있었던 거 다. 내가 혼자 온갖 바보짓을 하는 동안 테사는 얌전히 앉아만 있었다.

랜던 또한 나를 바보로 만들었다. 녀석은 진짜 나한테 큰 엿을 먹였 다. 내 주변에 있는 사람들은 죄다 나를 엿 먹이거나 거짓말을 한다. 지 겨워 죽겠다. 하딘, 이 바보 같은 자식, 누가 자기 인생을 엿 먹이는 줄 도 모르고, 항상 모든 걸 제일 마지막에 아는 바보 같은 놈. 그게 나다. 언제나 그래 왔고, 앞으로도 늘 그럴 거다.

오직 테사만이 나를 걱정해주고, 아껴주고, 내가 가치 있는 사람이 라 느끼게 해줬다.

우리가 서로 편안한 관계를 유지하지 못했다는 건 인정한다. 내가 계속 잘못을 저질렀으니까. 다르게 살 수도 있었는데. 그래도 테사에게 난폭하게 굴진 않았다. 만약 그랬다면, 우리 관계에 희생의 희망 같은 건 정말 없었을 거다.

가장 설명하기 어려운 건 이거다. 건강하지 못한 관계와 가학적인 관계 사이에는 큰 차이가 있다는 거. 사람들은 그 입장이 돼보지도 않고 남의 일이라고 쉽게 판단한다.

나는 잔디밭은 가로질러 정원 끝 나무들이 쭉 늘어서 있는 곳까지 걸었다. 어디에 가려는 건지, 뭘 하려는 건지 나도 모르겠다. 그저 숨을 좀 고르고 다시 정신을 차려야 할 것 같았다. 폭발해버리기 전에 말이다.

빌어먹을 랜던 자식은 나를 더 밀어붙였어야 했다. 녀석이 내 마지막 버튼을 눌러, 내가 녀석에게 주먹을 날리게 만들었어야 했다. 하지만 나는 아드레날린이 폭발하지도, 끓어오르는 피가 혈관 속에서 요동치지도 않았고, 싸움에 구미가 당기지도 않았다, 처음으로.

도대체 왜 그 자식은 자기를 때리라고 한 거지? 멍청한 녀석.

'빌어먹을 녀석 같으니라고. 개자식. 빌어먹을 멍청한 개자식.'

"하딘?"

어둠의 저편에서 테사의 목소리가 들렸다. 대답을 해야 할지 말지 모르겠다. 너무 화가 났다. 테사를 상대할 자신이 없었다. 랜던과의 일로 날 비난하겠지.

"녀석이 먼저 시작한 거야."

큰 나무 사이에 있다가 정원 쪽으로 나서며 말했다. 너무 깊숙이 숨어 있었나 보다.

'거봐, 이런 변명조차 제대로 못 하잖아.'

"괜찮아?"

밝지만 긴장감이 담긴 목소리였다.

"어떨 거 같은데?"

괜히 쏘아붙이며 테사에게서 시선을 돌려 어둠을 바라보았다.

"난….."

"됐어. 무슨 말 할지 알아. 그래, 네가 옳고, 나는 틀렸어. 랜던을 몰아붙이지 말았어야 했다고 말하려는 거잖아."

테사가 내게 다가왔다. 동시에 나도 테사에게 다가가고 있었다. 화가 나 미치겠는데도, 그럴수록 테사에게 더 끌렸다. 언제나 그랬고, 앞으로도 늘 그럴 거다.

"사실, 사과하려고 했어. 너한테 숨긴 게 얼마나 잘못한 건지 알아. 내 잘못을 사과하고 싶어, 너를 탓하려는 게 아니야."

테사의 목소리는 부드러웠다.

'뭐라고?'

"언제부터 그랬는데?"

참, 나 화났지. 그치만 지금은 테사를 안고 싶다. 그러고 보니 내가 얼마나 화가 났었는지 잘 기억나지 않는다. 생각보다 내가 막돼먹은 놈이 아니라는 생각이 들었다.

"우리 이제 다시 얘기할 수 있지? 아까 안뜰에서 했던 거 어땠어?"

그렇게 격분한 다음인데도 테사의 눈동자는 희망에 가득 차 동그래져 있었다. 어둠 속에서도 보일 정도로.

싫다고 말하고 싶었다. 얘기할 기회는 '우리 사이에 거리'를 두러 이

나라를 횡단해 이사하겠다고 결심한 다음 날부터 매일 있었다고. 하지만 나는 그렇게 말하는 대신 한숨을 내쉬며 고개를 끄덕였다. 순순히 대답해서 테사에게 만족감을 주진 말아야지. 나는 한 번 더 고개를 끄덕이고, 뒤에 있는 나무 등치에 몸을 기댔다.

표정을 보니 테사는 내가 순순히 동의하리라 기대하지 않던 것 같다. 테사가 허를 찔렸다는 생각에 나는 마음 한편에서 유치하게도 쾌재를 부르고 있었다.

테사는 잔디 위에 양반다리를 하고 앉았다. 그러고는 두 손을 맨발 위에 놓았다.

"네가 자랑스러워, 하딘."

테사가 나를 올려다보았다. 안뜰 조명 아래서 테사가 미소 짓는 모습이 희미하게 보였다. 칭찬이 담긴 눈빛도 보였다.

"뭐가 자랑스러운데?"

나는 나무껍질을 쥐어뜯으며 대답을 기다렸다.

"지금처럼 나와버린 거. 랜던이 널 계속 자극했던 거 알아. 그런데도 너는 그냥 나와버렸잖아. 하딘 이건 정말 큰 발전이야. 랜던한테도 엄청 큰 의미였다는 걸 너도 알았으면 좋겠어. 때리지 않는 걸 선택했잖아."

랜던 녀석이 그러든지 말든지. 녀석은 지난 3주 동안 내 뒤통수를 갈긴 셈이다.

"그게 뭐 별 거라고."

"아니야, 엄청 큰일이야. 랜던한테는 진짜 큰 의미야."

나는 큼직한 나무껍질을 뜯어내 발치에 던졌다.

"그게 너한텐 무슨 의미인데?"

나무를 뚫어지게 보면서 물었다.

테사는 손바닥으로 잔디를 쓰다듬었다.

"나한테는 훨씬 더 큰 의미가 있어."

"이사 가는 걸 철회할 만큼? 아니면 '훨씬 더'라고 할 만큼 내가 자랑스럽고, 나는 정말 착한 아이지만, 그래도 너는 떠날 거라고?"

목소리에 담긴 처량한 투정을 숨길 수가 없었다.

"하딘…."

테사는 고개를 가로저었다. 변명거리를 생각해 내려고 애쓰는 중이겠지.

"누구보다 랜던 녀석은 네가 나한테 어떤 의미인지 확실히 알고 있어. 녀석은 네가 내 생명줄이라는 걸 안다고. 근데도 녀석은 나 따위는 신경도 쓰지 않았어. 너랑 같이 떠난다잖아. 내 골수를 파먹고, 상처를 주면서. 안 그래?"

테사는 한숨을 쉬며 아랫입술을 물었다.

"그런 식으로 말하면, 내가 왜 너랑 싸웠는지 까먹잖아."

"뭐라고?"

나는 머리카락을 뒤로 넘기고 바닥에 앉았다. 등은 나무에 기댄 채였다.

"내가 네 생명줄이라고 하고, 나 때문에 상처 받는다고 말하면, 내가 널 얼마나 사랑하는지 자꾸 생각하게 되잖아."

테사를 쳐다보았다. 확신에 찬 말이라는 걸 알 수 있었다. 우리 관계가 뭔지 모르겠다고 하면서.

"너도 잘 알잖아. 난 너 없으면 별 볼 일 없는 인간이야."

이렇게 말해야 했었는지도 모르겠다. '너 없는 난 아무 것도 아니야, 날 사랑해줘.' 어쩌겠나, 내 버전의 고백이 이미 불쑥 튀어나온걸.

"맞아, 넌 그래. 근데….."

테사가 미소를 지으며 머뭇거렸다.

"넌 좋은 사람이야, 최악의 상황에서도 그랬어. 나는 너한테 나쁜 사람이야. 네 잘못을 자꾸만 상기시키잖아. 그리고 우리 관계가 나빠지면 자꾸 현실에다 그걸 대입시키고. 우리 관계를 망친 건 나에게도 똑같이 책임이 있어."

"망쳤다고?"

이런 소리는 수 없이 들었다.

"우리를 망쳤다고. 너만큼 나한테도 잘못이 있었어."

"왜 망쳤다고 하는 거야? 우리 문제를 우리가 바로잡을 순 없어?"

테사가 심호흡을 하더니 고개를 들어 하늘을 보았다.

"난 모르겠어."

테사는 나만큼 놀란 것 같았다.

"네가 '모른다'고?"

테사 말을 따라했다. 입가에 미소가 지어졌다.

'젠장, 우린 제정신이 아니야.'

"난 잘 모르겠어. 이제 막 제정신으로 돌아왔잖아. 또 헷갈리기 시작했어. 네가 진심으로 정직하게 최선을 다하니까. 내 눈에도 그게 보이거든."

"정말이야?"

솔깃한 것처럼 들리면 안 될 텐데. 하지만 내 뜻대로 되지 않았다. 내 목소리는 꼭 찍찍거리는 쥐새끼 같았다.

"정말 그래, 하딘. 어떻게 해야 할지 나도 확신이 안 서."

"뉴욕은 우리한테 도움이 안 될 거야. 뉴욕이 네가 생각하는 것처럼 새 출발이 돼주지는 않을 거야. 우리 둘 다 알고 있잖아. 뉴욕은 네가 이 문제에서 빠져나가려는 구실일 뿐이라는 거."

내가 말했다.

"알아."

테사는 잔디를 한 움큼 뜯어냈다. 그 모습을 사랑해 마지않는다. 테사는 잔디 위에 앉기만 하면 꼭 그랬다.

"얼마나 걸릴까?"

"나도 모르겠어. 근데 나 정말 뉴욕에 가고 싶어. 여기는 나한테 좋은 곳이 아니었어."

테사가 인상을 찌푸렸다. 테사가 나를 떠나 자기 세상으로 사라지는 게 보이는 듯했다.

"넌 평생 여기서 살았잖아."

테사는 눈을 한 번 찡긋하더니, 한숨을 내쉬었다. 그리고 잡아뜯은 잔디를 발치에 툭 던졌다.

"바로 그거야."

24 · 테사

"안으로 들어갈까?"

긴 침묵을 깨고 내가 속삭였다. 하딘은 아무 말도 하지 않고 있었다. 20분 동안이나 무슨 말이든 하려고 머리를 짜냈지만, 결국 아무 말도 떠오르지 않았다.

하딘이 나무를 붙잡고 일어나 블랙진에 묻은 흙을 털어냈다.

"너만 좋으면."

"난 좋아."

하딘은 비아냥대는 듯한 미소를 지었다.

"근데 혹시나 안에 들어가서도 계속 얘기하고 싶으면, 그래도 돼."

"하, 하, 하."

나는 살짝 눈을 흘겼다. 일어서는 걸 도와주려고 하딘이 내게 손을 내밀었다. 하딘은 부드럽게 내 손목을 잡아 일으켜 주었다. 그러고도 손을 놓지 않았다. 손목을 잡았던 손이 슬쩍 미끄러져 내려와 내 손을 감쌌다. 나는 아무 말도 하지 않았다. 하딘의 손길은 부드러웠고, 나를 보는 눈길을 익숙했다. 하딘의 분노는 감춰진 듯 보였다. 그의 사랑 덕분일까. 예기치 않게 하딘의 민낯을 보는 기분이 새삼스러웠다. 나는 아직 이 남자가 필요하고, 이 남자를 사랑한다. 내가 기꺼이 인정한 것보다 더 많이.

음모나 꿍꿍이 같은 건 없었다. 자연스레 내 허리를 두른 팔도, 나를 가만히 당기는 그 몸짓도 계산된 게 아니었다. 우리는 함께 잔디밭에서 데크로 올라갔다.

안으로 들어가자 말문이 막혔다. 걱정스러운 카렌의 표정이 눈에 들어왔기 때문이다. 카렌은 남편의 팔에 한 손을 올리고 있었다. 켄 씨는 몸을 기울여 랜던과 조용히 이야기를 하고 있었다. 랜던은 식탁 의자에 앉아 있었고, 소피아는 보이지 않았다. 난장판이 끝난 후에 갔겠지. 누가 소피아한테 뭐라 할 수 있겠는가?

"괜찮니?"

하딘이 가까이 가자, 카렌이 뒤를 돌아보았다.

랜던과 켄 씨가 동시에 고개를 들었다. 나는 팔꿈치로 하딘을 가볍게 쿡 찔렀다.

"누구요, 나요?"

헷갈리는 듯 하딘이 물었다. 갑자기 계단 앞에서 하딘이 우뚝 멈춰 섰다. 뒤따라가던 나는 하딘에게 부딪혔다.

"그래, 애야. 하딘, 괜찮니?"

카렌이 한 번 더 물었다. 카렌은 갈색 머리카락을 귀 뒤로 넘기고는 우리 쪽으로 걸어왔다. 한 손은 배에 댄 채였다.

"그러니까."

하딘이 헛기침을 하며 목청을 가다듬었다.

"내가 또 미쳐 날뛰면서 랜던의 면상을 후려칠 거냐고 묻는 거예요? 아뇨, 안 그럴 거예요."

하딘이 발끈했다. 카렌은 고개를 가로저었다. 카렌의 다정한 동작에는 참을성이 배어 있었다.

"아니, 그런 뜻이 아니었어. 너한테 뭐 해줄 게 있는지, 그런 말이었어."

하딘은 눈을 끔뻑거렸다. 그 말뜻을 파악하는 중인가 보다.

"네, 괜찮아요."

"혹시 필요한 게 있으면, 꼭 알려주렴."

하딘은 고개를 한번 까딱하고는 위층으로 올라갔다. 랜던에게 따라오라는 눈짓을 보내려 뒤를 돌아보았다. 하지만 랜던은 외면을 한 채, 눈을 감고 있었다.

"나, 랜던한테 할 얘기 있어."

방문을 여는 하딘에게 내가 말했다. 하딘은 불을 켜고, 내 팔을 붙잡았다.

"지금?"

"응, 지금."

"지금 당장?"

"응."

말이 끝나자마자, 하딘은 나를 벽에 밀어붙였다.

"이런 순간에?"

하딘이 내게 몸을 기울이더니 내 목에 뜨거운 입김을 불어넣었다.

"확실히 지금이야?"

아무 것도 확실하지 않아졌다, 진짜로.

"뭐라고?"

내 목소리는 탁했다. 머리가 멍해진다.

"네가 나한테 키스할 줄 알았는데."

하딘이 입술을 내 입술에 포갰다. 웃음이 나왔다. 이런 미친 하딘의 애정 표현에 안심하는 내가 우스웠다. 하딘의 입술은 부드럽지 않았다. 마르고 갈라졌다. 하지만 너무도 완벽하다. 하딘의 혀가 입 속으로 들어와 내 혀를 핥았다. 이 느낌, 너무 좋다. 다른 생각을 할 겨를도, 몸을 뺄 생각도 할 수 없었다.

내 허리에 놓인 하딘의 두 손은 내 몸을 지그시 누르고, 허벅지 사이로 파고든 하딘의 한쪽 무릎이 내 다리를 벌렸다.

"나한테서 그렇게 멀리 가버리려 한다는 게 믿을 수가 없어."

하딘은 입을 내 턱에 대고 귀로 옮겼다.

"나한테서 그렇게 멀리."

"미안해."

겨우 숨을 내쉬었다. 하딘의 손이 엉덩이에서 복부로 움직이자 말을 할 수가 없었다. 하딘의 손이 내 티셔츠를 끌어당겼다.

"우리 둘은 서로, 계속 도망치기만 해."

하딘의 목소리는 차분했다. 그러나 그의 손은 재빨리 움직이며 내 가슴을 감싸 쥐었다. 내 셔츠가 바닥에 떨어졌다.

"그러네."

"헤밍웨이 한 구절만 인용할게."

하딘이 내 입에 대고 미소를 지었다.

나는 고개를 끄덕였다.

"'여기에서 다른 곳으로 옮긴다고 당신 자신으로부터 도망칠 순 없어.'"

하딘이 팬티 속으로 손을 밀어 넣었다.

신음이 터져 나왔다. 하딘의 말과 손길에 동시에 압도당하는 중이다. 하딘이 나를 만지는 동안, 그의 말이 마음속에서 끝없는 강물이 되어 흘렀다. 나는 하딘에게 손을 뻗었다. 팽팽해진 바지 앞섶 때문에 불편한 듯했다. 진의 버튼을 찾아 더듬는데, 하딘이 내 이름을 부르며 신음을 토해냈다.

"랜던이랑 뉴욕에 가지 마. 나랑 같이 시애틀에 있자."

'랜던.'

고개를 번쩍 들며, 하딘의 바지 지퍼에서 손을 뗐다.

"나, 랜던이랑 얘기해야 해. 이건 정말 중요해. 랜던이 기분 상한 거 같았어."

"그래서? 나도 기분 상했어."

"알아."

나는 한숨을 쉬었다.

"근데 넌 지금은 괜찮잖아."

박서 팬티가 겨우 가리고 있는 하딘의 페니스를 힐끗 내려다보았다.

"음, 그건 너랑 랜던한테 화내느라 정신이 팔려서 그래."

하딘이 다시 생각해보더니 맥없이 덧붙였다.

"오래 있진 않을게."

하딘에게서 몸을 빼며 바닥에서 티셔츠를 집어 입었다.

"그래, 어쨌든 나도 시간이 좀 필요했어."

하딘은 목덜미를 가린 머리카락을 뒤로 넘겼다. 하딘을 만난 이후로 머리가 가장 많이 길었다. 그 모습도 좋았지만, 한편으로 셔츠의 목선 주위로 언뜻언뜻 보이던 타투가 그립기도 했다.

"나한테서 떨어져 있을 시간?"

아무런 생각 없이 불쑥 나온 질문이었다.

"나라 반대편으로 가버리겠다며. 랜던한테도 완전 열받았고. 나도 이걸 어떻게 해야 할지 정리할 시간이 필요해."

"그래, 이해해."

정말로 이해한다. 하딘은 내 예상보다도 훨씬 더 잘 처신했다. 그러니 랜던과도 잘 얘기해봐야지. 이런 상황에서 하딘과 침대로 뛰어드는 건, 좀 아니잖아.

"난 샤워해야겠어."

복도로 나서는데 하딘이 말했다.

마음은 아직도 방 안에 하딘과 함께 있다. 벽에 기대어 정신이 나간 채로.

아래층으로 내려갔다. 한 계단 한 계단 내려갈수록 망령 같은 하딘의 손길이 옅어지는 느낌이었다. 식당으로 들어갔다. 랜던 옆에서 카렌이 일어섰고, 켄 씨는 카렌에게 위층으로 올라가자고 손짓했다. 카렌은 내 손을 지그시 잡고, 살짝 미소를 흘리며 나를 지나쳐 갔다.

"헤이, 친구."

의자를 끌어내 랜던 옆에 앉았다. 막 앉는 순간, 랜던이 자리에서 일어났다.

"나중에, 테사."

매몰차게 말하더니 랜던은 거실로 나갔다.

랜던의 말투에 잠시 혼란스러웠다. 나는 지금 뭔가 놓치고 있다. 분명히 뭔가 큰 걸 놓치고 있는 거다.

"랜던…."

나는 랜던을 따라 거실로 갔다.

"잠깐만!"

랜던의 등에 대고 소리를 쳤다. 랜던이 걸음을 멈추었다.

"미안, 근데 더 이상은 안 통해."

"뭐가 안 통한다는 거야?"

랜던의 소매를 잡았다. 랜던은 돌아보지도 않고 말했다.

"너랑 하딘이랑 이러는 거. 너희 둘이 투닥거릴 땐 상관없었어. 근데 넌 지금 모든 사람들을 다 끌어들이고 있잖아. 그건 옳은 게 아냐."

랜던의 목소리에는 분노가 깊게 스며 있었다. 랜던과 이야기를 나누던 순간들이 스쳐 지나갔다. 랜던은 항상 나를 응원해주고, 다정하게 대해줬다. 랜던한테 이런 소리를 들을 줄은 꿈에도 몰랐다.

"미안해, 테사. 근데 너도 내 말이 맞다는 거 알 거야. 너희 두 사람 문제로 온 집안을 쑥대밭으로 만들면 안 돼. 우리 엄마는 지금 임신 중이셔. 그런 꼴은 엄마한테는 진짜 해로워. 너네 둘은 눈만 마주치면 시애틀이든 여기든 어디든 싸움만 하잖아."

'아….'

뭐라 말을 꺼내려 했지만, 할 말이 떠오르지 않았다.

"그래, 정말 미안해. 어느 것 하나도 그럴 의도는 아니었어, 랜던. 근데 하딘한테 뉴욕 얘기는 해야 했어. 계속 숨길 수는 없잖아. 그래도 하딘이 잘 처신한 것 같아."

목이 콱 막혀 말을 멈추었다. 랜던이 나한테 화를 내다니 혼란스럽고도 당황스럽다. 하딘이 자기한테 손 댄 게 마땅치는 않겠지. 그래도 이런 건 예상치 못했다.

랜던이 홱 돌며 나를 쳐다보았다.

"걔가 '잘 처신'했다고? 걘 나를 벽에 밀어붙였어…."

랜던은 한숨을 쉬며 셔츠 소매를 팔꿈치까지 끌어올렸다. 두어 번 심호흡하고 랜던은 말을 이어나갔다.

"그래, 잘 처신한 걸 수도 있지. 그렇다고 그게 앞으로 문제를 더 일으키지 않을 거라는 의미는 아니지. 너희 둘이 깨졌다 붙었다 하면서 온 세계를 누비고 다닐 순 없으니까. 여기서는 안 되는데, 왜 다른 데로 가면 잘 될 거라고 생각하는 거야?"

"나도 알아. 그래서 뉴욕에 가려는 거고. 나는 나 자신을 찾아야 해, 나 혼자서. 그러니까, 하딘 없이. 내 의도는 그게 전부였어."

랜던은 머리를 가로저었다.

"하딘 없이? 넌 하딘이 널 혼자 뉴욕에 보낼 거라고 생각해? 걘 널 따라올 거야. 아니면 네가 여기 남게 되겠지. 이렇게 둘이 죽도록 싸우면서."

랜던이 쏟아낸 말에 심장이 덜컥 내려앉았다.

모두가 하딘과의 관계에 대해 똑같은 소리를 했다. 맙소사, 내가 같은 문제를 계속 만든 거였구나. 전에도 이런 소리는 수없이 들었다. 하지만 랜던이 던진 돌직구는, 완전 다른 느낌이었다. 너무나 달랐다. 훨씬 더 아팠다. 모든 문제에 회의가 생기기 시작했다.

"정말, 진심으로 미안해, 랜던."

눈물이 쏟아질 것 같다.

"우리 문제에 모두를 끌어들였다는 거 알아. 그 점은 정말 미안. 그러려던 건 아니었어. 이렇게 될 줄 몰랐어, 특히 너하고. 넌 내 절친이야. 절대 너한테 이런 기분 들게 하고 싶지 않았는데."

"나도 다른 사람들도 다 마찬가지야, 테사."

랜던의 말이 정곡을 찔렀다. 내 마음 속 아무도 건드리지 않은 곳. 그건 랜던과 우리 우정이 만든 성소였다. 그 작고 성스러운 장소는 내게 남겨진 전부였다. 모든 사람들이 나에게 등을 돌렸을 때도 그곳만은 나의 안전 지대였다. 하지만 이제 그곳마저 캄캄해져버렸다.

"미안해."

흐느낌이 섞인 목소리가 나왔다. 이제야 알았다. 랜던도 충분히 내게 이런 말을 할 수 있는 사람이라는 걸, 내가 간과하고 있었던 거다.

"난 있잖아…, 난 네가 우리 편인 줄 알았어."

꼭 물어봐야 했다. 정말로 우리가 희망이 없는 것처럼 보이는지, 나는 꼭 알아야 했다.

랜던이 깊은 한숨을 내쉬더니 말을 꺼냈다.

"나도 미안해. 근데 오늘 밤은 너무 심했어. 우리 엄마는 임신 중이고, 켄은 하딘하고 잘 지내보려고 노력 중이야. 난 곧 떠날 거고. 너무 심하잖아. 우리 가족끼리 해결할 문제에 넌 아무 도움도 안 돼."

"미안해."

다른 말이 떠오르지 않았다. 랜던과 말싸움을 할 순 없다. 랜던의 말에 반박할 수도 없다. 랜던 말이 다 맞으니까. 이건 내 문제만이 아니라 그들 가족의 일이다. 아무리 그들을 내 가족처럼 여기려 애쓴다 해도, 나는 이들 사이에서 이방인이다. 나는 모든 곳에서 이방인처럼 내쳐졌다. 엄마 집을 떠나 정착해 보려고 했던 모든 곳에서.

랜던은 발끝만 내려다보고 있었다. 랜던이 말하는 동안 나는 그의 얼굴에서 눈을 뗄 수 없었다.

"네가 미안해하는 거 알아. 못되게 말해서 미안해. 근데 꼭 해야 할 말이었어."

"그래, 이해해."

랜던은 여전히 나를 쳐다보지 않았다.

"뉴욕에서는 이렇지 않을 거야, 약속할게. 시간이 좀 필요했을 뿐이야. 내 인생 모든 게 전부 혼란스럽거든. 아무 것도 이해할 수 없는 것처럼."

이건 최악의 느낌이다. 어떻게 빠져나와야 할지 모르는데, 아무데서도 나를 원치 않는 느낌이었다. 믿을 수 없을 만큼 어색하다. 잠시 이 상황을 파악해보려 애썼다. 정신줄을 놓아선 안 된다. 랜던은 그 후에도 나를 쳐다보지 않았다. 나한테도 유일한 가족이었던 자기 가족들에게 문제를 일으키는 원흉이 나라는 말을 해놓고 말이다. 나는 랜던의 말이 진심이었음을 알았다. 랜던은 당장은 얘기하고 싶지 않다고 했다. 그런 모진 소리를 하기에는 랜던은 너무 착했으니까.

"뉴욕…."

목에 걸린 덩어리를 꿀떡 삼켰다.

"이제 나랑 같이 가고 싶지 않은 거구나?"

"그래. 난 뉴욕이 우리가 새 출발을 할 수 있는 곳이라 생각했었어, 테사. 하딘과 네가 싸움질하는 또 다른 장소가 아니라."

"알겠어."

울지 않으려고 두 주먹을 꽉 쥐었다. 이제, 알겠다. 완전히 이해했다.

랜던은 나와 함께 뉴욕에 가는 걸 원치 않는다. 나도 확실한 계획은 없었다. 돈도 많지 않았고, 아직 NYU에서 입학 허가를 받은 것도 아니었다. 지금까지 뉴욕에 갈 준비가 전혀 되지 않았다는 걸 깨닫지도 못했다. 그냥 그게 필요했다. 최소한 뭔가 자발적이면서도 지금과는 다른 뭔가를 해보려는 노력이 필요했던 거다. 세상 밖으로 뛰쳐나가 내 발로 착지해보는 게 필요했던 거다.

"미안해."

랜던은 의자 다리를 툭 차며 말했다.

"괜찮아, 이해해."

나는 억지웃음을 지어보이고 위층으로 올라갔다. 두 뺨으로 눈물이 하염없이 흘러내렸다.

게스트룸의 침대가 딱딱하게 느껴졌다. 지금껏 저지른 내 잘못들이 눈앞에 펼쳐졌다.

나는 너무 이기적이었다. 지금까지 그걸 깨닫지도 못하고 있었다. 나는 지난 8개월간 숱한 관계들을 망쳐왔다.

대학 생활을 시작하면서는 내 이웃이자 남자친구인 노아와 사귀고 있었다. 그러면서도 노아 몰래 하딘과 바람을 피웠다. 그것도 여러 번.

스테프를 친구로 사귀었지만, 스테프는 나를 배신하고 상처만 줬다. 결과적으로는 나를 도와줬던 몰리를 맘대로 비난했다. 대학 생활을 잘하고 있다고, 친구들과 잘 어울리고 있다고 억지로 믿어왔다. 하지만 현실은 나는 그들에게 조롱거리였다.

하딘을 내 곁에 두려고 싸우고 또 싸웠다. 하딘에게 나를 인정할 것을 강요하며 싸웠다. 하딘이 나를 원치 않으면, 그때마다 더욱 그를 원했다. 하딘을 두둔하려고 엄마와 싸웠다. 하딘을 두둔하려고 내 자신과도 싸웠다. 심지어 하딘을 두둔하려고 하딘과도 싸웠다.

내기인 줄도 모르고 하딘에게 순결을 바쳤다. 하딘을 사랑했고, 그 순간을 소중히 여겼다. 그럼에도 하딘은 내내 자기의 의도를 숨겨왔다. 그런 일을 겪고도 나는 하딘 곁에 남았다. 하딘은 늘 미안하다고 말하며 내 곁에서 오락가락했다. 하지만 항상 그런 건 아니었다. 그의 잘못이 심각하고 고통스러웠다면, 내 잘못은 너무 빈번했다.

순전히 내 이기심으로, 하딘이 나를 떠났을 때마다, 그 공허함을 채우려 제드를 이용했다. 내가 제드에게 키스했고, 내가 제드에게 달려가 시간을 보냈으며, 내가 제드를 리드했다. 우정이라는 미명 하에 하딘에게 우겨가며 제드와의 관계를 지속했다. 두 사람이 몇 달 전에 나를 가지고 시작한 게임을 계속하고 있다는 걸 알면서도 말이다.

수없이 하딘의 잘못을 용서해줬지만, 매번 그를 탓했다. 하딘에게 항상 너무 많은 걸 기대하면서 단 하나도 잊지 못하게 했다. 하딘은 좋은 사람이다. 결점이 있긴 하지만, 하딘은 꽤 좋은 사람이다. 하딘은 행복해질 자격이 있다. 하딘은 모든 걸 가질 자격이 있다. 사랑스러운 와이프와 평온한 일상을 누릴 자격이 있다. 아기를 가지려고 아등바등하지 않아도 되는 그런 사람과. 몹쓸 기억을 떠올리거나 조롱받지 않을 자격이 있다. 말도 안 되는 기대에 부응하려고 기를 쓰지 않아도 된다. 맞닥뜨리지도 않아도 되는, 내가 정해놓은 그런 기대 말이다.

지난 8개월 동안 나는 많은 일들을 겪어왔다. 그리고 지금, 이렇게 앉아 있다, 딱딱한 침대에, 나 혼자. 나는 일생을 계획하고 정리하고 지레짐작하며 보냈다. 그런데 지금, 아무 것도 없이 여기 있다. 마스카라가 얼룩진 얼굴로, 계획들은 산산조각이 난 채로. 애초에 누구에게도 지지받지 못한 계획들이었고, 결국엔 모두 무너져버렸다. 내 인생이 어디로 향해야 할지 짐작조차 가지 않는다. 다닐 학교도 없어졌고, 내 몸을 누일 공간도 없다. 늘 믿어왔고, 사랑해 마지않던 그 많은 책들에서 본 사랑이라는 개념조차 사라져버렸다. 내 인생을 위해 무엇을 해야 할지 아무 것도 모르겠다.

너무 많은 종말과 너무 많은 상실이 있었다. 아빠를 내 인생에 들여놓고는, 아빠가 마음속 망령의 손에 죽임을 당하게 했다. 나는 쭉 지켜보고만 있었다. 하딘의 대부분의 삶이 거짓이라는 게 드러났을 때도, 하딘의 멘토가 친부라는 게 드러났을 때도. 부모의 어떤 사연 때문에 하딘이 다른 사람 밑에서 자라게 된 걸 알았을 때도. 아버지라는 사람이 하딘의 청소년기를 망쳐버렸다는 걸 들었을 때도. 하딘의 어린 시절은 아무 이유 없이 고통으로 점철됐었다. 아버지 때문에 하딘은 술에 절어 살았다. 어린 시절, 하딘은 엄청난 사건을 목도했다. 하딘이 켄 씨와 다시 인연을 맺으려 노력하는 걸 나는 처음부터 봐왔다. 요거트 가게에서 켄 씨를 처음 만났을 때부터 하딘이 그 가족의 일부가 되어가는 걸 나는 봐왔다. 그 남자의 잘못을 용서하려고 사투를 벌이는 하딘의 모습을 전부 다 봐왔다. 하딘은 자신의 과거를 받아들이고 켄 씨를 용서하는 법을 배워 나갔다. 놀라운 모습이었다. 하딘은 평생을 분노 속에서 살았지만, 이제 평온을 얻어가는 중이었다. 나는 이게 무슨 의미인지 안다. 하딘에게는 이런 평온이 필요하다. 끝없는 뒷걸음질과 혼란 같은 건 하딘에게 필요치 않다. 의심과 다툼도 필요 없다. 하딘에게는 가족이 필요하다.

하딘에게는 랜던과의 우정이, 아버지와의 원만한 관계가 필요하다. 하딘은 가족이라는 울타리 안에서 자기 자리를 받아들여야 한다. 그리고 가족이 확장되는 걸 보는 기쁨을 누릴 수 있어야 한다. 하딘은, 눈물과 긴장이 아닌 사랑과 웃음이 가득한 크리스마스 디너를 누려야 한다. 처음 만났을 때 하딘은 타투 투성이에 피어싱을 한 헝클어진 머리의 예의 없는 남자애였다. 그런 그가 엄청나게 변해가는 모습을 나는 모두 지켜봤다. 하딘은 더 이상 남자애가 아니다. 하딘은 이제 남자다, 환골탈태한 남자. 예전처럼 술을 퍼마시지도 않고, 물건을 깨부수지도 않는다. 스스로 절제하게 된 것이다.

하딘은 스스로 이 삶을 구축해 왔다. 그를 사랑하고 소중히 여기는 사람들이 가득한 그런 삶 말이다. 그동안 나는 내 것이라 생각했던 모든 관계들을 무너뜨려 왔다. 우리는 갈등했고, 싸웠다. 우리는 이겼지만, 한편으로 우리는 졌다. 이제 랜던과 내 우정도 '하딘과 테사'의 또 다른 희생자가 돼버렸다.

하딘의 이름을 떠올린 바로 그 순간, 마치 램프의 요정 지니를 소환한 듯 하딘이 문을 열었다. 하딘은 수건으로 젖은 머리를 문지르며 천천히 안으로 들어왔다.

"어떻게 됐어?"

하딘이 물었다. 그러나 내 상태를 보자마자 수건을 내팽개치고, 방을 가로질러 내 앞에 무릎을 꿇고 앉았다. 나는 눈물을 감추려 하지 않았다. 그럴 수가 없었다.

"우리는 캐서린과 히스클리프야."

드러난 진실에 망연자실해 하며, 내가 말했다. 하딘이 인상을 썼다.

"뭐라고? 대체 무슨 소리야?"

"우리는 우리 곁에 있는 사람들을 비참하게 만들어. 몰라서 그랬던 건지, 아님 모른 척할 정도로 이기적이었던 건지 모르겠어. 여하튼 그렇게 돼버렸어. 랜던까지도. 랜던도 우리 때문에 그렇게 됐어."

"어쩌다가 그런 생각을 한 거야?"

하딘이 일어섰다.

"그 자식이 너한테 무슨 소리릴 한 거야?"

"아니야."

나는 하딘의 팔을 잡아끌며 내려가지 말라고 애원했다.

"랜던은 진실을 말했을 뿐이야. 난 그게 이제야 보였어. 그게 진실이었는데, 나는 이제야 이해가 됐어."

손으로 눈물을 훔치고 심호흡을 했다. 그런 다음 말을 이어나갔다.

"나를 망친 사람은 네가 아니야. 나를 망친 건 나였어. 넌 달라졌고 더 좋은 사람이 됐지만, 난 아니야."

입 밖으로 내뱉고 나니 받아들이기 수월해졌다. 나는 완벽하지 않다. 앞으로도 절대 완벽해지지 않을 거다. 그건 괜찮다. 하지만 하딘을 나와 함께 수렁으로 끌고 갈 순 없다. 내 안에 망가진 부분을 고쳐야 한다. 스스로도 하지 않으면서 그걸 하딘에게 요구하는 건 옳지 않다.

하딘은 고개를 가로저었다. 아름다운 에메랄드 빛 눈동자가 나를 쳐다보았다.

"무슨 개떡 같은 소리야. 말이 안 되잖아."

"아니야."

나는 자리에서 일어나 머리카락을 귀 뒤로 넘겼다.

"나한테는 확실히 말이 돼."

최대한 진정해 보려고 애썼지만, 그게 너무 어려웠다. 하딘은 하나도 이해하지 못했으니까. 하지만 너무도 자명한 사실이었다.

'어떻게 하딘은 이해를 못 하지?'

"나를 위해 그렇게 해줘. 해준다고 약속해줘."

나는 애원하다시피 말했다.

"뭐라고? 맙소사, 싫어. 난 아무 것도 약속하지 않을 거야, 테사. 도대체 뭣 때문에 이러는 거야?"

하딘은 내 턱을 받쳐 들었다. 그리고 한 손으로는 눈물을 닦아주었다.

"부탁이야, 약속해줘. 우리가 미래를 함께하려면, 날 위해 네가 그렇게 해줘야 해."

"알았어, 알았어."

하딘이 얼른 대답했다.

"진심이야, 이렇게 애원할게. 날 사랑한다면, 내 말을 잘 듣고 날 위해 그렇게 해줘. 아니면 우리한테 미래 같은 건 절대 없을 거야, 하딘."

협박이 아니었다. 이건 간청이었다. 나는 하딘이 이해하고, 치유하고, 자신의 삶을 살기를 원한다. 내가 나를 바로잡으려고 노력하는 동안에 말이다.

하딘이 침을 꿀꺽 삼켰다. 하딘은 나를 뚫어지게 보고 있었다. 나는 안다. 하딘은 내 말에 동의하고 싶지 않다는 걸. 하지만 결국 하딘이 입을 열었다.

"약속할게."

"이제부터 나를 따라오지 마, 하딘. 여기서 네 가족들과 함께 있어. 그리고…."

"테사."

하딘은 두 손으로 내 얼굴을 감싸 쥐었다.

"싫어, 그만해. 우린 어떻게든 뉴욕 문제에 대한 방법을 찾을 거야. 오버하지 마."

나는 고개를 세차게 흔들었다.

"나 뉴욕 안 갈 거야. 오버하는 게 아니야. 이러는 게 어처구니없고, 충동적으로 보이리라는 거 알아. 근데 절대 아니야. 우리가 겪은 걸 생각해 봐. 우리에겐 시간이 필요해. 그래서 우리가 진짜 원하는 게 이게 맞는지 확인해봐야 해. 그렇지 않으면 결국 우린 곁에 있는 사람들 모두를 잃고 말 거야. 지금껏 그랬던 것보다 훨씬 더 많이."

어떻게든 하딘을 이해시키려 했다. 하딘은 이해해야만 한다.

"얼마나 오래?"

하딘의 어깨가 축 처졌다. 하딘은 머리카락을 뒤로 쓸어 넘겼다.

"우리가 준비됐다는 걸 알 때까지."

결연한 느낌이었다. 지난 8개월 동안 단 한 번도 느껴본 적 없는.

"뭘 알아야 하는데? 난 내가 너하고 뭘 하고 싶은지 벌써 다 알아."

"나한테는 필요해, 하딘. 내가 나 자신을 이해할 수 없다면, 너하고 나 자신을 너무 원망하게 될 거 같아. 나한테는 이게 정말 필요해."

"좋아, 그럼 그렇게 해. 너한테 시간을 줄게. 이게 마지막 의심이야. 내가 널 영원히 웃게 해줄 거라는 약속에 대한 마지막 검증이야. 시간을 가지고 나서 나한테 돌아와. 그거면 돼. 다시는 떠나지 말고. 그리고 우린 결혼할 거야. 이게 너한테 필요한 시간을 준 대가로 내가 바라는 거야."

"그래."

만약 이 모든 걸 잘 헤쳐나가면, 나는 이 남자와 결혼할 거다.

25 · 테사

하딘은 내 이마에 입을 맞추고, 조수석 문을 닫았다. 수천 번 가방을 쌌던 것 같다. 이제 드디어 마지막이다. 하딘은 차에 기대서 나를 안아주었다.

"사랑해. 제발 그것만은 꼭 기억해줘."

하딘이 말했다.

"도착하면 바로 전화하고."

하딘은 이 상황이 마땅치 않겠지만, 결국 괜찮아질 거다. 이게 맞다. 우리에겐 우리를 위한 시간이 필요하다. 우리는 너무 어리고 혼란에 빠져 있다. 우리는 곁에 있는 사람들에게 상처를 주며 살았다. 그 상처들을 치유할 시간이 우리에겐 꼭 필요하다.

"그럴게. 가족들한테 작별 인사 꼭 전해줘, 알았지?"

하딘의 가슴에 기대어 눈을 감았다. 이 여정이 어떻게 끝날지는 잘 모르겠다. 하지만 반드시 필요한 여정이라는 걸 나는 안다.

"알았어. 얼른 타. 아무리 기를 써도 잘하는 일이라고는 말 못 하겠다. 내가 새사람이 됐으니까 협조해주는 거지. 지금 당장이라도 널 집으로 끌고 들어갔으면 좋겠어."

하딘을 꼭 끌어안았다. 하딘은 두 팔로 내 어깨를 감쌌다.

"알아. 고마워."

"사랑해, 테사, 죽을 만큼 많이. 그것만 기억해줘."

하딘이 내 머리에 입을 맞췄다. 상심한 목소리였다. 하딘을 지켜줘야 할 것 같았다. 그 생각이 마음을 할퀸다.

"나도 사랑해, 하딘. 언제나."

두 손을 하딘의 가슴에 대고 몸을 기울여 키스했다. 눈을 꼭 감고 바라고 원하고 소망했다. 내 입술에 닿는 하딘의 입술을 느끼는 게 마지막이 아니기를. 이런 기분이 드는 게 마지막이 아니기를. 하딘을 남겨두고 가는 아픔과 슬픔이 온몸을 관통한다. 그럼에도 우리 사이에는 흥분의 박동이 끊임없이 고동치고 있음을 느낀다. 하딘을 향한 갈망이 불타오른다. 이 모든 상황을 되돌려, 영원히 그 굴레 안에서 살고 싶다.

나를 끝까지 놓지 않으려는 하딘의 강한 갈등을 느낀다.

내가 먼저 몸을 뗐다. 그러자 하딘이 낮게 신음했다. 하딘의 볼에 입을 맞췄다.

"도착하면 연락할게."

한 번 더 하딘에게 키스했다. 작별의 짧은 입맞춤이었다. 차에서 떨어지면서 하딘은 머리카락을 쓸어 넘겼다.

"잘 지내, 테스."

차에 올라 문을 닫는데, 하딘이 말했다.

입을 열 자신이 없었다. 집을 서서히 빠져나오며 마침내 나지막이 속삭였다.

"안녕, 하딘."

26 · 테사
6월

"나 괜찮아요?"

전신 거울 앞에서 원피스를 끌어내리며 뒤로 돌았다. 원피스는 딱 무릎까지 내려왔다. 손끝에 느껴지는 적갈색 실크의 부드러움이 아련한 향수를 불러 일으켰다. 이 옷을 처음 입어봤을 때, 천의 감촉과 색상에 순간적으로 사랑에 빠졌다. 과거의 그때가 떠올랐다. 내가 다른 사람이었던 그때가.

예전에 입던 것과는 완전히 다른 원피스였다. 그건 어정쩡한 칠부 소매에 목선이 높고 헐렁했다. 지금 건 소매 없이 목선이 훤히 드러나게 파인 딱 알맞은 디자인이다. 옛날 것도 좋아했지만, 지금은 이 뚝 떨어지는 디자인이 참 좋다.

"당연히 괜찮아 보인다, 테레사."

엄마가 미소를 지으며 방문에 기대서 있었다.

준비하며 떨리는 마음을 최대한 진정시키려 했다. 커피를 네 잔이나 마시고, 큰 봉지의 팝콘을 절반이나 먹었다. 정신 나간 여자처럼 집 안을 배회하기도 했다.

오늘은 하딘의 졸업식 날이다. 슬슬 안달이 났다. 사람들에게 환영받지 못할까 봐, 예의상 초대한 건데 진짜로 나타나 곤란하게 만드는 게 아닐까 싶어서였다. 어쨌든 시간은 흘렀고, 이번만큼은 하딘을 잊으려고 애쓰지 않았다. 이번에는 미소 짓는 하딘을 떠올리며, 그를 기억하는 것으로 위로받고 있었다.

4월의 그날 밤이 잊혀지지 않는다. 그날 랜던은 내게 현실을 일깨워 줬다. 나는 그길로 엄마 집으로 왔다. 킴벌리에게 울며불며 전화했다. 듣다 못한 킴벌리는 내게 그만 받아들이라고 했다. 그리고 내 인생이 나아가야 할 방향을 잡을 무언가를 해보라 했다.

다시 환한 빛이 보이기 시작할 때까지, 나는 내 삶이 암흑의 구렁텅이에 빠져 있는 줄도 몰랐다. 첫 일주일은 철저한 고독 속에서 보냈다. 방 밖으로 나가지도 않았고, 밥도 겨우 먹었다. 하딘 생각이 머릿속에서 떠나질 않았다. 그가 너무 보고 싶었고, 너무도 필요했고, 그를 너무 사랑했다.

그 다음 주는 조금 덜 괴로웠다. 예전 이별과는 다른 헤어짐이라 여겼다. 하딘이 가족들과 더 나은 환경에 있는 거라고 나를 다독였다. 하던을 내팽개치고 떠나온 게 아니었다. 하던에게 뭔가 필요하다면, 그에겐 가족이 있었다. 매일 카렌과 통화하는 것도 도움이 됐다. 그 덕분에 수백 번이나 하던을 보러 달려가고 싶은 마음을 참아낼 수 있었다. 그와 함께하고 싶은 마음이 간절했다. 그러면서도 내가 더 이상 하던이나 내 곁의 사람들에게 상처를 주지 않을 수 있다는 확신이 필요했다.

나는 그런 사람이었다. 주변 모두에게 부담이 되는 사람. 그러면서도 그걸 깨닫지 못했다. 내 눈에는 하던밖에 안 보였으니까. 오로지 중요한 건 하던 뿐이었다. 허구한 날 하던을 고치려고, 우리를 고치려고만 했다. 다른 모든 게 무너져 내리고 있는데 말이다. 심지어 나 자신까지.

첫 3주 동안은 하던도 고집을 피웠다. 그러다 카렌과의 통화처럼 하던과의 통화도 점점 그 빈도가 줄어들었다. 일주일에 두 번 정도만 통화를 할 정도로. 카렌은 하던이 행복하게 잘 지낸다고 했다. 그래서 바람만큼 하던이 자주 연락하지 않아도 속상하거나 화나지 않았다.

랜던과는 끊임없이 연락했다. 나한테 퍼부어댄 다음날 아침, 랜던은 몹시 괴로웠다고 했다. 나에게 사과하러 하던 방에 갔지만, 하던 혼자 씩씩거리고 있었다고 한다. 랜던은 바로 내게 전화했다. 그리고 다시 돌아오라고 애원하고 변명했다. 하지만 나는 랜던 말이 다 옳았으며, 잠시 떨어져 있는 게 좋겠다고 말해주었다. 랜던과 함께 뉴욕에 가고 싶은 만큼, 나는 한발 물러서야 했다. 내 인생이 무너져 내리기 시작한 그곳에서 말이다. 그리고 새 출발을 해야 했다, 철저하게 나 혼자서.

랜던의 말 중에 내가 그들의 가족이 아니라는 말이 가장 큰 상처가 됐다. 내가 그 누구에게도, 그 무엇으로도 환영 받지 못하고, 사랑 받지 못하고, 상관없는 사람이라는 느낌이 들었다. 어디에도 정착 못 하고 떠돌다가, 나를 붙잡는 누구에게라도 달라붙으려 하는 그런 사람이 된 것 같았다. 나는 다른 사람들에게 기대는 사람이었다. 누군가 날 원하기만을 바라면서 내 자신을 잃어갔다. 그런 게 너무 싫었다. 그 어떤 것보다 그 느낌이 가장 싫었다. 랜던이 홧김에 던진 소리라는 건 이해한다. 하지만 그 말이 틀리지 않았다. 가끔은 홧김에 진짜 속내가 드러나기도 하니까.

"거울 앞에서 안달하는 건 아무 도움도 안 되지."

엄마가 내게 다가와 서랍장 위에 있는 액세서리 함을 열었다. 그리고 작은 다이아몬드 귀걸이를 꺼내 내 손에 꼭 쥐어줬다.

"이걸 해봐. 그럼 좀 나아 보일 거야. 마음 다잡고, 약한 모습 보이지 마라."

엄마가 나를 안심시키려 했다. 그 모습에 웃음이 났다. 나는 먼저 걸 빼고 엄마가 준 귀걸이를 했다.

"고마워요."

거울에 비친 엄마에게 미소를 지었다.

다시 캐롤 영 여사로 돌아온 엄마는 나에게 잔소리 폭탄을 쏟아놓았다. 머리는 깔끔하게 뒤로 넘겨라, 립스틱을 더 발라라, 더 높은 하이힐을 신어라, 하면서. 엄마 말대로 한 건 하나도 없었지만, 그래도 엄마에게 고맙다는 인사를 건넸다. 엄마가 잔소리를 그치자, 나는 한 번 더 조용히 감사 인사를 했다.

엄마와 나는 내가 늘 꿈꿔 왔던 모녀 지간의 모습을 향해 가는 중이다. 엄마는 내가 어리긴 해도 스스로 결정을 내릴 능력이 있다는 걸 배워가고 있다. 그리고 나는 엄마가 원해서 지금 같은 모습이 된 건 아니라는 사실을 이해하게 됐다. 엄마는 오래 전 아빠에게 큰 상처를 받았다. 치유된 적 없는 깊은 상처. 엄마는 이제야 그 상처를 회복하는 중이다. 어쩌면 나와 엄마는 평행선 상의 같은 길을 걷고 있는지도 모르겠다.

엄마가 누군가를 만나 데이트하기 시작한 지 몇 주쯤 됐다는 얘기를 듣고는 적잖이 놀랐다. 가장 놀라웠던 점은 데이비드라는 그 남자였다. 그 사람은 변호사도, 의사도, 고급 차를 모는 사람도 아니었다. 그는 동네 빵집 주인이었고, 내가 만난 그 누구보다 잘 웃는 사람이었다. 그에게는 열 살짜리 딸이 있었다. 그 아이는 내 옷을 입는 걸 너무 좋아했다. 입어봤자 너무 크기만 한데도 말이다. 그 아이에게 화장을 해주고 머리를 묶어주면서 내 실력도 야금야금 늘었다. 헤더라는 이름의 아이는 너무 사랑스러웠다. 일곱 살 때 엄마가 돌아가셨다고 했다. 엄마가 그 아이한테 너무나 다정하게 대하는 바람에 나는 깜짝 놀랐다. 데이비드는 엄마에게서 지금껏 내가 보지 못했던 모습을 끄집어냈다. 그 사람과 같이 있을 때 엄마가 웃고 미소 짓는 모습이 그렇게 사랑스러울 수가 없다.

"시간 여유 있어요?"

신발을 신으며 엄마를 돌아보았다. 가장 낮은 굽 구두를 꺼내 들 때 못마땅해 하던 엄마의 표정은 무시했다. 이미 신경줄이 끊어질 만큼 긴장하고 있었다. 안 그래도 떨리는데 하이힐까지 신을 순 없었다.

"5분쯤. 일찌감치 도착하려면 말이다."

엄마가 고개를 저으며 긴 금발을 쓸어내렸다. 이렇게까지 변한 엄마의 모습을 보는 건 정말이지 놀랍고도 가슴 벅찬 경험이다. 엄마는 자기를 가둔 울타리를 깨고 나와, 스스로 더 나은 사람이 되었다. 특히 오늘 같은 날, 엄마가 나를 도와주다니 정말 좋다. 하딘의 졸업식에 가겠다는 나를 막지 않은 것만으로도 참으로 감사할 일이다.

"차가 안 막혔으면 좋겠어요. 사고라도 났으면 어떡하죠? 2시간 걸리는 거리가 4시간이 될 텐데. 그럼 원피스는 쭈글쭈글해질 테고, 머리는 착 가라앉을 거고, 또…."

엄마는 머리를 한쪽으로 기울였다.

"테사, 괜찮을 거야. 너무 안 좋은 쪽으로 생각하지 마라. 자, 립스틱만 좀 더 바르고, 얼른 나서렴."

나는 한숨을 내쉬며, 엄마가 하라는 대로 했다. 모든 게 계획한 대로 되기를. 단 한 번이라도.

27 · 하딘

거울 속 보기 싫은 검정 졸업 가운을 노려보며 한숨을 내쉬었다. 왜 이런 한심한 옷을 입어야 하는지 도대체 이해가 안 된다. 졸업식에 평상복을 입는 게 뭐가 어때서? 어차피 내 옷들은 검정 일색인데.

"평생 입었던 중에 가장 병신 같은 옷이네요."

카렌이 나를 보며 눈을 흘겼다.

"어우, 그러지 마. 그냥 입으렴."

"임신해서 그런지 참을성이 없어지신 것 같아요."

짓궂게 말한 다음, 등짝을 맞기 전에 얼른 옆에서 물러섰다.

"켄은 아침 9시부터 벌써 대극장에 가 있다더구나. 네가 이 가운을 입고 무대 위로 걸어나오는 모습을 보면 아주 자랑스러워 할 거야."

카렌이 눈을 반짝이며 미소를 지었다. 행여나 카렌이 울기라도 하면, 난 나가버릴 거다. 카렌은 눈앞이 부얘져 쫓아오지 못할 테니, 느릿느릿 방을 나가도 괜찮겠지.

"무슨 댄스파티라도 가신대요?"

옷매무새를 고치며 내가 투덜거렸다.

어깨에 긴장이 빡 들어가고, 머리는 욱신거린다. 기대감에 찬 가슴에서 불이 활활 일고 있었다. 졸업식이나 학위, 뭐 그런 것 때문이 아니다. 그런 건 아무 상관없다. 이 긴장감은 혹시나 테사가 올지도 모른다는 생각 때문이다. 사람들 앞에서 이 생쇼를 하는 유일한 이유는 바로 테사였다. 애초에 나를 설득한 건 테사다. 내가 아는 테사라면, 자기의 승리를 보기 위해서라도 졸업식장에 반드시 나타날 거다.

테사와의 통화 빈도가 점점 줄었고, 이 일에 대해 메시지조차 주고받지 않았지만, 테사는 오늘 꼭 올 거다.

한 시간 후, 우리는 대극장 주차장에 차를 세웠다. 졸업식이 거행될 곳이었다. 카렌이 한 90번쯤 부탁을 하고 난 다음에야, 카렌이 데려다주겠다는 말에 동의했다. 사실 나는 혼자 운전하는 걸 좋아한다. 근데 요즘 들어 카렌은 점점 더 의존적이 되어가고 있다. 테사가 내 인생에서 나가버린 걸 카렌이 보완해주려 애쓴다는 건 알겠다. 그러나 무엇도 그 빈자리를 메워주지 못한다.

누구도 테사가 내게 주던 걸 줄 순 없다. 나는 언제나 테사가 필요하다. 테사가 떠나고 매일 내가 했던 건 오로지 테사를 위해 더 나은 사람이 되는 거였다. 새 친구도 몇 명 생겼다. 그래, 딱 두 명이다. 루크와 그의 여자친구 캐시는 내 가장 친한 친구들이다. 그들은 술을 많이 마시지도 않았고, 파티나 내기 같은 것도 안 한다. 루크는 나보다 몇 살 위였는데, 일주일에 한 번씩 가는 커플 테라피에서 만났다. 나는 정신건강 권위자인 닥터 트란의 주간 모임에 참석 중이었다.

권위자는 무슨! 닥터 트란은 사기꾼이다. 일주일에 2시간씩 테사 얘기를 들어주는 대가로 그는 시간 당 100달러씩 뜯어간다…. 문제는, 다른 사람한테 머릿속에 있는 온갖 걸 털어놓아도 내 기분이 그닥 나아지지 않는다는 거였다. 그는 품위 있게 내 얘기를 듣기만 했다.

"랜던이 참석 못 해서 미안하다고 전해달래. 뉴욕에서 너무 바쁘다네."

카렌이 주차장에 차를 세우며 말했다.

"사진 많이 찍어서 보내주겠다고 약속했어."

"그러세요."

카렌에게 미소를 짓고 차에서 내렸다.

건물 안은 사람들로 꽉 차 있었다. 관중석 같은 의자에는 뿌듯해 보이는 부모님, 친척들, 친구들로 가득했다. 총장 부인인 건 제법 유리한 점이 있는 것 같다. 즐거워 죽겠는 행사장의 맨 앞자리 같은 걸 얻을 수 있으니까.

인파 속에서 테사를 찾았다. 하객 절반은 얼굴이 보이지 않았다. 빌어먹을 조명이 너무 밝고 눈이 부셨다. 이런 사치스러운 요식 행위에 대학이 얼마나 돈을 쏠까? 생각만 해도 싫다. 좌석표에서 내 이름을 찾았다. 자리 안내 책임자인 무뚝뚝한 표정의 여자에게 씨익 웃어주었다. 여자는 짜증이 난 듯했다. 내가 리허설을 빼먹었거든. 근데 사실, 이딴 행사에 무슨 리허설이야? 앉는다, 호명한다, 나간다, 쓸데없는 종이 한 장 받는다, 돌아온다, 다시 자리에 앉는다, 이거면 되잖아.

자리에 앉으니, 플라스틱 의자가 불편하기 그지없었다. 게다가 옆자리 남자는 교회에 와 있는 도둑놈처럼 땀을 줄줄 흘리고 있었다. 남자는 안절부절못하고, 혼자 중얼대면서, 다리를 달달 떨고 있었다. 뭐라고 한마디 해주려다 말았다. 나도 똑같은 짓을 하고 있다는 걸 깨달았기 때문이다. 땀은 안 흘렸지만.

내 이름이 불릴 때까지 시간이 얼마나 지났는지 잘 모르겠다. 한 4시간쯤 지난 것 같았다. 모두의 이목이 나에게 집중되었다. 나는 얼른 무대에서 내려왔다. 켄의 눈에 눈물이 차오르는 걸 봤기 때문이다. 어색해서 속이 울렁거릴 지경이다.

나머지 순서들을 기다려야 했다. 얼른 가서 테사를 찾아야 하는데. 알파벳 V 순서가 되었을 때, 확 일어서서 깽판을 쳐버릴까 생각했다. V로 시작하는 사람이 몇 명이나 되겠어? 그런데 꽤 많았다, 생각보다.

지루하기 그지없는 연설과 클라이맥스인 격려사를 끝으로 자리에서 일어설 수 있었다. 총알처럼 튀어나왔지만, 카렌이 어느새 달려와 나를 와락 끌어안았다. 이쯤 했으면 됐다 싶었을 때, 훌쩍거리며 축하의 말을 전하는 카렌에게 양해를 구했다. 그리고 미친 듯이 테사를 찾았다.

테사는 분명 여기 있다, 나는 느낄 수 있다.

두 달이나 만나지 못했다. 빌어먹을, 두 달이나! 마침내 출구 근처에 있는 테사를 발견했다. 나는 극도로 흥분했다. 테사가 몰래 왔다가 내 눈에 띄기 전에 몰래 내뺄 줄은 알았다. 하지만 어림없다. 필요하다면 추격전이라도 벌여서 테사를 쫓아갈 참이니까.

"테사!"

인산인해를 이룬 사람들 틈을 뚫고 테사를 향해 달려갔다. 길을 막는 소년을 밀치고 나가는데 앞에서 테사가 두리번거리고 있었다.

차분한 모습의 테사를 보는 게 얼마 만인지 모르겠다. 너무나 차분하고 안정돼 보였다. 테사는 그 어느 때보다 아름다웠다. 예전과 달리 적당히 그을린 피부는 반짝였고, 눈동자에 행복이 가득 담겨 빛나고 있었다. 음울한 껍데기를 깨고 나온 생기 가득한 모습이었다. 그저 한번 쳐다보기만 했는데도 모든 걸 알 수 있었다.

"헤이."

테사가 미소를 지으며 머리카락을 귀 뒤로 넘겼다. 긴장할 때면 테사가 하는 행동이다.

"헤이."

테사의 인사를 따라했다. 잠시 아무 말 없이 바라봤다. 테사는 내 기억 속의 모습보다 훨씬 더 사랑스러웠다.

테사도 나랑 똑같이 생각하는 듯했다. 테사는 나를 쳐다보기만 했고, 나도 그런 테사를 말 없이 바라보았다. 이 병신 같은 가운을 입지 않았으면 좋았을 텐데. 그랬더라면 그동안 내가 얼마나 열심히 몸을 만들었는지 테사가 알아차렸을 거다.

테사가 먼저 입을 열었다.

"머리 많이 길었네."

나는 웃으며 머리를 만졌다. 아마 이 우스꽝스러운 학사모 때문이겠지. 그런데 그제야 학사모가 벗겨진 줄도 모르고 있었다는 걸 깨달았다. 어디에 떨어진 거야? 뭐, 알게 뭐야.

"그러게, 머리가 길어졌네."

생각할 틈도 없이 대답이 나왔다. 테사는 손으로 입을 막으며 웃음을 터뜨렸다.

"내 말은, 네 머리가 길다는 거였어. 늘 그랬지만."

내 멍청한 말은 테사를 더 웃게 만들었다.

'진정해, 스캇. 제발 진정해.'

"졸업식은 예상했던 대로 꽝이었어?"

테사가 물었다. 테사는 채 네 걸음도 떨어지지 않은 곳에 서 있었다. 어디에 같이 앉든가 하면 좋겠는데. 왜 이렇게 긴장하고 있는지 모르겠다.

"얼마나 지루하던지, 봤어? 한 명씩 다 호명하는 건 정말 구식이라고."

테사가 한 번 더 웃어주길 바랐다. 테사가 웃자, 나도 웃음이 나왔다.

"네가 걸어 나가는데, 정말 뿌듯했어. 켄 씨도 진짜 기쁘실 거야."

"넌 어때?"

테사가 한쪽 눈썹을 찡긋 했다.

"나도 정말 기뻤어. 근데 나, 여기 와도 되는 거 맞지?"

테사는 잠시 발끝을 내려다보았다. 그러다 다시 내 눈을 바라보았다. 뭔가 좀 달라 보였다, 더 자신감 생겼달까, 강해졌다고 해야 할까? 테사는 꼿꼿하게 서 있었고, 눈매는 날카롭고 정연했다. 분명 긴장한 것 같은데, 예전처럼 기죽어 보이지 않았다.

"당연하지. 네가 안 왔다면 아마 무지 열받았을 거야."

한 번 더 테사에게 미소를 지어 보였다. 둘 다 아무 것도 안 하고 서로 바라보며 웃기만 하고, 두 손을 어쩔 줄 몰라 하는 게 웃겼다.

"어떻게 지내? 자주 전화 못 해서 미안해. 정말 바빴거든…."

테사는 고개를 가로저었다.

"괜찮아, 졸업 준비하느라 바쁠 것 같았어. 취업 준비도 해야 했을 테고."

테사가 보일 듯 말 듯한 미소를 지었다.

"나도 잘 지냈어. 뉴욕 반경 50마일 안에 있는 대학에 전부 입학 신청을 했어."

"아직도 뉴욕에 가고 싶은 거야? 랜던이 이제 확실하진 않다고 하던데."

"아직은 그래. 가기 전에 최소한 한 군데라도 연락이 왔으면 좋겠어. 시애틀 캠퍼스로 전학 간 게 오점을 남겼나 봐. NYU 입학담당자가, 그 부분 때문에 뭔가 문제가 있거나 준비가 안 된 학생으로 보였다고 하더라. 한 군데라도 그렇게 여기지 않는 곳이 있길 바라는 중이야. 아니면, 커뮤니티 칼리지에서 수업을 들을까 해. 4년제로 편입할 수 있을 때까지."

테사가 한숨을 내쉬었다.

"간단한 질문이었는데, 내가 너무 장황하게 늘어놓았네."

테사가 웃으며 한 걸음 물러섰다. 손을 잡고 걸어오는 두 모녀에게 길을 내주기 위해서였다. 딸은 졸업 가운을 입었고, 엄마는 내내 흐느껴 우는 중이었다.

"졸업 후에 뭘 할지 결정했어?"

"음, 앞으로 몇 주 동안 몇 군데 면접 볼 거야."

"잘됐네."

"근데 이 근처는 한 군데도 없어."

내 말을 듣는 테사의 얼굴을 뚫어지게 쳐다보았다.

"이 근처?"

"여기 워싱턴 주."

"그럼 어디? 물어봐도 돼?"

테사는 침착하고 정중했다. 부드럽고 다정한 목소리였다. 나는 테사에게 한 발짝 다가섰다.

"한 군데는 시카고, 세 군데는 런던이야."

"런던?"

놀란 걸 억누르는 말투였다. 나는 고개를 끄덕였다.

테사에게 이 얘기는 하고 싶지 않았다. 하지만 나도 내 미래를 위해 모든 기회를 잡으려고 노력 중이다. 아마 런던으로 다시 돌아가진 않겠지만, 뭐든 시도는 해봐야 하니까.

"확신이 서지가 않았어. 어떻게 될지 모르잖아, 우리 사이."

나는 변명을 하려 했다.

"아냐, 이해해. 그냥 조금 놀랐을 뿐이야."

사실 나는 테사가 무슨 생각을 하는지 정확하게 읽을 수 있었다.

"요즘 엄마하고 조금씩 얘기하고 있어."

내 입에서 나온 말이지만 어색하게 들렸다. 2주 전까지만 해도 엄마 전화를 계속 피하고 있었다. 하지만 결국 전화를 받았다. 아직 엄마를 완전히 용서한 건 아니다. 그래도 엉망진창이 돼버린 일들에 분노하지 않으려 노력하는 중이다.

"하딘, 진짜 반가운 소리다."

테사의 찡그렸던 얼굴이 활짝 피어났다. 나를 향해 밝게 웃어주었다. 그 아름다움에 가슴이 아플 지경이다.

"어, 뭐, 좀 그렇지."

나는 어깨를 으쓱했다. 테사는 무슨 로또라도 맞았다는 소식을 들은 양 계속 싱글벙글했다.

"모든 게 다 잘 풀리고 있는 거 같아서 정말 기뻐. 앞으로는 좋은 일들만 가득할 거야."

무슨 말을 해야 할지 모르겠다. 나는 테사의 다정함이 너무도 그리웠다. 테사의 팔을 잡고 내 품으로 당겨 테사를 끌어안았다. 테사는 두 팔을 내 어깨에 얹고, 내 가슴에 머리를 기댔다. 분명 한숨 소리를 들은 것 같은데. 내가 뭘 잘못했나.

"하딘!"

누군가 나를 불렀다. 테사는 얼른 내게서 떨어졌다. 두 뺨은 붉게 상기되었고, 또 다시 긴장한 듯 보였다. 루크가 꽃다발을 들고 캐시와 함께 다가왔다.

"엿 같은 꽃다발 같은 건 안 들고 올 줄 알았는데."

이건 분명 여자친구 캐시의 아이디어겠지.

테사는 내 옆에 서서 눈을 동그랗게 뜨고 루크와 그 옆에 있는 갈색 숏컷을 한 여자를 쳐다보았다.

"네가 백합을 얼마나 좋아하는지 내가 뻔히 아는데."

루크가 시답지 않은 말을 하는 동안, 캐시는 테사에게 손을 흔들었다.

테사가 나를 쳐다보았다. 혼란스러운 듯했지만, 세상에서 가장 아름다운 미소만은 여전히 머금고 있었다.

"이렇게 만나게 돼서 정말 좋네요."

캐시는 테사의 허리춤을 두 팔로 안았다. 루크는 볼썽사나운 꽃다발은 내 가슴에 안겼다. 나는 손을 뒤로 빼 꽃다발이 바닥에 떨어지게 그냥 놔뒀다. 루크가 중얼거리며 욕을 했다. 기특해 어쩔 줄 모르는 부모들이 떼거리로 지나가며 꽃다발을 짓뭉개버렸다.

"나는 캐시라고 하고, 하딘 친구예요. 당신 얘기 진짜 많이 들었어요, 테사."

캐시가 테사에게 말했다. 테사가 미소를 짓는 바람에 내심 놀랐다. 나한테 구원의 눈초리를 보내며, 엉망이 된 꽃다발 얘기를 꺼낼 줄 알았는데.

"하딘이 꽃 같은 거 좋아하는 남자로 보였는데, 맞죠?"

캐시가 깔깔거리자, 테사도 따라 키득댔다.

"그러니까 온몸에 말도 안 되는 잎사귀들은 잔뜩 타투했겠죠."

테사가 의아한 표정을 지었다.

"잎사귀요?"

"엄밀히 말하면 잎사귀가 아니지. 쟤가 헛소리 하는 거야. 내가 최근 새 타투를 몇 개 했거든."

왜인지는 모르지만, 괜한 죄책감이 살짝 들었다.

"아."

테사가 억지로 웃어 보였지만, 확실히 그건 웃음이 아니었다.

"잘했네."

분위기가 갑자기 어색해졌다. 루크는 테사한테 새 타투가 아랫배를 가로질러 있다고 말해버렸다. 아, 진짜…, 녀석이 사고를 쳤다.

"내가 하지 말라고 했거든요. 우리 넷이 같이 나갔을 때, 캐시가 하딘

타투를 궁금해 하더라고요. 그러다 결국 캐시도 하나 하기로 했죠."

"넷이요?"

테사의 입에서 불쑥 말이 튀어나왔다. 테사의 얼굴에 후회의 낯빛이 역력했다.

나는 루크를 노려보았고, 동시에 캐시는 팔꿈치로 루크의 옆구리를 쿡 찔렀다.

"캐시 여동생이었어요."

루크는 말실수를 만회하려 애썼지만, 상황은 더 나빠져 갔다.

처음 루크와 어울리던 날, 저녁식사 자리에서 캐시를 만났다. 그 주말에 우리는 영화를 보러 갔고, 캐시가 여동생을 데리고 나왔다. 몇 번을 어울리고 나서, 나는 그 여자가 나한테 덤빌 기회를 노리고 있다는 걸 깨달았다. 그리고 두 사람에게 그 여자를 데리고 나오지 말라고 단단히 일렀다. 나는 아직도 테사가 돌아오기를 기다리는 중이다. 다른 유혹 같은 건 필요치도, 원치도 않는다.

"아."

테사는 루크에게 예의상 미소를 지어 보이더니 다른 쪽으로 시선을 돌렸다.

'제기랄, 이 시점에서 저런 표정을 보는 건 정말 싫은데.'

테사에게 루크와 캐시 얘기를 변명하기도 전에, 켄이 나타났다.

"하딘, 네가 인사드릴 분이 있단다."

루크와 캐시는 인사를 남기고 떠났고, 테사는 옆으로 한 걸음 물러섰다. 테사에게 손을 뻗었지만 테사는 내 손을 뿌리쳤다.

"화장실에 좀 다녀올게."

테사는 미소를 지으며 아버지에게 간단히 인사를 하고는 가버렸다.

"이쪽은 크리스라는 분이야. 시카고에 있는 가버 출판사 대표님이시다. 너하고 이야기 나누고 싶어서 여기 오셨어."

켄은 활짝 웃으며 남자의 어깨를 잡았다. 나는 인파들 사이에서 테사를 찾고 있었다.

"네, 감사합니다."

소개 받은 키 작은 남자와 악수를 했다. 남자는 마구 수다를 늘어놓았다. 켄이 왜 이 남자를 여기까지 데려온 건가 싶었다. 한편으로는 테사가 화장실을 못 찾을까 봐 걱정이 되었다. 그 사이 남자가 한 제안을 반쯤 알아들었던 것 같다.

화장실이란 화장실을 다 뒤져보고, 테사에게 두 번이나 전화를 하고 나서야 알았다.

테사는 작별 인사도 없이 가버렸다.

28 · 테사
9월

랜던의 아파트는 작았다. 옷장을 놓을 만한 공간도 거의 없었는데, 랜던에겐 별 문제가 아니었나 보다. 매번 랜던에게 여기는 내 공간이 아닌 랜던의 아파트라는 걸 주지시켰다. 그럴 때마다 랜던은 이곳은 내가 지금 살고 있으니 내 아파트이기도 하다고 강조했다.

"확실히 괜찮은 거지? 소피아가 불편하면 주말 동안엔 자기 집에 와 있어도 된댔어."

랜던은 잘 개놓은 수건을 수납장에 착착 챙겨 넣으며 말했다. 저 수납장을 랜던은 옷장이라 부른다.

주말을 생각하면 불안하고 초조했다. 긴장감을 숨기며 고개를 끄덕였다.

"정말 괜찮아. 어차피 주말 내내 일만 해야 하는걸."

9월의 두 번째 금요일이다. 하딘이 탄 비행기가 곧 도착할 예정이었다. 하딘이 왜 오는 건지 묻지 않았다. 물을 수도 없었지만. 랜던이 쭈뼛거리며 하딘이 여기서 묵고 싶어 한다는 얘기를 꺼냈다. 나는 억지로 웃으며 고개를 끄덕일 수밖에 없었다.

"공항에서 택시 탔대. 1시간 뒤면 여기 도착할 거야, 차가 아무리 막혀도."

랜던은 턱을 문지르다 두 손에 얼굴을 파묻었다.

"뭔가 잘 안 풀릴 것 같은 예감이 들어. 오지 말라고 할걸 그랬나."

나는 랜던의 얼굴에서 손을 떼어냈다.

"괜찮아. 꼬맹이 하딘 스캇 쯤은 알아서 처리할 수 있어."

짓궂게 말했다. 사실 나도 긴장이 된다. 그래도 바로 한 블록 아래 소피아네 집이 있고, 할 일도 많으니 이 주말을 어떻게든 버틸 수 있을 거다.

"정작 하딘이랑 같이 있어야 하는 게 누군데? 나도 어떻게 해야 할지 모르겠단 말야…."

랜던은 금방이라도 울 듯한 표정이었다.

"괜찮아, 걔도 와서 일한다잖아."

소파 위 잘 마른 빨래 더미에서 앞치마를 집어 들었다. 랜던과 함께

사는 건 편했다. 요즘 랜던의 연애사가 문제긴 하지만. 랜던은 깔끔했고, 그런 측면에선 우리는 죽이 잘 맞았다.

우리 둘의 우정은 금세 제자리를 찾았다. 4주 전 이곳에 왔을 때부터 지금까지, 어색한 상황은 한 번도 없었다. 여름 내내 나는 엄마와 엄마 애인인 데이비드, 그의 딸인 헤더와 함께 보냈다. 그리고 랜던이랑 이사 계획을 짜느라 며칠을 보냈다. 마치 6월 어느 밤에 잠들었다가 깨어 보니 9월이 된 것 같았다. 시간은 너무 빨리 지나갔다. 그 사이 나는 오랫동안 하딘을 생각했다. 데이비드가 6월에 일주일 동안 별장을 빌렸다. 우리는 스캇 씨 별장에서 채 5마일도 떨어지지 않은 곳에서 휴가를 보냈다. 돌아다니다가 우리가 술을 마셨던 작은 바도 보았다.

그때와 같은 그 거리를, 이번에는 데이비드의 딸과 함께 걸었다. 헤더는 가는 곳마다 길가에 핀 꽃을 꺾어 나에게 주었다. 그 레스토랑에도 갔었다. 기가 막히게도 웨이터인 로버트를 다시 만났다. 로버트도 곧 뉴욕에 있는 의대로 간다는 이야기를 듣고 엄청 놀랐다. 애초에 가려던 시애틀의 대학보다 NYU에서 훨씬 더 많은 장학금을 받게 됐단다. 그래서 그리로 가기로 결정했다고 했다. 우리는 전화번호를 교환했고, 여름 내내 문자메시지를 주고받았다. 그도 비슷한 시기에 뉴욕으로 왔다. 로버트가 일주일쯤 먼저 왔나? 그리고 지금은 같은 곳에서 아르바이트를 한다. 로버트는 학기가 시작할 때까지 나만큼 많이 아르바이트를 했다. 나는 불행히도, 가을 학기에 NYU에 들어가는 건 너무 늦었다.

켄 씨는 다른 학교를 알아보기 전에 적어도 내년 봄 학기까지는 기다려 보라고 조언해주었다. 다시는 이랬다저랬다 하지 말라는 충고와 함께. 그래 봤자 내 이력에 흙탕물만 더하는 꼴이라 했다. NYU는 그런 걸 굉장히 까다롭게 본다고. 잠시 쉬는 것도 괜찮았다. 따라가려면 더 열심히 공부해야겠지만. 나는 지금 열심히 일하면서 이 정신 없고 신기한 도시를 경험하는 중이다.

졸업식장에서 작별 인사도 없이 하딘이 가버리고 난 다음, 하딘과 나는 겨우 몇 번 연락을 주고받았다. 하딘은 이곳저곳에서 문자메시지를 몇 번 보냈고, 이메일도 몇 통 보냈다. 어색하고 딱딱하고 틀에 박힌 내용이었다. 나는 그중 몇 개에만 답장을 보냈다.

"이번 주말에 별 계획이 없어?"

앞치마 끈을 허리에 묶으며 랜던에게 물었다.

"내가 아는 한은. 하딘은 그냥 여기서 잠만 잘 건가 봐. 그리고 월요일 오후에 간댔어."

"알았어. 난 오늘 더블로 일하는 날이야. 그러니까 기다리지 마. 새벽 2시 전에는 집에 못 올 거야."

랜던이 한숨을 내쉬었다.

"테사, 너무 일 많이 안 했으면 좋겠어. 생활비 안 내도 된다니까. 나 장학금도 많이 받고, 켄도 꽤 지원해 주잖아."

랜던에게 최고로 다정한 미소를 지어 보였다. 나는 머리를 뒤로 넘겨 하나로 묶었다. 그리고 검정색 버튼 업 셔츠를 입었다. 이 유니폼에서 가장 마음에 들지 않는 건 형광 녹색의 타이였다. 이걸 맨 모습에 익숙해지기까지 2주나 걸렸다. 나는 소피아에게 감사했다. 종업원들이 매는 타이 색깔쯤은 아무도 눈여겨보지 않는 이 고급 레스토랑에 자리를 마련해 줬으니까. 소피아는 이곳, 룩아웃의 디저트 파트 수석 셰프였다. 룩아웃은 맨해튼에 새로 오픈한 최고급 레스토랑이다. 나는 소피아와 랜던의… 우정에는 상관하지 않고 있다. 소피아의 룸메이트들은 만난 다음엔 더욱. 룸메이트 중 한 사람은 내가 아는 사람이었다. 랜던과 나는 '참 세상 좁다'는 걸 새삼 실감하는 중이다.

"일 끝나면 문자메시지 보내줄 거지?"

랜던은 열쇠를 집어 건네주었다. 하딘이 오는 게 진짜 아무렇지도 않다는 걸 랜던에게 한 번 더 다짐하듯 말하고는 집을 나섰다.

20분쯤 걸어 출근하는 건 나쁘지 않았다. 가끔 바쁘게 움직이는 사람들 틈에서 길을 잃기도 하지만, 이 엄청나게 큰 도시에서 나는 아직도 길을 익히는 중이다. 이곳 분위기와 어쩐지 잘 맞는 것 같다는 느낌이 든다. 첫 주에는 도로의 소음, 끊임없는 사람들이 말소리, 사이렌 소리, 경적 소리 때문에 내내 긴장했다. 하지만 지금은 나도 이 거대한 소음 속에 섞여 있는 듯하다.

뉴요커를 구경하는 건 지금껏 해보지 못했던 경험이다. 모두들 꽤 중요하고 공적인 일을 하는 사람들 같았다. 나는 그 사람들의 경력을 짐작해보곤 했다. 어디 출신이며, 왜 이곳에 왔는지 같은. 내가 이곳에 얼마나 머물지에 대한 계획은 없다. 계속 여기서 살지는 알 수 없지만, 지금은 이곳이 좋다. 그럼에도 그가 보고 싶다, 너무 많이.

그만하자. 이런 생각은 그만해야 한다. 난 지금 행복하다. 그리고 그는 이제 자신만의 삶을 꾸렸고, 그 안에는 내가 없다. 그래도 괜찮다. 그가 행복하길 바랄 뿐이니까, 그게 전부다. 졸업식에서 그가 새 친구들과 함께 있는 모습을 본 건 정말 좋았다. 그는 차분하고…, 행복해 보였다. 그 모습이 좋았다.

내가 화장실에 오래 있긴 했지만, 돌아와 보니 하딘은 먼저 가버렸다. 그게 싫었을 뿐. 하필 휴대전화를 화장실 세면대에 두고 왔다. 퍼뜩생각나서 화장실에 가봤지만, 휴대전화는 이미 사라졌다. 30분을 넘게전화기를 찾아 헤맸다. 그러다 쓰레기통에 버려진 전화기를 발견했다.누가 가져갔다가 자기 것이 아닌 걸 알고 버린 모양이었다. 전화기 배터리는 방전돼 있었다. 하딘과 함께 있던 곳으로 가봤지만, 그는 이미가버린 후였다. 켄 씨가 하딘은 친구들과 가버렸다고 했다. 그때 뭔가알 것 같았다. 끝난 거다. 우리는 완전히 끝난 거다.

하딘이 내게 다시 돌아오기를 바랐냐고? 물론이다. 하지만 하딘은돌아오지 않았다. 그렇다고 평생 그가 돌아오기를 바라며 살 순 없는노릇이다.

이번 주말, 일부러 추가 근무를 잡았다. 최대한 바쁘게 지내고, 아파트에 머무는 시간을 최소화하고 싶었다. 소피아와 룸메이트들 사이에서 언쟁의 빌미가 되고 싶진 않으니, 그 집에 가는 건 최대한 피하려 한다. 하지만 하딘과 만나 너무 어색해지면 싫어도 가야겠지. 소피아와는 꽤 가까워졌지만, 사생활을 시시콜콜 공유하지는 않으려 애썼다.랜던과의 우정이 먼저라 나는 이미 심적으로 랜던 편이었다. 그러니소피아의 사생활을 속속들이 듣고 싶지 않았다. 행여라도 그녀가 랜던과의 섹스 이야기를 꺼내기라도 한다면 난감해질 테니 말이다. 다정하고 내성적이던 트레버가 사무실에서 벌인 일은 생각만 해도 몸서리가쳐졌다.

룩아웃을 두 블록 쯤 남기고, 시간을 확인하려 휴대전화를 내려다보았다. 그러다 로버트와 정통으로 부딪힐 뻔했다. 로버트는 충돌하기 직전 나를 붙들어 세웠다.

"룩아웃!"('조심해'라는 뜻으로, 가게 이름인 '룩아웃'을 이용한 말장난 – 옮긴이)

내가 끙 소리를 내자, 로버트가 킥킥거렸다.

로버트는 자신의 형광색 타이를 우스꽝스럽게 고쳐 맸다.

타이는 나보다 로버트에게 훨씬 잘 어울렸다. 헝클어진 듯 멋스럽게 만진 그의 금발 덕분인 듯도 했다. 그의 모습에서 하딘이 떠올랐지만, 아무 말도 하지 않았다. 우리는 수군대며 로버트에게 미소를 건네는 한 무리의 10대 소녀들 틈을 지나왔다. 걔들을 탓할 순 없다. 로버트가 잘생기긴 했으니까.

"그 사람, 오늘 오죠?"

로버트는 나를 위해 출입문을 잡아주었다. 나는 어두컴컴한 레스토랑 안으로 들어갔다. 룩아웃의 실내는 꽤 어두워서, 화창한 오후 이곳에 들어설 때마다 어둠에 익숙해지는 데 시간이 걸렸다. 심지어 지금은 정오도 채 되지 않았으니 더욱 그랬다. 로버트를 따라 휴게실로 향했다. 나는 핸드백을 작은 로커에 넣었고, 로버트는 맨 꼭대기 칸에 휴대전화를 두었다.

"맞아요."

로커 문을 닫고 그 앞에 기댔다. 로버트는 내 팔꿈치를 만져주었다.

"나한테 그 사람 얘기해도 괜찮아요. 그 사람이 좋은 건 아니지만, 당신 얘기니까 들어줄 수 있어요."

"알아요."

나는 한숨을 내쉬었다.

"근데 닫아놓은 상자를 다시 여는 건 좋은 생각 같지 않아요. 오래 닫아놨거든요."

그럴싸하게 들리기를 바라며 싱긋 웃었다. 내가 앞장서서 휴게실을 나왔고, 로버트가 뒤따라 나왔다.

로버트는 미소를 지으며 벽에 걸린 시계를 올려다보았다. 짙은 파란색 숫자판에 전체적으로 붉게 빛나는 시계다. 복도에 걸린 저 시계를 보고 시간을 알 수 있을까? 아닐 것 같다. 복도는 레스토랑에서도 가장 어두운 곳이었다. 밝은 곳은 부엌과 휴게실이 유일했다.

근무는 평소처럼 시작됐다. 시간은 금방 지나갔다. 점심 손님이 나가고, 저녁 손님이 밀려들기 시작했다. 5분 넘게 하딘에 대한 걸 잊어버리고 일할 수 있는 경지에 이르렀다. 그때, 로버트가 걱정스러운 표정으로 다가왔다.

"랜던이랑 하딘이 여기 왔어요."

로버트는 두 손으로 앞치마 끝단을 꼭 잡고 있었다. 그러다 앞치마를 들어 이마를 닦았다.

"당신 담당 구역이 어딘지 물어보더라고요."

그럴 수도 있을 거라 생각했기 때문에 별로 놀라진 않았다. 로버트에게 고개를 끄덕여 주고, 홀로 나가 랜던을 찾았다. 나는 오로지 랜던과 그의 격자무늬 셔츠를 찾는 데만 집중했다, 하딘은 아니다. 잔뜩 긴장해서 홀 안을 둘러보았다. 손님 얼굴을 하나하나 확인했지만, 랜던이 아니었다.

"테스."

손 하나가 내 팔에 닿았다. 나는 깜짝 놀라 뒤로 물러섰다.

그 목소리다. 깊고 아름답고 특유의 억양이 있는, 몇 달이나 내 머릿속에 맴돌던 그 목소리.

"테사?"

하딘은 한 번 더 나를 건드렸다. 이번에는 내 손목을 붙잡았다. 익숙한 느낌이다.

하딘을 마주하고 싶지 않았다. 아니, 그러고 싶었다. 하지만 겁이 났다. 그를 보기가 겁났다. 내 마음속에 영원히 각인된 그 얼굴을 다시 보기가 겁났다. 변하지도, 흐릿해지지도 않을 그 얼굴. 뚱하고 찡그린 듯한 표정의 그 얼굴은 언제나 생생하게 남아 있을 거다. 하딘을 처음 만났던 바로 그때처럼.

아득했던 정신을 얼른 다잡았다. 그 짧은 순간에도 열심히 머리를 굴렸다. 하딘에게 시선이 가기 전에 랜던에게 시선을 고정해 보기로. 하지만 그게 다 무슨 소용이야?

매혹적인 초록색 눈동자를 피하는 건 불가능한 일인걸.

하딘이 나를 향해 미소를 지었다. 나는 잠시 동안 말 없이 그 자리에 서 있었다. 정신을 차려야 한다.

"안녕."

하딘이 먼저 입을 열었다.

"안녕."

"하딘이 여기 오고 싶대서."

랜던의 목소리가 들렸다. 하지만 눈길은 여전히 하딘을 향해 있었다. 하딘은 나를 빤히 쳐다보았다. 아직도 내 손목을 잡고 있었다. 손목을 빼야 한다. 방망이질 치기 시작한 심장이 걷잡을 수 없게 되기 전에 말이다.

"바쁘면 여기서 저녁 안 먹어도 괜찮아."

랜던이 덧붙였다.

"아냐, 괜찮아. 진짜야."

그에게 대답했다. 랜던이 무슨 생각을 하는지는 잘 안다. 랜던은 미안한 거다. 그리고 걱정하는 거다. 하딘을 여기 데려온 게 새로 태어난 테사를 망칠까 봐. 잘 웃고 우스갯소리도 잘하는 테사. 주관이 뚜렷해진 새로운 모습의 테사 말이다. 하지만 그럴 일은 없을 거다. 나는 완전히 침착하고 냉정하게 나를 통제할 수 있으니까.

하딘이 잡고 있던 손목을 담담하게 뿌리치고, 선반에서 메뉴 두 개를 집었다. 영문을 모르는 가게 주인 켈시를 향해 나는 살짝 고개를 끄덕였다. 내가 이 두 사람을 테이블로 안내하겠다는 뜻이었다.

"여기서 얼마나 일했어?"

하딘이 테이블로 가며 물었다. 하딘은 늘 그렇듯 똑같은 차림이었다. 블랙 티셔츠에, 똑같은 부츠, 똑같은 타이트한 블랙진. 블랙진은 무릎이 살짝 찢어져 있었다. 엄마 집을 떠나온 게 얼마나 됐는지 헤아려보았다. 엄청 오래 된 것 같은 기분이 들었다. 심지어 몇 년쯤 지난 것도 같다.

"이제 3주 됐어."

내가 대답했다.

"오늘 12시부터 여기서 일했다며?"

고개를 끄덕였다. 나는 벽 쪽에 있는 좌석을 권했다. 하딘이 한쪽에 앉자, 랜던은 그 맞은편에 앉았다.

"언제 벗는데?"

'벗냐고? 무슨 암시라도 하는 거야?'

아무 대답도 할 수 없었다.

'하딘이 그래 주길 원하는 거야?'

그것도 대답할 수 없었다.

"가게는 1시에 문을 닫아. 그러니까 일 다 마치고 집에 가면 보통 2시쯤."

"새벽 2시?"

하딘의 입이 떡 벌어졌다.

나는 두 사람 앞에 메뉴판을 놓아주었다. 하딘은 다시 한 번 내 손목을 잡았다. 왜 그러는지 모르는 척하며, 나는 손목을 뺐다.

"응, 새벽. 테사는 거의 매일 그렇게 일해."

랜던이 대신 대답했다.

나는 랜던을 노려보았다. 랜던이 더 이상 아무 말도 하지 않기를 바랐다. 한편으로는 왜 그런 기분이 들었는지 궁금했다. 내가 여기서 몇 시간을 일하든 하딘한테 그게 뭐 중요한 일이라고.

그 후 하딘은 별 말을 하지 않았다. 그리고 양고기 라비올리를 가리켰다. 물도 한 병 주문했다. 랜던은 늘 먹던 걸 주문했다. 그러고는 소피아가 바쁜지 물어봤다. 필요 이상으로 '미안하다'는 속내가 담긴 미소를 지으면서.

그 다음에 담당한 테이블 때문에 바빠졌다. 술에 취한 여자 손님이 뭘 먹을지 못 정하고 있었다. 여자의 남편은 휴대전화에 정신이 팔려 있었다. 술 취한 손님이 음식을 세 번이나 물렀을 때도 오히려 고마웠다. 랜던과 하딘 테이블을 딱 두 번 들르게 해줬으니 말이다. 물을 채워 주러 한 번, 그릇 치워주러 또 한 번.

소피아는 소피아답게, 두 사람 식사비를 계산해줬다. 하딘은 하딘답 게, 말도 안 될 만큼의 팁을 두고 갔다. 나 역시 나답게, 하딘에게 돌려 주라고 랜던의 손에 그 팁을 쥐어줬다.

29 · 하딘

뭔가 딱딱한 게 밟혔다. 욕이 나왔지만, 큰 소리를 내진 않았다. 아파 트 곳곳에서 누군가 듣고 있을 것만 같았다. 창문이 거의 없는 이 아파 트는 너무 깜깜해서 아무 것도 안 보였다. 나는 코딱지만 한 욕실에서 소파로 돌아가는 길을 기억해 내려 애쓰고 있었다. 레스토랑에서 주는 족족 물을 다 마신 건 혹시나 테사가 물 잔을 채워주려 자주 오지 않을 까 하는 희망 때문이었다. 하지만 그 희망은 무참히 깨졌다. 다른 웨이 터가 몇 차례나 물을 채워주는 바람에 밤새도록 화장실을 들락거리고 있다.

옷장 같은 테사 방은 여전히 텅 비어 있는데, 나는 소파에서 설핏 잠 이 들었다 깼다. 미칠 것 같았다. 밤중에 테사 혼자 집에 걸어온다고 생 각하니 너무 싫었다. 랜던에게 한참을 투덜거렸다. 테사한테 저 좁은 공간을 방이라고 주다니. 랜던은 테사가 아무 것도 바꾸지 못하게 했 다고 항변했다.

이해가 안 된다. 테사가 여전히 고집불통인 건 그리 놀랍지도 않았 다. 놀라운 건 테사가 새벽 2시까지 일하고, 혼자 집에 걸어온다는 사실이다.

더 빨리 판단했어야 했다. 그 건물 밖에서 기다렸다가 테사를 데리고 왔어야 했다. 휴대전화를 집어 시각을 확인했다. 이제 겨우 새벽 1시다. 택시를 타면 거기까지 5분도 채 안 걸릴 거다. 그런데 금요일 밤이라 택시를 잡기 어려울지도 모른다.

다행히도 15분 후, 나는 테사가 일하는 건물 밖에서 테사를 기다리고 있었다. 문자메시지를 보내야겠지만, 관두기로 했다. 행여나 거절할지도 모르니까. 벌써 이 앞에 와 있는데.

거리를 돌아다니는 사람들은 대부분 남자들이었다. 이렇게 늦은 시간에 테사 혼자 일터에서 집으로 돌아간다고 생각하니 불안감이 점점 커졌다. 그러는 사이 어디선가 웃음소리가 들렸다. 테사의 웃음소리다.

레스토랑 문이 열리고, 테사가 나왔다. 테사는 손으로 입을 막고 깔깔거리며 웃고 있었다. 곁에 있던 남자가 문을 잡아주었다. 저 남자, 어딘지 낯이 익다….

'대체 누구야?'

분명 전에 본 적 있는 것 같은데, 기억이 나지 않는다.

아, 그 웨이터다. 별장 근처에 있던 레스토랑의 웨이터.

'어떻게 이런 일이? 저 남자는 여기에서 뭐 하는 거야?'

테사가 남자에게 살짝 몸을 기댔다. 여전히 만면에 웃음이 가득하다. 나는 어둠 속에서 앞으로 나갔다. 바로 테사와 눈이 마주쳤다.

"하딘? 여기서 뭐해?"

테사는 소리를 꽥 질렀다.

"깜짝 놀랐잖아!"

나는 남자를 쳐다보고, 테사를 보았다. 몇 달이나 화를 가라앉히는 걸 익혔다. 몇 달이나 감정을 제어하는 걸 닥터 트랜이랑 연습해 왔다. 그럼에도 준비가 안 된 듯했다. 아마 이런 일에는 그럴 수밖에 없을 거다. 테사에게 남자친구가 생겼을지도 모른다는 생각을 아주 잠깐 했었다. 그래도 실제로 맞닥뜨릴 거라고는 꿈에도 생각 못 했다.

최대한 태연해 보이려고 어깨를 으쓱했다.

"집에 같이 가려고."

테사와 남자가 서로를 쳐다보았다. 남자는 고개를 까닥하고는 어깨를 으쓱했다.

"집에 도착하면 메시지 보내요."

남자는 테사의 손을 쓰다듬더니 자리를 떴다.

테사는 남자가 가는 걸 물끄러미 쳐다보았다. 그러다가 나를 향해 마뜩찮은 미소를 지었다.

"택시 잡을게."

부글거리는 속을 억지로 가라앉히는 중이었다. 나는 무슨 생각을 했던 거지? 테사가 아직도 자기만의 시간을 가질 거라 생각했던 건가? 그래, 그랬던 거 같다.

"난 보통 걸어가."

"걸어간다고? 혼자서?"

두 번째 질문을 하자마자 후회했다.

"저 남자가 데려다주는구나."

테사가 인상을 썼다.

"일이 같이 끝났을 때만 그래."

"얼마나 오래 사귄 건데?"

"뭐라고?"

테사는 걸음을 멈췄다. 막 모퉁이를 돌던 참이었다.

"우리 사귀는 거 아니야."

테사가 미간을 찌푸렸다.

"그런 거 같던데."

나는 어깨를 움츠렸다. 최선을 다해 삐치지 않은 척하는 중이다.

"사귀는 거 아니야. 같이 일하기는 하지만."

테사를 쳐다보았다. 진심으로 하는 말인지 알아내야 한다.

"그 남자는 아닌 거 같던데. 네 손 만지는 거 보니까."

"글쎄, 나는 아니야. 아직은."

길을 건너며 테사는 발끝을 쳐다보고 있었다. 아까처럼 사람이 많지는 않았다. 그래도 길이 텅 비려면 아직 멀었다.

"아직은 아니라고? 그럼 아무하고도 안 사귀었어?"

듣고 싶은 대답이 나오길 간절히 바라는 중이었다.

"그동안 누굴 사귀고 싶진 않았어."

나를 보는 테사의 시선이 느껴졌다.

"너는? 사귀는 사람 있어?"

테사가 사귀는 사람 없다는 걸 알고 나니 안심이 되었다. 테사를 보며 싱긋 웃었다.

"아니, 난 아무도 사귀지 않아."

내 농담을 테사가 알아차려 주길 바랐다. 이윽고 테사도 싱긋 웃었다.

"전에도 들어본 적 있는 말 같은데."

테사는 웃었지만, 더 이상 아무 말도 하지 않았다. 우리는 묵묵히 걸었다. 늦은 시간에 집까지 걸어가는 것에 대해 테사와 얘기해보고 싶었다. 나는 그동안 테사가 이곳에서 어떻게 자기 삶을 꾸려가고 있는지 상상하며 보냈다. 식당에서 하루 종일 일하고, 깜깜한 뉴욕의 밤거리를 걸어 집에 간다니, 이건 단 한 번도 생각해본 적 없는 상황이다.

"왜 레스토랑에서 일하는 거야?"

"소피아가 일자리를 소개해줬어. 꽤 괜찮은 데야. 네가 생각하는 것보다 돈도 많이 줘."

"반스 출판사에서 일하는 거보다 더 많이 벌어?"

답은 알고 있었지만 그냥 물었다.

"그런 건 중요하지 않아. 나름 난 바쁘게 지내거든."

"크리스찬이 그러더라. 네가 추천장 같은 것도 부탁하지 않았다고. 너도 알잖아. 크리스찬이 여기에 지사를 내려고 계획 중이라는 거."

테사의 시선이 또 다시 길바닥을 향했다. 차가 지나가는 것도 신경 안 쓰는 듯했다.

"알아, 근데 난 스스로 뭔가를 해보고 싶었어. 지금 내가 하는 일을 좋아해. NYU에 들어갈 때까지는 계속 할 거야."

"너 아직 NYU에 못 들어간 거야?"

놀란 걸 숨길 틈도 없이 소리를 지르고 말았다.

'왜 나한테 아무도 이런 말을 안 해준 거야?'

랜던에게 테사가 어떻게 지내는지 소식을 들었다. 그런데 녀석이 중요한 건 하나도 안 알려준 게 분명했다.

"응, 아직. 봄 학기엔 들어갈 수 있길 바라고 있어."

테사는 가방을 뒤적거리더니 열쇠 뭉치를 꺼냈다.

"내가 지원하려고 했을 땐 마감 기한이 다 지났었어."

"그래도 괜찮은 거야?"

테사 목소리가 너무 차분해서 오히려 내가 놀랐다.

"그럼, 나 겨우 스무 살인걸. 다 잘 될 거야."

테사는 어깨를 한 번 으쓱했다. 심장이 멎는 줄 알았다.

"최고의 상황은 아니지만, 만회할 시간은 충분하잖아. 수업을 두 배로 들을 수도 있고. 어쩌면 너처럼 조기 졸업을 할 수도 있을 거야."

이 상황에서 뭐라고 말해야 할지 모르겠다…. 차분하고 허둥거리지 않는 테사, 꽉 짜여진 계획이 없는 테사를 보고 있는 이 상황. 하지만 그런 테사와 함께 있어서 더 행복했다.

"그래, 아마 넌 할 수…."

말을 채 끝내기도 전에 웬 남자가 우리 앞에 불쑥 나타났다. 얼굴은 더럽고, 구레나룻이 덥수룩했다. 본능적으로 나는 테사 앞을 가로막았다.

"안녕, 아가씨."

남자가 먼저 말했다.

나는 얼른 방어 태세를 취했다. 허리를 꼿꼿이 세우고 남자가 도발하기를 기다렸다.

"안녕, 조. 오늘 밤은 어땠어요?"

테사는 가만히 나를 쿡 찌르고는 가방에서 작은 종이 가방을 꺼냈다.

"잘 지냈다오, 달링."

남자는 씩 웃더니 가방을 받아들었다.

"오늘은 뭘 가져오셨나?"

나는 살짝 뒤로 물러섰다.

"감자튀김 조금하고, 당신이 좋아하는 미니 버거 몇 개 챙겨왔어요."

테사가 싱긋 웃었다. 남자는 활짝 웃으며 종이 가방을 열어 코를 박고 냄새를 맡았다.

"나한테 너무 잘해주시는구려."

남자는 꼬질꼬질한 손을 넣어 감자튀김을 한 주먹 꺼내 입에 쑤셔넣었다.

"좀 드실라우?"

남자는 먹는 걸 멈추고 우리를 번갈아 쳐다보았다.

"아니에요."

테사가 손사래를 치며 키득거렸다.

"저녁 맛있게 드세요, 조. 내일 봬요."

테사는 모퉁이를 돌며 나더러 따라오라는 손짓을 했다. 테사가 랜던 아파트 건물의 비밀번호를 찍었다.

"저런 남자는 어떻게 알게 된 거야?"

테사는 로비에 죽 달려 있는 우편함 앞에서 멈췄다. 그리고 열쇠 중 하나로 우편함을 열었다. 나는 테사의 대답을 기다렸다.

"거기 사는 분이야, 모퉁이에. 매일 밤 거기 있더라고. 그래서 남는 음식 있으면, 그분에게 가져다드려."

"위험한 거 아니지?"

텅 빈 복도를 걸어가며 나는 주변을 두리번거렸다.

"누구한테 음식 주는 거?"

테사가 웃음을 터뜨렸다.

"나 옛날만큼 연약한 사람 아니야."

조금도 감정이 상하지 않은 듯, 테사의 미소에는 진심이 담겨 있었다. 나는 할 말이 없었다.

아파트로 들어가자 테사는 신발을 벗고 타이를 풀었다. 자꾸만 테사의 몸으로 가는 눈길을 돌리려 애썼다. 최선을 다해 시선은 테사의 얼굴에, 머리카락에, 귀에 두려 했다. 테사가 검정 셔츠의 단추를 풀자, 속에 입은 탱크톱이 드러났다. 그 모습에 정신이 팔렸다. 테사의 몸은 여전히 완벽했다. 힙의 곡선은 내가 매일 꿈에 그리던 바로 그것이었다.

테사는 부엌으로 들어가 어깨 너머로 말했다.

"난 자러 갈 거야. 내일도 일찍부터 일해야 하거든."

나는 테사에게 다가가, 물 한 잔을 다 마실 때까지 기다렸다.

"내일도 일해?"

"응, 하루 종일."

"왜?"

테사가 한숨을 내쉬었다.

"글쎄, 공과금 낼 돈은 벌어야 하니까."

저건 거짓말이다.

"그리고?"

내가 더 밀어붙였다. 테사는 잠깐 동안 카운터 테이블을 손으로 닦았다.

"그리고, 아마도 너를 피하려고 그러는 거겠지."

"충분히 피했잖아. 안 그래?"

나는 테사를 향해 한쪽 눈썹을 찡긋 올렸다. 테사가 침을 꿀꺽 삼켰다.

"내가 널 피했던 건 아냐. 네가 나한테 연락을 안 했던 거지."

"네가 날 피하니까 그랬던 거지."

테사는 나를 지나치며, 하나로 묶은 머리를 풀었다.

"뭐라고 할 말이 없었어. 꽤 마음이 상했거든. 졸업식에서 네가 그냥 가버렸잖아, 그래서…."

"네가 먼저 가버렸잖아. 난 아니야."

"뭐라고?"

테사가 멈춰 서서 뒤로 돌았다.

"네가 그냥 가버렸잖아. 난 널 30분이나 찾아다녔다고."

테사는 성이 난 것 같았다.

"나도 널 찾았어. 진짜야. 절대 그냥 가버린 거 아니야."

"좋아. 그 부분에 대해선 우리 기억이 서로 다른 거 같네. 지금 그거 가지고 언쟁할 필요는 없지."

테사가 조금 누그러진 듯했다. 내 말에 테사도 동의하는 거다.

"그래, 네 말이 맞아."

테사는 빈 잔에 다시 물을 채웠다. 그러고는 한 모금 마셨다.

"우릴 봐. 이젠 싸우지도 않고, 헛짓거리도 안 하잖아."

내가 짓궂게 말했다. 테사는 카운터 테이블에 팔꿈치로 기대 섰다.

"헛짓거리?"

테사는 미소를 지으며 내 말을 따라했다.

"헛짓거리."

우리는 서로를 바라보며 웃음을 터뜨렸다.

"생각보다 어색하진 않네."

테사는 앞치마를 풀며 말했다. 매듭이 단단히 묶인 모양이다.

"도와줘?"

"아냐."

테사는 금세 대답하고는 다시 매듭과 씨름을 했다.

몇 분을 더 낑낑거리다, 테사는 투덜대며 내 쪽으로 돌아섰다. 내가 매듭을 푸는 동안 테사는 팁으로 받은 돈을 카운터 테이블 위에 꺼내 세었다.

"왜 인턴십 자리는 안 알아봐? 웨이트리스를 하기엔 너무 아깝잖아."

"식당에서 일하는 게 뭐 어때서. 이건 내 최종 목표도 아닌걸. 그리고…."

"그리고 크리스찬한테 도와달라고 말하기 싫어서잖아."

테사의 눈이 동그래졌다. 나는 머리카락을 뒤로 넘기며 고개를 가로저었다.

"꼭 내가 널 모르는 것처럼 군다, 테스."

"딱히 그 때문만은 아니야. 이 일이 내 거라는 게 좋아서 그래. 크리스찬이 여기서 나한테 인턴십을 주려면 몇 가지 골치 아픈 제한사항을 감수해야 해. 나도 몇 달 동안은 학교 수업에 열중할 수 없을 거고."

"소피아가 직장 구하는 걸 도와주기도 했고."

정곡을 찔렀다. 신랄하게 굴려던 건 아니었다. 난 그저 테사가 진실을 털어놓기를 바랄 뿐이었다.

"네가 진짜로 원하는 게 그거잖아. 뭐든 나하고 엮이지 않는 거. 내 말이 틀려?"

테사가 몇 차례 심호흡을 했다. 테사는 나를 쳐다보지 않았다.

"그래, 맞아."

우리는 아무 말 없이 가만히 서 있었다. 이 좁은 부엌에서 우리는 너무 가까이 있었지만, 너무 멀리 있기도 했다. 잠시 후, 테사는 앞치마와 물 잔을 쥐고 똑바로 섰다.

"나, 자러 가야 해. 내일 하루 종일 일해야 하거든. 시간도 너무 늦었고."

"내일 스케줄 취소해."

강하게 말하고 싶었지만, 담담하게 말했다.

"취소 못 해."

테사가 또 거짓말을 한다.

"아냐, 할 수 있어."

"하루도 빠진 적 없어."

"일한 지 3주나 됐고, 하루도 안 빠졌다며. 뉴욕에서는 토요일에 다 그렇게 해. 일에서 빠져나와 더 좋은 사람들이랑 시간을 보낸다고."

테사의 입가에 장난스러운 미소가 일었다.

"그럼 네가 더 좋은 사람이라는 거야?"

"당연하지."

나는 의기양양하게 상체를 내밀었다.

테사는 잠시 나를 쳐다보았다. 진짜 하루 빠질까 생각하는 거다. 하지만 결국 테사의 대답은 이거였다.

"안 돼, 그렇게는 못 해. 미안해. 대체할 사람도 없는데 무턱대고 빠질 순 없어. 형편없는 사람처럼 보일 거야. 난 이 일이 필요해."

테사는 인상을 찌푸렸다. 어느새 장난기는 오간데 없고 생각 많은 테사로 돌아왔다.

실은 그 일이 필요 없다고 말할 뻔했다. 너한테 필요한 건, 짐을 몽땅 싸서 나와 함께 시애틀로 가는 거라고 말할 뻔 했다. 나는 혀를 꽉 깨물었다. 닥터 트랜이 그랬다. 통제하려는 건 우리 관계에 부정적인 영향을 미친다고. 나는 '통제와 권유 사이의 균형감을 찾아야 한다'고.

닥터 트랜은 정말 나를 귀찮게 한다.

"알아들었어."

나는 어깨를 한 번 으쓱했다. 속으로 그 명의에게 욕을 몇 차례 퍼부은 다음 테사에게 미소를 지어보였다.

"그럼, 자러 가."

테사는 옷장 같은 방으로 들어갔다. 나는 부엌에 덜렁 혼자 남았다.

소파에서도, 꿈에서도 나는 혼자였다.

30 · 테사

꿈에서 하딘의 목소리가 선명하고도 우렁차게 울려 퍼졌다. 하딘은 나한테 뭔가를 그만하라고 애원하는 중이었다.

'그만하라고? 대체 무슨…'

눈을 뜨고 몸을 일으켰다.

"그만."

또 다시 하딘의 쥐어짜는 목소리가 들렸다.

꿈인가, 꿈이 아닌가? 혼란스럽다. 아, 이건 진짜 하딘의 목소리다.

부리나케 하딘이 자고 있는 거실로 나갔다. 예전처럼 소리를 지르거나 버둥거리는 건 아니었지만, 역시 하딘이었다. 하딘은 뭔가를 애원하고 있었다.

"제발, 그만."

심장이 툭 떨어지는 느낌이었다.

"하딘, 일어나 봐. 눈 좀 떠 봐."

땀으로 축축해진 하딘의 어깨를 쓰다듬으며 나지막이 속삭였다.

하딘이 번쩍 눈을 떴다. 그리고 손을 들어 내 얼굴을 감싸 쥐었다. 하딘은 일어나 앉아 나를 자기 무릎에 앉힐 때까지도 정신이 없는 것 같았다. 거부할 수가 없었다. 그럴 수 없었다.

잠시 정적이 흘렀다. 하딘이 내 가슴에 머리를 기댔다.

"자주 이랬어?"

하딘을 생각하니 심장이 쪼개질 듯 아파왔다.

"일주일에 한 번쯤. 요새는 약을 먹고 있거든. 근데 오늘은 너무 늦어서 약을 못 먹었어."

"미안해."

우리가 몇 달이나 못 만났다는 사실은 잊기로 했다. 이렇게 서로에게 닿았다고 예전으로 돌아간 건 아니다. 사실 어떻든 상관없다. 어떤 상황에서라도 하딘을 보듬어줘야 한다면 난 그렇게 할 거니까.

"아니야. 나 괜찮아."

하딘은 내 목덜미에 얼굴을 파묻었다. 두 팔은 내 허리에 꼭 감은 채였다.

"잠 깨워서 미안해."

"아냐, 괜찮아."

나는 소파에 등을 기댔다.

"보고 싶었어."

하딘은 하품을 하며 나를 가슴께로 끌어당겼다. 하딘이 나를 안고 그대로 누웠다. 나는 그가 하는 대로 가만히 있었다.

"나도."

하딘의 입술이 이마에 닿았다. 몸이 떨렸다. 맨살에 그의 입술이 닿는 익숙한 느낌에 온몸이 따뜻해졌다. 도대체 말도 안 된다. 어떻게 내가 이렇게 쉽게, 자연스럽게, 하딘의 품에 다시 뛰어들 수 있는지.

"이게 진짜라는 게 너무 좋다."

하딘이 속삭였다.

"절대 헤어질 수 없어, 너도 알지?"

이성의 끈을 놓지 않으려 애를 쓰며 내가 말했다.

"우린 이제 다른 삶을 살고 있어."

"난 아직도 네가 그 사실을 깨닫길 기다리는 중이야."

"무슨 사실?"

하딘은 대답이 없었다. 이미 하딘의 눈은 감겼고, 잠이 든 듯 입술은 살짝 벌어져 있었다.

커피포트가 울리는 소리가 들렸다. 그 소리에 벌떡 일어났다. 눈을 뜨자 가장 먼저 들어온 건 하딘의 얼굴이었다. 이 상황을 어떻게 받아들여야 할지 잘 모르겠다.

허리에 감긴 하딘 팔을 풀고 몸을 일으켰다. 랜던이 커피 한 잔을 들고 부엌에서 나왔다. 랜던은 만면에 미소가 가득했다.

"뭐야?"

나는 팔을 벅벅 긁으며 물었다. 하딘 말고는 침대든 소파든 누구랑 함께 잠자리를 한 적 없다. 딱 하루, 로버트가 아파트 문이 잠겼다며 우리 집에서 밤을 보낸 적이 있었다. 그때도 나는 내 침대에서, 로버트는 소파에서 잤다.

"아~~~무 것도 아냐."

랜던은 자꾸 실실 웃기만 했다. 뜨거운 커피를 마시는 척하면서 뭔가를 숨기고 있는 게 분명하다.

나는 웃음을 감추며 살짝 눈을 흘겼다. 방으로 들어가 휴대전화를 집었다. 벌써 11시 30분이다. 완전 패닉이다. 여기로 이사 온 후에 이렇게 늦잠을 잔 건 처음이다. 샤워할 시간조차 없었다.

부리나케 커피 한 잔을 따라 냉장고에 넣었다. 커피가 식는 동안 간단하게 씻고 옷을 입었다. 아이스커피를 너무너무 좋아하지만 얼음 잔뜩 넣은 커피를 비싼 돈 주고 사 마시고 싶진 않았다. 커피 맛은 대부분 비슷하니까. 랜던도 내 생각에 전적으로 동의했다.

집을 나설 때까지도 하딘은 자고 있었다. 나도 모르게 하딘에게 작별 입맞춤을 할 뻔했다. 다행히 마침 랜던이 거실로 나왔다. 덕분에 정신 나간 짓을 멈출 수 있었다.

'나 대체 왜 이러는 거니?'

출근길 내내 하딘 생각이 머릿속에 가득했다. 그의 팔에 안겨 잠들고 눈을 떴을 때의 편안함 같은 거 말이다. 하딘을 맞닥뜨릴 때마다 그랬듯이 나는 또 혼란스러워졌다. 어쨌든 지금은 지각하지 않는 게 급선무다. 최대한 서두르자.

직원 휴게실에 들어섰다. 내가 들이닥치는 걸 보고, 이미 와 있던 로버트가 내 로커 문을 열어주었다.

"늦었어요. 사람들이 눈치챘어요?"

가방은 잽싸게 집어넣었다.

"겨우 5분 늦었는데요, 뭐. 어젯밤은 어땠어요?"

로버트의 푸른 눈동자가 호기심으로 반짝였다. 나는 어깨를 으쓱
했다.

"괜찮았어요."

로버트가 무슨 생각을 하는지 알겠다. 하지만 로버트와 하던 얘기를
하는 건 좀 아니다. 로버트가 내 편을 들어주든 아니든.

"괜찮았다고요, 정말요?"

로버트가 싱긋 웃었다.

"생각보다는."

짤막하게 대답하고 입을 닫았다.

"괜찮아요, 테사. 당신이 하던을 어떻게 생각하는 지 다 알아요."

로버트는 내 어깨를 툭툭 쳤다.

"처음 만났을 때부터 알았어요."

감정이 북받쳐 올랐다. 로버트가 조금만 더 다정했다면, 하던이 뉴
욕에 안 왔더라면 좋았을 텐데. 아니, 정정한다. 하던이 더 오래 머물면
좋을 텐데. 로버트는 더 이상 아무 것도 묻지 않았다. 오전 내내 너무
바빴다. 음식 서빙하는 것 말고는 생각이라는 걸 할 겨를이 없었다. 브
레이크 타임은 미트볼 한 접시를 게 눈 감추듯 비우니 지나가버렸다.

폐점 후, 나는 가장 마지막으로 식당에서 나왔다. 로버트는 다른 직
원과 술 한잔 하겠다며 먼저 나섰다. 레스토랑을 나섰을 때, 왠지 하던

이 기다리고 있을 것 같았다.

31 · 테사

내 느낌이 맞았다. 그라피티가 잔뜩 그려진 벽에 기대 서 있는 사람은 바로 하딘이었다.

"딜라일라랑 사만다가 룸메이트라는 얘긴 안 했잖아."

하딘의 입에서 나온 첫 마디였다. 하딘은 웃고 있었다. 너무 활짝 웃는 바람에 입꼬리가 귀에 걸릴 지경이었다.

"맞아, 엉망진창이지."

고개를 절레절레 흔들며, 어이없는 표정을 지었다.

"심지어 그게 걔들 이름도 아니니까. 알고 있지?"

하딘이 웃음을 터뜨렸다.

"어쨌거나. 그럴 가능성이 얼마나 되겠어?"

하딘은 온몸을 흔들며 웃어댔다.

"이게 무슨 드라마 같은 상황이야."

"누가 얘기해줬어? 손 좀 봐줘야겠네. 그나저나 불쌍한 랜던, 우리가 소피아하고 그 친구들을 처음 만났을 때의 랜던 표정을 네가 봤어야 해. 같이 술 마셨거든. 랜던은 의자에서 굴러떨어질 뻔했어."

"심한데."

하딘이 계속 키득거렸다.

"랜던 앞에서는 그렇게 웃지 마. 그 둘 때문에 요즘 랜던이 골치 아프다고."

"그래, 알았어."

하딘은 기가 찬다는 표정이었다.

그때 바람이 불었다. 하딘의 긴 머리카락이 얼굴에 휘감겼다. 나는 그 모습을 보며 깔깔거렸다. 다른 질문보다는 그 편이 더 안전했다. 하딘에게 여긴 왜 왔냐고 따져 묻는 것보다는 말이다.

"스타일이 이것보단 좀 나았었는데. 여자들도 좀 꾀었고."

하딘은 장난스럽게 말했지만, 그 말이 나에게는 그대로 와 박혔다.

"아."

다른 여자가 하딘을 만졌다고 생각하니 머리가 빙빙 돌고 가슴이 아팠다. 하지만 혹시라도 하딘이 눈치챌 새라 따라 웃었다.

"나 봐."

하딘은 나를 돌려세워 자기를 보게 했다. 이 길 위에 우리 둘뿐인 것 같았다.

"농담한 거야. 멍청한 농담."

"괜찮아, 진짜."

나는 헝클어진 머리카락을 귀 뒤로 넘기며 하딘을 향해 웃어 보였다.

"네가 노숙자들하고도 어울릴 정도로 겁 없고 독립적일지는 몰라도, 여전히 거짓말엔 꽝이야."

나는 짐짓 밝은 척 했다.

"그런 식으로 말하지 마. 조는 내 친구야."

나는 하딘에게 혀를 쏙 내밀었다. 우리는 벤치에서 애정 행각을 벌이는 남녀를 지나쳤다.

하딘은 두 사람에게 뻔히 들릴 만큼 큰 소리로 말했다.

"남자가 2분 안에 여자 스커트 안으로 손을 넣는다에 5달러 걸지."

하딘의 어깨를 장난스럽게 툭 쳤다. 하딘은 내 허리에 팔을 둘렀다.

"자꾸 접촉하지 마. 조가 댁은 누구냐고 물어볼지도 모른다고!"

하딘을 향해 눈썹을 들썩였고, 하딘은 웃음을 터뜨렸다.

"너하고 그 사람은 대체 어떤 사이야?"

문득 아빠가 떠올랐다. 순식간에 웃음기가 사라졌다.

"젠장, 그런 뜻이 아니었어."

나는 한 손을 들어 보이며 미소 지었다.

"아냐, 괜찮아. 조가 내 삼촌이 아니길 바라자고."

얼굴에 뭐라도 묻은 듯 하딘이 나를 빤히 쳐다보았다. 나는 하딘을 향해 웃어 보였다.

"괜찮다니까! 나도 이제 농담 좀 해. 모든 걸 너무 심각하게 받아들이지 않는 걸 배우는 중이야."

하딘은 기분이 좋아 보였다. 심지어 조에게까지 미소를 지었으니까. 나는 먹을 걸 채운 쇼핑백을 조에게 건네주었다.

우리가 돌아왔을 때 아파트는 이미 깜깜했다. 랜던은 벌써 잠든 모양이었다.

"밥은 먹었어?"

하딘이 나를 따라 부엌으로 들어왔다. 하딘은 2인용 테이블에 앉아 팔꿈치를 세우고 턱을 괴었다.

"아니, 안 먹었어. 그 쇼핑백 내가 훔치려고 했는데. 그럼 조가 나를 때려눕혔겠지?"

"뭐 좀 만들어줄까? 나도 배고파."

20분쯤 지났나, 나는 맛을 보려고 보드카 소스를 손가락으로 찍어 먹었다.

"나도 좀 나눠줄래?"

하딘이 등 뒤에서 말했다.

"네 손가락을 빨아먹는 게 처음은 아니잖아."

하딘이 장난스럽게 말했다.

"그 아이싱이 내가 제일 좋아하는 테사의 맛 중 하나지."

"그걸 기억해?"

소스 한 스푼을 떠서 하딘에게 내밀었다.

"난 모든 걸 다 기억해. 음, 술이나 약에 너무 취했을 때 빼고 모든 걸."

장난스러운 미소를 짓던 하딘이 인상을 찌푸렸다. 스푼에 있는 소스를 손가락으로 찍어 하딘에게 주었다. 효과가 있다. 미소가 다시 돌아왔다.

손가락에 하딘의 혀가 닿았다. 따뜻하다. 하딘은 나를 뚫어지게 쳐다보며 손끝에 묻은 소스를 핥았다. 입술 사이로 빨려든 손가락을 하딘은 빨고 또 빨았다.

내 손가락을 입에 문 채, 하딘이 말했다.

"무슨 얘기하려고 했는데. 기억하냐고 했던 네 말과 관련 있는 거야."

그러나 입술의 움직임이 너무 부드러워서, 나는 정신이 팔려 있었다.

"지금 당장?"

"곧, 꼭 오늘 밤은 아니더라도."

하딘이 속삭였다. 그의 혀가 젖어 있는 내 가운데 손가락을 핥았다.

"우리 지금 뭐 하는 거야?"

"너, 그 질문 너무 많이 했어."

하딘은 빙글빙글 웃으며 일어섰다.

"우린 너무 오래 못 봤잖아. 이러는 건 좋은 생각이 아닌 거 같아."

말은 이렇게 하면서도 진심은 아니었다.

"보고 싶었어. 너무 그리웠고 너무 오래 기다렸어."

하딘은 손을 내 엉덩이에 올려놓았다.

"올 블랙으로 입은 모습은 별론데. 안 어울려."

하딘은 머리를 기울여 코로 내 턱을 쿡쿡 찔렀다.

나는 손을 더듬거리며 어설프게 셔츠 단추를 풀었다.

"난 네가 다른 색 옷을 안 입어서 좋았는데."

하딘이 내 뺨에 대고 미소를 지었다.

"내가 그렇게 많이 달라지진 않았어, 테스. 의사 몇 명 만나고, 체육관을 좀 더 다녔을 뿐이지."

"요즘도 술은 안 마셔?"

나는 셔츠를 바닥에 떨어뜨렸다. 하딘은 나를 조리대에 기대게 했다.

"조금. 와인이나 가벼운 맥주 같은 거. 보드카를 병째로 마시는 짓은 안 하지."

살갗에 불이 붙은 듯했다. 나는 천천히 이 상황을 납득하려고 노력했다. 몇 달이 지나고도 어떻게 우리가 여기에 함께 있는지, 내 두 손은 왜 하딘의 셔츠를 벗기려고 기다리고 있는지 말이다. 하딘은 내 생각을 읽은 듯했다. 그는 내 손을 들어올려 자신의 얇은 셔츠 속으로 밀어넣었다.

"우리의 첫 만남을 기념하는 달이야."

하딘이 말했다. 나는 하딘의 셔츠를 머리 위로 벗기고, 그의 벗은 가슴을 바라보았다.

새 타투를 찾으며 가슴을 살폈다. 줄기 몇 개가 더 생겼을 뿐이다. 괜히 기분이 좋았다. 양치식물이라고 했던가. 좀 특이한 모양이었다. 밑에서부터 긴 줄기가 뻗어 나왔고, 양쪽에는 잎들이 빽빽했다.

"우리한테 기념할 달 같은 게 어딨어? 넌 제정신이 아니야."

하딘의 등을 보려고 애쓰다가 하딘한테 들켜버리는 바람에 민망해졌다.

"아냐, 있어."

하딘이 반박했다.

"내 등은 아직까지도 널 위한 거야."

하딘이 말했다. 나는 하딘의 어깨와 등에 새로 생긴 근육들을 보고 있었다.

"기분 좋네."

나는 조용히 수긍했다. 입이 바짝 말랐다. 하딘의 눈에는 기쁨의 빛이 가득했다.

"아직도 정숙하게 지내느라 타투 하나 안 한 거야?"

"안 했어."

나는 하딘을 찰싹 때렸다. 하딘이 나를 안았다.

"이렇게 만져도 돼?"

"응."

생각할 겨를도 없이 대답이 먼저 나왔다.

하딘은 내 탱크톱 솔기를 따라 손으로 훑어 내려갔다.

"이렇게?"

나는 고개를 끄덕였다.

심장이 터질 듯 방망이질 쳤다. 하딘도 그 소리를 들었을 거다. 진정 살아 있고, 완전히 깨어 있는 느낌이 들었다. 하딘의 터치에 굶주려 있었던가 보다. 하딘이, 내 앞에 있다. 그토록 사랑했던 것들을 그가 지금 말하고, 몸으로 보여주고 있다. 달라진 거라면, 그의 움직임이 좀 더 조심스럽고, 좀 더 진득해졌다는 것.

"네가 너무 필요해, 테스."

하딘의 입술이 닿을락 말락했다. 하딘은 벗은 내 어깨 위에 천천히 원을 그렸다. 술에 취한 듯 머릿속이 멍해졌다.

하딘의 입술이 포개졌다. 나는 그에게 끌려가고 있다. 오직 하딘만이 있는 그곳으로 끌려가는 중이다. 내 살갗에 닿는 그의 손길이, 내 입술을 애무하는 그의 입술이, 내 입술을 살짝 무는 그의 이가, 나지막이 들리는 그의 신음만이 있는 그곳으로. 나는 그의 블랙진 단추를 풀었다.

"너 또 나를 이용하려는 거야?"

하딘이 내 입에 대고 미소를 지었다. 그리고 내 혀를 휘감으며 대답할 수 없게 만들었다.

"농담이야."

그는 중얼거리며 내 몸에 자기 몸을 완전히 밀착시켰다. 그의 목에 두 팔을 감으며, 머리카락을 움켜쥐었다.

"내가 신사가 아니었다면, 지금 당장 너와 섹스했을 거야."

하딘은 양손으로 내 젖가슴을 감싸더니, 탱크탑과 브라 속으로 손을 밀어 넣었다.

"널 여기 올려놓고, 보기 싫은 그 바지를 벗긴 다음, 다리를 쫙 벌리고, 당장 널 먹어버렸을 거야."

"꼭 신사가 아닌 것처럼 말하고 있잖아."

나는 헐떡거리며 말했다.

"마음을 바꿨어. 이제 반만 신사야."

하딘이 장난을 쳤다.

나는 너무 흥분한 나머지, 부엌을 엉망으로 만들면 어떡하나 하는 생각이 들기 시작했다. 한 손을 그의 박서 팬티 안으로 밀어 넣었다.

"젠장, 테스."

"반이라고? 그게 무슨 말이야?"

신음에 가까운 소리였다. 하딘의 손이 허리춤으로 쉽게 미끄러져 들어왔다.

"그 말은, 내가 얼마나 널 원하든, 당장 여기에서 섹스를 하고 싶든, 네가 내 이름을 부르짖게 만들고 싶든, 그래서 온 동네 사람들이 너를 절정에 오르게 만든 사람이 누군지 다 알게 되든 말든…."

하딘은 내 목덜미 아래를 빨았다.

"난 아무 것도 안 할 거라는 뜻이야. 네가 나랑 결혼할 때까지."

두 손이 그대로 얼어붙는 것 같았다. 한 손은 그의 박서 팬티 안에, 다른 한 손은 그의 등 위에 있었다.

"뭐라고?"

쉰 목소리가 나왔다. 나는 헛기침을 하며 목청을 가다듬었다.

"네가 나하고 결혼할 때까지 너랑 섹스 안 할 거라고."

"진심은 아니지?"

'진심이 아니라고 말해줘, 제발. 그럴 리가 없잖아. 우린 몇 달이나 얼굴도 못 봤는데. 장난하는 거야. 맞지?'

"눈곱만큼도 농담 아니야. 헛소리도 아니고."

하딘의 눈빛은 신이 난 듯 이글거렸다. 나는 발을 굴렀다.

"근데 우린…, 지금 한참…."

한 손으로 머리카락을 모아 그러쥐었다. 이게 무슨 말인지 이해해 보려 노력했다.

"내가 그렇게 쉽게 포기할 거라 생각했어?"

하딘은 불타고 있는 내 뺨에 입을 맞췄다.

"날 그렇게 몰라?"

하딘이 싱긋 웃었다. 하딘을 한 대 때리고 싶으면서도 동시에 키스하고 싶었다.

"근데 너 포기했잖아."

"아니, 난 네가 강요한 대로 숨 쉴 공간을 주고 있는 중이야. 난 네 사랑을 믿어. 결국에는 나한테 다시 돌아올 거라는 것도."

'이게 무슨 소리야?'

"그치만…."

나는 진짜 할 말을 잃었다.

"넌 스스로에게 상처를 주고 있는 거야."

하딘은 웃으며 두 손으로 내 뺨을 감싸 쥐었다.

"나랑 같이 소파에서 잘래? 그럼 널 너무 유혹하는 건가?"

나는 눈을 흘기며 하딘을 따라 거실로 나왔다. 이게 말이 되는지 이해해 보려고 노력했다. 할 얘기가 너무 많아졌다. 물어볼 것도, 대답할 것도.

하지만 지금은 그냥 하딘과 함께 소파에서 자기로 했다. 모든 게 다 제대로 돌아가고 있는 척 하면서 말이다.

32 · 테사

"굿 모닝, 베이비."

어딘가에서 목소리가 들렸다.

눈을 떴다. 검정색 잉크로 그린 새가 눈에 들어왔다. 하딘의 피부색이 예전보다 더 짙어진 것 같았다. 가슴 근육은 눈에 띌 정도로 탄탄해져 있었다. 언제 봐도 믿을 수 없을 만큼 멋지다. 하지만 지금 그 어느 때보다 좋아 보인다. 그의 가슴에 기대 누워 있는 건, 정말 달콤한 고문이었다. 하딘은 한 손으로는 내 허리를 감싸 안고, 다른 손으로는 내 머리카락을 뒤로 넘겨주었다.

"굿 모닝."

나는 하딘의 가슴에 턱을 대고 있었다. 눈부신 얼굴을 감상하는 완벽한 자세다.

"잘 잤어?"

하딘은 부드러운 손길로 내 머리카락을 쓰다듬었다. 저 완벽한 미소.

"응."

나는 잠시 눈을 감고 머릿속을 정리했다. 하지만 금세 하딘의 짜증스러운 목소리 때문에 무산됐다. 심지어 완벽하게 거친 말투였다.

"빌어먹을 자식."

그 뒤 아무 말이 없었다. 하딘은 엄지손가락 끝을 내 입술에 대고 있었다.

랜던 방문이 열리는 소리가 들렸다. 나는 눈을 떴다. 몸을 일으키려 하자, 하딘은 나를 더 세게 안았다.

"안 돼, 못 일어나."

하딘이 웃었다. 하딘은 나를 안은 채 소파에서 몸을 일으켰다.

랜던이 셔츠도 입지 않고, 거실로 나왔다. 그 뒤로 소피아가 따라 나왔다. 소피아는 어젯밤 입었던 출근 복장 그대로였다. 검정색 유니폼은 환하게 웃는 그녀와 썩 잘 어울렸다.

"안녕."

랜던의 두 뺨이 붉게 달아올랐다. 소피아는 랜던의 손을 잡더니 내게 미소 지었다. 소피아가 나를 향해 윙크를 했던 것 같다. 하지만 나는 아직도 어안이 벙벙했다. 하딘이랑 잠자리에서 함께 일어나다니.

소피아가 몸을 기대며 랜던의 볼에 입을 맞췄다.

"일 끝나고 전화할게."

나는 랜던의 얼굴에 난 덥수룩한 수염에 여전히 적응 중이다. 그래도 수염이 꽤 잘 어울리는 편이다. 랜던은 소피아를 향해 미소 짓고는 현관문을 열어주었다.

"이제 알았지? 랜던이 왜 어젯밤 방에서 나오지 않았는지."

하딘이 내 귀에 대고 속삭였다. 귀에 닿는 그의 숨결이 뜨거웠다.

나는 얼른 하딘에게서 몸을 뗐다.

"커피 마실래?"

무슨 마법의 주문인 양, 하딘은 고개를 끄떡이며 나를 풀어주었다. 하지만 떨어지자마자 허전한 느낌이 들었다. 아쉬움을 떨쳐내며 커피 메이커로 향했다.

랜던이 고개를 가로저으면서 실실 웃었다. 나는 일부러 못 본 척하며 부엌으로 들어갔다. 어젯밤 먹지 않은 보드카 소스 냄비가 스토브 위에 그대로 놓여 있었다. 오븐을 열어보니 닭가슴살이 놓인 팬도 그대로였다.

오븐이랑 스토브를 끈 기억도 나지 않는다. 그러고 보니 어젯밤엔 생각 자체를 안 했던 것 같다. 아무 것도 떠올리고 싶지 않았다. 지난밤의 하딘을, 몇 달간의 결별 후에 다시 느낀 그 입술의 감촉을. 숭배하듯, 하딘은 내 몸을 조심스럽고 부드럽게 만졌다. 그 모습을 떠올리니 살갗에 불꽃이 이는 것 같았다.

"내가 그거 다 껐어, 잘했지?"

하딘이 땀을 줄줄 흘리며 부엌으로 들어왔다. 상체에 새긴 새 타투가 단연 눈에 띄었다. 조각 같은 하딘의 하복부에서 눈을 뗄 수가 없었다.

"음, 그래."

헛기침을 했다. 왜 갑자기 호르몬이 날뛰는 건지. 처음 하딘을 만났을 때 딱 이런 느낌이었다. 어쩐지 걱정스럽다. 바람직하지 않은 우리의 기존 패턴으로 돌아가는 건 항상 너무 쉬웠으니까. 그러니 정신을 똑바로 차려야 한다.

"오늘은 몇 시부터 일해?"

하딘은 엉망이 된 부엌을 치우는 나를 보고 있었다.

"정오부터."

나는 소스를 개수대에 부었다.

"오늘은 한 타임만 일해. 5시쯤이면 집에 올 거야."

"같이 저녁 먹으러 가자."

하딘은 팔짱을 끼며 빙긋 웃었다. 나는 고개를 살짝 기울이며 하딘을 향해 속눈썹을 들어올렸다. 그리고 음식물 처리기 스위치를 켰다.

"내 손도 거기 넣어버릴까 생각하고 있는 건 아니지?"

하딘이 시끄러운 음식물 처리기를 가리켰다. 그의 미소가 너무 다정해서 머리가 조금 가벼워진 것도 같았다.

"그럴지도."

나도 싱긋 웃었다.

"그러니까 질문을 다르게 해봐."

"내가 사랑하는 멋진 테레사가 돌아왔군."

하딘이 놀리듯 말했다.

"테레사라니, 또야?"

하딘을 째려보려 했지만 웃음이 나왔다.

하딘이 고개를 끄덕이며 전혀 하딘답지 않은 행동을 했다. 싱크대 아래에 있던 작은 쓰레기통을 들고, 싱크대를 치우는 나를 도와주기 시작한 거다.

"그럼 오늘 밤 제게 괜찮은 곳에서 저녁을 대접할 영광을 주시겠습니까?"

하딘의 장난스러운 말에 웃음이 터졌다. 랜던이 부엌에 들어와 우리를 빤히 쳐다보고 있었다.

"랜던, 괜찮은 거야?"

내가 먼저 물었다.

랜던은 청소하는 하딘을 바라보다가 다시 나를 힐끔 보며 대답했다.

"응, 그냥 좀 피곤해서."

랜던은 눈을 비벼댔다.

"상상이 간다."

하딘은 눈썹을 치켜 올렸고, 랜던은 하딘의 어깨를 툭 쳤다.

그 모습을 보고 있는데, 뭔가 다른 세상에 온 기분이 들었다. 그 세상에서 랜던은 하딘의 어깨를 툭 치고, 하딘은 랜던에게 나쁜 놈이라며 웃었다. 죽일 듯이 서로 노려보거나 위협하는 게 아니라.

그 세상이 썩 마음에 들었다. 그런 세상에 잠깐이라고 머물고 싶었다.

"그런 거 아니야, 닥치시지."

랜던이 그릇장에서 컵 세 개를 꺼내 식탁 위에 올려놓았다.

"알았다, 알았어."

하딘이 샐쭉거리는 표정을 지었다. 랜던이 하딘을 비웃으며 말했다.

"아라쪄, 아라쪄."

두 사람은 악의 없이 농담을 주고받았다. 나는 제일 높은 그릇장에서 시리얼 박스를 꺼내려 했다. 까치발을 들고 박스를 꺼내는데, 하딘이 내 옷을 붙잡았다. 훤히 드러난 내 맨살을 가리려는 거다.

아예 옷을 확 벗어버릴까 싶었다. 그러면 하딘이 어떤 표정을 지을지 보고 싶었다. 하지만 랜던을 위해 그러지 않기로 했다.

나는 익살스러운 몸짓을 하고 있는 하딘을 살짝 째려보며 시리얼 박스를 열었다.

"내가 좋아하는 시리얼은?"

하딘이 물었다.

"그릇장에 있어."

랜던이 대답했다.

아빠가 자기 시리얼을 다 먹어버렸다고 투덜대던 하딘의 모습이 어렴풋이 떠올랐다. 추억이 된 그 기억에 슬쩍 웃어주고는 마음 한쪽에 잘 치워두었다. 아빠를 떠올려도 이제는 가슴이 아프거나 고통스럽지 않다. 나는 아빠가 가진 유머감각에 웃어주는 방법을 배웠다. 그리고 짧은 시간이었지만 그가 보여주었던 긍정적 마인드를 동경하게 되었다.

출근하기 전 샤워를 하러 욕실로 들어갔다. 랜던은 하딘에게 자기가 좋아하는 하키 선수에게 사인을 받은 얘기를 했다. 나는 깜짝 놀랐다. 하딘이 나를 따라오지 않고, 식탁에 앉아 랜던의 이야기를 경청하고 있었기 때문이다.

한 시간 후, 출근 준비를 마쳤다. 거실로 나가보니 하딘은 소파에 앉아 부츠를 신고 있었다.

하딘이 나를 올려다보며 미소 지었다.

"준비됐어?"

"무슨 준비?"

의자에 걸려 있던 앞치마를 챙기고, 전화기를 주머니에 넣었다.

"출근할 준비, 당연히."

뭐 그런 걸 묻냐는 듯, 하딘이 대답했다.

그 모습이 너무 사랑스러웠다. 나는 바보처럼 실실 웃으며 하딘을 따라 현관문을 나섰다.

하딘과 함께 뉴욕 시내를 걷고 있다는 게 어쩐지 조금 낯설었다. 하딘은 이곳에 찰떡같이 어울린다. 스타일이며 행동거지, 목소리마저. 그의 활기찬 표정이 따분한 하루를 환하게 채워주는 것 같았다.

"내 생각에, 이 도시의 문제 중 하나는 이거야…."

하딘은 공중에 손을 휘휘 저었다. 좀 더 자세히 설명하길 잠시 기다렸다.

"해가 안 보인다는 거."

마침내 하딘이 입을 열었다.

걷는 내내 하딘의 부츠 굽 소리가 요란했다. 그 소리를 내가 얼마나 좋아하는지 이제야 알았다. 그 소리가 그리웠다. 너무 사소한 거라 미처 깨닫지도 못했다. 하딘을 떠나기 전까지는 말이다. 이 도시의 시끄러운 거리를 혼자 걸으면서 깨달았다. 하딘의 쿵쾅거리는 발소리를 그리워하고 있었다는 사실을.

"넌 비오는 워싱턴에 살잖아."

내가 맞받아쳤다.

하딘은 웃으며 대화 주제를 바꿨다. 식당 종업원의 세계는 어떤지 이런 저런 질문을 했다. 레스토랑까지 가는 길은 좋았다. 하딘은 지난 다섯 달 동안 내가 뭘 했는지 질문 공세를 퍼부었다. 나는 엄마랑 데이비드, 그의 딸 이야기를 했다. 캘리포니아에 있는 대학으로 진학한 노아가 축구팀에 들어갔다는 얘기도 했다. 하딘의 가족들과 갔던 동네에 엄마와 데이비드와 같이 휴가를 보내러 갔던 얘기도 했다.

뉴욕에 와서 보낸 첫 이틀 밤 얘기도 했다. 밤새 너무 시끄러워서 한숨도 못 잤고, 그래서 셋째 날 밤에는 결국 침대를 박차고 일어났다는 것도. 그날 밤 산책을 하다가 조를 처음으로 만났다는 얘기도 했다. 다정한 노숙자를 보니 아빠가 떠올랐다는 얘기도 했다. 큰 부담 없이 음식을 가져다주는 것으로도 조를 도울 수 있어서 좋았다는 얘기도.

고백 같은 이야기를 마치자, 하딘이 내 손을 잡았다. 하딘의 손을 뿌리치지 않았다.

나는 여기로 오기까지 걱정이 많았다는 얘기를 했다. 하딘이 우리를 보러 와줘서 기뻤다는 얘기도 빼먹지 않았다. 하딘은 어젯밤 섹스를 거절했던 것에 대해 단 한마디도 하지 않았다. 대신 내가 자기 품에 안겨 잠들었다며 놀려댔다. 결혼하자는 말도 하지 않았다. 그건 썩 마음에 든다. 나는 아직도 이 상황들을 이해하려고 노력 중이다. 아니, 사실 1년 전, 하딘이 내 삶으로 불쑥 들어왔던 그때부터 그랬다. 하딘에게 느끼는 이 감정을 스스로에게 납득시키려 노력해 왔다.

모퉁이를 돌면서 로버트를 만났다. 같은 타임에 근무할 때면 늘 그쯤에서 로버트를 맞닥뜨렸다. 하딘은 잡은 손에 힘을 주면서 내게 바싹 붙었다. 두 사람은 아무 말도 하지 않았다. 둘은 서로의 눈만 노려보았다. 어이가 없었다. 여자 하나를 두고 남자들이 하는 행동이란 참….

"끝날 때 맞춰서 기다리고 있을게."

하딘은 내 뺨에 입을 맞추고, 머리카락을 귀 뒤로 넘겨주었다.

"너무 열심히 일하지 마."

하딘이 내 뺨에 대고 속삭였다. 웃음기 어린 목소리였지만, 진지함이 담겨 있었다.

하딘의 말이 씨가 되었나 보다. 손님이 정신없이 밀려들었다. 테이블마다 꼬리를 물고 밀어닥쳤다. 와인이나 브랜디를 너무 많이 마신 손님부터, 먹은 것보다 너무 많이 돈을 내는 손님까지. 한 아이는 내 유니폼을 예쁘게 꾸며주기로 결심한 듯했다. 스파게티 한 접시로 말이다. 일하는 내내 쉴 틈이 없었다. 5시간이 넘자 발이 아파 죽을 것 같았다.

약속한 대로 하딘은 로비에서 나를 기다리고 있었다. 소피아는 하딘이 앉아 있는 벤치 옆에 서 있었다. 하나로 묶어 위로 말아올린 헤어스타일 때문인지, 소피아의 미모가 시선을 확 끌었다. 소피아는 광대뼈가 높고 입술이 도톰한 이국적인 얼굴이다. 나는 더러워진 유니폼을 내려다보고는 흠칫 놀랐다. 셔츠에서 마늘과 토마토소스 냄새가 진동했다. 하딘은 엉망이 된 내 옷차림을 눈치채지 못한 듯 했다. 밖으로 나서며, 하딘은 내 머리에 붙어 있는 덩어리를 떼냈다.

"그게 뭔지 알고 싶지도 않아."

나는 힘없이 웃었다. 하딘은 미소를 지으며 티슈를 주머니에서 꺼냈다.

티슈로 눈 밑을 닦았다. 땀 때문에 아이라이너가 다 번져 있었다. 아무래도 지금 내 모습은 매력과는 거리가 멀었다. 하딘이 대화를 주도했다. 주로 내가 하는 일에 대한 단순한 질문이었다. 우리는 아파트로 돌아왔다.

"발이 아파 죽을 거 같아."

신발을 벗어 옆으로 툭 던지며 앓는 소리를 했다. 하딘은 눈을 떼지 않고 나를 쳐다보고 있었다. 분명 뭔가 비아냥대는 멘트가 나올 거다. 정리도 안 하는 나를 보고 그냥 지나칠 하딘이 아니다.

"좀 이따가 치울 거야."

"그럴 줄 알았어."

하딘이 웃으며 침대에 걸터앉은 내 옆에 앉았다.

"이리 와봐."

하딘이 내 발목을 잡았다. 내 발을 자기 다리 위에 올리는 바람에 나는 하딘 쪽으로 몸을 돌렸다. 하딘은 욱신거리는 발을 손으로 주무르기 시작했다. 나는 침대에 등을 대고 누웠다. 몇 시간이나 신발에 갇혀 있던 발이라는 사실은 잠시 잊기로 했다.

"고마워."

반쯤은 신음에 가까운 인사였다. 하딘의 마사지에 순식간에 긴장이 풀리면서 눈이 감겼다. 하지만 하딘을 계속 바라보고 싶었다. 몇 달이나 못 보는 고통스러운 나날을 보냈지 않은가. 지금은 시선을 떼고 싶지 않다.

"괜찮아. 눈이 게슴츠레해질 만큼 온몸이 풀린다는데. 뭐, 이깟 냄새쯤이야."

나는 손을 들어 허공에 대고 하딘을 때리는 시늉을 했다. 하딘은 웃으면서 마법 같은 마사지를 계속해주었다.

하딘의 손이 종아리를 지나 허벅지에 이르렀다. 나는 입술 틈으로 새어나오는 신음을 감추려 하지도 않았다. 그의 손길에 쑤시던 온몸의 긴장이 풀어지고 진정되는 것 같았다.

"이리 와서 앉아봐."

하딘이 자기 다리에 올려놓은 내 발을 천천히 밀었다. 나는 일어나 하딘의 벌린 다리 사이에 앉았다. 하딘은 두 손으로 내 어깨를 잡았다. 손끝으로 단단해진 어깨 근육을 누르며 문질러주었다.

"셔츠를 안 입었으면, 훨씬 더 좋았을 텐데."

하딘이 한마디 한다. 웃음이 났다. 하지만 그것도 잠시, 어젯밤 부엌에서 있었던 일이 떠올라 나는 금세 잠잠해졌다. 몸을 앞으로 기울여 바지 속에 집어넣었던 셔츠 끝자락을 끄집어냈다. 셔츠와 탱크탑을 한꺼번에 머리 위로 끌어올려 벗었다. 허걱, 하는 하딘의 숨소리가 들렸다.

"왜? 이게 좋다며."

하딘에게 등을 기댔다. 살갗을 누르는 그의 손길이 좀 더 거칠어졌다. 나는 고개를 뒤로 젖혀 그의 가슴에 기댔다.

하딘이 뭐라 중얼거렸다. 다행히 오늘은 괜찮은 브래지어를 입었다. 이건 겨우 두 개 있는 괜찮은 브래지어 중 하나다. 당연히 나 말고는 내 속옷은 아무도 못 보지만, 랜던은 예외였다. 빨래가 몇 번 섞이는 바람에 민망한 순간이 있었다.

"이건 못 보던 건데."

하딘은 한쪽 브라 끈을 손가락으로 잡아당기더니 아래로 내렸다.

나는 아무 말도 하지 않았다. 하딘의 벌린 다리 사이로 바짝 다가가 등을 기댔을 뿐이다. 하딘이 내 목덜미를 잡으며 신음 소리를 냈다. 그의 손이 턱 끝에서 귓불 아래 민감한 살갗으로 움직였다.

"좋아?"

하딘이 뻔한 질문을 했다.

"으으으음."

낼 수 있는 소리는 겨우 이것뿐이었다. 하딘이 키득거렸다. 나는 하딘에게 바짝 붙어 그의 사타구니를 문질렀다. 한 손으로 나머지 브라 끈을 어깨 아래로 끌어내렸다. 목덜미를 잡은 하딘의 손에 힘이 들어갔다.

"장난치지 마."

하딘이 브라 끈을 어깨 위로 올렸다.

나는 투덜거리며 다시 브라 끈을 내렸다. 셔츠도 안 입은 채 하딘 앞에 앉아서 브라 끈을 풀고 있었다. 그런데도 하딘은 나를 잡고만 있다. 미쳐버릴 것만 같았다. 나는 한껏 달아올랐다. 하딘은 내 몸에 자기 몸을 문지르며 혼자 헐떡거리고 있었다. 그것만으로도 온몸의 감각이 깨어나 날뛰었다.

"장난치지 마."

나는 하딘의 말을 그대로 따라했다. 감질나게 하는 하딘에게 웃어줄 여유 같은 건 없었다. 하딘은 내 어깨를 잡고, 자기를 향해 돌려 앉혔다.

"나 다섯 달 동안 섹스 안 했어, 테레사. 근데 내 자제력을 바닥내려고 하는구나."

하딘이 내 입술에 대고 거칠게 속삭였다. 나는 입술을 움직여 하딘의 입술을 덮쳤다. 처음으로 하딘과 키스했던 날이 떠올랐다. 그 빌어먹을 클럽하우스의 하딘 방에서.

"정말?"

나는 깜짝 놀랐다. 우리가 떨어져 있는 동안 하딘이 누구와도 섹스를 안 했다니, 소원을 빌었던 별들에게 감사한다. 하지만 어쩐지, 하딘이 그랬다는 걸 알고 있었던 것 같은 느낌이다. 아니, 내가 자기 최면을 너무 강하게 했던 건지도 모르겠다. 하딘은 다른 여자를 절대 건드리지 않아, 라고.

1년 전의 하딘과 지금의 하딘은 완전히 다른 사람이다. 하딘은 이제 사람들한테 거칠게 굴거나 나쁘게 말하지 않는다. 매일 밤 다른 여자를 찾지도 않는다. 하딘은 더 강해졌다…. 내가 사랑하는 그 하딘이 맞지만, 하딘은 이제 훨씬 더 강해졌다.

"네 눈동자가 이런 그레이 색인 줄 몰랐어."

하딘은 내게 그렇게 말했었다. 그게 다였다. 술기운과 갑작스러운 하딘의 친절함에 취해, 나는 하딘에게 키스를 하고 말았다. 하딘의 입술에서 민트 맛이 났다. 하딘의 입술에 달린 피어싱에 닿는 느낌은 차가웠다. 낯설고 위험한 느낌이었지만, 나는 거기에 빠져들었다.

하딘의 다리 위로 올라앉았다. 아주 오래 전에 했던 것처럼 말이다. 하딘은 두 손으로 내 허리를 붙잡았다. 하딘이 침대에 누우며 나를 가만히 옆으로 옮겼다.

"테스."

내 기억 속의 하딘과 지금의 하딘이 똑같이 신음했다. 나는 더 달아올랐다. 우리 사이에는 열정만 가득했다. 그 안에서 길을 잃었지만, 나는 밖으로 나가고 싶지 않았다.

나는 다리를 벌려 하딘의 상체에 감고, 두 손으로 하딘의 머리카락을 움켜쥐었다. 나는 격정에 휩싸여 미친 듯이 하딘을 탐닉했다. 내 등뼈를 따라 부드럽게 쓰다듬으며 내려가는 하딘의 손길. 오로지 느낄 수 있는 건 그것뿐이었다.

33 · 하딘

계획이 완전히 틀어져버렸다. 테사를 말릴 방법이 없었다. 이럴 줄 알았어야 했는데. 테사를 사랑한다. 내내 테사를 사랑해 왔다. 그리고 이 순간을 그리워해 왔다.

탐스러운 입술 사이로 흘러나오는 섹시한 신음이 얼마나 그리웠는지. 나에게 미끄러지듯 다가오는 풍만한 엉덩이를 얼마나 그리워했던가. 나는 너무 단단해져버렸다. 머릿속은 온통 테사에 대한 사랑뿐이다. 테사에게 전부 보여주고 싶었다. 감정적으로나 육체적으로나 테사가 나를 얼마나 미칠 만큼 기분 좋게 만들어 주는지.

"매일, 매순간, 너를 얼마나 갈망했는지 몰라."

벌어진 테사의 입에 대고 말했다. 테사의 혀가 내 혀를 휘감았다. 나는 테사의 혀를 물고 장난치듯 빨았다. 테사의 숨소리가 거칠어졌다. 테사의 손이 내 셔츠 자락을 잡더니 위로 밀어 올렸다. 나는 몸을 일으켜 반라인 테사의 몸을 내 곁으로 당겼다. 셔츠는 쉽게 벗겨졌다.

"넌 상상도 못 할 거야. 내가 얼마나 널 생각했는지. 네 손길과 뜨거운 입술을 떠올리며, 내가 얼마나 많이 자위했는지."

"오, 갓."

테사의 신음에 나는 더 박차를 가했다.

"너도 그리웠잖아. 내 말만으로도 네가 흠뻑 젖는 거."

테사는 고개를 끄덕이며 다시 한 번 신음했다. 나는 혀로 테사의 목덜미를 천천히 핥고 빨며 내려갔다. 이 느낌이 너무나 그리웠다. 테사가 완전히 나를 압도하는 이 느낌, 온전히 나를 받아들인다는 이 느낌 말이다. 테사의 손길로 다시 물 위로 떠오르고 있다는 이 느낌.

테사의 허리를 감싸 안고 몸을 돌렸다. 이제 테사가 내 밑에 놓였다. 테사 바지의 버튼을 풀고 순식간에 잡아 내려 바닥에 던졌다.

"너도 벗어."

테사가 명령했다. 어느새 그녀의 두 뺨이 붉게 달아올랐다. 내 허리에 놓여 있던 테사의 두 손이 떨렸다. 이 모든 시간들을 지나왔어도 테사가 여전히 나를 사랑하고 있다는 사실이 죽을 만큼 좋았다.

우리는 절대 떨어질 수 없는 사이다. 시간도 우리를 갈라놓을 순 없다.

나는 옷을 벗고 테사 위로 올라갔다. 그리고 테사의 팬티를 벗겨냈다.

"젠장."

손이 닿을 때마다 움찔거리는 테사의 굴곡진 엉덩이와 늘씬한 허벅지가 너무 좋다. 테사가 나를 바라보았다, 회청색의 눈동자. 이 눈동자를 다시 마주보기 위해 몇 시간씩이나 닥터 트랜과 헛짓거리를 해왔다. 이 눈동자가 보고 싶어, 지난 몇 달 동안 몇 번이나 크리스찬 반스에게 전화를 했는지 모른다.

"제발, 하딘."

테사가 엉덩이를 들어 올리며 우는 소리를 했다.

"알아, 베이비."

허벅지 사이, 축축해진 테사의 버자이너에 검지를 넣어 애무했다. 페니스가 경련을 일으키며 실룩거렸고, 테사는 한숨을 내쉬었다. 검지를 테사 안에 넣고, 엄지로 클리토리스를 문질렀다. 테사는 내 몸 아래서 몸부림을 쳤다. 다른 손가락을 넣자, 테사는 지금껏 한 번도 듣지 못했던 높은 신음을 토해냈다.

'제기랄.'

"너무 좋아."

테사가 헐떡거리며 흉물스러운 꽃무늬 침대 시트를 움켜쥐었다.

"그래?"

나는 엄지를 더 빨리 움직이며 테사의 민감한 부위를 자극했다. 테사는 미친 듯이 고개를 끄덕였다. 그러다 내 페니스를 잡고 위아래로 천천히 움직였다.

"너를 맛보고 싶었어. 정말 오랜만이잖아. 근데 당장 내 걸 넣지 않으면, 침대 시트에 사정할지도 몰라."

테사의 눈이 동그래졌다. 테사 안에 넣은 손을 몇 번 더 펌프질하며 자세를 잡았다. 테사는 내 페니스를 잡고 자기 안으로 이끌었다. 내가 그녀를 가득 채우자, 그녀는 눈을 감았다.

"사랑해. 미치도록."

나는 말하며 팔꿈치로 몸을 받쳤다. 피스톤 운동을 계속했다. 테사는 한 손으로 내 등을 할퀴며, 다른 손으로 내 머리카락을 움켜쥐었다. 엉덩이를 움직일 때마다 테사는 다리를 더 넓게 벌리며 내 머리카락을 잡아당겼다.

더 나은 내가 되어, 일상의 밝은 면을 보게 된 지 몇 달이 지났다. 그리고 이제는 테사와 함께 있다. 너무 좋다. 내 삶의 모든 것이 그녀를 중심으로 돌고 있다. 혹자는 이런 건 건강하지 못하고 집착적인 관계라고 할지도 모른다. 하지만 누가 그런 걸 정한 거지?

그런 건 이제 상관없다. 나는 테사를 사랑하고, 테사는 내 전부다. 뭐라고 참견하며 지껄이고 싶다면, 뭐 그러시든지. 누구도 이상적으로 완벽할 순 없지 않은가. 그래도 테사는 나를 완벽에 가까운 사람으로 만들어준다.

"사랑해, 하딘. 언제나 사랑했어."

테사의 말에 나는 잠시 그대로 얼어붙었다. 또 하나의 나를 제자리로 돌려보낸 듯한 기분이 들었다.

"사랑해, 언제까지나. 넌 나를… 나로 만들어줬어, 테사. 그것만큼은 절대 잊지 않을 거야."

한 번 더 테사 안으로 나를 밀어 넣었다. 부디 마지막에 너무 크게 울부짖지 않기를.

"너도 나를 나로 만들어줬어."

테사는 미소를 지으며 고백했다. 우리는 꼭 로맨스 소설에 나오는 커플 같았다. 사랑하는 두 사람이 몇 달이나 떨어져 있다가, 대도시에서 다시 멋지게 재회한다. 미소와 고백, 폭풍 섹스. 우리가 읽은 그런 소설들 말이다.

"이 와중에 그런 감성 돋는 대화라니."

테사의 이마에 입을 맞추며 짓궂게 말했다.

"그럼 언제가 그런 얘기하기 좋은 때야?"

미소가 번지는 테사의 입술에 키스를 했다. 테사는 두 다리를 내 허리에 감았다.

절정이 다가오고 있었다. 척추가 들썩거린다. 점점 더 절정에 가까워지는 걸 느낄 수 있다. 테사의 숨소리가 더 빨라졌다. 그러더니 테사는 두 다리를 꼭 조였다.

"너, 할 것 같아."

테사의 귀에 대고 헐떡거렸다. 테사는 내 머리카락을 세게 움켜쥐었다. 나도 절정으로 오르고 있었다.

"같이 하자. 내가 널 가득 채워줄게."

내 추잡한 말을 테사가 얼마나 좋아하는지 안다. 내가 전보다 나쁜 놈이 아닐지 몰라도, 이건 절대 양보할 수 없다.

테사는 내 이름을 부르며 절정에 올랐다. 이내 나도 함께 극치감을 맛봤다. 이 세상에서 가장 편안하고 마법 같은 느낌이었다. 이렇게 오랫동안 섹스를 안 한 건 처음이다. 테사를 기다리며 또 한 해를 보내지 않아도 된다는 게 기뻤다.

"알지?"

테사 옆에 누워 먼저 말을 꺼냈다.

"나하고 사랑을 나눴으니, 나랑 결혼한다는 데 동의한 거다."

"나 원 참."

테사가 콧등을 찡긋했다.

"이 순간을 그런 식으로 망칠 거야?"

웃음이 터졌다.

"그렇게 열심히 널 절정에 올려다줬는데, 무슨 소리야."

"내가 아니라 우리지."

테사가 뾰로통하게 말하더니, 미친 여자처럼 싱글거리며 눈을 꼭 감았다.

"농담 아니야. 동의한 거다. 드레스 사러 언제 갈까?"

나는 더 밀어붙였다.

테사가 내 쪽으로 몸을 굴렸다. 테사의 젖꼭지가 눈앞에 있다. 어떻게 건드리지 않을 수가 있지? 몸을 기울여 젖꼭지를 빨았다. 테사도 뭐라 하지 못했다. 내가 너무 오래 굶주렸다는 걸 알 테니까.

"넌 아직도 제정신이 아니야. 지금 당장 결혼할 순 없어."

"상담 치료는 화를 다스리는 데 효과가 있는 거지, 너를 영원히 갖겠다는 내 집념은 변함 없어."

테사는 기가 막힌다는 표정을 짓더니, 팔로 얼굴을 가렸다.

"진심이야."

나는 웃으며 장난스럽게 테사를 침대에서 끌어냈다.

"뭐 하는 거야?"

테사를 들어올려 어깨에 메자 새된 소리를 냈다.

"이러다가 다친다고!"

테사는 내려오려고 안간힘을 썼다. 하지만 나는 테사의 허리와 다리를 꽉 붙잡았다.

랜던이 집에 있을지도 몰라 큰 소리로 경고했다. 좁은 아파트에서 벌거벗은 테사를 들쳐 업고 가다가 복도에서 랜던을 마주치고 싶진 않았으니까.

"랜던! 혹시 집에 있으면, 방에서 나오지 마!"

"내려줘!"

테사는 발버둥을 쳤다.

"너, 샤워해야 해."

나는 테사의 엉덩이를 찰싹 때렸다. 테사는 비명을 지르며 나를 때렸다.

"나 혼자 걸어갈 수 있다고!"

테사는 여고생처럼 꺄꺄거리며 깔깔댔다. 그 모습이 너무나 사랑스럽다. 테사를 웃게 해줄 수 있다는 사실이 너무 좋다. 테사의 아름다운 웃음소리를 들을 수 있다는 사실이 너무도 좋다.

욕실 바닥에 최대한 조심스럽게 내려놓았다. 그리고 샤워기를 틀었다.

"보고 싶었어."

테사는 바닥에 앉아 나를 올려다보았다.

가슴이 뻐근했다. 내 인생은 그녀와 보내야 한다. 그녀가 나를 떠난 후, 내가 뭘 했는지 낱낱이 말해줘야 한다. 하지만 지금은 그럴 때가 아니다. 내일, 그래, 내일 모든 걸 다 말해줄 거다.

오늘 밤은, 테사의 시크한 말투를 즐길 거다. 테사의 웃음을 맛보며, 할 수 있는 온갖 애정 행각을 벌일 거다.

34 · 테사

월요일, 잠에서 깨니 하딘은 옆에 없었다. 하딘한테 미팅 일정이 있다는 건 알았지만, 무슨 일인지, 어디서 하는지 전혀 얘기해주지 않았다. 일하러 가기 전까지 하딘이 돌아올지조차 알 수 없었다.

아직도 하딘의 체취가 남아 있는 시트를 부여잡고 매트리스에 뺨을 비볐다. 어젯밤…, 어젯밤은 놀라웠다. 하딘은 놀라웠다. 우리는 놀라웠다. 우리 사이에 터질 것 같은 케미가 폭발하듯 흘러 넘쳤다. 이제야 우리는 함께 가야 할 길의 출발점에 서게 되었다. 서로의 허물을 직시하고, 그걸 인정하고 보완하며 함께 나아갈 수 있는 출발점 말이다. 과거에는 상상도 할 수 없었던 일이다.

우리에게는 이렇게 떨어져 있는 시간이 필요했다. 같이 서기 전에 홀로 설 수 있어야 했다. 너무도 감사하다. 어둠과 다툼과 고통의 시간을 건너, 결국 우리가 해냈다는 사실이. 그 어느 때보다 더 굳건하게 서로의 손을 맞잡고 있다는 사실이.

나는 하딘을 사랑한다. 내가 이 남자를 얼마나 사랑하는지 하늘은 알 거다. 혼란과 분열 속에서도 하딘은 내 영혼으로 스며들었다. 그리고 절대 지워지지 않을 표시를 해두었다. 그건 내가 아무리 노력해도 지울 수 없는 거였다. 그럼에도 나는 노력했다. 몇 달 동안이나. 혼자 이곳으로 이사하고, 매일 쉼 없이 일하면서 하딘을 지워내려 했다.

하지만 예상대로 소용없었다. 하딘 생각이 떨쳐지질 않았다. 우리 방식대로 문제를 해결해 나가기로 동의하고 난 다음에야 비로소 모든 게 제대로 돌아가고 있다는 느낌이 들었다. 우리는 이제 한때 내가 그렇게도 원하던 바로 그 모습이 될 수 있었다.

'사랑해, 언제까지나. 넌 나를… 나로 만들어줬어, 테사. 그것만큼은 절대 잊지 않을 거야.'

내 안으로 밀고 들어오며 하딘이 한 말이었다.

하딘은 헐떡이면서도 온화했고, 열정적이었다. 내 등을 따라 움직이던 하딘의 손끝에 정신을 차릴 수 없었다.

현관문 열리는 소리가 들렸다. 그제야 어젯밤의 기억에서 빠져나올 수 있었다. 침대에서 내려와 반바지를 주워 입었다. 머리카락이 헝클어져 산발이 되었다. 같이 샤워를 하고 제대로 말리지 않았던 게 문제였다. 엉키고 뻗친 머리를 겨우 손으로 빗질하여 하나로 묶었다.

하딘은 휴대전화를 귀에 대고 거실에 서 있었다. 늘 입던 올 블랙 차림이었다. 하딘의 긴 머리카락도 나처럼 헝클어져 있었지만, 어쩐지 그에게는 찰떡같이 어울렸다.

"네, 알겠어요. 내 결정은 벤이 알려드릴 거예요."

하딘은 그제야 소파 옆에 어정쩡하게 서 있던 나를 보았다.

"다시 전화 드릴게요."

하딘이 다급하게 전화를 끊었다. 짜증스럽던 표정이 순식간에 사라지더니 내게 다가왔다.

"별일 없지?"

"응."

하딘은 고개를 끄덕이며 휴대전화를 내려다보았다. 하딘은 손으로 머리카락을 쓸어 넘겼고, 나는 그의 손목을 붙잡았다.

"정말?"

주제넘게 나서고 싶진 않았지만, 하딘은 어딘가 심기가 불편해 보였다. 들고 있던 하딘의 전화기가 울렸다. 하딘이 액정을 슬쩍 내려다보았다.

"나, 이 전화 받아야 해."

하딘은 한숨을 내쉬었다.

"금세 올게."

내 이마에 입을 맞추고는, 문밖으로 나가 현관문을 닫았다.

테이블 위에 놓인 바인더에 눈길이 갔다. 바인더는 열려 있었다. 종이 뭉치가 한쪽으로 삐죽 나와 있었다. 내가 사준 바인더였다. 아직도 이걸 가지고 있다니, 슬쩍 웃음이 나왔다.

호기심이 일어 바인더를 열어 보았다. 첫 번째 페이지에 인쇄된 문구가 눈에 들어왔다.

애프터 : 하딘 스캇 지음

황급히 다음 페이지를 펼쳤다.

그녀를 처음 만난 건 가을이었다. 잎들이 형형색색으로 물들고, 나뭇잎 태우는 냄새가 사그라들 것 같지 않은 계절이었다. 사람들은 연중 이 계절에 열광한다. 오직 한 사람, 그를 제외하고. 그는 단 한 가지만을 걱정했다. 바로 자신이다.

뭐라고? 나는 페이지를 뒤적거렸다. 이 충격과 혼란스러움을 진정시킬 해명을 찾아내려고 했던 것 같다. 설마 내가 생각하는 그런 건 아니겠지….

그녀의 불만은 그를 꼼짝 못하게 했다. 그는 자신의 가장 형편없는 모습에 대해 낱낱이 쏟아내는 그 말을 듣고 싶지 않았다. 그녀만큼은 그가 완벽하다고 생각하길 원했다. 그녀가 그에게 그랬던 것처럼.

눈물이 가득 차올랐다. 종이 몇 장이 바닥에 떨어지자, 나는 흠칫 놀랐다.

다아시에게 영감을 받아, 그는 그녀 아버지의 장례식 비용을 냈다. 흡사 다아시가 리디아의 결혼식을 치러줬던 것처럼. 그는 마약중독자 때문에 망신살이 뻗친 가족들의 상처를 감춰주려 했다. 미성년인 여동생이 결혼하겠다고 생난리를 친 건 아니었지만, 결과는 마찬가지였다. 소설 속 주인공이었다면, 그의 친절과 호의의 대가로 그의 엘리자베스는 다시 그의 품 안으로 돌아왔을 거다.

집 안이 빙글빙글 도는 것 같았다. 하딘이 아빠 장례식 비용을 치렀을 줄은 꿈에도 몰랐다. 당시 아주 조금 그럴 가능성도 있다고 생각했었다. 하지만 엄마 교회 사람들이 십시일반 도와줬을 거라 미뤄 짐작했었다.

자기 아이는 갖지 못하게 됐지만, 그녀는 아이를 갖고 싶다는 꿈을 놓을 수 없었다. 그도 그런 그녀의 꿈을 알고 있었다. 그럼에도 그는 그녀를 사랑했다. 그는 이기적인 놈이 되지 않으려 애를 썼다. 하지만 머릿속에서 그 생각을 지울 수 없었다. 그를 꼭 닮은 사내아이를 그녀는 줄 수 없다는 생각 말이다. 그럼에도 자신보다는 그녀의 슬픔에 더 마음이 쓰였다. 그는 기억할 수 없을 만큼 많은 밤들을 이룰 수 없는 꿈을 떠올리며 울어야 했다.

더 이상 못 읽겠다고 생각하는 순간, 현관문이 열리고 하딘이 들어왔다. 정나미 떨어지는 말들이 빼곡히 들어찬 종이 뭉치로 하딘의 눈길이 꽂혔다. 하딘은 들고 있던 전화기를 바닥에 떨어뜨렸다. 우리는 혼란의 도가니로 다시 빠져들었다.

35 · 하딘

복잡하게 얽힌 미로.

인생은 그런 걸로 가득 차 있다. 내 인생은 숨이 막힐 만큼 복잡한 미로다. 파도마저 잦아들 줄 모른다. 한 차례 지나갔나 싶으면 또 다시 밀려와 중요한 순간마다 들이닥쳤다. 이 순간만큼은 그 파도에 침몰하게 놔둘 수 없다.

침착하고 차분하게 설명한다면, 나는 이 작은 거실에 밀어닥칠 거대한 해일을 막아낼 수 있을지도 모른다.

테사의 회청색 눈동자가 불안하게 떨리고 있었다. 분노를 동반한 혼란스러움이 거대한 폭풍우를 만들어내고 있었다. 번갯불이 번쩍이며 천둥이 치기 직전의 바다처럼 말이다. 수면은 잠잠하고 잔물결조차 보이지 않았지만, 나는 곧 폭풍이 들이닥칠 걸 알았다.

떨리는 두 손에는 종이 뭉치가 꽉 쥐어져 있었다. 테사의 불길한 표정은 내게 다가올 위험을 경고하고 있었다.

무슨 말을 해야 할지, 어디서부터 시작해야 할지 모르겠다. 너무 복잡한 스토리였다. 게다가 나는 문제를 해결하는 데는 영 소질이 없다. 정신줄을 단단히 잡고 있어야 한다. 어떻게든 적당한 말을 짜내야 한다. 또 다시 테사가 내게서 달아나지 않도록 변명거리를 찾아야 한다.

"이게 뭐야?"

테사는 종이 한 장을 쓱 훑어보더니, 공중으로 휙 던졌다. 그리고 손에 들려 있던 나머지 종이 뭉치를 마구 구겼다.

"테사."

나는 조심스럽게 발걸음을 뗐다.

테사가 나를 노려보았다. 굳은 표정의 테사는 방어적인 몸짓으로 뒷걸음질을 쳤다. 이런 모습은 익숙치 않았다.

"내 얘기를 좀 들어줘."

뿜어져 나오는 음산한 기운 속에서 애원했다. 기분이 진짜 더러웠다. 겨우 예전의 우리로 돌아갔는데, 이제야 테사를 다시 찾았는데, 그 짧은 시간을 함께하고는 이 꼴이 되고 말았다.

"듣고 있어."

목소리는 컸지만, 비아냥대는 어투였다.

"어디서부터 시작해야 할지 모르겠어. 잠깐만 시간을 줘. 내가 다 설명할게."

두 손으로 머리카락을 움켜쥐었다. 테사의 고통이 나와 바뀌길 바랐다. 어쩌면 머리카락이 죄다 뜯겨 나가길 바랐는지도 모르겠다.

테사는 초조하게 서서, 페이지를 넘겨 가며 읽었다. 눈썹이 위로 솟구쳤다 쳐지기도 하면서, 눈에 힘이 들어갔다 동그래지기도 하면서.

"그만 읽어."

한 걸음 다가가며 테사의 손에 있던 원고를 잡았다. 종이 뭉치가 바닥에 떨어져 테사 발치에 흩어져 있던 종이들과 뒤섞였다.

"설명해봐, 당장."

테사가 재촉했다. 눈빛은 차가웠고, 부라리는 회색 눈동자는 나를 겁먹게 했다.

"알았어, 알았어."

발걸음을 옮겼다.

"나, 글을 쓰고 있었어."

"언제부터?"

테사가 다가왔다. 그녀를 두려워하는 나를 보고, 나 또한 깜짝 놀랐다.

"오래 전부터."

요리조리 말을 피했다.

"다 말할 거잖아. 그러니까 지금 말해."

"테스…."

"이름 부르지 마, 나쁜 자식. 난 네가 1년 전에 만났던 그 코흘리개가 아니라고. 지금 당장 말하든지, 아니면 여기서 꺼져서 지옥에나 가."

테사는 일부러 떨어진 종이를 밟았다. 하지만 테사를 탓할 수 없었다.

"음, 내가 널 쫓아낼 순 없겠구나. 여긴 랜던 집이니까. 제대로 설명 못 하겠으면, 내가 나갈게. 당장."

테사가 덧붙였다. 화를 내며 펄펄 뛰고 있지만, 테사는 역시 귀엽다.

"오래 전부터 써왔어. 우리가 처음 만났을 때부터. 근데 이걸로 뭘 하겠다는 의도는 눈곱만큼도 없었어. 그냥 글로라도 다 쏟아내고 싶었어. 도대체 내 머릿속에서 무슨 일이 일어나고 있는 건지 알아야 했거든. 그래서 이렇게 한 거야."

"언제부터인데?"

테사는 손가락으로 내 가슴을 쿡쿡 질러댔다. 아마 그러면 자기가 강압적으로 보일 거라 생각한 모양이다. 근데 그건 착각이었다. 하지만 당장은 말하지 말아야지.

"우리가 키스한 다음부터."

"첫키스 때부터?"

테사는 양 손으로 내 가슴을 밀쳤다. 한 번 더 밀치려는데, 내가 테사의 손을 붙잡았다.

"넌 날 가지고 놀았어."

테사는 내게서 손을 잡아 빼더니 긴 머리카락 속으로 집어넣었다.

"아니야! 그런 게 아니란 말이야!"

언성을 높이지 않으려 무던히 애를 쓰며 말했다. 쉽지 않았지만, 어쨌든 절제된 모습을 보여야만 했다.

테사는 노발대발하며 좁은 거실을 빙빙 돌았다.

테사는 두 주먹을 꽉 쥐었다가 또 다시 공중에 휘저었다.

"비밀이 많아. 넌 아직도 비밀투성이야. 난 끝이야."

"넌 끝이라고?"

입이 떡 벌어졌다. 테사는 여전히 쉼 없이 방 안을 왔다 갔다 했다.

"말해봐. 이것들 때문에 기분이 어떤지 다 말해보라고."

"내 기분이 어떠냐고?"

테사가 한껏 성난 눈빛으로 고개를 가로저었다.

"정신이 번쩍 든 것 같아. 날 현실 세계로 등 떠밀어 준 것 같다고. 요 며칠 동안 가졌던 말도 안 되는 희망에서 확 깨워준 거지. 이게 바로 우리야."

테사는 한 손을 앞뒤로 흔들었다.

"언제나 터지길 기다리는 폭탄을 장착하고 있지. 난 이제 손 놓고 망가지길 기다릴 만큼 바보가 아니야. 더 이상은."

"이건 폭탄이 아니야, 테사. 널 상처 주려고 이걸 쓴 것처럼 굴고 있잖아!"

테사는 무슨 말을 할 것처럼 입을 열었다가 다물었다. 할 말을 잃은 모양이다. 테사는 정신을 가다듬은 듯 다시 말했다.

"그럼 넌 대체 무슨 생각인데? 내가 이걸 보면 어떨 거라고 생각했어? 넌 내가 결국 이걸 찾아낼 거라는 걸 알았잖아. 근데 왜 미리 말하지 않았어? 기분이 너무 엿 같단 말이야."

"기분이 어떤데?"

나는 조심스레 물었다.

"가슴이 타들어가는 것 같은 기분, 너무 싫어. 한동안 이런 기분 안 느꼈었는데. 다시는 느끼고 싶지 않았고. 근데 봐, 지금 또 이러고 있잖아."

테사의 말투는 누그러졌지만, 패배감 같은 게 느껴졌다. 테사가 내게서 등을 돌리자, 온몸에 소름이 돋았다.

"이리 와봐."

테사의 팔을 잡고 끌어당겼다. 테사는 팔짱을 끼었다. 내게 덤벼들진 않았지만, 나를 안지도 않았다. 그냥 가만히 서 있었다. 최악의 상황은 벗어난 건지, 감이 잡히지 않았다.

"네가 느끼는 걸 얘기해줘."

내 목소리는 어색하기 짝이 없었다.

"무슨 생각해?"

테사는 내 가슴을 밀쳤다. 밀치는 힘이 전보다는 세지 않았다. 테사를 가만 놔두었다. 테사는 무릎을 꿇더니 원고 한 장을 집었다.

나는 내 감정을 표현해 보기 위해 이걸 쓰기 시작했다. 솔직히 읽을 게 다 떨어지기도 했다. 나는 책들과 테사 사이 어딘가에 있었다. 그 시절, 테레사 영은 내 구미를 자극했다. 나를 짜증나게 하고, 열받게 했다. 그런데도 그녀를 점점 더 많이 생각하고 있는 나를 발견했다.

테사가 내 머릿속에 처음 들어왔을 땐, 다른 게 더 들어올 여지 같은 건 없었다. 그런데도 테사가 강박처럼 내 뇌리에 박혔다. 나는 이게 게

임 같은 거라고 자신을 설득했다. 하지만 사실은 아니라는 걸 알고 있었다. 그때까지만 해도 그걸 인정할 준비가 안 됐던 거다. 처음 테사를 봤을 때 들었던 느낌을 아직도 기억한다. 뿌루퉁한 테사의 입술 모양과 옷차림을 보고 식겁했던 것도 생생히 기억난다.

테사가 입고 있던 스커트는 바닥에 질질 끌릴 만큼 길었다. 거기에 플랫 슈즈를 신고 다녔다. 처음 이름을 말할 때도 테사는 바닥만 쳐다봤다.

'음, 그러니까…, 내 이름은 테사야.'

참 희한한 이름이라고 생각했지만, 별 관심 없었다. 네이트가 테사한테 친절하게 굴었지만, 나는 그녀가 회색 눈동자로 나를 저울질하듯 쳐다보는 게 짜증스러울 뿐이었다.

테사는 나를 귀찮게 했다. 심지어 아무 말 하지 않을 때도 그랬다. 아니, 그럴 때가 특히 더 그랬다.

"내 말 듣고 있는 거야?"

테사의 목소리에 퍼뜩 정신이 들었다. 다시 화가 치미는 듯했다.

"난 그러니까…."

나는 말을 더듬었다.

"내 얘기 듣지도 않았지?"

테사가 싫은 소리를 했다.

"네가 이런 짓을 했다니 믿을 수가 없어. 내가 집에 왔을 때 네가 하던 일이 바로 이거였던 거지? 그때마다 바인더를 치워버렸었어. 내가 아빠를 발견하기 전에 옷장에서 찾아냈던 것도 바로 이거였어."

"변명하지 않을게. 근데 절반쯤은 취한 상태로 쓴 거야."

"'쓰레기'라는 거야?"

테사는 들고 있던 원고를 읽어 내려갔다.

"'그녀는 술잔을 들지도 못했다. 비틀거리며 엉망이 되어 방으로 들어왔다. 술에 취해, 매력이라고는 찾아볼 수 없는 상스러운 여자애들처럼 말이다.'"

"그만 좀 읽어. 그건 네 얘기가 아니야. 맹세해. 너도 알잖아."

나는 테사의 손에서 원고를 뺏었다. 하지만 테사가 얼른 다시 낚아챘다.

"몰라! 내 얘기를 써놓고는 나한테 읽으라 마라 할 순 없어. 지금까지도 아무 설명 안 하고 있잖아."

테사는 거실을 가로질러 현관문 앞으로 갔다. 신발을 신더니 반바지를 고쳐 입었다.

"어디 가?"

테사를 따라 나갈 채비를 했다.

"산책하러 갈 거야. 바람 좀 쐬어야겠어. 여기 더는 못 있겠어."

"같이 갈래."

"안 돼. 넌 오지 마."

테사는 열쇠를 쥐더니 산발이 된 머리카락을 꼬아서 틀어 올리려고 기를 썼다.

"옷도 제대로 안 입었잖아."

내가 말했다. 테사는 나를 죽일 듯이 노려보더니, 아무 말 없이 아파트를 나섰다. 현관문이 꽝 닫혔다.

아무 것도 해결된 게 없었다. 엉켜버린 실타래를 풀어보려고 했지만 완전히 망했다. 상황은 더 복잡하게 엉켜버렸다. 바닥에 무릎을 꿇고 앉았다. 테사를 따라가고 싶은 마음을 억지로 억눌렀다. 테사를 확 들쳐 업고 와 방에 가둬두고 싶었다. 소리를 지르며 발버둥 치겠지만 어림도 없다. 다시 나와 얘기할 마음의 준비가 될 때까지 방에 가둬둘 거니까.

아니다, 그럴 순 없다. 그건 지금껏 내가 거쳐 왔던 그 모든 '과정'에 역행하는 행동이다. 대신 나는 바닥에 흩어진 원고들을 모았다. 그리고 몇 장을 읽어보았다. 왜 내가 이런 거지 같은 걸 쓰려고 했는지 떠올리면서 말이다.

"네가 기를 쓰고 감추려는 건 뭔데?"

네이트가 넘겨다보며 참견질을 한다.

"아무 것도 아냐, 신경 *끄셔*."

하딘이 언짢아하며 건너편을 쳐다보았다. 어쩌다 매일, 것도 하필 딱 이 시간에 여기 앉아 있게 된 건지 그도 알 수 없었다. 테사와 짜증나는 랜던 자식이 매일 아침 카페에서 만나는 거랑은 상관없다. 절대로 상관없다.

그는 그 여자를 보고 싶지 않았다. 진짜 그랬다.

"어젯밤, 너랑 몰리가 복도에서 하는 얘기 들었어, 넌 정말 쓰레기야."

네이트는 손가락으로 담뱃재를 튕기면서 인상을 썼다.

"글쎄, 걜 내 방에 데리고 들어가려던 건 아냐. 걔가 거절하지 않았던 거지."

하딘이 낄낄대며 웃었다. 몰리가 언제라도 기꺼이 자기한테 오를 섹스를 해줄 거라는 게 자랑스러운 모양이었다. 그의 방 옆 복도에서라도 말이다.

하지만 친구들에게 하지 않은 말이 있었다. 결국 몰리를 거절하고 돌려보냈다는 사실이다. 어떤 금발 여자애가 떠올랐기 때문이라는 말도 물론 하지 않았다.

"넌 개자식이야."

네이트가 절레절레 고개를 저었다.

"얘, 진짜 개자식 아니냐?"

로건이 다가오자, 네이트가 그에게 물었다.

"물론, 당연하지."

로건은 네이트에게 담배를 건네받았다. 하딘은 감자 포대 같은 스커트를 입고 길을 건너려고 기다리는 여자에게 눈길을 주지 않으려 애썼다.

"행여 누구랑 사랑에 빠지기만 해봐. 있는 힘껏 비웃어줄 테니까. 넌 복도에서 섹스해야 할 거다. 그 여자가 널 자기 방에 들어오지도 못하게 할 테니까."

네이트가 하딘을 한껏 놀려댔지만, 하딘은 듣고 있지 않았다.

'왜 저런 옷을 입고 다니지?'

하딘은 궁금증이 이는 자신을 발견했다. 그녀는 긴팔 셔츠 소매를 걷어 올리고 있었다. 하딘은 넋을 놓고 쳐다보았다. 손에는 펜이 들려 있었다. 그녀는 인도에 시선을 고정한 채, 가까이 다가오고 있었다. 그러다 어떤 녀석과 부딪혀 손에 들려 있던 책이 떨어졌다. 그녀는 연신 미안하다며 고개를 숙였다.

그녀는 몸을 굽혀 남자를 도왔다. 그리고 남자에게 미소를 지었다. 하딘은 문득 며칠 전, 거칠게 밀어붙이던 부드러운 그녀의 입술 감촉이 떠올랐다. 그는 깜짝 놀랐다. 그녀가 먼저 다가오는 타입이라고는 결코 생각하지 않았기 때문이다. 그녀는 자기 남자친구하고 신통치 않은 키스만 했던 게 분명했다. 헐떡거리던 숨소리며, 자신을 만지려 안달하던 손놀림을 떠올려 보면 꽤 가능성이 있었다.

"그래서 내기는 어떻게 돼 가고 있냐?"

로건이 테사를 턱짓으로 가리켰다. 테사는 랜던을 발견하고는 환하게 웃었다. 백팩이나 메고 다니는 샌님 같은 녀석.

"별 다른 건 없어."

하딘은 원고를 한 팔로 가리며 대답했다. 저 여자애에게 무슨 일이 있었는지 녀석은 어떻게 알았을까? 그녀는 로건과 거의 말을 섞지 않았다. 토요일 아침, 미친 게 분명한 그녀의 엄마와 얼빠진 남자친구가 나타나 기숙사 방문을 부서질 듯 두들겼던 날 이후로 말이다.

왜 그녀의 이름을 이 종이에다 적은 거야? 로건이 뭔가를 알 듯한 표정으로 하딘을 쳐다보았다. 왜 땀을 한 바가지 흘린 것 같은 기분이 들지?

"쟤 좀 짜증나. 그래도 최소한 제드보다는 날 더 좋아하는 거 같아."

"쟤, 섹시해."

두 녀석이 동시에 말했다.

"내가 좀 모자란 놈이었으면, 같이 덤벼볼 텐데. 난 니들보단 좀 난 놈이니까."

네이트가 로건과 키득거리며 하딘을 비아냥거렸다.

"이 짓거리에는 절대 발 담그지 않을 거야. 진짜 멍청한 짓이야. 너도 제드 여자친구랑 자는 게 아니었어."

로건이 하딘에게 싫은 소리를 했다. 하딘은 무방비로 웃고 있는 중이었다.

"그래도 해볼 만 하잖아."

그는 건너편 보도를 돌아보았다. 그녀는 사라지고 없었다. 그들은 주말에 벌일 파티 얘기로 화제를 바꾸었다.

맥주를 몇 통이나 사야 하냐를 두고 두 사람이 아웅다웅했다. 하딘은 어느새 글을 쓰고 있었다. 지난 금요일, 테사가 방문을 두드렸을 때 얼마나 겁이 났는지 적어 내려갔다. 테사는 자신을 쫓아오던 닐을 피해 그의 방으로 도망쳐 왔다. 닐은 빌어먹을 자식이다. 아마 아직까지도 하딘에게 열받아 있을 거다. 하딘이 일요일 밤에 녀석의 침대에 표백제 한 통을 쏟아 부었기 때문이다. 그녀에게 특별한 관심이 있었던 건 아니다. 그저 그런 상황을 벌인 데 대한 응분의 대가를 치르게 하고 싶었을 뿐이다.

여기까지 쓰자, 그 다음부터는 술술 써졌다. 나조차도 제어할 수가 없었다. 테사와 일련의 일들을 겪으며, 나는 테사에 대해 말할 수 있는 게 많아졌다. 이를 테면, 케첩이 싫다고 얘기하면서 콧등에 주름을 짓는다든가 하는. 세상에, 케첩을 싫어하는 사람도 있나?

테사에 대해 소소한 걸 하나하나 알아나가며, 내 감정도 커졌다. 스스로 인정하지 않았지만, 어쨌든 감정이 자라는 건 사실이었다.

우리가 함께 살게 되자, 글쓰기가 어려워졌다. 전보다는 훨씬 덜 쓰게 되었다. 글을 쓰고 나면, 원고는 옷장 안 신발 상자 속에 잘 숨겨 두었다. 지금까지도 테사가 그걸 찾아냈을 거라고는 생각 못 했다. 그리고 이 지경까지 왔다. 도대체 나는 언제쯤 이 골치 아픈 누더기 인생에서 벗어나게 될까.

추억이 강물처럼 밀려왔다. 테사가 내 머릿속을 들여다볼 수 있었으면 좋겠다. 그럼 말하지 않아도 내 생각을 읽을 수 있고, 글을 쓴 의도가 뭔지도 알 수 있을 텐데.

테사가 내 머릿속에 들어와 본다면 알 거다. 출판사 사람들과 미팅하러 뉴욕에까지 오게 된 경위를 말이다. 진짜 책을 내려고 그랬던 건 아니다. 그냥 어쩌다 이렇게 됐다. 나는 많은 순간들을, 우리가 함께했던 잊지 못할 순간들을 기억하고 싶었다. 테사에게 처음으로 사랑한다고 말했던 순간 같은 것들을. 음, 취소했던 거 말고, 두 번째로 말했던 그때 말이다. 난장판이 된 거실을 치우는 동안, 이 모든 추억들이 되살아났다. 마음 한구석에 자리 잡은 그 기억들을 나도 어찌할 도리가 없었다.

그는 씩씩거리며 피멍이 든 채로 골대에 기대 서 있었다. 어쩌다 저 남자들이랑 싸움을 시작한 건지 모르겠다. 그것도 병신 같은 모닥불 축제 한복판에서. 아, 맞다. 테사가 제드랑 가버렸기 때문이다. 제드는 하딘의 전화를 매몰차게 끊었다. 비아냥대는 목소리로 테사가 자기 아파트에 있다는 암시를 넌지시 던져놓고.

그는 돌아버릴 것 같았다. 제드의 말을 잊어버리고 싶었다. 어쭙잖은 질투심에 휩싸이기보다 차라리 육체적 통증이 나을 것 같았다.

'테사가 녀석이랑 잤을까?'

이 생각이 계속 머리에 맴돌았다.

'녀석이 이긴 건가?'

'이기고 지는 문제가 더 이상 중요할까?'

그는 쉽사리 답을 할 수 없었다. 언젠가부터 그 경계가 모호해졌다. 언제부터 그렇게 된 건지 그 자신도 꼬집어 말할 수 없었다. 하지만 그는 알고 있었다, 적어도 어느 정도는.

잔디밭에 앉아 입가에 묻은 피를 닦고 있는데, 테사가 다가왔다. 하딘의 시야는 약간 흐릿했지만, 그녀만큼은 뚜렷이 보였다. 켄의 집에 데려다주는 동안, 테사는 내내 안절부절못했다. 마치 그가 흉포한 동물이라도 되는 양.

테사는 창밖에 시선을 고정한 채 물었다.

"너, 나 사랑해?"

하딘은 깜짝 놀랐다. 갑작스런 그녀의 질문에 대답할 준비가 되어 있지 않았기 때문이다. 이미 그녀를 사랑한다고 고백했지만, 금세 그 말을 취소했었다. 그런데 지금 또, 테사가 반쯤 정신 나간 것처럼 묻는다. 얼굴은 통통 붓고 여기저기 멍이 들어 있는 그에게, 자기를 사랑하냐고 묻고 있다.

물론 그는 테사를 사랑한다. 그가 장난하는 줄 아나?

하딘은 잠시 뜸을 들였다. 하지만 더 이상 참을 수 없을 지경에 이르렀다. 그는 갑작스레 말을 쏟아냈다.

"그래. 내가 사랑하는 사람은 바로 너야."

사실이었지만, 인정하고 나니 민망하고 불편해졌다. 그는 그녀를 사랑했다. 그녀를 만난 다음의 삶은 결코 예전과 같지 않을 거라는 걸, 그는 잘 알고 있었다.

그녀가 그를 떠나 그녀 없이 여생을 보낸다 해도, 그는 여전히 예전으로 돌아갈 수는 없을 거다. 그녀는 그를 달라지게 했다. 그는 피투성이 주먹을 꽉 쥐고, 그녀를 위해 더 나은 사람이 되길 원하며 그 자리에 서 있었다.

다음날, 구겨지고 커피 얼룩이 묻은 원고 뭉치에 제목을 붙이고 있는 나를 발견했다.

'애프터'

나는 사실 아무 준비도 되어 있지 않았다. 이 원고를 출간하려고 생각해본 적도 없었다. 그러다가 실수를 저질렀다. 몇 달 전, 그룹 치료 모임에 가는 날에 원고를 가져갔던 거다. 의자 밑에 놓아두었던 바인더를 루크가 집어 들었다. 그 시기, 나는 엄마 집에 불 지른 이야기를 하고 있었다. 말하기는 싫었지만, 억지로 끄집어낸 이야기였다. 호기심 어린 눈빛으로 나를 보고 있는 시선들을 피해 다른 곳에 눈길을 고정시킨 채였다. 이 방에, 내 눈길이 머무는 곳에, 테사가 있는 것처럼 여기면서 말이다. 테사는 나를 향해 미소 짓고 있겠지. 나처럼 엉망진창인…, 아니, 엉망진창이었던 낯선 사람들 앞에서 암울했던 시간을 담담히 털어놓는 나를 자랑스러워하면서.

닥터 트랜이 모임의 종료를 알렸다. 손을 뻗어 바인더를 꺼내려 했다. 루크의 손에 그 바인더가 들려 있는 게 눈에 들어온 순간, 잠깐이지만 공포가 엄습했다.

"이게 뭐냐?"

루크가 물었다. 그의 시선은 한 페이지에 고정된 채였다.

"한 달 전에 만났더라면, 넌 이 몇 개는 날아갔을 거야."

바인더를 뺏으며, 루크를 노려보았다.

"미안. 내가 에티켓이 좀 부족해."

루크는 멋쩍게 웃었다. 무슨 이유에선지, 그를 신뢰할 수 있을 것 같은 기분이 들었다.

"확실히 그러네."

어이없는 표정을 지으며, 나는 흐트러진 원고를 바인더 안에 집어넣었다.

루크가 싱긋 웃었다.

"내가 루트 비어(알코올 성분이 거의 없는 갈색 빛깔의 미국식 탄산음료 - 옮긴이) 한잔 사면 그게 뭔지 얘기해줄 거야?"

"처량하기도 하지. 알코올 중독 치료 중인 두 남자가 한낱 인생 이야기를 읽으려 타협 중이라니."

고개를 흔들었다. 어쩌다 내가 이 지경까지 이르렀는지 궁금했다. 그럼에도 테사에게는 고맙게 생각한다. 테사가 아니었다면 나는 아직도 암흑 속에 있었을 거다. 천천히 썩어가게 그냥 둔 채로.

"음, 그래도 루트 비어는 집에 불을 싸지르게 만들진 않을 거야. 캐시한테 상처 주는 말도 안 하게 해줄 거고."

"좋아. 한잔 하자."

나는 루크가 커플 상담 때문에 왔다는 걸 알고 있었다. 그래서 까탈스럽게 굴지 않고, 그의 호의에 호응해주기로 했다.

우리는 바로 옆 식당으로 갔다. 루크가 쏘기로 하고, 음식을 잔뜩 시켰다. 그리고 내 고백 같은 원고를 몇 장 읽게 해주었다.

20분쯤 지나고, 나는 억지로 그만 읽게 했다. 말리지 않았다가는 그 원고를 다 읽을 기세였다.

"이거 놀라워, 정말로. 이거…, 몇 군데는 쓰레기 같지만, 그래도 난 이해돼. 이건 네가 아니라 악령이 말하는 거 같아."

"악령이라고?"

나는 잔에 남은 루트 비어를 비웠다.

"그래, 너 취하면 악령으로 가득 차잖아."

루크가 씩 웃었다.

"내가 읽은 부분 중에 몇 군데는 네가 쓴 게 아닌 거 같아. 그건 분명 악령이 쓴 거야."

고개를 주억거렸다. 루크 말이 맞았다. 내 어깨에 소름끼치는 붉은 용 같은 악령이 앉아 있는 모습이 그려졌다. 그 악령이 이상한 내용을 끄적거리는 모습도 보였다.

"다 쓰고 나면 그분한테도 읽게 할 거지?"

치즈 스틱을 소스에 푹 찍으며, 욕이 튀어나오지 않도록 신경을 썼다. 작은 악령을 만들어낸 나의 놀라운 상상력에 감탄하던 순간을 녀석이 망쳐버렸다.

"말도 안 돼. 이딴 걸 읽게 할 순 없지."

가죽 바인더를 툭툭 치며 말했다. 테사가 이 바인더를 사와 내게 건네며 좋아하던 순간이 떠올랐다. 처음엔 안 쓰겠다고 버텼지만, 이제는 이 허접한 물건을 너무도 좋아하게 됐다.

"읽게 해야 해. 왜곡된 내용 몇 군데는 빼고. 특히 불임에 대한 이야기 같은 건 잘못된 생각이잖아."

"나도 알아."

나는 루크를 쳐다보지 않았다. 잔뜩 움츠린 채 테이블만 내려다보고 있었다. 그걸 쓰면서 대체 내가 무슨 생각을 하고 있었던 건지 궁금했다.

"그거 가지고 뭘 할지도 생각해봐. 내가 뭐 문학이나 헤닝스웨이 같은 건 잘 모르지만, 암튼 정말 정말 좋았어."

헤닝스웨이라고? 헤밍웨이 말인가? 루크가 잘못 말한 건 그냥 넘어가 주기로 했다.

"뭐, 이걸 출간하라고?"

나는 키득거렸다.

"말도 안 돼."

대화는 거기서 끝나버렸다.

꼬리에 꼬리를 무는 입사 면접이 계속됐다. 나는 지겨웠다. 마지막에는 아무 감흥조차 일지 않았다. 답답한 사무실에 앉아 꼼짝 없이 일하고 있는 내 모습을 상상할 수가 없었다. 나는 출판사에서 일하고 싶었다. 그건 진심이었다. 하지만 어느새 나는 내 원고를 읽고 또 읽고 있었다. 더 많이 읽으며 우리의 기억을 떠올릴수록, 이 원고로 뭔가 해보고 싶다는 마음이 자꾸 일었다.

최소한 시도라도 해보자고 스스로를 설득했다. 몇 몇 부분을 덜어낸 다음 테사에게 보여주면, 테사도 좋아할 거라 생각했다. 생각은 점차 집착이 되어갔다. 누군가의 자기 회복 여정을 보고 싶어하는 사람들이 있다는 데 놀랐다.

형편없다고 생각했는데, 그들은 내 원고를 진지하게 받아들였다. 에

이전트를 통해 가능성이 있는 몇몇 출판사들에 이메일을 보냈다. 반스 출판사에서 일할 때 알았던 에이전트였다. 확실히 손으로 쓰거나, 타이핑한 원고 뭉치를 들고 다니는 시대는 끝난 모양이었다.

이게 전부다, 아니, 그렇다고 생각했다. 이 책이 당당한 내 의사 표시가 될 거라 생각했다. 테사가 나를 다시 그녀의 인생에 받아들이도록 만들. 당연히, 지금이 아닌 몇 달 후의 일이다. 책이 나올 때쯤이면, 뉴욕에서 뭘 하든 테사는 시간이 더 많아질 거라 생각했다.

이러고 앉아 있을 때가 아니다. 참고 기다리는 데도 한계가 있다. 나는 지금 그 한계에 다다랐다. 테사가 나한테 화가 나서 이 거대한 도시를 혼자 헤매고 다닌다 생각하니, 속이 메슥거렸다. 이 정도면 됐다. 이제 나도 해명할 준비가 됐다.

원고의 마지막 장을 주머니에 쑤셔 넣었다. 구겨지든 말든 상관없었다. 그런 다음 랜던에게 문자메시지를 보냈다. 혹시 집에 왔다가 나가더라도 현관문을 잠그지 말라는 거였다. 그리고 테사를 찾으러 아파트를 나섰다.

하지만 찾을 필요도 없었다. 현관문을 나서자, 계단참에 앉아 있는 테사가 눈에 들어왔다. 테사는 초점 없는 눈으로 한 곳을 바라보고 있었다. 내가 다가갈 때까지도 알아차리지 못했다. 곁에 다가가 앉자, 테사는 가만히 나를 올려다보았다. 눈빛에서는 여전히 거리감이 느껴졌다. 내가 가만히 들여다보자, 테사의 눈빛이 천천히 부드러워졌다.

"우리 얘기 좀 하자."

테사가 고개를 끄덕이더니 시선을 돌렸다. 내 해명을 기다리는 듯했다.

"얘기 좀 하자고."

테사를 쳐다보며 한 번 더 말했다. 나는 두 손은 무릎 위에 얌전히 올렸다.

"그러자고 했잖아."

테사는 억지로 미소를 지어 보였다. 테사의 무릎에 여기저기 붉게 까진 자국이 있었다.

"무슨 일 있었어? 괜찮은 거야?"

손을 가만히 두려던 당초의 계획은 순식간에 무너졌다. 나는 테사의 다리를 잡고, 상처를 자세히 들여다보았다.

테사가 몸을 돌렸다. 두 볼과 눈동자는 붉게 상기되어 있었다.

"엎어졌어."

"이건 전부 의도치 않았던 일들이야."

"네가 우리 얘기를 책으로 썼잖아. 그걸 출판사에 돌렸고. 어떻게 그게 의도적이 아니라고 할 수 있어?"

"진짜 그러려던 거 아니야. 네 얘기나, 내 얘기, 아니 전부 다."

공기는 후텁지근했다. 무슨 말을 먼저 꺼내야 할지, 생각보다 훨씬 더 어려웠다.

"올해가 내 인생의 전부라고 해도 될 만큼, 난 나 자신에 대해 정말 많이 배웠어. 어떻게 살아야 할지에 대해서도. 나는 모든 걸 삐딱하게만 봐왔어. 나 자신을 혐오했고, 주변 모든 사람을 증오했어."

테사는 잠자코 있었다. 하지만 아랫입술이 파르르 떨렸다. 안간힘을 쓰며 표정 관리를 하고 있는 게 분명했다.

"네가 이해 못 할 거라는 거 알아. 아마 다들 그렇겠지. 근데 세상에서 제일 더러운 기분은 자신을 혐오하는 거야. 난 늘 그렇게 살았어. 그렇다고 내가 저지른 짓들을 변명하려는 건 아니야. 널 그런 식으로 대해선 안 됐어. 넌 네 말처럼, 언제든 나를 떠날 권리가 있었으니까. 지금 내가 바라는 건, 네가 원고를 끝까지 다 읽고 마음을 정해줬으면 하는 거야. 처음부터 끝까지 다 읽지 않고, 그 원고에 대해 왈가왈부할 순 없어."

"그러려던 건 아니야, 하딘. 하지만 이건 너무 심하잖아. 겨우 이 패턴에서 벗어났는데 또 이렇게 될 줄은 몰랐어. 난 아직도 그걸 이해할 수가 없어."

테사는 고개를 가로저었다. 머릿속에 가득한 생각들을 떨쳐내려는 듯. 테사의 눈동자가 이글이글 타올랐다.

"알아, 베이비. 나도 알아."

테사의 한 손을 꼭 쥐자, 테사가 움찔 몸을 움츠렸다. 손바닥을 뒤집어보니 벌겋게 부푼 상처가 있었다.

"괜찮은 거야?"

테사가 고개를 끄덕였다. 손끝으로 상처 부위를 살살 쓰다듬었다.

"누가 그런 걸 읽고 싶어 하겠어? 출판사들이 그걸 출간하고 싶어 한다니, 믿을 수가 없어."

테사가 내게서 시선을 돌렸다. 이 복잡한 도시는 우리와는 상관없이 여전히 바쁘게 돌아가고 있었다.

"많은 사람들이."

나는 어깨를 으쓱했다. 어쨌든 사실이었으니까.

"도대체 왜? 이건…, 우리가 생각하는 그런 사랑 얘기가 아니잖아.

겨우 몇 장 읽었는데도 암울한 느낌이 들던데."

"나락에 떨어진 사람이라도 자기 얘기를 할 순 있어, 테사."

"넌 나락에 떨어진 사람 아니야, 하딘."

배신감에 치를 떨면서도 테사가 내 편을 들어주었다.

나는 한숨을 내쉬었다. 일면 테사의 말에 동의한다.

"어쩌면 속죄할 수 있다는 희망 아닐까? 행복에 겨운 뻔한 러브 스토리를 지겨워하는 사람들도 있어. 이건 다르잖아. 세상에는 완벽하지는 않지만 자신들의 삶을 꾸려가는 수많은 삶들이 있어. 그 사람들이 이 이야기에 공감할 수도 있잖아? 내 모습에 자신의 모습을 투영해 보면서. 썩 달갑지는 않지만."

나는 떨리는 손으로 목덜미를 문질렀다.

"어쩌면 내 실수에서, 또 네 실수에서도 뭔가를 배울 수 있고."

나는 콘크리트 계단에 앉아 쉼 없이 말을 쏟아내고 있었다. 테사는 그런 나를 물끄러미 쳐다보았다. 여전히 못 미더운 눈초리였다. 나는 더 열심히 설명했다.

"때론 모든 걸 흑백으로 나눌 수 없어. 누구도 완벽할 순 없잖아. 난 살면서 온갖 나쁜 짓을 했어. 너한테, 또 다른 사람들한테도. 하지만 지금은 정말 후회해. 그리고 다시는 그런 짓을 되풀이하지도, 묵과하지도 않을 거야. 이 책은 그냥 내 감정의 배출구 같은 거야. 나한테는 또 하나의 치료 같은 거지. 여기에는 내가 느끼고 원하는 걸 솔직하게 털어놓을 수 있었어. 이건 나 자신이고, 내 삶이야. 혹시라도 사람들이 내 이야기의 어두운 면을 안 좋게 생각한다면, 그건 그 사람들 몫이야. 모두를 만족시킬 순 없으니까. 그래도 분명 우리 얘기를 좋아해줄 사람들도 많이 있을 거야. 이 책 얘기와 비슷한 상황에서, 자기 문제를 제대로 인정하고 싶은 사람들. 그래서 우리 방법을 적용해보고 싶은 사람들도 있을 거야."

테사의 입꼬리가 살짝 올라갔다. 그러다 테사는 고개를 살짝 저으며 한숨을 내쉬었다.

"만약에 사람들이 안 좋아하면? 읽고 싶어 하지 않으면? 책의 내용으로 우리를 혐오하면 어떡해? 나는 그런 식으로 주목받을 마음의 준비가 안 됐어. 난 다른 사람이 내 삶을 가지고 이러쿵저러쿵 저울질하는 건 싫단 말이야."

"그런 사람들은 우리가 혐오해 주자고. 그들이 어떻게 생각하든 무슨 상관이야? 그들은 어차피 책을 읽지도 않을 건데."

"이건…, 이건 대체 어떤 종류의 러브 스토리야?"

불안한 듯 테사의 목소리가 떨렸다.

"이건 진짜 현실의 연애를 다룬 러브 스토리지. 용서와 조건 없는 사랑에 대한 이야기. 죽도록 노력한다면, 한 사람이 정말 얼마나 많이 달라질 수 있는지를 보여주는 이야기. 자기 자신을 치유한다면 못할 게 없다는 걸 증명해주는 그런 이야기야. 누군가 의지할 사람이 있다면, 그 사람이 자신을 사랑하고 끝까지 자신을 포기하지 않는다면, 결국 암흑 속에서도 스스로 길을 찾을 수 있다는 걸 보여주는 이야기. 어떤 부모를 만나든, 무엇에 중독되든, 자기 힘으로 바로 서면 헤쳐나갈 수 있고, 그래서 결국 더 나은 사람이 될 수 있다는 걸 보여주는 이야기. 그게 '애프터'의 스토리야."

"'애프터'?"

테사는 손으로 햇빛을 가리며, 고개를 갸우뚱했다.

"이 책 제목이야."

제목 얘기를 하니 갑자기 정신이 확 들었다. 나는 다른 데로 눈길을 옮겼다.

"이건 내 삶의 여정에 대한 이야기야, 너를 만난 후의 나에 대한 이야기."

"얼마나 나쁜 얘긴데? 맙소사, 하딘, 왜 나한테 미리 얘기하지 않았어?"

"나도 모르겠어."

나는 솔직히 말했다.

"네가 생각하는 것만큼 나쁘진 않아. 네가 가장 최악인 부분만 읽었거든. 네가 읽지 않은 부분들, 그게 이 원고의 핵심이야. 내가 널 얼마나 사랑하는지, 네가 어떻게 내 삶의 목표를 만들어 주었는지, 너를 만나 나한테 무슨 일이 벌어졌는지에 대한 얘기들. 우리가 함께 헤쳐나가며, 함께 웃었던 그런 얘기들이 들어 있어."

테사는 두 손으로 얼굴을 가렸다.

"이걸 쓸 때 나한테 얘기해줬어야지. 난 왜 눈치채지 못했을까?"

나는 몸을 뒤로 젖혀 계단에 등을 기댔다.

"그래, 맞아. 근데 내가 잘못을 깨닫고 스스로를 바꾸려 노력하기 시작했을 때, 난 그랬으면 했어. 너한테 보여주기 전에 원고가 완벽했으면 했어. 그 부분은 진심으로 미안해, 테사. 그리고 이런 식으로 알게 해서 진짜 미안해. 너한테 상처 주거나 널 기만하려는 의도는 전혀 없었어. 근데도 그런 기분이 들게 해서 정말 미안해. 난 네가 날 떠났을 때랑 같은 사람이 아니야, 테사. 너도 그걸 알잖아."

테사는 기어들어가는 목소리로 대답했다.

"무슨 말을 해야 할지 모르겠어."

"그냥 읽어봐. 일단 다 읽고 나서 마음의 결정을 해줘. 내가 간청하는 건 그거 하나야. 제발 읽어줘."

테사는 눈을 감았다. 그리고 몸을 움직여 무릎을 내게 기댔다.

"그래, 읽어볼게."

그제야 숨이 쉬어졌다. 가슴을 무겁게 내리누르던 무언가가 사라진 느낌이었다. 이 안도감은 어떤 말로도 표현할 수가 없었다.

테사가 일어나 긁힌 무릎을 문질렀다.

"걸칠 것 좀 가져다줄게."

"괜찮아."

"도대체 언제쯤이면 내가 하자는 대로 할래?"

가라앉았던 분위기를 띄우고 싶었다. 효과가 있었다. 테사는 희미하게 미소를 지었다.

"절대 안 그럴걸."

테사는 계단을 오르기 시작했다. 나도 그 뒤를 따랐다. 같이 들어가 테사가 원고를 읽는 동안 옆에 앉아 있고 싶었다. 하지만 그럴 순 없었다. 그 사이 도시 여기저기를 돌아다니기로 했다.

"잠깐만!"

계단을 다 오른 테사를 불러 세웠다. 주머니를 뒤져 구겨진 종이 한 장을 꺼냈다.

"이건 제일 마지막 페이지야."

테사가 손을 내밀었다. 나는 계단을 두 칸씩 뛰어 올라가, 테사의 손에 종이를 쥐어주었다.

"제발 미리 훔쳐보지는 마."

한 번 더 애원했다.

"안 볼게."

테사가 돌아섰다. 나는 혹시라도 테사가 고개를 돌려 내게 미소를 지어 보일까, 한참을 그대로 서 있었다.

바라는 게 있다면 테사가 이해해주는 거다. 테사 같은 사람이 없다는 걸, 테사가 진심으로 이해해줬으면 좋겠다. 테사는 용서할 줄 아는 드문 사람 중 하나다. 다들 테사더러 약하다고 했지만, 사실 그 반대다. 테사는 강한 사람이다. 자기 자신을 증오하는 남자 옆에 기꺼이 서 있을 만큼 강한 사람이다. 나를 나락에서 건져 올리고, 사랑받을 자격이 있다는 걸 보여줄 만큼 강한 사람이다. 자신이 자라온 환경은 그와 정반대였음에도 불구하고 말이다. 테사는 내게서 떠날 수 있을 만큼 강한 사람이다. 테사는 무조건적인 사랑을 퍼부을 만큼 강한 사람이다. 테사는 그 누구보다 강한 사람이다. 부디 테사도 그걸 알게 되길 바랐다.

37 · 테사

집 안으로 들어가, 잠시 생각을 정리했다. 온갖 생각들이 날뛰고 있었다. 바인더는 테이블 위에 놓여 있었다. 원고는 바인더 안에 뒤죽박죽으로 쑤셔 넣어져 있었다.

첫 번째 장을 꺼내 들고, 심호흡을 했다.

'다 읽고 나면 정말 내 마음이 바뀔까? 아니면 더 상처 받게 될까?'

결과를 받아들일 준비가 됐는지 확신이 서지 않는다. 하지만 분명한 건 어쨌든 이걸 읽어야 한다는 사실이다. 하딘이 쓴 글과 그 안에 담긴 그의 감정을 읽어야 한다. 하딘을 읽을 수 없었던 그 모든 시간 동안 그의 마음속에서 어떤 일이 벌어졌는지 알아야 했다.

그 순간, 그는 알았다. 그가 그녀와 생을 함께하고 싶다는 걸, 테사가 밝혀준 빛 없이는 그의 삶은 무의미하고 공허할 뿐이라는 걸. 그녀는 그에게 희망이라는 걸 주었다. 그는, 어쩌면, 정말 어쩌면, 자신이 과거보다 나은 사람이 될 수 있을지도 모른다는 느낌이 들었다.

첫 장을 내려놓고 다음 장을 읽기 시작했다.

그는 자신만을 위해 살았다. 그런데 그게 달라졌다. 눈이 떠지면 일어나고, 눈을 감으면 잠이 들던 그때와는 너무도 많은 게 달라졌다. 그녀는 그에게 필요한지조차 모르던 모든 걸 주었다.

자기 입에서 그런 말이 나오다니, 믿을 수 없었다. 그는 혐오스러운 인간이었다. 자신을 사랑하는 사람들에게 상처를 주면서도 멈추지 못했다.

"그들은 왜 나를 사랑하는 거야?"

그는 끊임없이 자문했다.

"왜 나를 사랑한다고 말하지? 난 사랑받을 자격조차 없는데."

그의 머릿속은 그런 생각으로 꽉 차 있었고, 아무리 숨으려 해도 항상 그 생각에 덜미를 잡혔다.

그는 자신의 입맞춤으로 그녀의 눈물을 닦아주고 싶었다. 그녀에게 모든 걸 털어놓고 싶었다. 너무 미안하다고, 구제 불능이라 그렇다고. 하지만 그는 아무 말도 할 수 없었다. 그는 겁쟁이였고, 회생 불능의 상처를 가진 사람이었다. 그는 자신을 혐오하는 것보다 더 가혹하게 그녀를 대했다.

그녀의 미소, 그녀의 웃음소리는 그를 어둠에서 빛으로 이끄는 원동력이었다. 그녀의 웃음은 그의 멱살을 잡고 불투명한 마음속에서 그를 끌어냈다. 그리고 그의 사고를 전염시켰다. 그는 그의 아버지 같은 사람이 아니었다. 그녀가 그를 떠나던 순간, 그는 결심했다. 다시는 부모의 잘못으로 자신의 삶이 좌지우지되게 방치하지 않겠다고. 그는 깨달았다. 이 여자는 망가져버린 자신이 줄 수 있는 그 무엇보다 훨씬 더 값어치 있는 사람이라는 걸. 그는 그녀를 얻기 위해 모든 걸 바치기로 결심했다.

다음 장에서 또 다음 장으로, 어둠의 고백에서 또 다른 고백으로, 나는 계속 글을 읽어 나갔다. 두 볼은 이미 눈물로 얼룩져 있었다. 아름답지만 참담한 그의 이야기가 거기 있었다.

그는 말해야 했다. 그녀의 면전에 대고 무신경하게 아이 얘기를 해댔던 자신이 얼마나 이기적인 놈이었는지, 하지만 지금 얼마나 미안해하고 있는지 말이다. 그는 그녀에게 상처 줄 방법만을 생각할 만큼 이기적이었다. 진정으로 그녀와 생을 함께하기 원한다는 걸 인정할 준비가 안 됐던 거다. 그녀가 자신의 엄마와 달리, 정말 훌륭한 엄마가 될 거라고 말해줄 준비가 안 됐던 거다. 그녀와 함께 아이를 길러낼 만큼 좋은 사람이 되려고 죽을힘을 다해 노력 중이라는 말을 할 준비가 안 됐던 거다. 그의 아버지가 저질렀던 잘못을 똑같이 반복할지도 몰라 너무도 두렵다는 사실을 말할 준비가 안 됐던 거다. 그리고 또 하나, 실패할까 봐 두렵다는 사실을 인정할 준비가 안 됐던 거다. 그는 어떻게 표현해야 할지 몰랐다. 술에 취해 집에 돌아오고 싶지는 않다는 걸. 또 그가 아버지한테 그랬듯, 그의 아이들이 그에게서 달아나 숨게 만들고 싶지 않다는 것도.

그는 그녀와 결혼하고 싶었다. 다정함과 온화함이 담긴 그녀의 품에서 안심하며 평생을 곁에서 보내고 싶었다. 그녀 없는 삶은 상상할 수도 없었다. 그 마음을 어떻게 전해야 하나, 생각하고 또 생각했다. 진심으로 달라지겠다고, 그래서 그녀에게 걸맞는 사람이 되겠다고 다짐했다.

시간은 무심히 잘도 흘렀다. 오래지 않아, 수백 페이지에 이르는 원고가 바닥에 흩어져 쌓였다. 시간이 얼마나 흘렀는지조차 인식하지 못했다. 눈물이 몇 차례나 터졌는지, 흐느낌이 몇 번이나 새어 나왔는지 셀 수도 없었다.

그럼에도 나는 계속 읽어 나갔다. 순서가 엉망이 되었지만, 한 페이지도 놓치지 않고 전부 읽었다. 사소한 고백 하나에도 빠져들었다. 내가 사랑하는, 아빠 말고는 유일하게 사랑했던 남자가 꺼내놓은 진심이었다. 막바지에 이르자, 어느새 실내는 컴컴해졌고 해가 지고 있었다.

엉망이 된 주변을 둘러보았다. 내가 읽은 원고들이 모두 거기 있었다. 바닥을 살펴보니 꾸깃한 종이가 눈에 들어왔다. 하딘이 말했던 마지막 페이지였다. 이 이야기의, 우리 이야기의 마지막 페이지였다. 최대한 마음을 가라앉히고 그걸 집었다.

손이 떨렸다. 구겨진 종이를 간신히 펴고, 적힌 글을 읽어 내려갔다.

그는 희망한다. 언젠가 그녀가 이 글을 읽기를. 그리고 그가 얼마나 철저히 망가졌었는지 그녀가 이해해 주기를. 동정이나 용서 같은 걸 구걸하지는 않겠다. 그의 삶에 그녀가 얼마나 큰 영향을 미쳤는지만이라도 알아주길 부탁할 뿐이다. 따뜻한 마음으로 다가온 아름다운 이방인이 그의 목숨을 살렸고, 오늘날의 그를 만들었다는 걸 알아주기를, 그는 희망한다. 이 글에, 간간이 몹시 거슬리는 표현이 있었을지라도, 그녀가 끝내는 자랑스러워하기를. 지옥 같은 악의 구렁텅이에서 그녀가 함께하는 천국으로 그를 끌어내어 준 걸 말이다. 과거의 악령으로부터 그를 구원하여 자유롭게 해준 것도.

그는 기도한다. 그녀가 이 글의 글자 하나하나를 가슴에 담아두길. 또한 그들이 온갖 일들을 겪어낸 후에도 그녀가 그를 사랑할 수 있기를.

그는 희망한다. 그녀가 왜 그를 사랑했는지, 그를 위해 왜 그다지도 싸웠는지를 기억할 수 있기를.

마지막으로, 그는 희망한다. 그녀를 위해 쓴 이 책을 그녀가 언제 어디서든, 심지어 오랜 세월이 흘러 읽게 되더라도, 기쁜 마음으로 받아들여 주기를. 그리고 그에게 오기를. 그는 절대 포기하지 않을 거라는 걸 그녀가 알았으면 한다. 이 남자는 언제까지나 그녀만을 사랑하리라는 걸 테사가 알았으면 한다. 그리고 그는 평생 그녀를 기다리며 살 거라는 것도. 그녀가 돌아오든 돌아오지 않든 그녀가 그의 구원자였음을, 그에게 베푼 것들은 평생을 갚아도 부족하다는 걸, 영혼을 다해 그녀를 사랑하고 절대 변하지 않겠다는 것까지, 그녀가 알아주길.

그들의 영혼이 무엇으로 만들어졌든, 그와 그녀의 영혼은 다르지 않다는 걸 그녀가 기억해 주길. 그들이 가장 좋아했던 소설처럼.

내 안에 남아 있던 모든 힘을 끌어 모아야 했다. 온 집안에 널린 원고들은 그대로 뒀다. 내 손에는 여전히 마지막 페이지가 들려 있었다.

38 · 테사
2년 후

"후광이 비치는 것 같네. 정말 예쁜 신부야."

카렌은 감탄을 금치 못했다. 나도 고개를 주억거렸다. 그리고 입고 있던 드레스 끈을 고쳐 매며, 거울로 뒤태를 비쳐 보았다.

"그도 이제 품절남이 되는군요. 이런 날이 이렇게 빨리 오다니 믿어지지가 않아요."

나는 미소를 지으며, 세팅한 머리에 마지막 실핀을 꽂았다. 교회 뒤편 신부 대기실의 환한 불빛 아래서 머리가 반짝 빛났다. 머리에 반짝이 스프레이를 너무 많이 뿌린 모양이다.

"넘어지면 어쩌죠? 그 사람이 식장에 안 나타나면요?"

눈부시게 아름다운 랜던의 신부는 목소리까지 나긋나긋했다. 그런데도 신경이 바짝 곤두서는지 자꾸만 불안한 말을 해댔다.

"걱정 마. 켄이 아침에 교회까지 태우고 왔단다."

우리 두 사람을 안심시키며, 카렌이 싱긋 웃었다.

"혹시라도 무슨 일이 있으면, 내 남편이 벌써 알려줬을 거야."

"랜던은 절대 그럴 사람이 아니에요."

내가 호언장담했다. 랜던은 그럴 리 없다. 랜던은 그녀를 위해 고른 반지를 보여주면서 내 앞에서 눈물까지 훔쳤다.

"제발 안 그러길 간절히 바라요. 그랬다간 진짜 열받을 거 같거든요."

그녀는 잔뜩 긴장한 채 억지로 웃었다. 미소가 정말 사랑스러웠다. 불안함에 아름다움이 조금 퇴색되긴 했지만. 그래도 아직까지는 정신 줄을 꽤 잘 잡고 있는 편이다.

면사포의 매무새를 가다듬으며, 그녀의 짙은 색 머리카락을 손으로 부드럽게 쓸어내려 주었다. 거울 속에 비친 그녀는 아름다웠다. 훤히 드러난 어깨에 손을 올리자, 그녀의 갈색 눈동자에 눈물이 차올랐다. 그리고 아랫입술을 지그시 깨물었다.

"다 잘될 거예요."

그녀를 다독여주었다. 은백색의 드레스가 조명 아래서 환히 빛났다. 결혼식의 소소한 부분에까지 신경 쓴 데에 경탄을 금치 못했다.

"너무 이른가요? 겨우 몇 달 전에 다시 합친 건데. 너무 성급한 것 같지 않아요, 테사?"

그녀가 물었다.

지난 2년 동안 그녀와 나는 부쩍 가까운 사이가 됐다. 내 들러리 드레스 지퍼를 올려주는 그녀의 손이 바들바들 떨렸다. 뭘 걱정하고 있는지 알 것 같았다. 나는 미소를 지어 보였다.

"아니에요. 두 사람은 몇 년 동안이나 함께해왔잖아요. 너무 심각하게 생각하지 말아요. 내가 두 사람 사이를 좀 알잖아요."

"그 사람 때문에 당신도 신경 쓰이죠?"

그녀가 내 표정을 살피며 조심스레 물었다.

'당연하죠. 겁나 죽겠어요. 조금 공황 상태인 것도 같고.'

"아뇨, 겨우 몇 달 만에 보는 걸요, 뭘."

"너무 오래 됐는데."

카렌이 헛기침을 하는 척하며 참견을 했다.

가슴 한 편이 무거워지기 시작했다. 그를 떠올릴 때면 동반하는 묵직한 통증을 억지로 눌렀다. 목구멍까지 차오르는 말을 다시 꿀꺽 삼켰다.

"아드님이 결혼한다는 게 믿어지세요?"

나는 재빨리 화제를 바꿨다.

내 말이 먹혔는지, 카렌은 웃다가, 비명을 지르다가, 눈물을 보이기 시작했다.

"어머, 화장 다 번지겠네."

카렌은 손끝으로 눈 밑을 두들겼다. 그녀가 도리질을 하자, 밝은 갈색 머리카락이 따라 흔들렸다.

대기실 문을 노크하는 소리가 들렸다. 셋은 일순간 입을 다물었다.

"여보?"

켄 씨의 목소리는 다정했지만 조심스러웠다. 대기실에 감정에 북받친 세 여인이 있었으니, 그럴 만도 했다.

"애비가 막 낮잠에서 깼어."

그의 품에는 어린 딸이 안겨 있었다. 짙은 갈색 머리에 빛나는 갈색 눈동자의 아이는 어딜 가나 반짝거리며 빛이 났다.

"기저귀 가방을 못 찾겠어."

"저기 있어요, 의자 옆에."

카렌이 손으로 가리켰다.

"밥도 좀 먹여 줄래요? 혹시나 내 드레스에 토할까 봐 걱정돼서요."

카렌은 애비에게 다가가며 웃었다.

"무서운 2인조가 너무 빨리 왔네."

작은 여자 아이는 활짝 웃었다. 반쯤 자란 앞니가 보였다.

"엄마."

포동포동한 아이는 고사리 손을 뻗으며 카렌의 드레스 끈을 잡으려
했다.

애비가 말을 할 때마다 심장이 녹아내리는 것 같았다.

"안녕, 애비."

나는 아기의 볼을 콕 찔렀다. 아기는 까르르 웃었다. 너무 듣기 좋은
소리다. 곧 랜던의 아내가 될 여인과 카렌이 나를 안쓰러운 눈으로 쳐
다보았다. 그 시선들을 모른 척했다.

"안녕."

애비는 엄마 어깨에 얼굴을 파묻었다.

"숙녀 분들 준비는 끝내셨나? 예식 시작까지 10분 정도밖에 안 남았
어요. 랜던은 1초씩 지날 때마다 점점 더 긴장하고 있는 것 같고."

켄 씨가 귀띔해 주었다.

"그 사람 괜찮죠? 여전히 저랑 결혼하고 싶은 거 맞죠?"

걱정 가득한 신부가 예비 시아버지에게 물었다. 켄 씨는 눈가에 주

름이 지도록 활짝 웃었다.

"그럼, 당연하지. 바짝 긴장한 랜던 옆에서 하딘이 잘 부추기고 있다."

그 말에 나를 포함한 우리 모두가 빵 터졌다.

신부가 웃으며 고개를 가로저었다.

"하딘이 잘 부추기고 있다면, 신혼여행은 취소하는 게 나을지도 모르겠네요."

"여보, 우린 가볼게. 애비 손에 뭐라도 먹을 걸 들려줘야겠어. 결혼식 끝날 때까지 조르지 않게."

켄 씨는 아내에게 입을 맞추고, 아이를 안고 방을 나갔다.

"내 걱정은 하지 말아요, 나 괜찮아요."

나는 두 사람에게 미리 당부했다. 난 괜찮다. 하딘과 장거리 연애 비슷한 걸 하고 있는 것도 괜찮다. 하딘이 보고 싶냐고? 물론, 늘 보고 싶다. 하지만 거리를 두고 있는 건 우리 둘 다에게 좋았다.

괜찮다라는 말의 가장 안 좋은 점은 이거다. 괜찮다는 건 행복한 것과는 거리가 멀다. 괜찮다는 건 당신이 매일 아침 눈을 뜨고, 당신의 삶을 살아가는 그 중간 어디 쯤에 있는 회색 지대 같은 거다. 때로는 웃고 떠들기도 하지만, 괜찮다는 건 행복한 건 아니다. 괜찮은 건 매순간 아무 기대도 없는 거다. 괜찮은 건 최고의 인생을 살고 있지 않은 거다. 괜찮다는 건 건 대다수의 사람들이 타협하는 그 어느 지점이다. 물론 나도 거기에 포함된다. 우리는 괜찮다고 하면서 괜찮은 척하고 있다. 괜찮은 게 지겨워질 때쯤이면, 우리는 그 괜찮다던 상황에서 탈피하려고 안간힘을 쓰겠지.

하딘은 내게 괜찮은 범주 밖에 있는 멋진 삶을 맛보게 해줬다. 나는 그 삶을 그리워하고 있다.

오랜 시간 나는 괜찮았다. 그래서 이제는 이 상황에서 어떻게 벗어나야 할지 잘 모르겠다. 그럼에도 그날을 꿈꾼다. '괜찮다'는 말 대신, '최고다'라고 말할 수 있는 날을.

"준비됐어요, 깁슨 부인?"

내 앞에 서 있는 행운의 여인에게 미소를 지어 보였다.

"아뇨."

그녀가 대답했다.

"그 사람을 보면 준비가 될 것 같아요."

39 · 하딘

"무를 수 있는 마지막 기회야."

타이를 고쳐 매는 랜던을 도와주며 말했다.

"고맙다, 나쁜 자식."

엉망이 된 타이에서 손을 뿌리치며 랜던이 쏘아붙였다.

"지금까지 매본 타이만 족히 백 개는 될 텐데, 이건 왜 이렇게 말을 안 듣지?"

녀석의 긴장감이 생생하게 느껴졌다.

"안 하면 되잖아."

"내 결혼인데 타이를 매지 말라고?"

랜던은 눈을 흘겼다.

"그러니까 타이를 안 해도 된다는 거지. 오늘은 너를 위한 날이잖아.

이걸 위해 돈 쓴 사람도 너고. 네가 타이를 매고 싶지 않으면, 안 매도 된다고. 젠장, 오늘 결혼하는 사람이 내가 아니라, 그나마 바지 입고 입장하는 걸 행운이라고 여겨야 할 거다."

내 베스트 프렌드가 웃었다. 그는 목에 걸린 타이를 홱 잡아당겼다.

"네가 아니라 다행이네. 난 그런 구경거리를 제공할 생각은 추호도 없으니까."

"나도 마찬가지야. 난 절대 결혼 안 할 거니까."

나는 거울 속의 내 모습을 바라보았다.

"그럴지도."

거울 속에서 랜던과 눈이 마주쳤다.

"너 괜찮냐? 테사도 여기 와 있잖아. 너네 아버지가 보셨대."

'빌어먹을, 전혀 안 괜찮지.'

"괜찮아. 올 줄 몰랐던 것도 아니고. 2년 동안 한 번도 못 본 건 아니니까."

성에 찰 만큼은 아니었지만. 그녀에겐 나와 떨어져 있는 시간이 필요했다.

"테사는 네 절친인데다 신부 들러리잖아. 당연히 와야지."

내 타이를 풀어 랜던에게 건넸다.

"네 타이는 영 별로인 거 같아. 내 거 해라."

"너도 매야 해. 턱시도 입었잖아."

"내가 난생 처음 이런 걸 입은 것만으로도 네 녀석은 행운이야."

온몸을 옥죄는 옷을 잡아 뜯었다.

랜던은 잠시 눈을 감고, 안도와 고뇌가 섞인 한숨을 토해냈다.

"맞아. 고마워."

랜던이 씨익 웃었다.

"네 결혼식 때도 턱시도 입는 거지?"

"닥쳐라."

랜던은 어이없는 표정을 지으며 뻣뻣한 턱시도 소매를 쓸어내렸다.

"신부가 식장에 안 나타나면 어떡하지?"

"나타날 거야."

"안 나타나면? 이렇게 빨리 결혼하다니, 나 미쳤나 봐."

"맞아."

"고마워 죽겠다."

나는 어깨를 한번 으쓱했다.

"미친 게 항상 나쁜 것만은 아냐."

랜던은 나를 물끄러미 쳐다보았다. 내 표정에서 뭔가 석연치 않은 낌새를 눈치챈 것 같았다.

"얘기해볼 거냐?"

"당연하지."

리허설 디너 때도 테사와 대화를 해보려고 했었다. 근데 테사는 카렌과 랜던의 신부 사이에 꽉 끼어서 꼼짝도 못 했다. 테사가 웨딩 플랜을 도와준다는 소리를 들었을 땐 적잖이 놀랐다. 테사가 이런 걸 좋아하는 타입인 줄은 몰랐다. 그럼에도 그녀는 썩 잘 해냈다.

"테사는 지금 행복해. 늘 그렇진 않아도, 거의 그럴 거야."

테사의 행복이 가장 중요하다. 테사 영이 행복하지 않다면 세상은 달라질 거다. 나는 한 해 동안 테사의 삶을 갉아먹으면서, 동시에 빛나게 만들었다. 다른 세상에서라면 절대 용납될 수 없는 일이다. 하지만 테사에 관해서라면 나는 다른 세상 같은 건 상관하지 않는다. 앞으로도 그럴 거고.

"5분 남았다, 얘들아."

켄의 목소리가 문밖에서 들려왔다. 신랑 대기실은 좁아터진 데다 낡은 가죽과 좀약 냄새가 났다. 하지만 오늘은 랜던의 결혼식 날이다. 결혼식 피로연이 끝날 때까지 투덜거리는 건 접어두기로 했다.

켄한테는 적나라하게 불평할지도 모르겠다. 이 결혼식에 돈을 낸 건 아마 그일 테니까. 신부 집 쪽 형편이나 모든 걸 고려해 볼 때 말이다.

"준비됐냐?"

마지막으로 랜던에게 물었다.

"아니, 근데 그 사람을 보면 준비가 될 것 같아."

40 · 테사

"로버트는 어디 있어?"

카렌이 아담한 예식장을 둘러보았다.

"테사, 설마 다른 데로 내뺀 건 아니겠지?"

카렌은 패닉에 빠진 목소리로 물었다.

화장하고 머리를 만지는 동안 로버트가 아이를 봐주고 있었다. 이제 막 결혼식이 시작할 참이니, 로버트가 자기 임무를 맡아줘야 하는데, 아무 데도 보이지 않았다. 카렌이 애비를 안고 화촉을 밝힐 순 없는 노릇이었다.

"한 번 더 전화해볼게요."

북적거리는 하객을 두리번거리며 로버트를 찾았다. 애비는 카렌 품에 안겨 버둥거리고 있었다. 카렌의 낯빛이 점점 창백해져 갔다.

"아, 저기 있는….'

카렌의 말을 끝까지 듣지 못했다. 하딘의 목소리가 들렸기 때문이다. 하딘은 내 왼편 복도에서 걸어 나오고 있었다. 랜던에게 무슨 말을 하고 있었다. 그의 입술이 천천히 움직였다.

최근 사진에서 본 것보다 머리가 더 길었다. 하딘의 인터뷰 기사는 빠짐없이 모두 읽었다. 맞는 말도 있었고, 틀린 이야기도 있었다. 몇 번은 악의적인 기사를 쓴 기자들한테 울분을 토하는 이메일을 쓰기도 했다. 그들은 하딘과 하딘의 이야기에 대해 혹평을 했다. 그건 우리 이야기였는데.

하딘 입술에 달린 금속 링을 보고 깜짝 놀랐다. 피어싱을 다시 했다는 걸 알고 있었지만, 그게 하딘에게 얼마나 잘 어울렸는지 잊고 있었다. 그를 다시 보는 것만으로도 나는 완전히 정신 나갈 것만 같았다. 치열하게 싸웠던, 그러나 매번 지기만 했던 전투장으로 다시 내몰리는 것 같았다. 그 세상에서 나는 떠나야 했다. 하딘을 위해 싸우고 있다는 사실 한 가지만을 기억한 채.

"테사랑 함께 입장할 사람이 있어야 해요. 남자친구가 나타나지 않잖아요."

누군가의 목소리가 들렸다. 내 이름이 들리자 하딘은 흠칫 놀라며 앞쪽을 쳐다보았다. 하딘은 눈 깜짝할 새에 나를 찾아냈다. 나는 얼른 눈길을 피해 치렁치렁한 드레스 끝으로 보일락 말락 하는 발끝을 내려다보왔다.

"신부 들러리랑 함께 입장하실 분 누구 없어요?"

신부의 언니가 주변에 있는 사람들에게 물었다.

"할 일이 왜 이렇게 많아."

여자는 투덜거리며 내 곁을 지나갔다. 결혼식 준비는 내가 거의 다 했다. 그런데 누가 들으면 이 여자가 전부 한 줄 알 거다.

"내가 하죠."

하딘이 손을 들었다.

타이 없이 블랙 턱시도만 입은 하딘의 모습은 숨이 막힐 만큼 핸섬했다. 순백의 칼라 위로 검정색 타투가 보였다. 부드러운 손길이 내 팔에 닿았다. 나는 말 없이 눈만 껌뻑거렸다. 어젯밤 거의 이야기를 나누지 못했고, 한 번도 함께 걷는 연습을 해보지 못했다는 사실은 신경 쓰지 않으려 애썼다. 고개를 끄덕이며, 목청을 가다듬고, 비어져 나오는 눈물을 숨겼다.

"좋아, 그럼 출발합시다."

신부의 언니가 다급하게 말했다.

"신랑 분, 입장해 주세요."

여자가 손뼉을 한 번 치자, 랜던이 입장을 시작했다. 가기 전 랜던이 내 손을 꼭 쥐었다.

숨을 들이마셨다가, 내쉬었다. 겨우 몇 분이면 끝나는걸. 그닥 어려운 일도 아닌데. 우린 친구잖아. 난 할 수 있어.

물론, 이건 랜던의 결혼식이다. 아주 잠깐, 우리 결혼식에서 하딘과 함께 입장하는 듯한 느낌이 들었다. 그 생각을 억지로 떨쳐냈다.

하딘은 아무 말 없이 내 옆에 와서 섰다. 연주가 시작되었다. 하딘이 나를 쳐다보고 있다. 그럴 줄 알았지만. 나는 하딘에게 눈길을 줄 수가 없었다. 이 구두를 신는 바람에, 나는 하딘과 키가 비슷해졌다. 그의 향수 냄새까지 맡을 수 있을 정도로 우리는 가까이 서 있었다.

아담한 교회는 심플하지만 우아한 식장으로 변모했고, 하객들은 빈자리 없이 꽉 차 있었다. 오래된 나무 의자마다 흰 천이 드리워졌고, 아름다운 꽃 장식이 달려 있었다.

"너무 밝은 거 같지 않아? 단정한 빨간색이랑 흰 백합꽃이 마술이라도 부린 것 같아."

하딘이 먼저 말을 거는 바람에 깜짝 놀랐다. 하딘의 팔에 팔짱을 꼈다. 신부의 언니가 젠체하며 우리에게 얼른 입장하라고 손짓했다.

"맞아, 백합꽃이 정말 우아하지. 여기 정말 좋은 것 같아, 두 사람한테."

내가 더듬거리며 대답했다.

"네 의사 남자친구가 청소를 깨끗이 잘해놨네."

하딘이 비아냥거렸다. 고개를 들어 하딘을 쳐다보았다. 초록색 눈동자에는 장난기가 가득했고, 그는 웃고 있었다. 턱선은 전보다 더 뚜렷해졌고, 눈빛은 더 깊어졌다.

"그 사람은 의사 아니고 의대생이야. 그리고, 맞아, 청소를 잘했네. 근데 내 남자친구 아닌 거 알잖아. 그러니까 입 좀 다물어."

지난 2년 동안 똑같은 대화를 수도 없이 했었다. 로버트는 평생 남자 사람 친구로 남기로 했다. 그 이상도, 그 이하도 아니다. 딱 한 번, 데이트를 해본 적이 있었다. 뉴욕 아파트에서 하딘의 원고를 보고, 1년 정도 지난 뒤의 일이었다. 하지만 잘 안됐다. 혹시라도 마음속에 누군가를 품고 있다면, 다른 사람하고는 데이트하지 않는 게 좋다. 아무 소용 없으니까. 이건 진짜다.

"두 사람은 어떻게 지냈어? 1년쯤 지난 거 같다?"

감정을 애써 감추려는 게 하딘의 목소리에 다 드러났다.

"너희는 어때? 그 금발, 그 여자 이름이 뭐였더라?"

초입에서 봤을 때보다 버진 로드는 꽤 길었다.

"아, 엘리자인가 뭐라던데?"

하딘이 키득거렸다.

"하, 하, 웃기는군."

팬으로 시작했다가 스토커가 된 엘리자라는 여자가 거슬린다고 말하고 싶었다. 하딘이 그 여자와 잠자리를 하지 않았다는 건 잘 안다. 그래도 하딘을 만날 때마다 그걸로 놀려먹는 재미가 있다.

"베이비, 내 침대에 끌어들인 금발은 네가 마지막이야."

하딘이 미소 지었다. 나는 발을 삐끗했다. 하딘이 얼른 팔꿈치를 붙잡아주었다. 덕분에 흰색 실크가 덮인 버진 로드에 코를 처박는 사나운 꼴은 보이지 않았다.

"그러셔?"

"그럼."

하딘의 시선은 저 앞에 서 있는 랜던을 향해 있었다.

"입술 피어싱 다시 했네."

더 부끄러워지기 전에 화제를 바꾸기로 했다. 우리는 남편 데이비드와 나란히 앉아 있는 엄마 곁을 지나갔다. 엄마는 살짝 걱정스러운 표정이었다. 그러다 우리가 지나치자, 하딘과 내게 미소를 지어 보였다.

데이비드가 몸을 숙여 엄마에게 뭐라 속삭였다. 엄마는 그 말에 맞장구를 치듯 고개를 끄덕이며, 한 번 더 미소를 지었다.

"어머니가 이제 꽤 행복해 보이신다."

하딘이 속삭였다. 입장하면서 이렇게 떠들면 안 되는 건데. 하지만 하딘이 너무 보고 싶었다. 지난 2년 동안, 하딘을 겨우 6번 만났을 뿐이다. 만날 때마다 나는 더 고통스러웠다.

"응, 데이비드가 엄마한테 엄청 큰 영항을 끼친 것 같아."

"그래, 어머니도 그렇게 말씀하셨어."

나는 걸음을 멈췄다. 하딘이 나를 이끌며 끝날 거 같지 않은 버진 로드를 다시 걷게 해주었다.

"그게 무슨 소리야?"

"너희 어머니하고 몇 번 얘기했어. 너도 알잖아."

무슨 소리를 하는 건지 감이 잡히지 않았다.

"지난 달에 사인 받으러 오셨어, 두 번째 책 나왔을 때."

'뭐라고?'

"엄마가 뭐라 그랬는데?"

내 목소리가 너무 컸나 보다. 몇몇 하객이 우리를 빤히 쳐다보았다.

"나중에 다시 얘기하자. 랜던한테 결혼식 망치지 않겠다고 약속했단 말이야."

하딘은 나를 향해 미소를 지었다. 나는 베스트 프렌드의 결혼식을 망치지 않는 데 최대한 집중하기로 했다.

그럼에도 내 시선과 마음은 온통 신랑 들러리에게 가 있었다.

41 · 하딘

결혼 피로연이야말로 가장 큰 인내심을 필요로 했다. 사람들은 술 몇 잔과 호화로운 음식에 매료되어 금세 풀어져버렸다.

결혼식은 흠 잡을 데 없었다. 신랑이 신부보다 더 울었고, 나는 결혼식 내내 테사만 바라보고 있었지만. 그래도 결혼 서약문 낭독하는 건 들었다. 진짜 그게 다였다. 랜던이 신부의 허리에 팔을 감고 사람들 앞에서 춤을 추며 희희낙락하는 게 좀 꼴 보기 싫었을 뿐. 그것만 빼곤 꽤 괜찮은 결혼식이었다.

"클럽 소다 한 잔 주세요."

바텐더로 일하는 여자에게 말했다.

"보드카를 넣을까요, 아니면 진?"

여자가 늘어서 있는 술병들을 가리켰다.

"그냥 소다만요. 술 빼고."

여자는 물끄러미 나를 쳐다보더니, 잔에 얼음과 소다를 따랐다.

"여기 있었구나."

귀 익은 목소리와 함께 누군가 내 어깨에 손을 얹었다. 반스가 내 뒤에 서 있었다. 그의 곁에는 임신한 아내가 있었다.

"날 찾아다녔어요?"

나는 비아냥거리며 대꾸했다.

"아니거든요."

킴벌리가 싱긋 웃었다. 한 손은 남산만 한 배 위에 올린 채였다.

"괜찮은 거예요? 그게 곧 터질 것처럼 보이는데."

나는 킴벌리의 부은 발을 내려다보았다. 고개를 들어보니 킴벌리가 썩은 표정을 짓고 있었다.

"그거라는 데에 아기가 들어 있거든요. 내가 만삭이긴 하지만, 아직 당신 따귀쯤은 갈길 수 있어요."

흠, 말재주는 여전하시군.

"그 배를 다 만질 수 있다면, 기꺼이 그렇게 하죠."

내가 놀려댔다. 킴벌리는 결국 내가 틀렸다는 걸 입증해 냈고, 나는 결혼식에서 임산부한테 제대로 한 대 맞았다. 진짜 아픈 척을 하며 팔을 문질렀다. 반스가 자기 아내를 두둔하며 나에게 나쁜 놈이라고 했다. 킴벌리는 기다렸다는 듯 깔깔거렸다.

"테사하고 같이 입장하던 모습이 아주 좋아 보이더구나."

반스가 의미심장한 표정을 지었다.

숨이 턱 막혀 콜록거리며 목청을 가다듬었다. 혹시나 새틴 드레스에 긴 금발이 눈에 띌까 싶어 컴컴한 실내를 둘러보았다.

"랜던의 들러리가 아니었으면, 결혼식 같은 건 안 왔을 거예요. 그래도 나쁘진 않았어요."

"다른 남자랑 여기 왔던데."

킴벌리가 알은체했다.

"근데 그 사람이 테사 남자친구는 아니래요. 신경 쓰지 말아요, 하딘. 테사가 그 사람이랑 친하게 지내긴 하지만, 둘이 하는 짓을 보면 별 사이 아니라는 거 알잖아요. 당신이랑 둘이서 하는 거랑은 달라요."

"했던 거죠."

킴벌리가 나를 보고 씨익 웃었다. 음흉한 표정을 짓더니 턱짓으로 바와 가장 가까운 테이블을 가리켰다. 번쩍이는 조명 아래, 테사가 실크 드레스를 입고 앉아 있었다. 테사의 시선은 나에게 고정되어 있었다. 어쩌면 킴벌리인가. 아니다, 나다. 그러다 재빨리 시선을 돌렸다.

"내 말이 맞잖아요. 이게 둘이 하는 짓이라고요."

킴벌리는 나를 비웃었다. 나는 클럽 소다를 다 마시고 컵을 쓰레기통에 버렸다. 그리고 물 한 잔을 주문했다. 뱃속이 꿈틀거리며 요동쳤다. 나는 지금 꼭 어린애처럼 굴고 있다. 수 년 전, 내 마음을 훔쳐간 아름다운 여인에게 최대한 눈길을 주지 않으려 용을 쓰는 중이다.

테사는 내 마음을 훔쳐갔을 뿐 아니라, 내 마음을 찾아주기도 했다. 나한테도 마음이라는 게 있다는 걸 발견해준 사람이기도 하다. 그리고 파묻힌 내 마음을 꺼내주었다. 싸우고 또 싸우면서도 테사는 포기하지 않았다. 테사는 내 마음을 찾아주었을 뿐만 아니라, 그 마음을 안전하게 간직해주었다. 그리고 험한 세상에서 내 마음의 방패막이가 돼주었다. 내가 스스로 내 마음을 소중하게 여길 준비가 될 때까지 말이다. 테사는 2년 전, 내게 그 마음을 돌려주려고 했다. 하지만 내 마음이 테사를 놓아주지 않았다. 아마 앞으로도 그럴 거다. 내 마음은 절대 테사의 곁을 떠나지 않을 거다.

"너희 둘은 내가 만난 중에 제일 고집 센 사람들일 거다."

반스는 킴벌리가 마실 물과 자기가 마실 와인 한 잔을 주문하며 말했다.

"네 동생은 본 게냐?"

스미스를 찾으려 실내를 둘러보았다. 스미스는 테사에게서 조금 떨어진 테이블에 혼자 앉아 있었다. 내가 스미스를 가리키자, 반스는 가서 마시고 싶은 게 있는지 물어봐 달라고 부탁했다. 스미스는 이제 어린애가 아니다. 자기가 마시고 싶은 건 알아서 찾아 마실 정도는 된다. 그래도 여기 앉아, 잘난 체하는 커플들과 얘기하는 것보단 낫겠다 싶었다. 나는 그 테이블로 가서 동생 곁에 앉았다.

"형이 맞았어."

스미스가 나를 보고 말했다.

"이번엔 또 뭐가?"

나는 장식이 달린 의자에 등을 기대고 앉았다. 랜던과 테사가 '스몰 앤 심플'이 웨딩 콘셉트라고 하더니만, 어디가 스몰이고 심플인지. 의자마다 커튼 같은 커버를 씌워 놓고는.

"결혼식은 재미없다는 거."

스미스가 씩 웃었다. 그새 이가 몇 개 빠졌다. 그중 하나는 심지어 앞니. 스미스는 사람한테 별로 관심 없는 신동 스타일로, 꽤 귀여운 편이다.

"내기 걸었어야 했는데."

나는 웃으며, 테사 쪽으로 다시 시선을 옮겼다. 스미스도 테사를 쳐다보고 있었다.

"저 누나 오늘 예쁜 것 같아."

"전부터 저 누나한텐 눈길 주지 말라고 경고했을 텐데. 성스러운 결혼식에서 장례 치르게 하지 마라."

스미스의 어깨를 툭 쳤다. 스미스는 빠진 이를 보이며 반쯤 찌그러진 미소를 지었다.

마음 같아선 당장이라도 그 테이블로 가서 옆에 붙어 있는, 장차 의사 선생이 될 분의 의자를 확 뺏어버리고 싶었다. 그리고 테사 옆에 앉아 오늘 얼마나 예뻐 보이는지 말해주고 싶었다. NYU 우등생이 된 것도 자랑스럽게 생각한다고 말해주고 싶었다. 테사가 긴장을 풀고 깔깔대며 웃는 소리를 듣고 싶다. 테사의 미소가 이 안을 환히 밝혀주는 걸 보고 싶다.

나는 스미스에게 바짝 몸을 붙였다.

"나 좀 도와줘."

"뭘 어떻게 도와줘야 하는데?"

"가서 테사한테 말 걸어봐."

스미스는 고개를 절레절레 저으며 얼굴을 붉혔다.

"싫어."

"그냥 좀 해줘."

"안 돼."

고집쟁이 꼬마 녀석.

"그거 있잖아, 네가 갖고 싶어 하던 그 기차. 너네 아빠가 안 사준다고 했던 거 말이야."

스미스가 귀를 쫑긋하며 관심을 보였다.

"내가 사줄게."

"저 누나한테 가서 말 거는 대가로?"

"젠장, 그래."

녀석은 나를 곁눈으로 흘깃 쳐다보았다.

"언제 사줄 건데?"

"테사한테 같이 춤추자고 부탁하면, 다음 주에 사줄게."

녀석이 협상안을 내놓았다.

"아니, 춤추는 거까지 하려면 내일 사줘야 해."

"좋아."

이런 되바라진 녀석. 스미스는 테사가 있는 테이블을 보더니, 다시 나를 쳐다보았다.

"거래 성사."

스미스가 벌떡 일어섰다. 세상에, 이렇게 쉬운걸.

스미스가 테사에게 가는 걸 보고 있었다. 두 테이블이나 떨어져 있는데도, 테사는 스미스를 향해 미소를 지었다. 그 미소에 경탄이 저절로 나왔다. 30초쯤 있다가, 나도 일어나 그 테이블로 갔다. 테사 옆에 앉아 시시덕거리는 남자는 무시하고, 나는 스미스 옆에 가 섰다.

"여기 있었구나."

나는 스미스의 어깨에 두 손을 올렸다.

"나랑 춤출래요, 테사 누나?"

스미스가 물었다. 테사는 깜짝 놀랐다. 불빛 아래, 당황스러운 듯 테사의 두 뺨이 달아올랐다. 나는 테사를 잘 안다. 테사는 절대로 스미스의 청을 거절하지 않을 거다.

"그럼, 좋지."

테사는 스미스에게 미소를 지어 보였다. 이름이 뭐였더라, 암튼 옆에 있던 남자가 일어서며 테사를 도와주었다. 예의 바르기도 하지.

테사가 스미스를 따라 무대로 가는 걸 보고 있었다. 랜던과 신부가 느릿하고 끈적끈적한 노래를 좋아해서 얼마나 감사한지. 두 사람은 춤을 추기 시작했다. 스미스는 울 듯한 표정이었고, 테사는 잔뜩 긴장했다.

"어떻게 지냈어요?"

같은 여자를 바라보며, 의사 선생이 내게 물었다.

"잘. 그쪽은요?"

이 남자한테 친절하게 대해야 하는데. 이 남자는 내 인생을 바쳐 사랑할 여자와 사귀고 있지 않은가.

"나도 잘 지냈어요. 의대에서 2년째 보내는 중이에요."

"그럼, 이제 뭐, 한 10년쯤 남으셨나?"

나는 호탕하게 웃었다. 테사에게 마음을 품고 있는 남자한테 이렇게 잘해주다니.

나는 자리를 박차고 일어나 테사와 스미스에게 갔다. 나와 눈이 마주치자 테사는 그 자리에 얼어붙은 것 같았다.

"내가 끼어들어도 될까요?"

스미스의 셔츠 뒷자락을 잡아당기며 말을 걸었다. 두 사람 다 거절할 틈을 줘선 안 된다. 얼른 테사의 허리로 손을 가져가 등 아래 쪽에 놓으며, 테사의 리드에 따랐다. 테사의 몸이 손에 닿자, 감정이 북받쳐 올랐다.

너무 오랜만이다. 마지막으로 테사를 안았던 게 대체 언제였던가. 테사는 친구 결혼식 때문에 몇 달 전 시카고에 왔었다. 그러면서도 나를 동행으로 초대하지 않았다. 테사는 혼자 결혼식에 참석했고, 우리는 나중에 만나 함께 저녁식사를 했다. 그날은 꽤 좋았다. 테사는 와인한 잔을 마셨고, 우리는 어마어마하게 큰 아이스크림을 나누어 먹었다. 초콜렛 사탕과 퍼지로 장식한 아이스크림이었다. 테사는 자기 호텔로 가서 한 잔 더 하자고 했다. 테사는 와인을, 나는 클럽 소다를 마셨지만. 그리고 우리는 호텔 방 바닥에서 사랑을 나누었고, 함께 잤다.

"내가 저 꼬맹이랑 춤추는 벌칙에서 널 구해준 것 같은데. 쟤 키가 작잖아. 댄스 파트너로는 꽝이지."

정신을 수습하고 겨우 입을 열었다.

"네가 뇌물로 매수했다는 거 스미스가 다 얘기했어."

테사는 고개를 가로저으며 웃었다.

"못된 꼬맹이 녀석 같으니라고."

배신자 녀석을 노려보았다. 스미스는 다시 원래 테이블로 돌아가 혼자 앉아 있었다.

"마지막으로 봤을 때보다 둘이 꽤 친해진 것 같네."

테사가 감탄하며 말했다. 볼이 빨갛게 달아오르는 느낌이었다.

"그런 거 같아."

나는 어깨를 으쓱해 보였다. 테사는 내 어깨를 꽉 쥐었고, 나는 한숨을 내쉬었다. 말 그대로 진짜 한숨이었다. 테사도 들었을 거다.

"너 오늘 정말 괜찮아 보여."

테사는 내 입을 쳐다보았다. 입술 피어싱을 다시 하기로 한 건, 시카고에서 테사를 만난 며칠 뒤였다.

"'괜찮다'고? 그게 좋은 뜻인지 아닌지 잘 모르겠는데."

테사를 내 쪽으로 바짝 당기자 테사가 그대로 몸을 맡겼다.

"아주 좋아, 잘생겼고, 정말 섹시해."

아마 그건 사고였으리라. 테사 입에서 불쑥 튀어나온 마지막 말은. 테사가 눈을 동그랗게 뜨며 아랫입술을 깨물었다.

"너야 말로 이 안에서 가장 섹시해. 늘 그랬지만."

테사는 살짝 고개를 숙였다. 굽슬굽슬한 머리카락 사이로 표정을 숨기려는 듯했다.

"나한테서 숨지 마."

내가 나지막이 말했다. 귀에 익은 단어가 들리자, 향수가 일었다. 표정을 보니 테사도 나와 똑같이 느끼고 있는 게 분명했다.

테사는 잽싸게 화제를 바꾸었다.

"다음 책은 언제 발간이야?"

"다음 달. 읽었어? 너한테 먼저 보내줬잖아."

"응, 읽었어."

테사를 당겨 품에 안았다.

"난 다 읽잖아, 알지?"

"어땠어?"

스피커에서 새 곡이 흘러나왔다. 실내에 여자 가수 목소리가 울려 퍼졌다. 우리는 서로 눈을 바라보았다.

"이 곡."

테사가 가만히 웃는다.

"그럼 그렇지, 저 두 사람이 이걸 빼놓을 리가 없지."

나는 테사의 얼굴을 가린 머리카락을 쓸어 넘겨 주었다. 테사는 침을 꿀꺽 삼키며 천천히 눈을 깜박였다.

"잘돼서 정말 기뻐, 하딘. 넌 정말 훌륭한 작가야. 알코올 중독에서 스스로를 해방시킨 용감한 행동가이기도 하고. 어린 시절의 일로 〈타임〉지에 인터뷰한 기사 봤어."

테사의 눈동자에 눈물이 차올랐다. 저 눈물이 흘러내리면, 나는 평정심을 잃을지도 모른다.

"별 거 아니야."

어깨를 한 번 으쓱했다. 테사가 나를 자랑스럽게 여긴다니, 정말 좋다. 하지만 한편으로는 그것 때문에 눈물을 쏟게 했다는 죄책감이 들기도 했다.

"이렇게 될 거라고는 전혀 예상 못 했어. 그건 알아줬으면 해. 내가 쓴 책 때문에 대중들 앞에서 널 부끄럽게 만들 의도는 전혀 없었어."

이 말은 수없이 많이 했었다. 그럴 때마다 테사는 늘 긍정적인 대답만 했었다.

"그런 걱정하지 마."

테사는 고개를 들어 미소를 지었다.

"그렇게 나쁘진 않았어. 넌 많은 사람들을 도왔잖아. 네 책을 좋아하는 독자들도 정말 많고. 물론 나를 포함해서."

테사가 얼굴을 붉히자, 내 얼굴도 달아올랐다.

"이게 우리 결혼식이었어야 하는데."

불쑥 속마음이 나왔다.

테사는 발을 멈추었다. 아름다운 모습에서 뿜어져 나오던 광채가 사라진 듯도 했다.

"하던."

테사가 나를 노려보았다.

"테레사."

나는 짓궂게 맞받아쳤다. 농담이 아니다. 그리고 테사도 그걸 잘 안다.

"마지막 페이지를 읽고 네 마음이 달라질 줄 알았어."

"여러분, 집중해 주세요."

신부 언니가 마이크에 대고 말했다. 저 여자 진짜 짜증난다. 여자는 무대 가운데 서 있었다. 얼마나 키가 작은지, 테이블 너머로 잘 보이지도 않았다.

"나, 오늘 인사말 준비해 왔어."

머리카락을 손으로 쓸어 넘기며 신음 소리를 토해냈다.

"인사말을 할 거라고?"

테사는 피로연장에 마련된 관계자석으로 나를 따라왔다. 의사 선생은 새까맣게 잊어버린 모양이다. 인사말을 해야 하는 게 아무렇지도 않다고 말할 순 없겠지. 그래도 정말 좋았다.

"내가 신랑 들러리잖아."

테사는 가만히 내 어깨를 붙잡았다. 나는 손을 뻗어 테사의 손목을 잡았다. 손등에 입을 맞추려고 했다. 그러다 손등에 있는 작은 동그라미 타투를 보고 테사의 손을 놓쳐버렸다.

"이게 뭐야?"

테사의 손등을 눈앞으로 당겼다.

"21번째 생일날 내기를 했는데, 졌어."

테사가 피식 웃었다.

"그래서 이 스마일 타투를 했단 말이야? 맙소사."

웃음이 터졌다. 손톱만 한 스마일 모양은 우스꽝스럽고 조악했다. 그래도 웃기긴 했다. 그 자리에 나도 있었어야 했는데, 테사의 생일 파티에 말이다.

테사는 자랑스럽게 고개를 끄덕이며, 손가락으로 타투를 쓰다듬었다.

"다른 것도 있어?"

제발 아니길.

"당연히 없지. 이거 하나야."

"하딘!"

짜리몽땅한 여자가 나를 불렀다. 테사의 손목에 입을 맞추려 잡아끌었다. 테사는 내 손을 뿌리쳤다. 싫어서가 아니라 놀라서겠지. 나는 무대로 나갔다.

랜던과 신부는 귀빈석에 앉아 있었다. 랜던은 한 팔을 신부의 허리에 감고 있었고, 신부는 두 손으로 랜던의 다른 쪽 손을 꼭 쥐고 있었다. 아, 저들도 이제 부부지. 내년 이맘때쯤이면 둘이 박 터지게 싸우고 있겠군. 그 장면을 보고 싶어 죽겠다. 어쩌면 아닐지도 모르지만.

비호감의 여자로부터 마이크를 건네받고, 목청을 다듬었다.

"안녕하세요."

장내에 들리는 내 목소리가 낯설고 이상했다. 랜던의 표정을 보니 이 상황을 즐기고 있는 게 분명했다.

"보통 저는 많은 사람들 앞에서 얘기하는 걸 좋아하지 않습니다. 맙소사, 실은 사람들에 둘러싸여 있는 것도 안 좋아합니다. 그러니까 인사말은 짧게 끝내겠습니다."

연회장을 가득 채운 하객을 향해 입을 열었다.

"여기 계신 분들 대부분은 술에 취했거나 지루해 죽을 지경이겠죠? 그러니까 제 얘기는 무시하셔도 됩니다."

"본론만 하세요."

랜던의 신부가 샴페인 잔을 들고 깔깔댔다. 랜던이 맞장구치며 끄덕거렸다. 나는 하객들 앞에서 두 사람에게 중지를 들어 보였다. 맨 앞줄에 있던 테사는 입을 가리며 웃고 있었다.

"자, 할 말을 다 적어 왔습니다. 잊어버리면 안 되니까요."

나는 주머니에서 꾸깃꾸깃한 냅킨을 꺼냈다.

"처음 랜던을 만났을 때, 저는 그 즉시 랜던을 싫어했습니다."

농담하는 줄 알았는지, 청중들이 전부 웃음을 터뜨렸다. 하지만 농담이 아니었다. 난 진심으로 랜던이 싫었다. 그런데 그건 내가 자신을 싫어했기 때문이었다.

"랜던은 내가 원하는 모든 걸 가지고 있었습니다. 가족, 여자친구, 미래에 대한 계획."

이 말 끝에 랜던을 쳐다보았다. 랜던은 미소를 지었고, 두 뺨이 살짝 붉게 상기되었다. 샴페인을 탓해야겠지.

"하지만 수년간 그를 알아오면서, 우리는 친구가 되었고, 또 가족이 되었습니다. 랜던은 제게 남자가 되는 법에 대해 많은 걸 가르쳐줬습니다. 특히나 지난 2년 동안 나와 그 어떤 사람이 겪어야 했던 사투에 대해서요."

나는 랜던과 그의 신부이게 미소 지었다. 우울한 얘기에 너무 빠져들고 싶지 않았다.

"이제 그 모든 것에 종지부를 찍게 되었습니다. 그러니까 요컨대, 제가 말하고 싶은 건, 너에게 감사해, 랜던. 솔직한 친구가 되어준 데 대해. 그리고 내게 누군가 필요할 때 항상 함께해준 데 대해서도. 난 사실 널 우러러보고 있어. 넌 그럴 자격이 있다는 걸 알았으면 해. 네 일생의 사랑과 결혼할 자격 말이야. 행복해라. 두 사람이 얼마나 빨리 콩깍지가 벗겨질지는 모르겠지만."

청중들은 다시 웃음을 터뜨렸다.

"넌 자신이 얼마나 행운아인지 모를 거야. 생을 마감할 때까지 네 영혼의 반쪽과 함께 인생을 보낼 수 있다는 게 말이야."

나는 마이크를 테이블에 내려놓았다. 청중들 사이로 은빛의 무언가가 뛰쳐나가는 게 언뜻 눈에 들어왔다. 나는 서둘러 무대에서 내려와 그 빛을 따라갔다. 하객들은 건배를 하고 있었다.

겨우 테사를 따라잡았을 때, 테사가 여자 화장실 문을 밀치고 안으로 사라져버렸다. 나는 주변을 둘러볼 새도 없이 테사를 따라 안으로 들어갔다. 테사는 세면대에 두 손을 대고 서 있었다.

테사가 고개를 들어 거울을 보았다. 눈은 새빨갛고, 두 뺨은 눈물로 얼룩져 있었다. 그제야 내가 따라온 걸 알아챘다.

"그런 식으로 말해선 안 돼. 우리의 영혼에 대해."

말을 마치자 테사는 훌쩍거리며 울기 시작했다.

"어째서?"

"그건…."

설명할 방법을 찾지 못하는 것 같았다.

"내가 옳다는 걸 너도 알기 때문에?"

나는 테사를 몰아붙였다.

"그런 식으로 대중들 앞에서 얘기하면 안 되는 거니까. 넌 인터뷰 때도 계속 그런 말을 했잖아."

테사는 양 손을 허리에 대었다.

"네 관심을 끌려고 내가 얼마나 노력하는 줄 알아?"

나는 테사에게 다가갔다. 테사의 눈동자가 이글거렸다. 아주 잠깐 테사가 내 발을 밟을지도 모르겠다고 생각했다.

"넌 나를 화나게 만들어."

테사의 목소리가 한결 누그러졌다. 테사도 이제는 내 눈을 피하지 않았다.

"그래, 그렇지."

테사를 향해 두 팔을 벌렸다.

"이리 와."

애원에 가까운 목소리였다. 테사는 마지못해 활짝 편 내 팔로 다가왔고, 나는 테사를 끌어안았다. 테사를 품에 안고 있는 이 순간이 우리가 나눈 그 어떤 섹스보다 만족스러웠다. 오직 우리 두 사람만이 이해할 수 있을 거다. 이렇게 안고 있으니 세상에서 최고로 행복한 놈이 된 것 같았다.

"너무 많이 보고 싶었어."

나는 테사의 머리카락에 대고 말했다.

테사는 내 어깨로 손을 가져가더니 무거운 재킷을 잡아당겨 벗겼다. 비싼 재킷이 바닥에 맥없이 떨어졌다.

"진심이야?"

나는 두 손으로 테사의 얼굴을 감싸 쥐었다.

"상대가 너라면, 난 언제나 진심이야."

테사의 입술이 내 입술에 포개졌다. 입술의 떨림에서, 느리고 깊게 쉬는 숨소리에서, 나는 묘한 안도감을 느꼈다. 그러다 금세 몸을 뺐다. 내 벨트에 얹혀 있던 테사의 손이 툭 떨어졌다.

"문을 잠가야지."

다행히 파우더룸에 의자 몇 개가 있었다. 그중 두 개를 가져와 화장실 문을 막았다. 이제 아무도 못 들어오겠지.

"우리 진짜 이래도 될까?"

바닥에 끌리는 드레스 자락을 허리까지 끌어올리자 테사가 물었다.

"놀랐어?"

나는 입을 맞추며 웃었다. 테사의 입술에서 집에 온 것 같은 맛이 났다. 나는 집을 떠나 있었다. 시카고에서 혼자 살았다. 아주 조금 테사를 맛보았을 뿐인데, 지난 몇 년간을 보상받는 느낌이었다.

"오, 노."

테사는 서둘러 내 바지 지퍼를 내렸다. 테사가 박서 팬티 안으로 내 페니스를 움켜잡자 숨이 막히는 것 같았다. 오랜만이다, 이 느낌.

"마지막으로 한 게…."

"너랑 시카고에서."

나는 테사를 재촉했다.

"너는?"

"나도."

나는 몸을 뒤로 빼고 테사의 눈을 들여다보았다. 그건 진실이었다.

"정말이야?"

펼쳐놓은 책처럼 표정을 그대로 읽을 수 있는데도 굳이 재차 물었다.

"그럼, 누가 있겠어. 나한테는 너밖에 없어."

테사는 박서 팬티를 끌어내렸다. 나는 테사를 들어 카운터에 올리고, 테사의 다리를 넓게 벌렸다.

"젠장."

테사는 노팬티였다. 나는 아랫입술을 꽉 깨물었다.

테사는 안절부절못하며 내려다보았다.

"드레스를 입었는데 팬티 자국이 보여서."

"나를 죽일 셈이구나, 너."

테사가 내 페니스를 쓰다듬었다. 페니스는 바위처럼 단단해졌다. 테사는 두 손으로 페니스를 잡고 아래위로 움직였다.

"서둘러야 해."

절박하면서도 끈적하게 낑낑거리며 말했다. 테사의 클리토리스로 손가락을 미끄러뜨렸다. 테사가 신음을 토해냈다. 테사는 고개를 떨구고 다리를 더 활짝 벌렸다.

"콘돔은?"

묻고는 있지만, 나도 거의 제정신이 아니었다.

테사가 아무 대답을 하지 않자, 나는 손가락을 테사 안에 집어넣었다. 혀로 테사의 혀를 부드럽게 애무했다. 한 번의 키스는 하나의 고백이었다.

'널 사랑해.'

테사에게 그걸 보여주려 애썼다.

'네가 필요해.'

테사의 아랫입술을 빨았다.

'널 또 잃을 순 없어.'

페니스를 안으로 밀어 넣었다. 테사와 나는 한 몸이 되어 동시에 신음을 토해냈다.

"죽이게 조인다."

흐느낌에 가까운 소리였다. 금세 사정을 할 것 같아 당황스러워졌다. 이건 단순히 성적인 만족이 아니다. 테사에게, 그리고 또 나에게, 우리는 필연적으로 헤어질 수 없다는 사실을 보여주는 행위다. 아무리 안 된다고 발버둥을 친다 해도, 우리에게는 한계를 넘어서는 힘이 있었다.

우리는 떼려야 뗄 수 없는 사이다. 그것만큼은 절대 부정할 수 없었다.

"오, 갓."

테사는 내 등을 손톱으로 마구 할퀴었다. 나는 페니스를 뺐다가 밀어 넣기를 반복했다. 이번엔 끝까지 들어갔다. 테사가 두 팔과 두 다리로 나를 감싸 안았다. 테사의 몸은 언제나 그랬듯이 나에게 맞춤처럼 꼭 맞았다.

"하딘."

테사는 내 목덜미에 대고 신음했다. 그러더니 내 목덜미를 깨물었다. 나는 절정으로 치닫고 있었다. 한 손으로 테사의 허리를 잡고 내 쪽으로 바짝 끌어당겼다. 그리고 테사를 살짝 들어올렸다. 나는 테사의 안으로 더 깊이 들어갈 수 있었다. 다른 손으로는 테사의 젖가슴을 움켜쥐었다. 테사는 드레스를 내렸고, 나는 그녀의 젖가슴을 빨았다. 단단해진 젖꼭지를 입술로 잡아당기자, 테사는 내 이름을 부르며 신음했다. 나는 테사의 안에 사정했다.

나는 테사를 절정으로 이끌며 클리토리스를 애무했다. 내 이름을 부르던 신음은 어느덧 헐떡거림으로 바뀌었다. 테사의 허벅지와 나의 맨살이 부딪히는 소리가 요란했다. 나는 다시 단단해지기 시작했다. 너무 오랜만이다. 테사는 나에게 잰 듯이 꼭 맞았다. 테사의 몸은 내 몸을 알았고, 내 몸을 완전히 다 가졌다.

"사랑해."

테사가 절정에 오르며 내뱉은 말이었다. 목소리가 떨리며 테사는 온몸을 떨었다. 테사의 모습을 한순간도 빠짐없이 눈에 담았다. 테사의 오르가슴은 그칠 줄 몰랐다. 그 모습을 사랑하지 않을 수 없었다. 몸이 축 늘어지며, 테사는 나에게 기댔다. 내 가슴에 머리를 묻고 숨을 골랐다.

"나, 다 들었어."

땀방울이 송골송골 맺혀 있는 테사의 이마에 입을 맞췄다. 무아지경의 표정으로 테사가 미소를 지었다.

"우린 엉망진창이야."

테사가 고개를 들며 속삭였다. 테사의 눈이 나와 마주쳤다.

"불가피하고 아름답기 그지없는 혼돈이지."

"내 앞에서 작가 노릇 좀 그만해."

테사가 숨을 헐떡거리며 짓궂게 말했다.

"날 밀어낼 생각은 하지 마. 너도 나 보고 싶었던 거 다 알아."

"그래, 그렇다고 치자."

테사는 두 팔로 내 허리를 감싸 안았다. 나는 이마에 늘어진 테사의 머리카락을 쓰다듬어 넘겨주었다.

너무 행복하다. 테사가 이곳에 나와 함께 있다는 게 좋아 미칠 지경이다. 그 모든 시간을 보내고, 테사가 내 품에 안겨 미소를 지으며 농담을 하고 있다. 이 순간을 절대 망치지 않을 거다. 나는 그동안 통렬히 깨우쳤다. 인생이란 게 치열한 전쟁일 필요는 없다는 걸. 때로는 시작부터 냉혹한 현실에 처해지기도 한다. 때론 형편없이 모든 걸 망쳐버리기도 한다. 그럼에도 불구하고 언제나 희망이란 게 있다.

새로운 날들이 있고, 내가 저지른 실수든 남에게 받은 상처든 극복해낼 방법이 있다. 그리고 나를 사랑해주는 누군가가 반드시 있다. 완전한 고독 속에 혼자 부유하며 실의에 빠질지라도, 더 나은 순간은 분명히 오게 마련이다.

믿기 어렵겠지만, 정말 그렇다. 테사가 그랬다. 쓰레기 같은 삶에 자기혐오로 가득 찬 내 뒤에 테사가 있었다. 약과 술에 취해 있을 때도 테사가 있었고, 자기 연민에 빠져 말도 안 되는 선택을 했을 때도 테사가 내 뒤에 있었다. 수렁에서 빠져나오려 발버둥치는 순간에도 테사는 내 손을 꾹 잡고 있었다. 심지어 나를 떠난 다음에도 테사는 내가 헤쳐나오는 걸 도우며 거기 있었다.

나는 절대 희망의 끈을 놓지 않았다. 테사가 나의 희망이었으니까.

테사는 늘 그랬고, 앞으로도 항상 그럴 거다.

"오늘 밤, 나랑 같이 있을래? 당장 여기서 나가자. 나하고 있어줘."

테사에게 애원했다. 테사는 몸을 일으켰다. 드레스를 고쳐 입으며 나를 쳐다보았다. 눈 화장은 번졌고, 두 볼은 붉게 물들어 있었다.

"나 할 말 있어."

"언제부터 나한테 허락 받았다고?"

나는 검지로 테사의 코끝을 툭 건드렸다.

"그러네."

테사가 슬며시 웃었다.

"난 네가 더 열심히 노력하지 않는 게 정말 싫었어."

"노력했어, 근데…."

테사가 손을 들어 내 말을 막았다.

"네가 더 열심히 노력하지 않는 게 싫었지만, 그렇게 말하는 건 공평하지 않아. 내가 널 밀어냈으니까. 너한테 너무 많은 걸 기대하고 계속 압박했어. 책 때문에 원치 않는 관심이 나한테 쏠렸던 데에 너무 화가 났어. 온갖 사람들이 우리에 대해 이러쿵저러쿵 얘기해대는 바람에 널 용서할 수 없을 것 같았어. 근데 지금은 나한테 화가 나. 사람들이 떠들어대는 데에 신경 쓰지 말았어야 했어. 내가 사랑하는 사람들이 나를 생각해준다는 거, 그리고 나를 사랑하고 지지해준다는 걸 알았어야 했는데. 이 말을 하고 싶었어. 내 마음의 소리가 아니라 다른 사람들의 소리에 귀 기울여서 미안하다는 말."

나는 카운터 앞에 우두커니 서 있었다. 테사도 그대로 내 앞에 앉아 있었다. 아무 말도 하지 않았다. 이런 얘기를 들을 줄은 몰랐다. 이런 반전은 전혀 예상치 못했다. 그저 테사의 미소라도 볼 수 있기를 바라며 이 결혼식에 왔다.

"무슨 말을 해야 할지 모르겠어."

"그럼 날 용서해주는 거야?"

테사가 초조한 듯 속삭였다.

"당연하지."

테사를 보며 피식 웃었다. 얘가 지금 제정신이야? 난 당연히 테사를 용서한다.

"너도 날 용서해줄래? 전부 다, 아니면 거의 다?"

"그럼."

테사가 내 손을 잡으며 끄덕거렸다.

"진짜 이제 무슨 말을 더 해야 할지 모르겠다."

나는 머리카락을 쓸어 넘겼다.

"아직도 나랑 결혼하고 싶어?"

이 말을 하는 테사의 눈은 금세라도 눈알이 튀어나올 것처럼 커져 있었다.

"뭐라고?"

테사가 얼굴을 붉혔다.

"다 들었잖아."

"결혼하자고? 10분 전엔 내가 미웠다며."

테사가 내 목줄을 쥐고 들었다 놨다 했다.

"사실 10분 전엔 우리가 여기에서 섹스를 했지."

"진심이야? 정말 나랑 결혼하고 싶어?"

테사가 이런 말을 하다니, 말도 안 되는 상황이다.

"너 혹시 술 마셨어?"

테사의 입에서 술 맛이 났던가?

"안 마셨어. 한 시간 전에 샴페인 딱 한 잔 마셨어. 취한 거 아니야. 그냥 한번 정면 돌파 해보려고. 우린 피할 수 없는 운명이잖아?"

테사가 엉터리 영국식 말투를 흉내 냈다. 입을 다물게 하려면 어쩔 수 없다. 나는 테사에게 키스했다.

"우린 세상에서 제일 안 로맨틱한 커플이야. 너도 그렇게 생각하지?"

부드러운 테사의 입술을 혀로 쓰다듬었다.

"로맨스는 허황된 말이다, 오직 현실만이 존재할 뿐이다.'"

테사가 내 최근 소설을 인용했다.

나는 테사를 사랑한다. 빌어먹을, 정말 너무 사랑한다.

"나랑 결혼해줄래? 정말로?"

"오늘은 아니겠지만, 그럴 거야. 차차 생각해볼게."

테사는 카운터에서 내려와 드레스 매무새를 고쳤다.

나는 테사를 따라 웃었다.

"그래."

나도 옷매무새를 고쳤다. 좁은 화장실에서 일어난 이 엄청난 일을 어떻게 이해해야 할까. 어쨌든 테사는 나와 결혼하기로 했다. 세상에 이런 일이!

테사는 장난스럽게 어깨를 으쓱했다.

"당장 라스베이거스로 가자."

나는 주머니에서 자동차 키를 꺼냈다.

"말도 안 돼. 거기에서 결혼할 생각 없거든. 미쳤나 봐."

"우리 둘 다 미쳤어. 무슨 상관이야?"

"말도 안 돼, 하딘."

"뭐가 말이 안 돼?"

두 손으로 테사의 얼굴을 감싸 쥐며 애걸복걸했다.

"거기 가려면 15시간은 운전해야 해."

테사가 나를 힐끔 보고는, 거울에 비친 자기 모습을 보았다.

"생각하는 데 15시간이 부족한 거야?"

문을 막았던 의자를 치우며, 내가 농담을 던졌다.

테사가 고개를 들면서 하는 말에 나는 진심으로 충격 받았다.

"좋아, 그 정도면 될 거 같아."

에필로그

·

하딘

라스베이거스로 가는 길은 험난했다. 처음 2시간은 그래도 괜찮았다. 완벽한 라스베이거스 결혼식을 그리며 온갖 시나리오를 만들어 댔으니까. 테사는 나를 힐끔거리며 굽슬굽슬한 머리카락 끝을 조물거렸다. 두 볼이 붉게 물든 채, 행복한 미소를 짓고 있었다. 이런 미소는 너무 오랜만에 보는 거였다.

"현실에서 이게 정말 간단하게 되는 건지 궁금해. 라스베이거스에서 결혼하는 거 말이야. 시트콤 '프렌즈'에 나오는 로스와 레이첼 스타일이잖아."

테사는 휴대전화에 코를 박은 채 물었다.

"지금 폭풍 검색하고 있는 건 아니지?"

한 손을 테사 다리 위에 올려놓고, 렌터카 창문을 내렸다.

아이다호 주, 보이시 외각쯤 왔을 때, 우리는 기름을 넣고 요깃거리를 사러 휴게소에 들렀다. 테사는 점점 잠이 쏟아지는 것 같았다. 눈꺼풀이 감기며 급기야 앞으로 머리를 푹 숙였다. 나는 붐비는 휴게소에 차를 세우고, 테사의 어깨를 살살 흔들어 깨웠다.

"벌써 다 왔어?"

절반도 못 온 거 뻔히 알면서도 테사는 장난을 쳤다.

우리는 차에서 내렸고, 나는 테사를 따라 화장실로 갔다. 나는 이런 스타일의 휴게소를 좋아한다. 환하게 불을 밝히고, 주차장은 넓은, 이런 휴게소. 이런 데라면 흉악 범죄 같은 건 벌어지기 힘들 테니까.

화장실에서 나와 보니, 테사가 군것질 거리 앞에서 서성이고 있었다. 이미 품에 먹을 걸 잔뜩 안고 있었다. 스낵과 초콜릿, 에너지 음료가 가득 들려 있었다.

잠깐 뒷전에 서서 그 모습을 물끄러미 쳐다보았다. 몇 시간 후면 저 여인이 내 아내가 된다. 아내라…. 온갖 일을 함께 겪고, 결혼 얘기도 몇 번이나 엎치락뒤치락한 우리다. 솔직히 우리 두 사람 중 누구도 이런 일이 벌어질 거라 생각 못 했다. 조그만 교회에서 진짜 결혼식을 올리려고 라스베이거스로 향하고 있다니. 스물세 살, 내가 누군가의 남편이 된다. 테사의 남편. 이보다 더 행복할 수 있을까? 감히 상상할 수조차 없었다.

한때 망나니였던 내가, 테사와 함께 해피 엔딩을 준비하고 있었다. 테사는 나를 보고 계속 웃겠지. 아마 눈에는 눈물이 가득 고일 거다. 나는 시답잖은 선언문 같은 걸 낭독할 테지. 결혼식을 하는 동안 내내 엘비스 같은 우스꽝스러운 걸음걸이로 걸을지도 몰라.

"이것 봐, 하딘."

테사는 군것질거리들을 가리켰다. 테사는 예의 그 바지를 입고 있었다. 그래, 우리 모두 아는 그 요가 바지와 NYU가 새겨진 집업 후드티다. 그러고 결혼하러 가는 중이다. 테사는 아까 호텔에 도착했을 때, 계획을 바꾸겠다고 말했다. 웨딩드레스를 입지 않겠다고 선언했다. 이건 내가 늘상 그려 왔던 결혼식의 모습이 아니다.

"근데 정말 웨딩드레스 안 입어도 괜찮겠어?"

불쑥 말이 나왔다. 테사의 눈이 동그래졌다. 그러다 이내 웃으며 고개를 가로저었다.

"무슨 말이야?"

"그냥 너무 놀라서. 어떻게 네가 그걸 포기할 수 있는지 모르겠어. 여자들이라면 누구나 결혼식에 대한 로망이 있게 마련이잖아. 웨딩드레스나 부케, 꽃 장식, 뭐 그런 거 없이 결혼식을 할 수 있냐는 거지."

테사는 콘칩 한 봉지를 나에게 건넸다. 늙은이 하나가 우리 곁을 지나가다가 테사를 향해 미소를 지었다. 나와 눈이 마주치자 그는 재빨리 시선을 돌렸다.

"부케?"

테사가 어이없는 표정으로 나를 지나쳐 갔다. 내 어이없음은 안중에도 없는 듯했다. 테사 뒤를 따라가는데, 야광 신발을 신은 아이가 뒤뚱거리며 넘어질 듯 걷고 있었다. 아이는 엄마의 손을 꼭 잡은 채였다.

"랜던은? 너네 어머니하고 데이비드는? 식장에 그 사람들 없어도 괜찮겠어?"

조바심을 내며 내가 또 물었다. 테사가 나를 돌아보았다. 테사의 표정에 동요가 일고 있었다. 마구 내달리는 동안 우리는 결혼한다는 사실 하나만으로 너무 흥분한 나머지 현실을 잊고 있었다.

"아."

테사가 한숨을 내쉬었다. 내가 다가가는 동안 테사는 가만히 나를 쳐다보았다. 계산대로 가면서 골똘히 무언가를 생각하는 듯했다. 우리 결혼식에 랜던과 엄마는 반드시 있어야 된다고 생각하겠지. 카렌도 꼭 있어야 한다. 테사를 아내로 맞는 순간을 놓치기라도 한다면, 카렌은 아주 한참 동안 마음 상해할 거다.

잔뜩 산 군것질 거리와 카페인 뭉치를 계산했다. 테사가 박박 우기더니 기어이 자기가 돈을 냈다. 그냥 그렇게 하게 두었다.

"아직도 가고 싶어? 솔직하게 말해도 괜찮아, 베이비. 기다릴 수 있잖아."

안전벨트를 하며 테사에게 말했다. 테사는 과자 봉지를 뜯어 하나를 입에 집어넣었다.

"응, 가고 싶어."

테사는 억지를 부리고 있는 거다. 하지만 이건 옳지 않은 것 같았다. 테사가 나와 결혼하고 싶어 한다는 건 잘 안다. 나 또한 테사와 함께하고 싶다. 그렇지만 이런 식으로 시작하고 싶지는 않았다. 가족들이 보는 앞에서 새로운 출발을 하고 싶었다. 동생 녀석과 아가인 애비도 그 가족의 범주에 포함된다. 결혼식을 시작할 때, 가족 중 가장 어린 아이가 버진 로드에 꽃잎과 쌀알을 뿌리면서 입장하는 거. 나는 그런 걸 하고 싶었다. 랜던의 결혼식을 도와주면서 테사가 얼마나 자랑스러워했는지 기억한다. 그 얘기를 하면서 유난히 반짝거렸던 테사의 눈동자도 생생히 기억한다.

나는 모든 걸 완벽하게 하고 싶었다. 누구도 아닌 바로 나의 테사를 위해서. 30분쯤 후, 테사가 잠들었다. 나는 차를 돌려 켄의 집으로 돌아 갔다. 잠에서 깬 테사는 깜짝 놀랐지만, 싫은 소리를 하지는 않았다. 대신 테사는 안전벨트를 풀고 내 다리 위로 올라와 키스를 퍼부었다. 테사의 두 뺨으로는 뜨거운 눈물이 흘러내렸다.

"맙소사. 사랑해, 하딘."

테사가 내 목덜미에 대고 말했다. 우리는 도착하고도 1시간을 더 차에 있었다. 테사를 무릎에 앉히고, 우리 결혼식에서 스미스에게 쌀 던지는 걸 시키고 싶다고 얘기해주었다. 스미스는 아마 쌀을 한 톨씩 정확한 지점에 뿌릴 거라며 테사가 깔깔댔다.

테사
2년 후

대학교를 졸업하던 날, 나는 내 자신이 너무도 자랑스러웠다. 내 삶의 모든 면이 만족스러웠고, 정말 행복했다. 단 한 가지, 더 이상 출판사에서 일하고 싶지 않다는 점만 빼고. 그렇다, 앞으로의 계획을 시시콜콜 다 세워 놔야 직성이 풀리던 나, 테레사 영은 대학 재학 중에 마음을 바꿨다.

시작은 이랬다. 랜던의 신부는 웨딩 플래너를 고용하고 싶어 하지 않았다. 결혼식 준비를 어떻게 시작해야 할지 전혀 모르면서도 웨딩 플래너를 고용하지 않겠다는 의지만은 확고했다. 나는 결국 랜던의 결혼 준비를 도와주게 되었다. 랜던은 정말 완벽한 약혼자였다. 늦게까지 우리와 함께 잡지를 뒤적이기 일쑤였고, 수업을 빠져가며 열 가지도 넘는 케이크를 두 번이나 맛봐야 했다. 많은 사람이 모이는 중요한 행사를 책임지고 준비한다는 건 꽤 괜찮은 기분이었다. 계획을 세우고 다른 사람들을 위해 무언가를 하는 일은 고맙게도 내 장점이었으니까.

그들의 결혼식에서 내내 생각했다. 이 일을 더 자주하고 싶다고. 그 때는 그저 재미 있는 취미생활의 발견 정도로 생각했지만, 몇 달 후 웨딩 박람회에 와 있는 내 모습을 발견했다. 그 뒤에는 어느새 킴벌리와 크리스찬의 결혼식을 준비하고 있었다.

지금은 뉴욕에 있는 반스 출판사에서 일하고 있다. 어쨌든 수입은 필요했으니까. 하딘도 뉴욕으로 이사를 왔다. 내 생활비를 내주고 싶다는 하딘의 제안은 단호히 거절했다. 나는 무슨 일을 해야 할지 고민하고 또 고민했다. 대학 졸업장을 받았지만, 출판계에서는 더 이상 일하고 싶지 않았다. 나는 언제나 책을 좋아할 거다. 책은 내 영혼과도 같다. 그럼에도 나는 깔끔하게 마음을 바꿨다.

내가 선택한 진로를 나는 확신했지만, 하딘은 끝도 없이 딴죽을 걸었다. 하지만 몇 년이 지나 이제야 깨달았다. WCU에 입학할 때만 하더라도 나는 내가 어떤 사람인지 모르고 있었다. 이제 막 자기 인생을 살기 시작한 애송이가, 평생 무슨 일을 하며 살고 싶은지 어떻게 선택할 수 있겠는가?

랜던은 일찌감치 자기 직업을 딱 정해 놓았다. 그는 브루클린에 있는 공립학교 5학년 선생님으로 일하고 있다. 하딘은 고작 스물다섯 살에 '뉴욕 타임스' 선정 베스트셀러 작가 반열에 올랐고, 네 권의 책을 출간했다. 그리고 나는, 글쎄, 나는 여전히 내 진로를 찾으며 열심히 일하고 있다. 근데 그걸로 만족한다. 예전에 가졌던 조바심 같은 건 없다.

나만의 시간에 더 집중하고, 내가 하는 모든 선택은 내 행복을 위한 것임을 잊지 않았다. 내 평생 처음으로, 나는 다른 사람이 아닌 나를 위한 행복을 우선하고 있다. 그건 꽤 기분 좋은 일이다.

거울에 비친 내 모습을 들여다보았다. 4년 전 그때로부터 많은 시간이 흘렀다. 대학교를 갈 수 있을지도 확실치 않았던 때였다. 그리고 지금, 나는 이 자리에 와 있다. 대학교를 졸업하는 이 시점에. 엄마는 울음을 터뜨렸고, 하딘은 박수를 보내주었다. 그 둘은 심지어 나란히 앉아 있었다.

엄마가 욕실로 들어와 내 옆에 나란히 섰다.

"네가 정말 자랑스럽구나, 테사."

엄마는 이브닝 드레스를 입고 있었다. 대학교 졸업식엔 당치도 않은 차림이다. 하지만 엄마는 언제나처럼 관심을 받기 위해 드레스를 입고 싶어 했다. 엄마의 금발은 완벽하게 세팅되어 있었다. 내 학사모와 가운 색깔에 맞춘 손톱 손질도 완벽했다. 도가 지나쳤지만, 엄마는 굉장히 뿌듯해했다. 그런 엄마의 즐거움을 뺏고 싶진 않았다. 엄마는 자신이 이룰 수 없었던 인생의 성공을 대신해 나를 엄격하게 키웠다. 성인이 되고 나니, 그런 엄마를 조금이나마 이해할 수 있게 됐다.

"고마워요."

엄마는 내게 립글로스를 건넸다. 나는 메이크업을 고치거나 다시 하고 싶은 마음이 조금도 없었지만 그걸 받아들였다. 그러자 엄마는 무척 기쁜 눈치였다.

"하딘은 밖에 있어요?"

엄마에게 물었다. 엄마의 립글로스는 너무 찐득거렸고, 내 차림새에 비해 어두운 색깔이었다. 그래도 나는 엄마에게 미소를 지었다.

"하딘은 데이비드하고 시시덕거리고 있어."

엄마도 나를 따라 웃었다. 마음이 따뜻해졌다. 엄마는 컬이 잘 들어간 내 머리카락 끝을 어루만졌다.

"하딘이 데이비드를 그 자선 모금 파티에 초대했단다."

"잘됐네요."

엄마와 하딘 사이는 전처럼 어색하지 않았다. 하딘은 절대 엄마가 가장 좋아하는 사람이 되진 못할 거다. 그래도 지난 몇 년 사이, 엄마는 하딘을 조금쯤 존경하게 되었다. 예전 같았으면 절대 있을 수 없는 일이다.

나 또한 하딘 스캇에게 새로운 존경을 품었다. 지난 4년간의 내 삶을 되돌아보고, 하딘이 어땠는지 기억해내는 건 고통스러웠다. 나 역시 완벽한 사람은 아니었다. 하지만 하딘은 자기 과거에 너무 깊이 잠식된 나머지 나까지 파괴시켰다. 하딘은 많은 잘못을 저질렀다. 그것도 파괴력이 엄청난 잘못들을. 하지만 그는 그 모든 것들의 대가를 톡톡히 치렀다. 하딘은 절대 인내심 강한 사람은 되지 못할 거다. 엄청나게 사랑스럽거나 다정한 남자도 되지 못할 거다. 그렇지만 하딘은 내 남자다. 언제나 그랬듯이.

뉴욕으로 이사를 오고 나서도 나는 하딘과 거리를 유지했다. 우리는 서로 '조심스럽게', 그리고 최대한 스스럼없이 만나왔다. 하딘이 나더러 시카고로 이사 오라고 종용하지도, 내가 하딘에게 뉴욕으로 이사 오라고 애걸하지도 않았다. 랜던이 결혼하고 1년쯤 됐을 무렵, 하딘이 결국 뉴욕으로 왔다. 그러고도 우리는 서로 가능할 때 만나면서 선을 지켰다. 때때로 하딘이 갑자기 여기로 '출장'을 온다고 해서 좀 미심쩍긴 했다. 그래도 하딘이 올 때면 나는 항상 행복했고, 하딘이 떠날 때면 그가 더 머물러 주기를 바랐다.

브루클린에 얻은 우리의 아파트는 꽤 괜찮은 곳이었다. 하딘은 돈을 많이 벌었지만, 기꺼이 내 형편에 맞춰 집을 얻었다. 짬짬이 웨딩 플래너로 일하고 수업을 들으면서도 나는 레스토랑 일을 그만두지 않았다. 그런데도 하딘은 크게 불평하지 않았다.

우리는 여전히 결혼식을 올리지 않았다. 하딘은 그게 미칠 것 같은 모양이다. 그 주제에 대해 얘기할 때면 나는 늘 이랬다 저랬다 하며 말을 바꿨다. 맞다, 난 하딘의 아내가 되고 싶다. 하지만 그런 명목뿐인 딱지를 붙이는 데 싫증이 난 상태였다. 지금까지 늘 있어야 한다고 생각했던 그런 딱지들은 내게 더 이상 필요치 않았다.

내 생각을 읽기라도 한 듯, 엄마는 내 곁으로 와 목걸이를 손봐주었다.

"날짜는 아직 안 정했니?"

이번 주에만 벌써 세 번째 묻는 거다. 엄마와 데이비드, 그리고 그의 딸이 오는 건 언제라도 좋다. 하지만 엄마의 새로운 강박이 나를 미치게 한다. 내 결혼식 말이다.

"엄마."

결국 내가 경고를 날렸다. 엄마가 내 액세서리를 골라주는 정도는 참을 수 있다. 하지만 이 문제만은 나도 절대 양보할 수 없다.

엄마는 어쩔 수 없다는 듯 이내 미소를 지었다.

"알았어."

엄마가 순순히 물러섰다. 엄마를 따라 욕실에서 나왔다. 하딘이 벽에 기대 서 있는 모습을 보자, 언제 그랬냐는 듯 짜증이 스르르 사라졌다. 하딘은 머리카락을 위로 올려 하나로 묶었다. 나는 하딘의 긴 머리가 좋다. 하지만 엄마는 하딘이 머리를 묶어 또아리를 튼 걸 보더니 콧잔등을 찌푸렸다. 엄마가 질색을 하는 걸 보고 나는 유치하게도 깔깔거리며 웃었다.

"내가 테사한테 너희 결혼식 날짜를 언제쯤으로 정할 건지 물었다."

엄마가 불쑥 고자질을 했다. 하딘은 내 허리를 감싸 안으며, 목덜미에 머리를 파묻었다. 하딘이 숨을 내쉬며 키득거리고 있는 걸 느낄 수 있었다.

"저도 말씀드릴 수 있었으면 좋겠어요."

하딘이 고개를 들었다.

"근데 아시잖아요, 테사가 얼마나 고집스러운지."

엄마가 맞장구를 치며 고개를 끄덕였다. 두 사람이 언제 이렇게 편을 먹은 거지? 짜증이 나면서도 한편 뿌듯했다.

"그러게 말이다. 너한테 얻은 거 아니겠니."

엄마가 한마디 보탰다.

데이비드가 엄마의 손을 잡더니 입을 맞추었다.

"그쯤 합시다. 테사는 이제 막 졸업했잖아요. 그러니까 테사한테도 숨 돌릴 시간을 좀 줍시다."

나는 감사의 의미로 데이비드에게 미소를 보냈다. 데이비드가 엄마 손에 한 번 더 입을 맞추며 윙크를 보냈다. 데이비드는 엄마에게 정말 다정한 사람이다. 그런 점에서 데이비드에게 무한히 감사한다.

하딘

그로부터 2년 후

임신을 하려고 애를 쓴 지 1년이 지났다. 테사는 가능할 거라 믿고 있었다. 나는 늘 그래 왔듯, 안될 가능성도 있을 거라 생각했다. 하지만 우리는 여전히 희망을 버리지 않았다. 가임 기간을 체크하고, 배란 스케줄을 관리했다. 기회가 있을 때마다 사랑을 나누고 또 나누었다. 테사는 출처가 불분명한 이상한 민간요법들을 잘도 수집해 왔다. 나는 달콤 쌉싸래하고 진득거리는 음료를 마셔야 했다. 누구 남편한테는 효능이 끝내줬다나 어쨌다나.

랜던 내외는 3개월 후 태어날 여자 아기를 기다리고 있었다. 우리는 그 아기, 애들린 로즈의 대부모가 되기로 했다. 테사는 펑펑 울면서 베스트 프렌드의 베이비 샤워 준비를 도와주었다. 나는 그런 테사의 눈물을 닦아주었다. 아기 방 페인트 칠을 도와줄 때도 나는 일부러 하나도 슬프지 않은 척을 해야 했다.

어느 날 아침이었다. 나는 막 크리스찬에게 전화 한 통을 받았다. 이번 여름, 스미스가 몇 주 동안 집에 와 있기로 해서 우리는 한창 그 계획을 세우고 있었다. 크리스찬은 그 핑계로 전화를 했지만, 속내는 따로 있었다. 출간 계획을 나한테 피력하고 설득하기 위해서다. 크리스찬은 내가 다음 책을 반스 출판사에서 냈으면 했다. 제법 괜찮은 제안이었지만 짐짓 아닌 척 했다. 크리스찬을 애먹이고 싶었으니까. 나는 더 좋은 제안을 기다리고 있는 것처럼 굴었다.

그때 테사가 현관문을 벌컥 열고 뛰어 들어왔다. 운동복 차림이었다. 3월의 차가운 공기 때문인지 두 뺨은 빨갛고, 머리는 마구 헝클어져 있었다. 평상시처럼 산책을 하고 아파트로 돌아왔을 것이다. 하지만 뭐에 쫓긴 듯 겁에 질려 허둥대는 것처럼 보였다. 가슴이 덜컥 내려앉았다.

"하딘!"

테사는 거실을 가로질러 단숨에 부엌으로 뛰어 들어왔다. 두 눈에 빨갛게 핏발이 서 있었다. 심장이 바닥까지 떨어지는 느낌이었다.

내가 벌떡 일어서자, 테사는 손을 들어 잠깐만 기다려 달라는 사인을 보냈다.

"이것 봐."

테사는 재킷 주머니를 뒤적거렸다. 잠자코 있었지만 속이 타 들어갔다. 테사가 손을 내밀었다.

손에는 작은 스틱이 놓여 있었다. 임신이 아니라는 테스트 결과가 담긴 그 스틱을 작년 한 해 동안 무수히 많이 봐왔다. 그런데 이번엔 달랐다. 테사의 손은 떨렸고, 목소리는 갈라졌다. 테사가 말을 꺼내려는 그 순간, 나는 바로 알아차렸다.

"됐어?"

할 수 있는 말이 이것뿐이었다.

"됐어."

테사가 고개를 끄덕였다. 목소리에 흥분이 가득했다. 테사는 손에 든 걸 내 코앞에 내밀었다. 테사가 닦아줄 때까지 나는 내 눈에서 눈물이 떨어지고 있다는 사실조차 몰랐다.

"확실한 거야?"

멍청하기 그지없는 질문이었다.

"당연하지."

테사는 웃으려고 했지만, 기쁨의 눈물이 터져 나왔다. 나도 마찬가지였다. 나는 테사를 얼싸안고 번쩍 들어 올려 카운터 테이블에 앉혔다. 테사의 배에 머리를 대고 뱃속 아기에게 약속했다. 내 아버지보다 훨씬 좋은 아빠가 되겠다고. 아니, 세상 그 누구보다 좋은 아빠가 되겠다고.

우리는 랜던 내외와의 더블데이트를 준비하고 있었다. 나는 널려 있는 웨딩 잡지 하나를 들어 하릴 없이 뒤적거렸다. 테사가 집 여기저기에 갖다놓은 잡지들이었다. 바로 그때, 비명 소리가 들렸다. 사람의 소리가 아닌 짐승의 울부짖음에 가까운 소리였다.

안방 화장실이었다. 나는 소리가 나는 쪽으로 달려갔다.

"하딘!"

테사가 나를 또 불렀다. 그때 나는 문 앞에 서 있었다. 테사의 목소리에는 가슴이 찢어질 것 같은 고통이 그대로 담겨 있었다.

문을 열어젖혔다. 테사는 변기 옆 바닥에 주저앉아 있었다.

"뭔가 잘못됐어!"

테사가 두 손으로 배를 감싸 쥐고 울부짖었다. 온통 피범벅이 된 팬티가 바닥에 나뒹굴고 있었다. 나는 입을 틀어막았다. 아무 말도 할 수 없었다.

나는 테사 곁에 앉아 두 손으로 테사의 얼굴을 감싸 쥐었다.

"괜찮을 거야."

거짓말이었다. 주머니를 뒤져 휴대전화를 꺼냈다.

수화기 너머 주치의의 목소리가 들렸다. 테사는 다 알고 있다는 눈빛이었다. 악몽 같은 순간이었다.

나는 테사를 들쳐 업고 차로 내달렸다. 병원으로 가는 내내 테사는 흐느꼈고, 나는 일 초마다 한 번씩 죽는 것 같았다.

30분 후, 우리는 결과를 들었다. 병원 사람들은 조심스럽고도 친절하게 테사가 아이를 잃었음을 알려주었다. 하지만 그들이 온몸이 찢어질 것 같은 고통까지 멈추게 해주지는 못했다. 껍데기만 남은 듯한 테사의 눈빛을 볼 때마다 나는 온몸이 아팠다.

"미안해, 정말 미안해."

간호사가 나가고 회복실에 둘만 남게 되자, 테사가 내 가슴에 머리를 파묻고 울부짖었다.

나는 테사의 턱을 들어 내 눈을 보게 했다.

"아니, 네가 미안해 할 일은 절대 없어."

나는 몇 번이고 똑같은 말을 했다. 엉망이 된 테사의 머리카락을 다정히 쓰다듬었다. 우리 사이에서 가장 중요한 걸 잃은 게 아니라고, 수도 없이 나 자신에게 최면을 걸어야 했다.

그날 밤 늦게 집으로 돌아왔다. 내가 얼마나 테사를 사랑하는지 테사에게 끊임없이 일깨워주었다. 언젠가는 분명 훌륭한 엄마가 될 거라는 사실도. 테사는 내 품에 안겨 하염없이 울다가 잠이 들었다.

테사가 잠든 걸 확인하고, 밖으로 나왔다. 아기 방 옷장을 열어보고, 나는 그 자리에 무릎을 꿇었다. 아직 초기라 성별은 알지 못했다. 그럼에도 나는 지난 3개월 동안 온갖 아기 물건들을 사 모았다. 쇼핑백과 박스에 잔뜩 들어 있는 물건들을 옷장 안에 고스란히 넣어두었다. 그

물건들을 마지막으로 하나 하나 들여다보고, 전부 치워버렸다. 테사가 이걸 보게 만들 순 없었다. 카렌이 부쳐준 노란색 아기 신발을 테사가 더 이상은 보지 않았으면 했다. 그것들을 치우고, 테사가 일어나기 전 아기 침대까지 분해했다.

다음 날 아침, 테사가 나를 안으며 잠을 깨웠다. 나는 텅 빈 아기 방 바닥에 누워 있었다. 텅 빈 옷장과 분해해 버린 아기 침대를 보고도 테사는 아무 말도 하지 않았다. 테사는 그냥 내 옆에 앉아 있기만 했다. 테사는 머리를 내 어깨에 기대고 내 팔에 있는 타투를 손가락으로 더듬고 있었다.

10분쯤 지났을까, 주머니 속 휴대전화가 울렸다. 전화기를 꺼내 메시지를 읽었다. 테사가 이 소식을 들으면 어떻게 반응할지 확신이 없었다. 테사는 메시지 창에서 눈을 떼지 않았다.

"애디가 태어났어."

테사는 큰 소리로 메시지를 읽었다. 나는 테사를 꼭 끌어안았다. 테사는 슬프게 웃더니 몸을 일으켰다.

나는 테사를 한참 동안 쳐다보았다. 아니, 그랬던 것 같다. 우리는 똑같은 생각을 하고 있었다. 아기 방이 될 뻔한 방에서 얼른 일어나, 우리는 서로를 보며 웃었다. 이제 우리는 베스트 프렌드의 경사를 축하해 주러 갈 수 있을 것 같았다.

"우리도 언젠가는 부모가 될 거야."

나는 다짐하듯 말했다. 우리의 대녀가 세상에 나온 걸 축하하러 병원으로 가는 길이었다.

하딘
그로부터 1년 후

임신하려고 온갖 노력을 하던 걸 잠시 쉬기로 했다. 겨울의 어느 날이었다. 나는 그 순간을 뚜렷이 기억한다. 테사가 부엌으로 나는 듯이 들어왔다. 테사는 우아한 올림머리에 밝은 핑크색 레이스 원피스를 입고 있었다. 화장도 여느 날과 조금 달랐다. 손 하나 댈 수 없을 정도였다. 테사가 다가오자 뒤에서 후광이 비치는 것 같았다. 나는 의자를 뒤로 밀면서 내 다리 위에 앉으라고 손짓했다. 테사가 내게 기대어 앉았다. 머리에서 바닐라와 민트 같은 향기가 풍겼다. 테사는 내게 가볍게 기댔다. 나는 테사의 목덜미에 키스했다. 테사는 한숨을 내쉬며, 양손을 내 무릎에 올려놓았다.

"하이, 베이비."

목덜미에 대고 내가 말했다.

"하이, 대디."

테사가 나에게 속삭이듯 대꾸했다.

테사의 말에 이게 뭐지 싶었다. 나를 '대디'라고 부르다니, 뭔가 심상치 않았다. 테사는 천천히 내 허벅지를 쓰다듬었다.

"대디, 라고?"

내 물음에 테사가 키득거렸다. 어딘지 좀 모자라 보이는 웃음이었다.

"네가 생각하는 그런 대디 아니야. 이 변태야."

테사가 장난스럽게 내 사타구니 사이 불룩한 부분을 때렸다. 테사의 어깨를 잡고 나와 마주보도록 돌아 앉혔다. 테사는 다시 활짝 웃었다. 도대체 무슨 소리를 하려는지 통 감이 잡히지 않았다.

"이것 봐."

테사는 원피스 앞주머니에서 뭔가를 꺼냈다. 종이였다. 늘 그랬듯, 중요한 건 항상 내가 제일 나중에 알게 된다. 테사는 접힌 종이를 펴서 나한테 건넸다.

"이게 뭔데?"

나는 뭔가가 잔뜩 쓰인 종이를 훑어보았다.

"너 진짜, 이 순간을 이렇게 망칠 거야?"

테사가 타박을 했다. 나는 웃으며 종이를 다시 보았다.

"소변 검사 양성."

첫 줄은 그랬다.

"젠장."

입이 떡 벌어졌다. 종이를 쥔 손에 힘이 들어갔다.

"젠장이라고?"

테사가 웃음을 터뜨렸다. 테사의 회청색 눈동자에 흥분이 가득했다.

"나 너무 흥분할까 봐 겁나."

나는 테사의 손을 잡았다. 쥐고 있던 종이가 구겨졌다.

"그러지 마."

테사의 이마에 입을 맞췄다.

"무슨 일이 일어날지 모르지만, 그냥 원하는 만큼 기뻐하자고."

나는 한 번 더 테사의 이마에 입을 맞췄다.

"우리한텐 기적이 필요해."

농담처럼 말하려 애를 썼지만, 테사는 그 어느 때보다 진지했다.

7개월 후, 우리는 에머리라는 이름의 금발의 작은 기적을 얻었다.

테사

그로부터 6년 후

부엌 테이블 앞에 앉아 노트북을 두드리고 있었다. 한꺼번에 세 쌍의 결혼식 플랜을 짜는 중이다. 게다가 둘째를 임신 중이기도 했다. 이번엔 아들이다. 아이 이름은 오든.

오든은 엄청 크게 태어날 모양이다. 배가 풍선처럼 부풀었다. 일을 다 마치기엔 너무 피곤했지만, 이왕 시작한 김에 다 끝내기로 했다. 세 쌍 중에 첫 번째 결혼식이 겨우 일주일 남았다. 그러니 바쁘다는 말을 입에 달고 사는 게 당연했다. 발이 너무 부었다. 하딘은 내가 너무 열심히 일한다며 투덜거렸다. 하지만 심하게 반대하진 않았다. 어차피 그래 봤자 소용없다는 걸 하딘도 잘 알았으니까. 결국 나는 제대로 된 수입이 있는 일자리를 얻었다. 웨딩 플래너를 하기엔 뉴욕은 레드 오션이었다. 그런데도 나는 마침내 해내고야 말았다. 한 친구의 도움으로, 내 사업은 점점 규모가 커졌고, 내 전화기와 이메일함은 새로 의뢰받은 일감으로 넘쳐났다.

신부들 중 하나가 패닉에 빠졌다. 마지막 순간에 신부 어머니가 새 남편을 데리고 결혼식에 온다고 통보한 것이다. 식장 좌석 배치를 새로 해야 했다. 하지만 뭐, 이 정도는 식은 죽 먹기다.

현관문이 열리고, 에머리가 쿵쾅거리며 들어왔다. 이제 에머리는 6살이 되었다. 에머리는 나보다 훨씬 더 밝은 금발이다. 땋아 올린 머리가 엉망이 되었다. 오늘 아침 등교하기 전, 하딘이 정성껏 땋아준 머리다. 그 사이 나는 정기검진 때문에 병원에 있었다.

"에머리?"

내 말에 대답도 없이 에머리가 방문을 쾅 소리 나게 닫았다. 랜던이 재직 중인 학교에 애디와 에머리가 다니고 있다. 그것만으로도 내 일상이 훨씬 편했다. 특히나 일이 바쁠 때에는 더욱.

"내버려 둬요!"

에머리가 소리쳤다. 자리에서 일어서자 불뚝 나온 배가 카운테 테이블에 걸렸다. 안방에서 하딘이 나왔다. 타이트한 블랙 진만 겨우 걸치고, 윗도리는 입지도 못한 채였다.

"쟤 왜 저래?"

하딘이 물었지만, 나는 어깨를 으쓱했다. 우리의 귀여운 딸 에머리는 엄마만큼 착했지만, 아빠 같은 태도를 지녔다. 이 두 가지가 적절히 섞인 에머리 덕에 우리 부부의 인생은 더욱 재밌어졌다.

"다 들려요!"

에머리가 소리를 지르자 하딘이 피식 웃었다. 에머리는 만 6살에 이미 질풍노도의 시기인가 보다.

"내가 얘기해볼게."

하딘은 다시 안방으로 들어가 블랙 티셔츠를 들고 나왔다. 하딘이 셔츠를 입는 모습을 보며, 대학교 입학 첫 주에 만났던 한 소년의 모습이 스쳐 지나갔다. 하딘이 방문을 노크하자, 에머리는 화를 내며 투덜거렸다. 그러거나 말거나 하딘은 방으로 들어갔다. 하딘이 방문을 닫자, 나는 방으로 가서 문에 귀를 대었다.

"무슨 일이었는데, 우리 딸?"

하딘의 목소리가 울렸다. 에머리는 호전적이지만 하딘을 좋아했다. 두 부녀가 어울리는 모습은 정말이지 보기 좋았다. 하딘은 인내심 있으면서도 재미있는 아빠였다.

나는 손으로 배를 문지르며, 안에 있는 아들에게 말했다.

"넌 아빠보다 엄마를 더 좋아하게 될 거야."

에머리는 이미 하딘 편이니, 오든은 내 편으로 만들 거다. 이 얘기를 하딘한테는 수차례 했었다. 하지만 하딘은 피식거리며, 내가 에머리에겐 너무 만만한 상대라고 했다. 그래서 에머리가 하딘을 더 좋아하나 보다.

"애디는 정말 못됐어."

하딘의 꼬마 버전이 씩씩거리며 말했다. 방 안 풍경이 안 봐도 훤히 보였다. 에머리는 금발을 뒤로 넘기며 왔다갔다하고 있을 게 뻔했다. 꼭 제 아빠처럼.

"걔가? 얼마나 못됐길래?"

하딘은 분명 히죽거리며 답했겠지만, 에머리는 그런 낌새를 알아채지 못했을 거다.

"그냥 못됐어. 걔하고는 이제 친구 안 할래."

"음, 애디는 우리 가족이나 마찬가진데. 너희는 떼려야 뗄 수 없는 사이야."

하딘은 아마 웃고 있겠지. 만 6살짜리의 드라마틱한 세상을 즐기고 있을지도 모르겠다.

"대신 새 가족을 만들면 안 돼?"

"안 되지."

하딘이 키득거렸다. 나도 따라 웃음이 나와 입을 막아야 했다.

"아빠도 아주 오랫동안 새 가족이 생기길 바랐거든. 너보다 더 어렸을 때부터 말이야. 근데 그게 뜻대로 안 됐어. 그러니까 네가 더 노력해서 가족들과 행복하게 지내야 해. 새 가족이라는 건, 새엄마랑 새아빠랑 또…."

"싫어!"

에머리는 하던 말이 영 맘에 들지 않는 눈치였다. 덕분에 하딘은 그쯤에서 끝낼 수 있었다.

"그치?"

하딘이 다정하게 말했다.

"애디를 그냥 받아들여 줘. 누구나 가끔씩은 못되게 굴 때가 있거든. 엄마도 아빠가 가끔씩 못되게 구는데도 그냥 그러려니 하고 받아주거든."

"아빠도 못됐어?"

에머리가 작은 목소리로 되물었다. 나는 왠지 모르게 뿌듯해졌다.

'그럼, 너네 아빠 완전 못됐어.'

얼른 대답해주고 싶었다.

"그럼, 아빠도 완전 못됐지."

하딘이 나 대신 대답했다. 기가 막혔다. 에머리 앞에서 그런 말 쓰지 말라고 하딘한테 한 번 더 단단히 일러야지. 전처럼 많이는 아니지만, 요즘도 가끔 하딘은 욕설을 하곤 했다.

에머리는 그제야 애디와의 이야기를 털어놓기 시작했다. 애디가 더이상 친구하지 말자고 말했다는 얘기도 했다. 놀랍도록 훌륭한 아빠는 에머리의 말에 귀를 기울이며, 한마디 한마디에 모두 대꾸해주었다. 두 사람의 대화가 끝날 무렵엔, 나는 내 남자를 또 다시 사랑하게 되었다.

나는 방문 옆 벽에 기대 있었다. 하딘이 에머리 방에서 나와 문을 닫왔다. 나와 눈이 마주치자 하딘은 다정하게 웃었다.

"1학년의 삶이 참, 힘들긴 해."

하딘은 웃었고, 나는 하딘의 허리를 감싸 안았다.

"당신은 정말 좋은 아빠야."

하딘의 품에 안겼지만, 불룩한 배 때문에 가까이 갈 순 없었다.

하딘은 나를 옆으로 안으며, 키스를 퍼부었다, 열렬하게.

하딘
그로부터 10년 후

"장난해, 아빠?"

아일랜드 식탁을 사이에 두고 에머리가 나를 노려보았다. 매니큐어를 바른 손톱 끝으로 식탁 위를 톡톡 치며, 에머리는 어이없는 표정을 지었다. 이럴 때는 제 엄마랑 똑같다.

"아니, 절대로 장난이 아니지. 아빠가 말했잖아. 그런 걸 하기에 넌 아직 너무 어리다고."

나는 팔에 붙여 놓은 반창고를 떼어냈다. 엊그제 타투 몇 군데를 리터칭했다. 세월이 흐르면 타투도 흐려진다는 사실을 알면 다들 깜짝 놀랄 거다.

"나 열여덟 살이야, 아빠. 이건 졸업 여행이잖아. 랜던 삼촌은 작년에도 애디를 보내줬단 말이야."

세상에서 제일 예쁜 내 딸이 큰 소리로 생떼를 부렸다. 에머리는 어깨까지 오는 긴 금발 생머리를 하고 투덜거리며 머리를 휘휘 돌리고 있었다. 초록색 눈동자에서 야수의 눈빛이 뿜어져 나오는 중이다. 그러면서 내가 세상에서 제일 나쁜 아빠라며 끊임없이 구시렁댔다.

"이건 너무 불공평해. 성적도 최고로 받았는데, 아빠가 그랬잖아…."

"거기까지, 허니."

나는 에머리 앞으로 아침식사를 슬쩍 밀어주었다. 에머리는 접시에 놓인 달걀 프라이를 마치 자기 인생을 망쳐버린 원수 보듯 노려보았다.

"미안하지만, 안 되겠어. 혹시 아빠가 보호자로 같이 가는 걸 다시 생각해보지 않는다면 말이다."

"싫어. 말도 안 돼."

에머리는 고개를 세차게 가로저었다.

"그건 절대 안 돼."

"그럼 우리 둘 다 이 여행은 못 가겠구나."

에머리가 쿵쾅거리며 밖으로 나갔다. 잠시 후, 테사가 나에게 다가왔다. 테사 등 뒤에 에머리가 있었다.

빌어먹을.

"하딘, 우리 이 얘기는 끝냈잖아. 에머리는 졸업 여행을 갈 거야. 회비도 벌써 다 냈어."

테사가 에머리 앞에서 굳이 그 얘기를 꺼냈다.

그래, 나도 안다. 이 상황에서 누가 더 우위인지 테사가 나한테 보여주려는 속셈이라는 걸. 우리는 규칙을 정했다. 우리 집에는 딱 하나의 규칙이 있었다. 아이들 앞에서 싸우지 않기. 내가 저희들 엄마에게 언성을 높이는 건 우리 아이들은 절대 들을 수 없을 거다. 절대로.

그렇다고 테사가 날 미치게 만들지 않는다는 소린 아니다. 테사는 고집불통에다 너무 괄괄했다. 이 사랑스러운 성격은 나이가 들수록 더 강해졌다.

오든이 백팩을 메고 헤드폰을 낀 채 부엌으로 들어왔다. 오든은 음악과 미술에 빠져 있었고, 나는 오든의 그런 면이 너무 좋다.

"아, 내가 제일 좋아하는 아드님이 오셨군."

일부러 크게 말했다. 테사와 에머리가 콧방귀를 뀌면서 나를 째려보았다. 나는 웃음을 터뜨렸고, 오든은 십대 소년이 그렇듯 고개를 까딱할 뿐이었다.

"안녕."

내가 무슨 말을 더 할 수 있겠는가? 오든의 시건방짐이 갈수록 심해진다. 꼭 그 나이 때의 나처럼.

오든은 제 엄마 뺨에 키스를 하더니 식탁에서 사과 하나를 집었다. 테사는 금세 표정이 누그러졌다. 오든은 다정다감했고, 에머리는 자존심이 하늘을 찔렀다. 오든은 끈기 있고 조용조용 말하지만, 에머리는 자기 뜻을 굽히지 않는 고집불통이었다. 누가 누구보다 더 낫다고 할 순 없다. 둘은 그저 각자의 방식이 있고, 서로 다른 것뿐이었으니까. 놀라운 점은 그러면서도 둘이 꽤 사이가 좋다는 거다. 에머리는 시간이 날 때면 동생과 잘 어울렸다. 오든을 밴드 연습이나 미술 수업에 데려다주기도 했다.

"그럼 이제 결정한 거지? 나 여행 가서 진짜 재밌게 놀 거야!"

에머리는 박수를 치며 깡충거리면서 현관문을 나섰다. 오든은 인사를 하고 누나를 따라 나섰다.

"우리가 어쩌다가 저 애들의 부모가 된 걸까?"

테사가 고개를 절레절레 흔들며 말했다.

"난들 아나."

나는 웃으며 테사를 향해 두 팔을 벌렸다.

"이리 와봐."

아름다운 내 여자가 나를 향해 다가와 품에 안겼다.

"정말 오래 걸렸는데."

테사가 한숨을 내쉬었다. 나는 테사의 어깨를 다정히 쓰다듬었다.

테사는 금세 괜찮아졌다. 테사가 나를 바라보았다. 수년이 지났지만, 테사의 회청색 눈동자에는 아직도 나를 향한 사랑이 가득 담겨 있었다.

그 모든 일을 함께 겪고, 우리는 결국 해내고야 말았다. 우리의 영혼이 무엇으로 이루어졌든, 우리는 같은 길을 걷고 있다.

〈끝〉

왓패드에서 '안나 토드'를 검색해 보세요

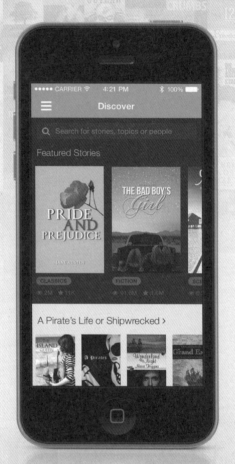

이 책의 저자 안나 토드도 당신처럼 독자였습니다.
이야기를 읽기 위해 왓패드에 가입했다가,
결국 이야기를 쓰게 되었지요.

오늘 왓패드에서 그녀를 만나 보세요
ⓦ imaginator1D

 www.wattpad.com